MotherCloud

Vous pouvez consulter le site de l'auteur à l'adresse suivante :
www.robwhart.com

ROB HART

MotherCloud

Traduit de l'américain
par Michael Belano

belfond

Titre original :
THE WAREHOUSE
publié par Crown, une marque de Random House,
une division de Penguin Random House LLC, New York

Retrouvez-nous sur www.belfond.fr
ou www.facebook.com/belfond

Éditions Belfond,
92, avenue de France, 75013 Paris.
Pour le Canada,
Interforum Canada, Inc.,
1055, bd René-Lévesque-Est,
Bureau 1100,
Montréal, Québec, H2L 4S5.

ISBN : 978-2-7144-8091-0
Dépôt légal : mars 2020

Belfond | un département **place des éditeurs**

place
des
éditeurs

À Maria Fernandes

« J'ai pitié de l'homme qui souhaite avoir un manteau
pour un prix si bas que celui ou celle
qui fabriquera le tissu ou confectionnera le vêtement
mourra de faim pour le satisfaire. »

Benjamin HARRISON,
président des États-Unis, 1891

1

TRAITEMENT

GIBSON

Eh bien oui, je vais mourir.

La plupart des gens vont jusqu'au bout de leur vie, sans savoir quand ils en atteindront la limite. Simplement, un jour, les lumières s'éteignent. Moi, j'ai une échéance.

Je n'ai pas le temps de rédiger mes Mémoires, même si tout le monde me dit que je devrais écrire un livre sur ma vie. Un blog colle mieux à ce que je veux faire, non ? Je ne dors pas beaucoup ces derniers temps, alors ça m'occupera pendant mes nuits blanches.

De toute façon, dormir, c'est bon pour ceux qui n'ont pas d'ambition.

Au moins, comme ça, je laisserai une trace écrite. Je tiens à vous donner ma version de l'histoire, plutôt que celle de types qui essaieront de se faire de l'argent sur mon dos, ou élaboreront des suppositions fumeuses. Mon travail m'a appris une chose : les suppositions sont rarement pertinentes.

J'espère que ce sera une belle histoire, parce que j'ai l'impression d'avoir eu une belle vie.

Vous êtes sûrement en train de penser : « Monsieur Wells, vous pesez 304,9 milliards de dollars, ce qui fait de vous le plus riche des Américains et la quatrième fortune de la planète, donc évidemment que vous avez eu une belle vie. »

Mes amis, là n'est pas la question.

Ou plutôt, pour être plus précis, les deux choses ne sont pas liées.

La vérité, c'est que j'ai rencontré la plus belle femme au monde et que je l'ai convaincue de m'épouser avant même d'avoir un sou en poche. Ensemble, nous avons élevé une petite fille qui est née du bon côté de la barrière, certes, mais à qui l'on a appris la valeur de chaque dollar. Elle est bien éduquée, et quand elle dit « merci » ou « s'il vous plaît », elle le pense.

J'ai vu le soleil se lever et se coucher tant de fois. J'ai visité certaines parties du monde dont mon père n'avait jamais entendu parler. J'ai rencontré trois présidents, je leur ai respectueusement déclaré qu'ils pourraient mieux faire, et ils m'ont écouté. Un jour, j'ai atteint le meilleur score au bowling près de chez moi, et, depuis ce jour, mon nom est inscrit sur le mur.

Bien sûr, il y a eu des moments difficiles, mais, en cet instant, assis avec mes chiens à mes pieds, ma femme Molly endormie dans la pièce d'à côté et ma fille Claire en sécurité, son avenir assuré, je n'ai pas beaucoup à me forcer pour me sentir satisfait de ce que j'ai accompli.

C'est avec une grande humilité que je l'affirme : je suis très fier de Cloud. C'est le genre d'accomplissement auquel la plupart des gens ne seraient pas capables d'accéder. L'insouciance de mon enfance paraît si éloignée, j'ai presque du mal à m'en souvenir. À l'époque, gagner sa vie et trouver un endroit confortable où vivre n'était pas si compliqué. Mais avec le temps, ça s'est transformé en luxe, et finalement en chimère. Quand Cloud a commencé à bien marcher, j'ai compris que cela pouvait devenir plus qu'un magasin. Que cela pouvait apporter une solution. Aider cette grande nation qui est la nôtre.

Rappeler à tous le sens du mot *prospérité.*

Et Cloud l'a fait.

Nous avons donné du travail aux gens. Nous leur avons donné accès à des biens abordables et aux services médicaux. Nous avons payé des milliards de dollars d'impôts. Nous avons été à la pointe de la réduction des émissions de carbone, ainsi que du développement de comportements et de technologies qui sauveront notre planète.

Nous y sommes parvenus en nous concentrant sur la seule chose qui compte dans la vie : la famille.

J'ai une famille à la maison et une famille au travail. Deux familles différentes que j'aime de tout mon cœur et que je serai triste de quitter.

Mon médecin m'a annoncé qu'il ne me restait qu'un an à vivre, et comme c'est un bon docteur, j'ai confiance en son jugement. Vu ma position dans le monde, la nouvelle ne va pas tarder à se répandre. Alors je me suis dit que, le mieux, c'était sans doute d'être le premier à vous l'annoncer.

Cancer du pancréas, stade quatre. Le stade quatre signifie que le cancer a gagné d'autres parties de mon corps. En particulier : ma colonne vertébrale, mes poumons, mon foie. Il n'y a pas de stade cinq.

Le problème avec le pancréas, c'est qu'il se planque au fond de l'abdomen. Dans la plupart des cas, le temps que les médecins trouvent ce qui cloche, il est déjà trop tard pour intervenir : c'est comme un incendie dans un champ desséché.

Lorsque mon médecin me l'a annoncé, il a pris un air grave, un ton austère de praticien. Il a posé la main sur mon bras. Nous y voilà, j'ai pensé. L'heure des mauvaises nouvelles a sonné. Il m'a expliqué ce qui n'allait pas, et ma première question a été – je vous assure que c'est vrai : « Mais à quoi ça sert exactement, cette saleté de pancréas ? »

Il a éclaté de rire, moi aussi, ce qui a permis de détendre un peu l'atmosphère. Une bonne chose, parce qu'il aurait été difficile d'enchaîner après ça. Au cas où vous vous poseriez la question, le pancréas contribue à la digestion et régule le taux de sucre dans le sang. Dorénavant, je le saurai.

Il me reste un an. Donc à partir de demain matin, ma femme et moi allons arpenter les routes du pays. Je vais tâcher de visiter autant de MotherCloud que possible à travers tous les États-Unis.

Je veux dire merci. Je n'arriverai jamais à serrer la main de tous les employés de tous les MotherCloud, mais je suis bien décidé à tenter le coup. L'idée me semble beaucoup plus enthousiasmante que de rester assis là à attendre la mort.

Comme je l'ai toujours fait, je voyagerai en car. Voler, c'est pour les oiseaux. Et en plus, vous avez vu combien ça coûte de se déplacer en avion de nos jours ?

Je vais prendre mon temps et, au fil de mon périple, je risque d'être de plus en plus épuisé. Peut-être un peu déprimé aussi, car même avec mon tempérament optimiste, c'est assez pesant pour un homme d'apprendre qu'il va mourir, et de tenter de poursuivre comme si de rien n'était. Mais, au cours de ma vie, j'ai eu la chance de me voir accorder beaucoup d'amour et de bienveillance, alors je ferai de mon mieux. Autrement, je resterais planté ici à broyer du noir pendant une année ou presque – hors de question. Molly ne tarderait pas à m'étouffer pour en finir plus vite !

Cela fait maintenant une semaine que je sais, mais le formuler par écrit rend les choses bien plus concrètes. Il n'y aura pas de retour en arrière possible.

Bref. Ça suffit. Je vais aller promener les chiens pour prendre un peu l'air frais. Si vous voyez passer mon car, levez la main. Ça me fait toujours beaucoup de bien, quand les gens me saluent.

Merci de m'avoir lu, je vous reparle bientôt.

PAXTON

Paxton posa sa tête contre la vitrine du glacier. À l'intérieur, le menu accroché au mur promettait des parfums maison : goûts biscuit Graham, guimauve au chocolat et caramel au beurre de cacahuètes.

Le glacier était flanqué d'une quincaillerie du nom de Pop's, et d'un *diner* à l'enseigne tout en chrome et en néon qu'il n'arrivait pas à déchiffrer. Le Delia's ? Le Dahlia's ?

Il balaya du regard la rue principale. C'était facile de l'imaginer animée, grouillante de passants. Cet endroit avait dû être particulièrement vivant. Le genre de ville capable de faire naître en vous un sentiment de nostalgie dès votre première visite.

En regardant de l'autre côté de la vitrine, les tasses qui prenaient la poussière dans l'ombre, empilées le long du mur du fond, les tabourets vides, les frigos éteints, il essaya de ressentir de la tristesse à l'idée de ce que ce glacier avait pu représenter pour la ville.

Mais il avait atteint les limites de sa capacité à éprouver de la tristesse quand il était descendu du car. La seule chose qu'il ressentait, en cet instant, c'était la chaleur qui tirait sa peau comme un ballon trop gonflé.

Il remit son sac sur l'épaule et rallia la meute en train de piétiner sur le trottoir, écrasant l'herbe qui s'était faufilée dans les fissures du béton. Les gens continuaient d'affluer, des personnes âgées, des blessés qui avaient du mal à marcher.

Ils étaient quarante-sept à être descendus du car. Quarante-sept, sans le compter lui. À la moitié des deux heures de trajet, après avoir fait le tour de tout ce qui pouvait l'occuper sur son téléphone, il s'était mis à compter. Toutes les catégories d'âge et d'ethnie étaient représentées. Des hommes aux larges épaules, aux mains calleuses et au regard dur de travailleurs journaliers. Des employés de bureau courbés, le corps amolli par des années passées voûtés derrière l'écran de leur ordinateur. Une fille qui n'avait pas l'air d'avoir plus de dix-sept ans. Petite et bien roulée, avec deux longues tresses auburn et la peau laiteuse. Elle portait un vieux tailleur couleur lavande, deux tailles trop grand, au tissu foulé par l'usage et les lessives. Un bout d'étiquette orange, comme celles qu'utilisent les magasins de fripes, dépassait de son col.

Tout le monde portait un bagage. Des valises à roulettes fatiguées tanguaient sur les trottoirs défoncés. Des sacs attachés sur le dos, ou pendus à une épaule. Tout le monde était couvert de sueur à cause de l'effort. Le soleil les accablait, brûlait leurs nuques. L'air semblait trop paresseux pour circuler.

La température devait atteindre les quarante degrés, sans doute plus. La sueur coulait le long de ses jambes, trempait ses aisselles, collait ses vêtements à sa peau. C'est exactement pour cette raison qu'il avait revêtu un pantalon noir et une chemise blanche, pour que les marques de transpiration ne se voient pas trop.

Avec un peu de chance, le centre de traitement n'était plus très loin. La climatisation non plus. Il avait juste envie de se réfugier à l'intérieur. Il sentait le goût de l'air sur sa langue : de la poussière venue des champs dévastés où rien ne poussait plus. Le chauffeur du car avait été cruel de les laisser à l'entrée de la ville. Il voulait sans doute rester près de l'autoroute pour économiser du gasoil, mais tout de même.

La file bifurqua vers la droite à l'intersection. Il prit sur lui. Il aurait voulu s'arrêter pour sortir une bouteille d'eau de son sac, mais il s'était déjà permis la courte pause devant le glacier. Il y avait désormais plus de monde devant lui que derrière lui.

Au moment où il s'approchait du coin de la rue, une femme lui coupa la route et le heurta si fort qu'il manqua de trébucher. Elle était vieille, asiatique, avec des cheveux blancs en bataille et une sacoche en cuir. Une retardataire qui s'était surpassée pour essayer d'atteindre le peloton de tête. Mais l'effort s'était révélé trop brutal et, au bout de quelques mètres, elle s'était effondrée, tombant violemment sur ses genoux.

Les gens autour d'elle firent un pas de côté pour qu'elle ait la place de se redresser, mais personne ne s'arrêta. Paxton savait pourquoi. Dans sa tête, une petite voix lui intimait : « Continue d'avancer », mais, bien sûr, il céda et l'aida à se remettre sur ses pieds. Son genou dénudé était balafré de rouge, une traînée de sang coulait le long de sa jambe jusqu'à ses chaussures, si épaisse qu'elle formait une ligne noire.

Elle croisa son regard, hocha à peine le menton et repartit. Il soupira.

« De rien », lâcha-t-il, pas assez fort pour qu'elle puisse l'entendre.

Il se releva. Jeta un coup d'œil derrière lui. Les autres retardataires accéléraient la cadence. Comme s'ils avaient trouvé un second souffle, probablement à la vue de ces deux personnes agenouillées sur le sol. L'odeur du sang. Il remit son sac sur l'épaule et repartit à vive allure. Au coin de la rue, il découvrit un immense théâtre dont l'entrée était surmontée d'une marquise blanche. La façade en stuc s'effritait, dévoilant des pans de briques érodées par le temps.

Des lettres en néon brisées composaient un mot aux espaces inégaux au-dessus du fronton.

R-I-V- -R-V-I-E-.

Elles étaient sans doute supposées signifier *Riverview*, même s'il ne semblait pas y avoir la moindre rivière dans les parages, mais, une fois encore, peut-être y en avait-il une à l'époque. Un climatiseur mobile était garé devant l'édifice, le véhicule flambant neuf ronflait en soufflant de l'air frais dans le bâtiment à travers un tube étanche. Tandis qu'il s'en approchait, les portes latérales se refermaient, seules quelques-unes au milieu étaient encore ouvertes.

Il donna un nouveau coup de collier, grimpa presque en courant les ultimes marches, focalisé sur l'entrée centrale, celle qui, à son avis, serait la dernière à se fermer. À peine l'eut-il passée qu'il l'entendit claquer dans son dos. Le soleil disparut et l'air frais l'enveloppa, agréable comme un baiser.

Il frissonna, regarda derrière lui. La dernière porte se refermait, et un vieil homme resta coincé dehors sous le soleil torride. Le premier réflexe de l'homme fut de baisser les bras. Épaules avachies, sac lâché sur le sol. Puis une tension parcourut sa colonne vertébrale et il avança d'un pas, claquant la porte de sa paume. Il devait porter une bague, car le bruit fit l'effet d'un coup de feu.

« Hé, hurla-t-il, sa voix étouffée par la porte vitrée. Hé, vous ne pouvez pas faire ça. J'ai parcouru un long chemin jusqu'ici. »

Clac. Clac. Clac.

« Hé oh. »

Un employé avec un polo gris orné dans son dos du mot *RapidHire* s'approcha du candidat éconduit. Il posa la main sur son épaule. Paxton ne parvint pas à lire ce qu'il disait sur ses lèvres, mais le candidat rejeté devait sans doute avoir droit au même baratin que celui qu'on avait servi à la femme à qui on avait refusé de monter dans le car. Elle était la dernière de la file et les portes s'étaient refermées devant elle. Un employé avec un polo RapidHire était alors apparu pour lui assener : « Je suis désolé, mais le car est plein. Pour travailler chez Cloud, il faut vraiment en avoir envie. Vous êtes libre de postuler à nouveau dans un mois. »

Paxton se détourna de la scène. Il n'avait déjà plus de place pour sa propre tristesse, il n'allait pas pouvoir porter celle des autres.

L'entrée était remplie d'hommes et de femmes dans leurs polos gris RapidHire. Certains d'entre eux avaient à la main une pince à épiler et de petits sacs plastique, un grand sourire accueillant plaqué sur le visage. Chaque candidat était invité à s'arrêter et à autoriser un des polos gris à lui arracher quelques cheveux pour les mettre dans le sac plastique. Puis le postulant était encouragé à écrire ses nom et numéro de sécurité sociale sur le sac à l'aide d'un marqueur noir.

La femme qui collectait les échantillons était presque parfaitement ronde, et plus petite que Paxton d'une bonne tête. Il dut se pencher afin qu'elle puisse atteindre son crâne. Il grimaça quand elle lui arracha quelques cheveux avec leurs racines, puis inscrivit son nom sur le sac, qu'il passa ensuite à l'homme chargé de le récupérer. Lorsque Paxton franchit le seuil, un homme maigre comme un clou avec une moustache broussailleuse lui tendit une petite tablette électronique.

« Prenez un siège et allumez-la, ordonna-t-il d'un ton monocorde et indifférent. L'entretien va bientôt commencer. »

Paxton remonta le sac sur son épaule et avança dans l'allée, suivant le sillon creusé par terre au point que l'on apercevait le sol sous le revêtement. La salle embaumait le moisi et la pourriture. Il choisit l'un des premiers rangs et s'assit au milieu, pensant que d'autres personnes allaient le rejoindre. Mais le temps qu'il s'installe sur un siège en bois inconfortable et pose son sac en toile à côté de lui, il entendit les portes du fond se verrouiller.

Sa rangée était déserte, mis à part une femme à la peau cuivrée, ses cheveux frisés réunis dans un chignon approximatif. Elle était vêtue d'une robe d'été couleur caramel et se trouvait au bout de la rangée, à côté du mur dont le papier peint marron fleuri était criblé de taches d'humidité. Il essaya de croiser son regard, de lui adresser un sourire de politesse, mais elle ne lui porta aucune attention, alors il se pencha sur sa tablette. Il sortit une bouteille d'eau de son sac, en but la moitié et appuya sur le bouton latéral.

L'écran s'alluma, de grands chiffres s'affichèrent sur l'écran.

10.

Puis *9.*

Puis *8.*

Arrivée à zéro, la tablette vibra et s'éclaira, et les chiffres furent remplacés par une série de champs vides. Il la posa sur ses genoux et se concentra.

Nom, coordonnées, rapide CV. Taille pour le polo.

Comment résumer la partie « Expérience professionnelle » ? Il ne souhaitait pas s'étendre sur ce qu'il avait fait avant. Le concours de circonstances qui l'avait amené dans le théâtre décrépit de cette ville décrépite. Parce que le faire, ce serait raconter comment Cloud avait détruit sa vie.

Bref, quoi dire ?

Savent-ils déjà qui il est ?

Si ce n'est pas le cas, qu'est-ce qui est préférable ?

À l'idée de postuler pour ce boulot et d'inscrire « P-DG » dans la colonne « expérience professionnelle », il se rendit compte qu'il lui restait malgré tout encore un peu de place pour sa tristesse.

Son ventre se serra et il opta finalement pour la prison. Quinze ans. Assez longtemps pour prouver sa loyauté. C'est comme ça qu'il se qualifierait si on lui posait la question : loyal. Et si quelqu'un lui demandait ce qui s'était passé durant ce laps de temps, ces deux années entre la prison et aujourd'hui, il improviserait.

Quand il eut rempli tous les champs, une nouvelle page apparut.

Avez-vous déjà volé quelque chose ?

Deux réponses possibles à cette question. Bouton vert : « Oui », bouton rouge : « Non ».

Il se frotta les yeux, la lumière de l'écran lui faisait mal au crâne. Il repensa à ce jour, il avait neuf ans, planté devant le présentoir tournant des bandes dessinées dans l'épicerie de M. Chowdury.

Le magazine qui lui faisait de l'œil coûtait quatre dollars, or il n'avait que deux dollars en poche. Il aurait pu retourner chez lui et demander l'argent à sa mère, mais, au lieu de ça, il avait attendu, les jambes tremblantes, jusqu'à ce qu'un homme entre pour acheter des cigarettes. Quand M. Chowdury s'était accroupi pour prendre les cigarettes qu'il rangeait sous le comptoir, Paxton avait roulé l'illustré, l'avait maintenu contre sa jambe afin qu'il reste hors de vue, et s'était dirigé vers la sortie.

Il avait marché jusqu'au parc, s'était assis sur un rocher et avait tenté de lire ses bandes dessinées, mais il n'était pas parvenu à se concentrer. Il était tellement obnubilé par ce qu'il venait d'accomplir que les dessins se brouillaient.

Violer la loi. Voler quelqu'un qui avait toujours été gentil avec lui.

Il lui avait fallu une demi-journée pour se calmer. Quand il y était arrivé, il était retourné à l'épicerie, attendant à l'extérieur d'être certain qu'il n'y avait aucun client à l'intérieur, et s'était approché du comptoir en portant la bande dessinée comme un animal mort. Il avait expliqué, dans un flot de larmes et de morve, qu'il était désolé.

M. Chowdury avait accepté de ne pas appeler la police, ou, pire, sa mère. Mais chaque fois que Paxton était entré dans son épicerie après cet incident – c'était la seule du coin, donc il n'avait pas le choix –, il avait senti le regard du vieil homme lui brûler la nuque.

Il relut la question et cliqua sur le bouton rouge. Même si c'était un mensonge, c'était un mensonge avec lequel il pouvait vivre.

L'écran s'éclaira et une nouvelle question apparut.

Pensez-vous qu'il soit moralement acceptable de voler dans certaines circonstances ?

Vert : « Oui », rouge : « Non ».

Facile : Non.

Pensez-vous qu'il soit moralement acceptable de voler en toutes circonstances ?

Non.

Si votre famille mourait de faim, voleriez-vous une miche de pain pour eux ?

En vérité : Sans doute.

Officiellement : Non.

Est-ce que vous commettriez un vol sur votre lieu de travail ?

Non.

Et si vous saviez que vous ne seriez jamais attrapé ?

Il aurait bien aimé voir apparaître un bouton « Je-ne-vais-rien-voler-est-ce-qu'on-pourrait-passer-à-autre-chose ».

Non.

Si vous saviez que quelqu'un a commis un vol, le dénonceriez-vous ?

À force de répéter le même geste, il faillit appuyer sur « Non », mais se ravisa brusquement pour cliquer sur « Oui ».

Si cette personne menace de vous faire du mal, la dénonceriez-vous malgré tout ?

Évidemment. Oui.

Avez-vous déjà consommé de la drogue ?

Soulagement. Non, pas parce qu'on changeait enfin de sujet, mais parce qu'il pouvait enfin répondre en toute honnêteté.

Non.

Avez-vous déjà consommé de l'alcool ?

Oui.

Combien de verres d'alcool consommez-vous par semaine ?

1-3
4-6
7-10
11 et +

« Entre 7 et 10 » serait sans doute la réponse la plus proche de la vérité, mais Paxton opta pour le deuxième choix.

Après ça, les questions devinrent plus confuses. Les réponses, encore pires.

Combien y a-t-il de fenêtres à Seattle ?

10 000
100 000
1 000 000
1 000 000 000

Uranus doit-elle être considérée comme une planète ?

Oui
Non

Il y a trop de procès.

Absolument d'accord
Plutôt d'accord
Ne se prononce pas
Plutôt pas d'accord
Absolument pas d'accord

Il s'appliqua à considérer sérieusement chacune des questions, même quand il n'était pas certain de comprendre de quoi il retournait : il devait y avoir une sorte d'algorithme derrière tout ça, quelque chose qui leur révélerait l'essence même de sa personnalité par le biais de ses opinions sur l'astronomie.

Il répondit à tellement de questions qu'il finit par en perdre le compte. Puis l'écran devint blanc, assez longtemps pour qu'il en arrive à se demander s'il avait fait une mauvaise manipulation. Il regarda autour de lui pour chercher de l'aide, mais il n'y avait personne. Il se pencha à nouveau sur sa tablette. Un texte était apparu.

Merci de vos réponses. Nous allons maintenant vous demander une brève déclaration. Lorsque vous verrez s'afficher le chronomètre dans le coin en bas à gauche de l'écran, l'enregistrement commencera. Vous aurez alors une minute pour nous exposer pourquoi vous voulez travailler pour Cloud. Vous n'êtes pas obligé de parler pendant une minute entière. Une explication claire, simple et directe suffira. Lorsque vous pensez avoir terminé, appuyez sur le bouton rouge en bas de l'écran pour mettre fin à l'enregistrement. Vous n'aurez pas la possibilité de faire un second enregistrement.

L'image de son visage déformé par l'inclinaison de la tablette apparut à Paxton, sa peau rendue blafarde par la lueur de l'écran. Un chronomètre clignota en bas à gauche de l'écran.

1 : 00

0 : 59

« Je n'avais pas prévu de vous faire un discours, se lança Paxton en dégainant son plus beau sourire, qui eut l'air un peu plus pincé qu'il l'escomptait. Je crois que, euh, vous savez, ce n'est pas facile de décrocher un boulot ces jours-ci, surtout à mon âge, et vu que je cherche aussi un nouvel endroit où vivre, je crois que ce serait parfait, non ? »

0 : 43

« Je veux dire, j'ai vraiment envie de travailler ici. Je crois que, euh, c'est une opportunité incroyable d'apprendre et de progresser. Vous savez, comme dit la publicité : "Cloud est la solution à tous les problèmes." » Il secoua la tête. « Désolé, je ne suis pas super doué pour les discours au débotté. »

0 : 22

Profonde inspiration.

« Mais je suis quelqu'un de travailleur. Je mets un point d'honneur à faire du bon boulot, et je vous promets de tout donner. »

0 : 09

Paxton cliqua sur le bouton rouge et son visage disparut. L'écran redevint blanc. Il se maudit d'avoir buté sur cette épreuve. S'il avait su qu'il y aurait une partie orale, il se serait entraîné.

Merci. Veuillez patienter pendant que les résultats de l'entretien sont analysés. Lorsque le processus sera achevé, votre écran deviendra vert ou rouge. S'il est rouge, désolé : soit vous avez échoué au test antidrogue, soit vous ne correspondez pas aux critères exigés par Cloud. Vous pourrez quitter le bâtiment, et vous devrez attendre un mois avant de postuler à nouveau. Si l'écran est vert, restez assis dans l'attente d'autres instructions.

L'écran devint noir. Paxton leva les yeux et regarda autour de lui. Les autres aussi regardaient autour d'eux. Il croisa les yeux de la femme au bout de sa rangée, lui fit un petit geste interrogatif. Au lieu de lui répondre, elle posa la tablette sur le siège à côté d'elle et sortit un livre de son sac.

Paxton garda la tablette sur ses genoux, il ne savait pas s'il préférait la voir virer au vert ou au rouge.

Rouge, ça signifierait quitter les lieux et rester en plein soleil à attendre le prochain car, si jamais ils en avaient prévu un. Ça signifierait scruter les petites annonces à la recherche de boulots trop mal payés pour qu'il puisse survivre, ou d'appartements trop chers pour lui, ou en si mauvais état qu'ils en deviendraient vite inhabitables. Ça signifierait se plonger à nouveau dans ce bain de frustration et de mélancolie dans lequel il était immergé depuis des mois, parvenant à grand-peine à remonter à la surface pour respirer de temps en temps.

En comparaison, travailler pour Cloud lui apparaissait presque comme une perspective réjouissante.

Il entendit renifler dans son dos. Il se retourna et aperçut l'Asiatique qui l'avait bousculé un peu plus tôt, tête baissée, les traits éclairés d'une lumière rouge.

Paxton retint sa respiration tandis que son écran s'allumait.

ZINNIA

Vert.

Elle sortit son téléphone et regarda autour d'elle. Personne ne faisait attention à elle. Une fois entrée dans le MotherCloud, ce serait silence radio : qui sait ce qu'ils étaient capables d'intercepter ? Être négligente sur ce point serait la meilleure manière de se faire attraper. Elle tapa discrètement un message pour les tenir au courant de la situation :

Maman, bonne nouvelle ! J'ai décroché le boulot.

Elle fourra le téléphone dans son sac à main et passa rapidement la salle en revue. Apparemment, ceux qui restaient étaient plus nombreux que ceux qui partaient. Deux rangs derrière, une jeune femme dans un tailleur lavande délavé et avec de longues tresses noires poussa un petit cri de joie et sourit.

L'examen n'était pas difficile. Il fallait vraiment être un crétin pour échouer. La plupart des questions n'avaient aucun intérêt, en particulier celles qui étaient abstraites, à la fin du questionnaire. Le nombre de fenêtres à Seattle ? Ce qui comptait, c'était le temps de réponse. Répondez trop rapidement, et ils concluront que vous essayez juste d'en finir au plus vite. Attendez trop longtemps, et ils se diront que vous ne savez pas raisonner. C'est comme la vidéo. Personne ne va vraiment la regarder. Comme s'il y avait une bande d'examinateurs assis dans le fond pour vous étudier. Quel serait l'intérêt ? C'est simplement destiné à une analyse faciale et sonore. Souriez. Établissez un contact visuel. Utilisez des mots-clés comme « passion », « travailleur », « apprendre » ou « progresser ».

Pour réussir le questionnaire, il suffisait d'être dans la norme. Juste assez pour montrer que vous aviez réfléchi aux questions. Ça, et ne pas échouer au test antidrogue.

Dans le fond, elle ne s'était pas non plus vraiment inquiétée du test. Non qu'elle prenne régulièrement de la drogue – il lui arrivait de fumer un joint de temps en temps pour décompresser. La dernière fois qu'elle avait cédé, c'était il y a plus de six mois ; le THC avait depuis longtemps été éliminé de son organisme.

Elle lança un regard sur sa droite. Le ringard huit sièges plus loin avait donné le change. Il inclina son écran vert en sa direction, un sourire aux lèvres. Elle céda finalement, et lui rendit son sourire. Ça aidait, d'être polie. Être impolie risquait de vous faire remarquer.

À en juger par la façon dont il la regardait, comme s'ils étaient désormais amis, elle était certaine qu'il allait s'asseoir à côté d'elle dans le car.

En attendant les prochaines consignes, elle se mit à observer les gens qui n'avaient pas fait l'affaire se diriger vers la sortie. Ils progressaient d'un pas lourd dans les allées, peu enthousiastes à l'idée de retourner sous la canicule. Elle essayait de ressentir de l'empathie pour eux, mais c'était difficile de compatir avec des gens qui n'avaient même pas été capables de décrocher un boulot aussi stupide.

Non pas qu'elle soit sans cœur. Elle avait un cœur. Elle le savait. Si elle pressait sa main contre son sein, elle pouvait le sentir battre.

Après que les recalés furent sortis de la salle et que les portes se furent refermées derrière eux, une femme en polo blanc se dirigea vers le centre de l'auditorium. Une gérante de l'Entrepôt. Elle avait un casque de cheveux dorés qu'on aurait dit fabriqués par un métier à tisser. Elle éleva sa voix chantante pour se faire entendre dans cette enceinte caverneuse.

« Veuillez tous rassembler vos affaires et nous suivre vers la porte de derrière. Un car nous attend. Si vous préférez repousser votre intégration de quelques jours, veuillez vous adresser immédiatement à un manager. Merci. »

Tout le monde se leva comme un seul homme, les strapontins claquèrent contre leurs dossiers telle une salve de coups de feu. Elle mit son sac à main sur l'épaule, attrapa son sac de sport et s'inséra dans la file qui se dirigeait vers le fond de la salle, parmi les entrailles à ciel ouvert du théâtre. À peine éclairées par un rectangle de lumière blanche, crue et éblouissante.

Alors qu'elle approchait de la sortie, un groupe d'employés en polo RapidHire se rapprocha. Ils avaient l'air de chercher quelque chose, la mine grave. Évitaient de croiser le regard des gens qui passaient devant eux, mais étudiaient leurs traits. Sa poitrine se serra, mais elle continua d'avancer en s'efforçant de ne pas accélérer le pas.

Au moment où elle atteignit la mêlée des employés, l'un d'eux tendit la main et elle s'arrêta net, prête à faire demi-tour et à filer de l'autre côté. Elle avait un plan de fuite tout tracé dans sa tête au cas où, qui impliquait de détaler à toutes jambes puis de marcher un bon bout de temps, rien d'insurmontable. Elle ne serait pas payée, mais, ça, elle pouvait le supporter.

En fait, l'homme s'intéressait à la personne qui la devançait : la jeune femme en tailleur lavande. Il l'attrapa par le bras et la tira de la file si brutalement qu'elle poussa un cri. Les autres continuèrent leur chemin, les yeux vissés sur leurs pieds. L'équipe RapidHire emmena la fille à l'écart, et Zinnia tendit l'oreille sans en avoir l'air.

Elle capta les mots « mensonge », « expérience professionnelle », « indécent ».

Elle soupira et s'autorisa même un sourire.

Sortir du bâtiment équivalait à ouvrir la porte d'un four en pleine cuisson. Un car patientait moteur allumé dans le virage, immense et bleu, profilé comme une balle de revolver, le toit couvert de panneaux solaires. Sur son flanc, un logo : un nuage blanc accompagné d'un second nuage, bleu cette fois, juste derrière. Ce car d'un tout autre calibre que le vieux diesel cabossé qui les avait conduits dans le village, et qui avait semblé pleurnicher quand le chauffeur avait allumé son moteur.

L'intérieur, aussi, était bien plus confortable que le précédent. On aurait dit un avion. Trois sièges de chaque côté de l'allée centrale, tout en plastique et en courbes élégantes. Il y avait même de petits écrans à l'arrière de chaque appuie-tête. Négligemment jetés sur chaque siège, des brochures et une paire d'écouteurs jetables bas de gamme, dans leurs emballages en plastique. Elle se dirigea vers le fond, se glissa près de la fenêtre. Il faisait frais ici, mais lorsqu'elle toucha la fenêtre elle recula d'un bond : le verre était bouillant.

Elle regarda son téléphone et trouva la réponse à son message.

Bravo ! Bonne chance. On te verra à Noël avec papa.

Traduction : « Continuez comme prévu. »

Bruit de frottement à côté d'elle. Un déplacement d'air lui signala une présence. Elle leva les yeux vers le ringard du théâtre. Il souriait comme pour essayer de la convaincre qu'il était sexy. Peine perdue. Il ressemblait plutôt à ces types qui raffolaient des pantalons en toile et de la bière légère, et qui croyaient qu'il était important de dire ce qu'on pensait. Une raie séparait ses cheveux.

« Cette place est libre ? » demanda-t-il.

Elle pesa le pour et le contre. Ce qu'elle aimait, c'était venir, puis partir, le plus discrètement possible, et en établissant le moins de relations personnelles possible. Mais les employés étaient surveillés, et même des choses aussi basiques que les interactions sociales influaient sur leur évaluation. Moins elle socialiserait, plus elle serait susceptible de se faire remarquer, voire, pire, de se faire virer. Si ça arrivait, sa mission tomberait à l'eau. Creuser son trou là-dedans voulait dire se faire quelques nouveaux amis.

C'était probablement le bon moment pour s'y mettre.

« Pour l'instant », répondit-elle au ringard.

Il jeta son sac sur le porte-bagages au-dessus de leurs têtes et s'assit sur le siège côté couloir, en laissant libre la place du milieu. Il empestait la sueur, mais bon, tout le monde était dans le même cas.

« Alors… », commença-t-il en considérant le reste du car, dominé par des bruissements : plastique froissé et conversations à voix basse. Il essayait désespérément de combler le gouffre qui s'était installé entre eux. « Comment une fille comme vous a-t-elle pu échouer dans un endroit comme celui-ci ? »

Après avoir dit ça, il lui décocha un petit sourire contrit : il avait conscience de la bêtise de cette réplique.

Mais il y avait aussi autre chose. Une pointe d'ironie : « Toi aussi, t'as foiré tout le reste pour finir ici ? »

« J'étais dans l'enseignement, expliqua-t-elle. Lorsque le système scolaire de Detroit a fait sa réforme l'an dernier, ils ont décidé qu'au lieu d'avoir un prof de maths par école, il pouvait y avoir un seul prof de maths par district, en vidéoconférence dans toutes les salles de classe. Avant, il y avait mille cinq cents profs. Maintenant, ils sont moins d'une centaine. Et je n'ai pas été retenue.

— J'ai entendu dire que c'était aussi arrivé dans d'autres villes, commenta-t-il. En même temps et sans vouloir vous offenser, ça se justifie d'un point de vue financier, non ? Les budgets municipaux sont ric-rac un peu partout. »

Qu'est-ce qu'il y connaissait en budgets municipaux ?

« On en reparlera dans quelques années, quand les gamins ne seront même plus capables de résoudre un problème de maths tout bête. »

Il acquiesça. « Qu'est-ce que vous enseigniez en maths ?

— Les bases. J'étais surtout avec des petits. Les tables de multiplication. La géométrie.

— J'étais un matheux, à une époque.

— Et vous, vous faisiez quoi avant ? »

Il grimaça comme si quelqu'un lui avait mis un coup dans les côtes. Elle se sentait presque mal à l'aise, tant il était clair que sa question faisait remonter de mauvais souvenirs, mais aussi parce qu'il allait probablement lui sortir une histoire larmoyante à la con.

« J'étais gardien de prison. Une prison privée, de celles qui se font de l'argent. Le centre correctionnel du nord de New York. »

Ah, soupira-t-elle. Revoilà les budgets municipaux.

« Mais après ça…, poursuivit-il. Vous avez déjà entendu parler de l'Œuf parfait ?

— Jamais », répondit-elle sincèrement.

Il ouvrit ses mains posées sur ses genoux, comme s'il allait donner une conférence, puis les replia quand il se rendit compte qu'elles étaient vides. « C'était ce truc dans lequel on pouvait mettre un œuf, puis le placer dans le micro-ondes, et ça vous cuisait un œuf dur parfait, exactement comme vous l'aimiez. Et, en plus, la coquille s'enlevait toute seule quand vous rouvriez la boîte. Vous aimez les œufs durs ? »

Elle haussa les épaules. « Pas vraiment.

— On ne le dirait pas, mais c'est beaucoup plus compliqué à faire que ça en a l'air, et on avait besoin d'un gadget pour y remédier… » Il regarda par la fenêtre, au-delà d'elle. « Les gens adorent les gadgets de cuisine. C'est devenu un produit très populaire.

— Et qu'est-ce qui s'est passé ? »

Il fixa ses chaussures. « Je recevais des commandes de partout, mais Cloud était mon meilleur client. Le problème, c'est qu'ils n'arrêtaient pas de me demander des ristournes, pour que ça leur revienne moins cher. Ce qui, au début en tout cas, m'allait très bien. J'ai simplifié le packaging, évité le gâchis. On faisait ça dans mon garage. Je veux dire, moi et mes quatre employés. Mais il est arrivé un moment où les ristournes que je faisais à Cloud étaient telles que je ne gagnais plus d'argent. Sitôt que j'ai refusé de baisser les prix, Cloud ne m'a plus passé commande, et les autres clients ne suffisaient pas pour que ça marche. »

Il resta silencieux un moment.

« Je suis désolée d'entendre ça, fit-elle, pas franchement sincère cette fois.

— Ça va, ça va », dit-il en la fixant, sourire aux lèvres. L'orage s'éloignait. « Je viens d'être embauché par l'entreprise qui a ruiné ma vie, c'est déjà ça. Le brevet est imminent. Une fois qu'il sera validé, je pourrais le leur vendre. Je crois que c'est ce qu'ils attendaient de toute façon, de me mettre sur la touche pour commercialiser leur propre version. »

Elle avait failli le prendre en pitié, mais son attitude lui inspirait finalement de l'agacement. Elle ne supportait pas sa manière de se tenir. Les épaules tombantes, les yeux humides, comme ces ploucs qui n'avaient même pas été aptes à décrocher un job de seconde zone. Pas de chance, blaireau. Il serait temps que tu apprennes à faire quelque chose qui n'implique pas de baby-sitter des criminels ou de cuire des œufs au micro-ondes.

« Eh ben, c'est déjà ça, dit-elle.

— Merci. C'est la vie. Quelque chose ne fonctionne pas, on passe à autre chose, pas vrai ? Vous avez envie de retourner dans l'enseignement ? J'ai entendu dire que, sur place, les écoles étaient bien.

— Oui, pourquoi pas. En vérité, j'aimerais juste gagner un peu d'argent, et quitter le pays pendant un moment. Mettre un peu d'argent de côté, et aller enseigner l'anglais à l'étranger. En Thaïlande. Au Bangladesh. Quelque part loin d'ici. »

Les portes du car se refermèrent. Elle murmura une prière silencieuse pour remercier le ciel d'avoir laissé vide la place entre elle et le ringard. La femme à la voix chantante se leva à l'avant du car et agita la main. La plupart des conversations oui-et-toi-comment-tu-t'appelles cessèrent, les têtes se tournèrent vers elle.

« Très bien, nous sommes sur le point de partir. Si vous voulez bien mettre vos écouteurs, nous aimerions que vous regardiez la vidéo de présentation. Le trajet durera environ deux heures. Si vous en avez besoin, il y a des toilettes au fond, et de l'eau à disposition à l'avant. Une fois que la vidéo sera terminée, prenez, s'il vous plaît, le temps de lire les brochures. Lorsque nous arriverons, vous serez affectés dans un logement. La vidéo commencera dans trois minutes. Merci à tous ! »

Un compte à rebours apparut sur les écrans.

3 : 00
2 : 59
2 : 58

Ils tendirent tous les deux la main vers le siège du milieu, où ils avaient posé leurs brochures et leurs écouteurs. Leurs mains se frôlèrent et le plastique bruissa. Le ringard la regarda, mais elle prit garde à ne pas lever les yeux vers lui au cas où, même si sa main la brûlait à l'endroit où il l'avait touchée.

Jouer la proximité d'accord, mais pas trop.

Entrer, faire ce qu'elle avait à faire et sortir.

« J'ai hâte d'en avoir fini avec cette vidéo. Je rêve d'une sieste.

— Bonne idée », répondit-il.

Alors qu'elle branchait la prise de ses écouteurs dans le trou sous l'écran, elle se demanda une fois encore qui l'avait engagée.

L'appel et la communication initiaux étaient anonymes et cryptés. Leur offre lui avait dressé les cheveux sur la tête. Plus d'argent qu'elle ne s'en était fait au cours des dix années précédentes. Un dernier boulot avant de se retirer. De toute façon, elle n'aurait sans doute pas le choix, puisqu'elle avait dû lâcher son ADN pour leur base de données quand ils lui avaient prélevé des cheveux. Après ça, elle pourrait passer le reste de sa vie sur une plage au Mexique. Une immense plage, magnifique et sauvage, à l'abri des accords d'extradition.

Ce n'était pas la première fois qu'elle travaillait sous un faux nom, mais c'était sans aucun doute la plus importante mission qu'on lui ait jamais confiée. Elle n'était pas autorisée à demander le nom de son employeur, mais elle ne pouvait s'empêcher d'essayer de le deviner.

Pour avoir une chance de trouver la réponse à la question « qui », il suffisait parfois d'en modifier un peu les termes : à qui profite le crime ? En l'occurrence, ça ne l'avançait pas beaucoup : quand le roi meurt, tout le royaume est suspect.

Le ringard interrompit le fil de ses pensées : « Je suis désolé, j'ai oublié de me présenter. » Il tendit la main par-dessus la place vide. « Paxton. »

Elle toisa un instant la main avant de tendre la sienne. Sa poigne était plus ferme qu'elle ne l'aurait cru et, Dieu merci, sa main n'était pas moite.

Elle se souvint de son nom.

« Zinnia.

— Zinnia, répéta-t-il en hochant la tête. Comme la fleur.

— Comme la fleur, confirma-t-elle.

— Enchanté. »

C'était la première fois qu'elle le prononçait à voix haute. Elle trouvait qu'il sonnait bien. Zinnia. Comme un caillou bien lisse qui ricocherait sur la surface d'un lac paisible. À chaque nouvelle mission, c'était la partie qu'elle préférait. Choisir son nom.

Zinnia sourit, se détourna et enfonça les écouteurs dans ses oreilles. Le compte à rebours était arrivé à zéro, la vidéo commençait.

BIENVENUE

Une cuisine équipée de banlieue. La lumière du soleil qui filtre par les grandes baies vitrées provoque des reflets dorés sur le revêtement en acier inoxydable. Trois enfants, deux filles et un garçon, traversent la scène en riant. Leur mère, une jeune brune avec un pull blanc et un jean, fait semblant de les poursuivre.

La mère s'arrête et se tourne vers la caméra, pose ses mains sur ses hanches puis s'adresse directement au spectateur :

LA MÈRE : J'aime mes enfants, mais ce n'est pas toujours très facile de s'en occuper. Rien que pour les habiller, il me faut parfois une éternité. Après les Massacres du Black Friday…

Elle se tait un instant, pose sa main sur sa poitrine, ferme les yeux, au bord des larmes, avant de les rouvrir et de sourire.

… Après ça, l'idée même de sortir faire les courses me terrifiait. Sincèrement, je ne sais pas ce que j'aurais fait si Cloud n'avait pas été là.

Elle sourit, douce et rassurante, comme une mère est censée sourire. Plan sur le petit garçon tombé par terre, le visage tordu de douleur, il serre son genou, rouge et écorché. L'enfant pleure.

L'ENFANT : **Mamaaaaaaaaan.**

Plan sur un homme en polo rouge qui saute d'un endroit surélevé pour atterrir sur le sol. Il est mince, blond, séduisant. Il a l'air de sortir d'une usine qui fabriquerait uniquement des gens beaux. La caméra zoome sur l'objet qu'il tient dans la main : une boîte de pansements.

Il se met à courir entre deux interminables rayonnages d'un entrepôt caverneux, les étagères bourrées de toute une série de produits.

Mugs et papier toilette et livres et boîtes de soupe. Savons et peignoirs de bain et ordinateurs portables et huile de moteur. Enveloppes et jouets et serviettes et paires de chaussures.

L'homme s'arrête devant un tapis roulant, s'empare d'une boîte bleue, y place les pansements et la pose sur le tapis roulant.

Plan sur un drone qui bourdonne dans un ciel bleu éclatant.

Plan sur la mère qui ouvre un carton orné d'un nuage blanc derrière lequel apparaît un nuage bleu, le logo de Cloud. Elle en sort la boîte de pansements, l'ouvre pour en prendre un et le colle sur le genou de l'enfant. L'enfant sourit et embrasse sa mère sur la joue.

La mère se tourne vers la caméra.

LA MÈRE : **Grâce à la large gamme de produits disponibles et à la rapidité de livraison de Cloud, je suis toujours prête à**

affronter ce que la vie nous réserve. Et lorsque j'ai envie de me faire plaisir, Cloud est là aussi.

Retour de l'homme au polo rouge, cette fois avec une boîte de chocolats sous le bras. Il se remet à courir. La caméra ne le suit pas. Il est de plus en plus petit dans les allées de l'Entrepôt, jusqu'à ce qu'il bifurque vers la droite et disparaisse. Ne restent plus que des étagères infinies qui dominent un couloir désert et s'étendent à perte de vue.

Écran blanc. Un vieil homme svelte marche. Il porte un jean, une chemise blanche déboutonnée au col, les manches repliées et des bottes de cow-boy. Cheveux gris, coupés court. Il s'arrête au milieu de l'écran et sourit.

GIBSON : **Salut. Je suis Gibson Wells, votre nouveau patron. C'est un plaisir de vous accueillir au sein de la famille.**

Plan sur Wells qui déambule dans les allées de l'Entrepôt, cette fois avec des hommes et des femmes en polo rouge qui s'affairent autour de lui. Personne ne s'arrête, c'est comme s'il était un fantôme parmi eux.

GIBSON : **Cloud est la solution à tous vos problèmes. C'est un repère familier dans ce monde moderne qui va trop vite. Notre objectif est de venir en aide aux familles et aux gens qui ne peuvent pas aller faire les courses, n'ont pas de magasins près de chez eux, ou ne veulent pas prendre le risque de sortir.**

Plan sur une pièce quadrillée de tables massives couvertes de tubes bleus, comme des pompes à air industrielles. Les employés en polo rouge en vaporisent le contenu sur les articles, les recouvrant ainsi d'une mousse expansive qui sèche rapidement pour former une matière semblable à du carton.

Ils apposent des étiquettes sur les emballages avant de les envoyer via une série de poulies qui vont et viennent sans arrêt vers le plafond.

Wells continue de déambuler, les gestes des employés sont rapides et précis. Ils ne font pas attention à lui.

GIBSON : **Chez Cloud, nous sommes fiers de vous offrir un environnement de travail sûr et sécurisé, où vous êtes maître de votre destin. Un large panel de postes vous est proposé, de nos préparateurs – que vous avez vus tout à l'heure – à nos conditionneurs, en passant par notre service d'assistance…**

Plan sur une gigantesque salle découpée en box. Tout le monde porte un polo jaune canari, des écouteurs téléphoniques dans les oreilles, les yeux baissés sur de petites tablettes boulonnées dans le bureau. Tout le monde rit ou sourit, comme quand on prend des nouvelles d'un vieil ami.

GIBSON : **… nos auxiliaires…**

Plan sur une cuisine industrielle rutilante dans laquelle des employés en polo vert pomme préparent des repas et vident des poubelles. Toujours en ayant l'air de s'amuser. Wells a enfilé un filet à cheveux et coupe un oignon à côté d'une Indienne menue.

GIBSON : **… notre équipe technique…**

Plan sur un groupe de jeunes hommes et femmes en train d'examiner les entrailles d'un terminal informatique.

GIBSON : **… et nos managers.**

Plan sur une table couverte de paperasse en désordre, autour de laquelle des hommes et des femmes en polo blanc discutent. Wells se tient sur le côté.

GIBSON : **Chez Cloud, nous évaluons vos compétences pour vous offrir le poste qui vous convient et nous convient le mieux.**

Plan sur un petit appartement bien rangé. Un jeune homme hisse sa fille sur ses épaules et entreprend ensuite de touiller le contenu d'une casserole sur la cuisinière. On dirait un appartement de catalogue publicitaire.

Les mots AMOUR et INSPIRATION sont affichés sur le mur. Le canapé est design. La cuisine est assez grande pour accueillir quatre personnes qui feraient à manger en même temps et s'ouvre sur un salon en contrebas, idéal pour organiser un apéritif.

Wells est absent, mais sa voix est toujours là.

GIBSON : Car Cloud n'est pas seulement un lieu de travail. C'est un lieu de vie. Croyez-moi, lorsque votre famille et vos amis viendront vous rendre visite, ils n'auront qu'une envie : travailler ici eux aussi.

Plan sur une autoroute embouteillée, les voitures bloquées, la fumée des pots d'échappement obscurcit l'air.

GIBSON : En moyenne, un Américain passe deux heures par jour dans sa voiture, aller-retour, pour se rendre au bureau. Deux heures de perdues. Deux heures de rejet de gaz carbonique dans l'atmosphère. Chaque employé qui choisit de vivre dans nos quartiers résidentiels peut aller de son lieu de travail à son foyer en moins d'un quart d'heure. Autant de temps gagné pour vous, autant de temps que vous pouvez passer avec votre famille, consacrer à vos hobbies, ou mettre à profit pour vous détendre.

Plans de coupe rapides de plusieurs scènes : des consommateurs parcourent un couloir de marbre blanc avec, de chaque côté, des magasins de marque. Un médecin presse un stéthoscope contre la poitrine d'un petit garçon, sous son T-shirt. Un jeune couple dévore du pop-corn devant un écran de cinéma. Une femme âgée trottine sur un tapis de course.

GIBSON : Nous sommes présents dans tous les domaines (divertissement, santé, bien-être, éducation) et répondons aux niveaux d'exigence les plus élevés. Lorsque vous serez parmi

nous, vous ne voudrez plus jamais nous quitter. Je veux que vous vous sentiez comme chez vous. Un vrai chez-vous. C'est pourquoi, même si votre sécurité reste notre priorité, vous ne verrez aucune caméra autour de vous. Ça ne se passe pas comme ça, ici.

Écran blanc. Wells est de retour. L'arrière-plan a disparu, il se tient dans le vide.

GIBSON : Tout ce que vous avez pu voir ici, et bien plus encore, sera à votre disposition quand vous aurez commencé à travailler pour Cloud. Et rassurez-vous, votre emploi n'est pas menacé. Même si certains de nos procédés sont automatisés, je ne crois pas en la main-d'œuvre robotisée. Un robot est incapable d'égaler la dextérité et les raisonnements d'un être humain. Et si un jour ils en sont capables, ils ne nous intéresseront pas pour autant. Nous croyons en la famille. C'est la clé de la réussite d'une entreprise.

Plan sur une devanture de magasin fermé, la vitrine couverte de contreplaqué. Wells marche sur le trottoir, jette un œil à la boutique, secoue la tête et se tourne vers la caméra.

GIBSON : Les temps sont durs. Aucun doute là-dessus. Mais nous sommes parvenus à surmonter l'adversité pour revenir au sommet, parce que nous sommes comme ça. Nous accomplissons, nous persévérons. Mon rêve, c'est d'aider à remettre l'Amérique sur pied. C'est la raison pour laquelle j'ai travaillé de concert avec vos élus locaux pour faire en sorte que nous disposions de la place et de la capacité de croissance nécessaires, afin qu'il y ait toujours plus d'Américains qui gagnent un salaire décent. Notre succès commence avec vous. Vous êtes le levier grâce auquel l'économie continue de progresser. Même si, parfois, votre travail vous paraîtra pénible ou répétitif, gardez toujours à l'esprit combien vous êtes important. Sans vous, tout ce que j'ai réussi, tout ce que j'ai accompli ne veut rien dire. Vous comptez. Si vous y réfléchissez bien…

La caméra se rapproche de son visage. Il sourit et ouvre les bras, comme s'il allait embrasser le spectateur.

GIBSON : ... c'est moi qui travaille pour vous.

Plan sur une table au restaurant à laquelle sont assis une douzaine d'hommes et de femmes. La plupart en surpoids. Les hommes sont agrippés à leurs cigares, les volutes de fumée grise s'élèvent. La table est couverte de verres de vin vides et d'assiettes dans lesquelles il reste des steaks à moitié mangés.

GIBSON : Certains vous diront que leur boulot est de se battre pour vous. C'est faux. Leur boulot, c'est de se battre pour eux-mêmes. Leur boulot, c'est de s'enrichir à la sueur de votre front. Chez Cloud, nous sommes là pour vous, et nous le pensons.

La caméra recule pour révéler la présence de Gibson dans un petit appartement.

GIBSON : Vous vous demandez sûrement ce qui va se passer maintenant. Lorsque vous arriverez chez Cloud, on vous attribuera une chambre et une CloudBand.

Wells lève son poignet pour faire voir sa montre CloudBand, un petit carré de verre maintenu par un solide bracelet de cuir.

GIBSON : Votre CloudBand sera votre nouvelle meilleure amie. Elle vous indiquera le chemin, ouvrira les portes, paiera vos achats, veillera sur votre santé et votre rythme cardiaque, et, le plus important, vous assistera dans votre travail. Et lorsque vous arriverez à votre chambre, vous trouverez un autre cadeau...

Il brandit une petite boîte devant la caméra.

GIBSON : Votre polo. La couleur de ce polo vous indiquera où vous allez travailler. Nous sommes encore en train d'analyser les informations recueillies lors de votre test, mais le temps que vous arriviez à destination, nous aurons terminé. Une fois là-bas, posez vos affaires, prenez un moment pour faire un tour. Familiarisez-vous avec les lieux. La journée de demain sera consacrée à l'intégration : vous ferez équipe avec quelqu'un de votre section qui vous montrera comment les choses fonctionnent.

Il pose la boîte et fait un clin d'œil à la caméra.

GIBSON : Bonne chance, et bienvenue dans la famille. Nous possédons plus d'une centaine d'établissements MotherCloud à travers les États-Unis, et comme vous le savez, je les visite de temps en temps. Donc si vous me croisez dans le coin, n'hésitez pas à venir me saluer. J'ai hâte de faire votre connaissance. Et n'oubliez pas : appelez-moi Gib.

GIBSON

Bon, maintenant qu'on a évacué les sujets déprimants, le mieux, pour commencer, c'est sans doute de vous raconter comment je me suis lancé dans les affaires, non ?

Le problème, c'est que je ne le sais pas vraiment. Pas un gamin sur cette planète ne vous dira qu'il a grandi en rêvant de diriger la plus grosse compagnie de commerce en ligne et de technologie cloud du monde. Quand j'étais petit, je voulais être astronaute.

Vous vous souvenez du robot Curiosity ? Celui qu'ils ont envoyé sur Mars à l'époque, en 2011 ? J'avais adoré ce truc. J'en possédais une réplique, assez grande pour mettre notre chat dessus et le tirer à travers le salon. Aujourd'hui encore, je me rappelle plein de choses à propos de Mars, comme, par exemple, qu'on y trouve la plus haute montagne du Système solaire – Olympus Mons – et qu'un objet pesant quarante-cinq kilos sur la Terre en pèse seulement dix-sept là-haut.

Un régime sacrément efficace, si vous voulez mon avis. Plus facile que d'arrêter de manger de la viande rouge.

Bref, j'étais convaincu que je serais la première personne à poser le pied sur Mars. J'ai passé des années à étudier. Ce n'est pas tant que j'avais envie d'aller là-bas, mais j'avais envie d'être le premier. Le temps que j'atteigne le lycée, quelqu'un d'autre y était parvenu, et mon rêve s'était envolé.

Non que j'aurais refusé si on me l'avait proposé, simplement, la magie s'était dissipée. Il y a une grande différence entre être le premier à faire quelque chose et être le deuxième.

Quoi qu'il en soit, durant tout ce temps où je prétendais vouloir explorer une planète lointaine, j'étais déjà en train de devenir celui que je suis aujourd'hui. Parce que, ce que j'aimais vraiment, c'était prendre soin des autres.

Dans le village où j'ai grandi, il y avait un magasin d'alimentation générale, à un kilomètre de notre maison. Chez Cooper. On avait coutume de dire que si M. Cooper n'avait pas ce que vous cherchiez, c'est que vous n'en aviez pas vraiment besoin.

Sa boutique était merveilleuse. Pas gigantesque comme on s'y attendrait de nos jours. Juste assez grande, et remplie du sol au plafond, comme si tout tenait en équilibre. Vous pouviez demander n'importe quoi à M. Cooper, il vous le dégotait. Parfois, ça signifiait farfouiller dans le fond des étagères, mais il avait toujours ce dont vous aviez besoin.

Quand j'avais neuf ans, ma mère me laissait aller au magasin tout seul, alors je n'arrêtais pas de me porter volontaire. Même pour aller chercher de petites choses. J'y courais. C'est vrai qu'à l'époque on pouvait encore courir dehors, même durant l'été. Elle n'avait qu'à dire qu'elle avait besoin d'une miche de pain et j'étais déjà en route avant même qu'elle ait eu le temps de me préciser que cela pouvait attendre.

À force, je faisais tellement d'allers-retours que j'ai fini par effectuer des commissions pour les gens du quartier. Le voisin M. Perry me voyait filer et me demandait au passage de lui acheter de la mousse à raser, ou autre chose. Il me donnait quelques dollars et me faisait cadeau de la monnaie quand je revenais. C'est vite devenu un petit business lucratif. Il ne m'a pas fallu longtemps pour nager dans les bonbons et les bandes dessinées.

Mais vous savez quel a été le moment le plus important ? Le moment où tout a changé ? Il y avait un garçon qui vivait près de chez moi. Ray Carson. Un costaud, bâti comme un taureau, du genre taiseux, mais vraiment gentil. On s'entendait bien. On se croisait régulièrement et on se saluait. Un jour, je suis sorti de l'épicerie avec bien trop de courses (je devais avoir six ou sept arrêts à faire avant de rentrer chez moi) ; j'avais l'impression que mes bras allaient s'arracher de mon torse.

Ray se tenait contre le mur du magasin, il mangeait une barre chocolatée, alors je lui ai proposé : « Ray, tu me files un coup de main ? Je te donnerai un peu d'argent en échange. » Ray a accepté, évidemment, quel gamin refuserait quelques sous d'argent de poche ?

Je lui ai confié quelques-uns des sacs et on a tout porté bien plus rapidement que si j'avais été seul. Quand j'ai récupéré toute ma monnaie, j'en ai donné une partie à Ray, et il a été si content qu'on a continué de s'organiser comme ça. Je prenais les commandes et m'occupais des courses, et lui m'aidait à faire les livraisons. Si bien que je suis passé à la vitesse supérieure, et les sucreries et les BD sont devenues des jeux vidéo et des maquettes de fusée – les belles, celles avec tellement de pièces qu'on a toujours l'impression qu'il en manque dans la boîte.

Après avoir vu combien gagnait Ray Carson, d'autres gamins sont venus me demander s'ils pouvaient travailler pour moi. J'ai accepté, et, à ce stade, les habitants de mon quartier n'avaient même plus besoin de sortir de chez eux.

Ce succès m'a rendu heureux. C'était agréable de voir ma mère s'asseoir et se vernir les ongles au lieu de courir partout comme une folle, ce qu'elle faisait la plupart du temps à cause de mon père ou de moi.

Les affaires marchaient si bien qu'un soir, j'ai décidé d'inviter mes parents à dîner au restaurant.

On est allés chez l'italien près du magasin de M. Cooper. Je portais une chemise blanche et une cravate noire que j'avais spécialement achetée pour la soirée, sauf que je ne savais pas comment la nouer. Je voulais faire la surprise à ma mère, mais j'ai dû me résigner à lui demander de m'aider. Ma mère avait un très joli sourire, et lorsqu'elle m'a découvert là, à essayer de nouer ma cravate, j'ai bien cru que son visage allait exploser de fierté.

On y est donc allés, à pied parce que la soirée était douce, et, sur le chemin, mon père n'a pas arrêté de plaisanter : il était persuadé que lorsqu'on nous présenterait l'addition, je me dégonflerais et qu'il la réglerait pour me sauver la mise. Mais j'avais vérifié les prix sur leur site Internet, j'avais assez d'argent pour les inviter.

J'ai commandé du poulet au parmesan. Ma mère a pris du poulet au marsala et mon père, qui voulait mettre les petits plats dans les grands, un surf'n'turf. Quand l'addition est arrivée, je m'en suis emparé, je l'ai regardée et j'ai compté le pourboire – seulement les 10 % réglementaires puisque les boissons de mes parents avaient mis du temps à être servies et que le serveur avait oublié de nous rapporter du pain quand on le lui avait demandé. D'après mon père, un pourboire récompensait un service irréprochable.

Lorsque le serveur est revenu, je lui ai tendu l'argent en lui disant de garder la monnaie. Mon père était assis là, son portefeuille à la main, et je n'oublierai jamais son regard, comme s'il avait vu, je ne sais pas, un chat aux commandes du robot Curiosity. J'avais douze ans, et je venais de payer à dîner à mon père dans un restaurant chic, de ceux qui mettent des bougies sur les tables.

Une fois le serveur parti, avant que nous nous levions, mon père a posé la main sur mon épaule, regardé ma mère et dit : « C'est notre garçon. »

Je me rappelle parfaitement ce moment. Chaque détail. La lumière orange de la bougie qui éclairait le mur derrière lui. La petite tache pourpre sur la nappe blanche à cause d'une goutte de vin qui avait coulé de son verre. La tendresse dans ses yeux, qui apparaissait seulement quand il était profondément sincère. La façon dont il a pris la main de ma mère, l'a serrée en la regardant, et a souri.

« C'est notre garçon. »

Ce fut un instant inoubliable. J'avais l'impression d'avoir fait quelque chose d'exceptionnel. L'impression que, même si je n'étais qu'un enfant, je pouvais prendre soin d'eux.

Voilà comment tout a commencé. L'envie de faire plaisir à mes parents. Une envie qui, à mon avis, motive la plupart des gens. Ce serait franchement malhonnête d'affirmer que ça n'a rien à voir avec le désir de vivre dans un certain confort, de gagner de l'argent et de réussir. Tout le monde en rêve. Simplement, je crois que j'ai besoin de faire plaisir.

Je me rappelle l'ouverture du tout premier MotherCloud, des années plus tard. On a commencé modestement, avec seulement quelque chose comme un millier d'employés, mais, à l'époque, c'était un événement : j'inaugurais le premier établissement aux États-Unis qui proposait de loger les employés et de leur offrir un cadre de vie.

Mon père avait fait le déplacement. Non sans peine, car le voyage était difficile. Il était déjà bien malade à ce moment-là, et ma mère n'était plus de ce monde, mais il est quand même venu, et je me souviens qu'après avoir coupé le ruban, je lui avais fait visiter les dortoirs.

Il avait posé sa main sur mon épaule, et avait dit : « C'est notre garçon. »

Alors même que ma mère n'était plus là, il avait dit « notre garçon ».

Il est mort quelques mois plus tard et, depuis, ils me manquent toujours aussi cruellement. C'est un point positif avec ce cancer qui ronge mes entrailles, je vais bientôt les retrouver. En espérant que j'aille bien au même endroit qu'eux !

Voilà ce que j'avais sur le cœur. Il y a encore beaucoup de choses dont je veux vous parler, mais je n'avais jamais verbalisé le commencement. Cela me fait du bien de le voir couché sur le papier. Demain, Molly et moi serons au MotherCloud d'Orlando. C'est le douzième que nous avions bâti, le premier à la taille de ce qui allait devenir notre modèle. Un endroit spécial à mes yeux, même si, une fois encore, ils le sont tous.

Oh, à propos, ils sont nombreux à attendre que je dévoile le nom de mon successeur. Mon téléphone sonne si souvent que j'ai dû l'éteindre. Vous le saurez en temps voulu. Je ne vais pas non plus mourir demain, d'accord ? Donc vous tous, les journalistes, prenez un verre, détendez-vous. Pour l'heure, c'est toujours moi qui dirige, et j'annoncerai ma décision ici, sur ce blog, donc aucun d'entre vous n'aura l'exclusivité.

C'est tout pour le moment. Merci de m'avoir lu. Après avoir partagé ces histoires, je n'ai qu'une envie : descendre du car, étirer mes jambes et faire une petite balade.

PAXTON

Les exodes de masse se poursuivent à Calcutta, en Inde, où plus de six millions de personnes habitent dans des zones qui, ces dernières années, sont passées sous le niveau de la mer...

La photo qui surmontait cette légende montrait un groupe de personnes sur une embarcation de fortune visiblement conçue avec du bois flotté. Deux hommes, une femme, deux enfants. Tous avec la peau tendue comme celle d'un tambour. Paxton éteignit son téléphone.

Le ciel s'était assombri. Il pensa d'abord qu'un orage se préparait peut-être, mais lorsqu'il se pencha pour regarder dehors, au-delà de la silhouette recroquevillée sur elle-même de Zinnia, l'air était rempli d'insectes. D'immenses essaims noirs qui se déplaçaient d'avant en arrière dans le ciel.

Le trafic commençait à se densifier, lui aussi. Jusque-là ils avaient été seuls sur la route, tandis qu'ils traversaient un no man's land. Et, soudain, un semi-remorque sans conducteur les avait doublés, faisant sursauter un Paxton à moitié endormi. La fréquence de passage des camions ne cessait d'augmenter depuis, d'abord un toutes les dix minutes, puis un toutes les cinq minutes, et maintenant un toutes les trente secondes.

L'horizon devant lui ressemblait à une ligne droite avec une gigantesque boîte posée au milieu. Trop loin pour qu'on puisse en discerner les détails. Il se renfonça dans son siège, attrapa les brochures qui expliquaient le fonctionnement du système de crédits, du système de classement, du système de logement et du système de santé. Il les avait déjà lues deux fois chacune, mais elles contenaient de nombreuses informations. Ses yeux rebondissaient sur les mots.

La vidéo de présentation tournait toujours en boucle dans le car. Elle avait dû être réalisée plusieurs années auparavant. Il savait à quoi ressemblait Gibson Wells. Le type passait aux infos quasiment tous les jours, or le Gibson de la vidéo avait moins de cheveux blancs, et n'avait pas le dos voûté.

Voilà qu'il était en train de mourir. Le fameux Gibson Wells. C'était comme si la ville de New York annonçait qu'elle allait supprimer la gare de Grand Central. La prendre, et la balancer à la poubelle. Comment est-ce que la ville fonctionnerait sans elle ? L'énormité de la question éclipsa sa colère.

Il ne pouvait pas se sortir de la tête ce que Wells avait déclaré. À propos des MotherCloud qu'il allait visiter à travers tout le pays. On en trouvait un dans chaque État, et Wells avait encore un an à vivre. Combien pourrait-il en visiter ? Est-ce qu'il passerait par celui vers lequel Paxton se dirigeait ? Aurait-il l'occasion de le rencontrer ? De se confronter à lui ? Qu'est-ce qu'il dirait à un homme pour qui peser 300 milliards de dollars n'est pas encore suffisant ?

Il fourra les brochures dans son sac et en sortit la bouteille d'eau, la déboucha et en but une gorgée. Reprit la seule brochure dont la lecture lui retournait le ventre.

Les affectations de poste, par code couleurs.

Le rouge correspondait aux préparateurs de commande, l'armada d'employés responsables du bon déroulement des livraisons. Le marron, c'était le service technique ; le jaune, le service client ; le vert pour les services de restauration et de nettoyage. Le blanc était réservé aux managers, mais personne ne commençait à ce niveau. Il existait aussi d'autres couleurs, pas signalées dans la vidéo, comme le violet pour les profs, et l'orange pour ceux qui travaillaient sur la flotte de drones.

N'importe lequel lui convenait, mais il espérait le rouge.

En revanche il redoutait le bleu. Le bleu, c'était le service de sécurité.

Le rouge serait une bonne nouvelle. Ça signifierait passer du temps debout, mais il se sentait assez en forme pour le faire. Bon sang, il pourrait même perdre un peu de cette bedaine qui commençait à se former.

Mais son passé le rattachait à la sécurité. Pas son véritable passé, pas son diplôme d'ingénierie et de robotique. À la sortie de la fac, désespéré de ne pas trouver de travail, il avait répondu à une offre dans une prison et il y était resté quinze ans, à trimballer une matraque rétractable et une lacrymo tout en tâchant d'économiser, de grappiller le moindre sou pour tenter de lancer son affaire.

Le premier jour à la prison de New York, la UNYCC, il était terrifié. Il s'imaginait un endroit où tout un chacun serait couvert de tatouages et occupé à aiguiser sa brosse à dents jusqu'à la transformer un surin. En lieu et place, il avait découvert des centaines de délinquants absolument inoffensifs. Des infractions liées à la drogue, à des contraventions impayées et à des défauts de remboursement de prêts étudiant.

Son boulot consistait surtout à indiquer aux détenus où ils devaient aller, quand ils devaient retourner dans leurs cellules, ou quand ils devaient ramasser quelque chose qu'ils avaient fait tomber. Il haïssait ce travail. Il le haïssait tellement que, certains soirs, il rentrait chez lui et se mettait directement au lit, enfonçait sa tête dans l'oreiller et demeurait allongé là, un gouffre dans l'estomac, et le reste de son corps qui y dégringolait.

Le dernier jour, le jour où il a terminé son préavis de deux semaines, où son supérieur a haussé les épaules et lui a dit de rentrer chez lui, fut le plus beau jour de sa vie. Jamais il ne retournerait travailler pour quelqu'un qui lui donnerait des ordres.

Et pourtant.

Alors que le car s'approchait de sa destination, il feuilletait la brochure et relisait le passage concernant la sécurité. À l'évidence, Cloud avait sa propre équipe en charge de la protection et des questions de qualité de vie, et, dans le cas de crimes avérés, elle faisait le lien avec la police locale. Tout en contemplant les champs vides qui défilaient par la fenêtre, il s'interrogea sur cette fameuse police locale.

Le complexe MotherCloud apparut tandis que le car atteignait le sommet avant une légère descente, offrant une vue spectaculaire sur les environs.

Devant eux s'étendaient une poignée de bâtiments, mais au centre se tenait le lieu de concentration de tous ces drones qui allaient et venaient dans le ciel, une structure si grande qu'il était impossible de l'embrasser du regard, il fallait la détailler morceau par morceau. La façade qui s'offrait à sa vue était parfaitement lisse et plate. Des tubes couraient entre le colossal édifice et les bâtiments plus réduits, serpentaient sur le sol, et l'architecture de l'ensemble dégageait une impression à la fois enfantine et brutale – comme si elle avait rapidement été réarrangée après être tombée du ciel, jetée là par une main désinvolte.

La femme en polo blanc qui, un peu plus tôt, s'était occupée des annonces, se leva : « Votre attention, tout le monde. »

Zinnia était toujours endormie. Il se pencha vers elle. « Hé. » Comme elle ne bougeait pas, il posa un doigt sur son épaule et appuya doucement jusqu'à ce qu'elle émerge. Elle se redressa en sursaut, les yeux hagards. Il eut un geste d'excuse. « Désolé. Mais le spectacle commence. »

Elle inspira par le nez, acquiesça et secoua la tête comme si elle essayait de se défaire d'un songe tenace.

« Il y a trois dortoirs dans le MotherCloud : les Chênes, les Séquoias et les Érables, annonça la femme. Veuillez écouter attentivement, je vais lire la liste qui vous dira où vous êtes affectés. »

Elle se lança dans une série de noms de famille. « Athelia, Chênes. Bronson, Séquoias. Cosentino, Érables. »

Paxton attendait son tour, vers la fin de l'alphabet. Résultat : Chênes. Il se le répéta plusieurs fois : Chênes, Chênes, Chênes.

Il se tourna vers Zinnia, elle fouillait dans son sac sans écouter. « Vous avez le vôtre ? » demanda-t-il.

Elle hocha la tête sans lever les yeux. « Érables. »

Dommage. Quelque chose chez Zinnia lui plaisait. Elle semblait attentive. Compatissante. Il n'avait pas du tout eu l'intention de lui raconter l'histoire de l'Œuf parfait, mais il s'était senti plus léger après, libéré d'une partie de la pression, comme si de l'air s'était échappé d'un ballon. Qu'elle soit jolie ne gâchait rien, mais elle avait une beauté étrange. Son cou long et lisse et ses membres fins lui évoquaient une gazelle. Et lorsqu'elle souriait, sa lèvre supérieure semblait s'incurver exagérément. Il aimait ce sourire, et il avait envie de le revoir.

Peut-être que les Chênes et les Érables n'étaient pas si éloignés l'un de l'autre ?

Une pensée le saisit. Il voulait se convaincre qu'elle venait de surgir, mais c'était faux. Cette pensée était montée dans le car avec lui et s'était assise à ses côtés jusqu'à cet instant : tout était sur le point de changer. Un nouveau boulot et un nouveau lieu de vie, tout ça en même temps. Un tremblement de terre dans son existence. Il était partagé entre l'impatience et l'espoir que le car fasse demi-tour.

Cela n'arriva pas. Il s'efforça de se persuader qu'il ne serait pas là pour très longtemps. Que ce n'était qu'une étape temporaire, comme était censée l'être la prison. Sauf que, cette fois, il ne laisserait pas le temporaire s'éterniser.

Le car se dirigea vers l'édifice le plus proche, la route les menait dans la gueule ouverte de cet immense cube. À l'intérieur, l'asphalte se divisait en une dizaine de voies, toutes occupées par des files de camions sans chauffeur, qui esquissaient une chorégraphie prudente sous les bras métalliques qui s'étendaient au-dessus de la route. Aucun camion ne les croisait dans l'autre sens. La sortie devait s'effectuer par un autre endroit.

Le car se déporta vers la droite, à l'écart des camions, s'éloignant de l'embouteillage avant de s'arrêter dans un parking, au milieu de cars identiques. « Quand vous descendrez du car, dit la femme blonde qui, visiblement, menait la danse, vous recevrez votre montre. Ça va prendre quelques minutes, donc ceux du fond, soyez patients. Ce sera bientôt à votre tour. Merci à tous, et bienvenue chez MotherCloud ! »

Les passagers du car se levèrent pour attraper leurs bagages. Zinnia resta assise, l'œil à la fenêtre afin d'observer l'extérieur qui se résumait en fait à d'autres cars, leurs toits visibles, la surface noire des panneaux solaires ondulant à la lumière.

Il envisagea de lui proposer un verre. Ça pourrait être agréable de faire connaissance avec des collègues. Mais elle était jolie, sans doute un peu trop pour lui, et il ne voulait pas gâcher le premier jour de cette nouvelle expérience avec un refus. Alors il se leva, récupéra son sac sans rien demander, et s'effaça pour la laisser passer.

Devant le car se tenait un homme de grande taille affublé d'un polo blanc, ses cheveux gris réunis en une queue-de-cheval. Il était accompagné d'une petite Asiatique portant un carton. L'homme posait une question, tapait sur l'écran de sa tablette, puis plongeait la main dans le carton pour tendre quelque chose au passager qui se présentait. Chacun son tour. C'était rapide, et Paxton n'eut pas à attendre son tour bien longtemps. L'homme lui demanda son nom, vérifia sa tablette et lui tendit une montre.

Il se mit à l'écart de la foule pour l'examiner. Le bracelet était gris anthracite, très sombre, presque noir, et se fermait à l'aide d'un aimant. Sur le dos de la montre, derrière l'écran, se trouvaient plusieurs disques en métal. Des capteurs. Quand il la posa sur son poignet et referma le bracelet, l'écran s'alluma.

Bonjour, Paxton ! Veuillez appuyer votre pouce sur l'écran.

Le message laissa place aux contours d'une empreinte de doigt. Paxton appuya son pouce sur la marque et la montre vibra.

Merci !

Puis :

Servez-vous de votre montre pour retrouver votre chambre.

Puis :

Vous avez été affecté aux Chênes.

Il rejoignit les autres qui faisaient la queue pour franchir une succession de scanners corporels, sous la houlette d'hommes et de femmes en polo bleu munis de gants en latex. L'un des hommes en bleu cria : « Les armes sont interdites », tandis que les gens déposaient les uns après les autres leurs bagages dans un scanner, puis passaient les bras en l'air sous un portique qui tournait autour d'eux, avant de poursuivre leur chemin et de récupérer leurs sacs.

Les scanners franchis, l'entrée vers un quai surélevé se faisait par des portes devant lesquelles il y avait un petit disque semblable à un miroir noir, entouré de lumière blanche. Les gens présentaient leurs CloudBand et le disque virait au vert, leur autorisant ainsi l'accès au son d'un petit *ding* qui semblait leur murmurer : « Tout va bien se passer. »

Lorsqu'il atteignit enfin le quai, Paxton retrouva Zinnia. Elle jouait avec la montre et la faisait glisser entre ses doigts fins.

« Pas l'habitude des montres ? demanda-t-il.

— Hmm ? »

Elle leva les yeux et plissa les paupières, comme si elle l'avait déjà oublié.

« Pardon, c'était juste une remarque. À vous voir, on dirait que vous n'aimez pas en porter. »

Zinnia tendit le bras et regarda sa montre : « Elle est si légère. On la sent à peine.

— Vu qu'on est censé la porter à longueur de journée, c'est probablement une bonne nouvelle. »

Elle acquiesça au moment même où un tram profilé entrait dans la station. Il avançait silencieusement sur des rails magnétiques, et s'arrêta avec la légèreté d'une feuille d'arbre qui tombe sur le sol. La foule monta, compressée dans cette rame bondée. Il y avait des barres jaunes pour que les gens puissent s'y tenir, et quelques strapontins pour handicapés. Personne n'y toucha.

Paxton fut emporté loin de Zinnia par l'élan de la foule, et le temps qu'ils entrent dans la rame, tassés épaule contre épaule, et que les portes se referment, elle était à l'autre bout de la rame. Les corps se collaient les uns contre les autres dans une odeur de sueur, d'après-rasage et de parfum, mélange toxique dans cet espace confiné. Il regrettait de ne pas avoir osé parler à Zinnia. Maintenant, sa chance était passée.

Le tram progressait rapidement, s'enfonçait dans des tunnels sombres avant d'émerger au grand jour dans une explosion de soleil. Quelques virages serrés manquèrent de renverser les passagers.

Le tram ralentit et les larges vitres teintées de l'habitacle se mirent à clignoter. Le mot *CHÊNES* apparut en lettres blanc fantôme, en surimpression du paysage. Une voix masculine robotique annonça la station.

Paxton se laissa porter par le flot qui descendait et esquissa un rapide salut à Zinnia en lui lançant : « À la prochaine ? » Ça sonnait trop comme une question – il aurait voulu avoir l'air plus sûr de lui – mais elle lui sourit et acquiesça.

Ils se retrouvèrent dans une station souterraine carrelée avec trois escalators encadrés par deux escaliers. Un des escalators ne fonctionnait pas, des cônes orange étaient placés devant sa bouche telles des dents. La plupart des gens optaient pour les escalators, mais il mit son sac sur l'épaule et affronta l'escalier. En haut, il déboucha sur un espace vide en ciment, percé d'une rangée d'ascenseurs. Le hall d'entrée. Un écran géant occupait tout un mur et diffusait la fameuse vidéo de présentation.

Au moment où la mère mettait le pansement sur le genou égratigné de son fils, son poignet vibra. Il baissa les yeux :

10e étage, chambre D

Efficace. Il se dirigea vers les ascenseurs, à l'intérieur desquels il n'y avait pas le moindre bouton, juste un nouveau disque entouré d'une lumière blanche. Au fur et à mesure que les gens scannaient leur montre, les numéros des étages apparaissaient sur la surface en verre. Lorsque ce fut au tour de Paxton, le nombre « 10 » se matérialisa.

Il fut le seul à descendre au dixième étage. Il y régnait un profond silence, agréable, après des heures passées à parler, à regarder des vidéos, après la route, le car, et la promiscuité forcée avec des inconnus. Les murs étaient composés de parpaings peints en blanc, les portes étaient vert forêt, et un petit panneau indiquait la direction des toilettes et les numéros des appartements. L'alphabet commençait à l'autre bout du couloir, il lui fallut donc marcher un moment. À chaque pas, ses semelles crissaient sur le linoléum.

Face à la porte D, il inclina sa montre vers la poignée et un déclic sourd se fit entendre.

La pièce ressemblait plus à un couloir encombré qu'à une chambre. Le sol était recouvert du même lino qui trahissait chacun de ses pas, les murs fabriqués avec les mêmes parpaings couverts de peinture blanche. Tout de suite sur la droite se trouvait le coin cuisine : un plan de travail avec un four à micro-ondes encastré dans le mur, un petit évier et une plaque chauffante. Et quelques rangements qui, après ouverture, révélaient leur contenu de vaisselle bon marché en plastique. À sa gauche, il découvrit des portes coulissantes, qu'il entrebâilla pour dévoiler un long placard aux étagères peu profondes.

Juste après le plan de travail et le placard, un futon avait été fixé au mur de gauche ; des espaces de rangement étaient prévus en dessous. Il y avait un petit mot sur le bord du futon qui expliquait comment le déplier pour en faire un lit.

En face trônait un écran de télévision vissé au mur, sous lequel était placée une petite table basse. À peine assez profonde pour y poser une tasse de café. Au fond de la pièce, une fenêtre à la vitre opaque surmontée d'un store filtrait la lumière du jour.

Il lâcha son sac à côté des draps encore pliés, d'un oreiller famélique et d'une série de boîtes. En se tenant près du futon, s'il écartait les bras, il pouvait presque toucher les deux murs du bout de ses doigts.

Pas de salle de bains. Il repensa au panneau dans le couloir qui indiquait les toilettes et soupira. Des salles d'eau communes. Retour à la fac. Au moins, il n'avait pas de coloc.

Son poignet vibra.

Allumez la télévision !

Il trouva une télécommande sur le futon, s'assit et alluma la télé. Elle était placée si haut qu'il devait tendre le cou pour la regarder. L'écran fit apparaître la vidéo d'une petite femme asiatique vêtue d'un polo blanc avec un sourire de pub pour dentifrice qui se tenait dans une chambre semblable à celle de Paxton.

« Bonjour. Bienvenue dans votre premier logement. Comme vous le savez sûrement, il existe des chambres bien plus grandes, mais, pour le moment, vous vivrez ici. Tout le matériel indispensable vous est donc fourni, et vous pouvez vous rendre dans nos magasins si vous avez besoin d'autre chose. Pendant votre première semaine chez MotherCloud, vous avez droit à un rabais de 10 % sur tous les articles de logement et de bien-être. Ensuite, vous recevrez une réduction de 5 % sur tous les articles achetés sur le site Internet de Cloud. Vous trouverez toilettes et salles de bains au bout du couloir – hommes, femmes, ou unisexes. Si vous avez besoin de quoi que ce soit, n'hésitez pas à contacter votre conseiller de voisinage, qui vit dans l'appartement R. Pour le moment, posez vos affaires et allez faire un tour, découvrez la famille Cloud. Mais avant cela, vous devriez regarder à côté de votre lit. » Elle tapa dans ses mains. « Il y a une affectation et un polo qui n'attendent que vous. »

L'écran vira au noir.

Il se tourna pour considérer la boîte à côté du matelas. Il ne l'avait pas remarquée en entrant, alors qu'elle était sous son nez, bien en évidence. Il ne l'avait pas remarquée parce qu'il n'avait pas voulu la remarquer.

Rouge. Par pitié, rouge.

N'importe quoi, mais pas bleu.

Il s'assit sur le futon et la posa sur ses genoux. Repensa à la prison. Peu après avoir décroché ce boulot, il avait lu un article sur la fameuse expérience de Stanford. Des scientifiques avaient embarqué des étudiants dans une sorte de jeu de rôles : certains jouaient les prisonniers, d'autres les gardiens. Ils avaient pris leurs personnages très au sérieux, au point que les gardiens étaient devenus autoritaires et cruels, et que les prisonniers se soumettaient à des règles qu'ils n'avaient aucune obligation de suivre. Cet article l'avait fasciné pour plusieurs raisons, mais surtout parce que, en ce qui le concernait, même dans son uniforme de gardien, il s'était toujours senti comme un prisonnier. L'autorité lui seyait autant qu'une paire de chaussures trop grandes juste bonnes à lui filer des ampoules, et menaçant de le faire trébucher au moindre pas.

Bref, évidemment, en ouvrant la boîte, il tomba sur trois polos bleus.

Bien pliés, dans un tissu léger semblable à ceux dont sont faits les vêtements de sport.

Un long moment, il resta assis là à les contempler avant de les balancer contre le mur et de se laisser tomber sur le futon, le regard perdu dans la texture rugueuse du plafond.

Il songea à sortir, à partir quelque part, n'importe où, mais ne parvint pas à s'y résoudre. Il reprit les brochures distribuées dans le car et relut celle qui concernait l'argent. Plus vite il quitterait cet endroit, mieux ce serait.

LES PAIEMENTS CHEZ MOTHERCLOUD

Bienvenue chez MotherCloud ! Vous vous posez sûrement des questions sur le fonctionnement des paiements dans notre structure. C'est normal, ça peut être un peu inhabituel au début ! Ce qui suit vous donnera des explications sur la manière dont cela se passe, mais si vous avez besoin d'aide, n'hésitez pas à prendre rendez-vous avec un banquier dans notre centre administratif : l'Admin.

Cloud s'est débarrassé du papier à 100 %, monnaie incluse. Votre CloudBand, qui bénéficie des dernières avancées en matière de sécurité dans le domaine de la communication en champ proche, est programmée pour vous, et seulement vous. Elle fonctionnera uniquement si le bracelet est fermé et la montre en contact avec votre peau, donc nous vous conseillons de ne l'ôter que la nuit pour la recharger.

Votre montre peut être utilisée pour toutes les transactions chez MotherCloud. En tant qu'employé, vous bénéficiez d'un compte spécial au sein de notre système bancaire que vous pouvez utiliser tant que vous travaillez ici. Si vous quittez Cloud, vous serez invité à garder votre compte chez nous : notre banque est garantie par la FDIC, l'Agence de garantie des dépôts bancaires américaine, et accessible via n'importe quel distributeur automatique standard.

Votre salaire vous est payé en crédits : 1 crédit équivaut à peu près à 1 dollar, moyennant des frais de conversion minimes de quelques fractions de cent (rendez-vous sur notre portail de services bancaires en ligne pour connaître les derniers taux de conversion). Ce salaire sera versé sur votre compte chaque vendredi.

Vos impôts, ainsi que les modestes prélèvements liés à votre logement, aux frais de transport et de santé, vous seront automatiquement débités. Comme vous le savez, du fait de la loi sur le logement des travailleurs américains, et de la loi sur la monnaie dématérialisée, vous ne bénéficiez pas du salaire minimum. Mais vous récupérez cet argent par d'autres biais : à travers nos généreux systèmes de santé et de logement, l'accès illimité à nos transports en commun, ainsi que grâce à notre fonds de retraite.

À l'ouverture de votre compte en banque, votre solde est à zéro, mais vous pouvez utiliser n'importe quel autre compte courant pour y transférer de l'argent, moyennant des frais de transfert minimes. (Consultez notre site en ligne pour connaître le montant de ces frais.) Nous proposons également un soutien temporaire à ceux qui n'auraient pas d'argent pour les aider à se lancer, à crédit. Contactez notre service bancaire pour plus d'informations.

Vous devez également être informé que, en vertu de la loi sur la responsabilité des travailleurs, les infractions suivantes sont susceptibles d'être sanctionnées par des retenues de salaires :
- Dégrader les biens de Cloud
- Arriver en retard plus de deux fois
- Ne pas respecter les quotas mensuels définis par un manager
- Négliger sa propre santé
- Dépasser son congé maladie

- Perdre ou briser sa montre
- Troubler l'ordre public

À l'inverse, vous pouvez recevoir des primes pour les actions suivantes :

- Atteindre ses quotas mensuels pendant trois mois ou plus
- Ne pas être malade pendant six mois ou plus
- Réaliser un bilan de santé tous les six mois
- Réaliser un détartrage dentaire tous les ans

De plus, votre paie est automatiquement augmentée de 0,05 crédit chaque semaine durant laquelle vous conservez une notation de cinq étoiles. Cette note doit être conservée pendant toute la semaine pour que l'augmentation soit activée.

Votre compte fonctionne comme une carte de crédit. Si vous dépassez les montants alloués à votre compte, vous pouvez toujours payer avec votre CloudBand. Tous les crédits gagnés lorsque vous êtes en déficit serviront d'abord à payer vos intérêts débiteurs (voir notre portail bancaire en ligne pour connaître les taux en vigueur).

Vous êtes également invité à rallier notre programme de retraite, grâce auquel, dans un certain nombre d'années, vous aurez droit à une semaine de travail réduite à 20 heures, à un logement subventionné et à un rabais de 20 % sur tous vos achats dans les magasins Cloud.

Nos banquiers sont disponibles entre 9 heures et 17 heures au sein de l'Admin pour répondre à toutes vos questions. Vous avez également accès à votre compte 24 heures/24 soit sur notre site, soit dans les CloudPoint disséminés dans tout le MotherCloud, soit via le navigateur de votre télévision.

ZINNIA

Zinnia caressa du doigt l'écran de sa montre. Si lisse qu'il en était glissant. Elle accrocha le bracelet, les aimants se refermèrent d'un coup sec autour de son poignet.

Chargez-la durant la nuit. Autrement, ne l'enlevez jamais, parce qu'elle fournit des données sur votre état corporel, ouvre les portes, enregistre les évaluations, vous procure la liste des tâches à réaliser, permet d'effectuer des transactions, et sans doute encore une centaine de choses que l'on a besoin de faire chez MotherCloud.

Autant porter des menottes.

Un paragraphe en particulier, dans le manuel de la CloudBand, lui avait laissé une impression très désagréable :

Vous devez toujours sortir de votre chambre avec la CloudBand à votre poignet. Elle est programmée seulement pour vous. En raison des informations personnelles et confidentielles stockées sur chaque CloudBand, si elle est désactivée trop longtemps ou si quelqu'un d'autre la porte, une alarme se déclenche au sein du système de sécurité de Cloud.

Elle considéra la porte de sa chambre. Même pour sortir, elle était obligée de scanner sa montre. L'objectif était probablement de s'assurer que les gens ne l'oublient pas, puisqu'elle servait de clé pour prendre l'ascenseur, entrer dans l'appartement ou aller dans les salles d'eau.

Bien sûr, elle était au courant de l'existence de ces montres. Mais ce truc ne se contentait pas de surveiller votre rythme cardiaque. Il détectait aussi l'endroit où vous vous trouviez. Allez là où vous n'êtes pas censé être, et un point rouge apparaîtra sûrement sur l'écran d'une pièce sombre. L'alerte sera donnée.

Elle contempla les polos rouges étalés sur son lit, déçue qu'ils ne soient pas marron.

Elle était persuadée d'avoir cerné leur algorithme de sélection d'aptitudes professionnelles, et de leur avoir fourni les réponses et le CV qui la placeraient dans l'équipe technique. De quoi lui laisser une plus grande liberté de mouvement.

Raté.

Cela ne lui laissait que trois options.

La première : trafiquer la montre d'une façon ou d'une autre pour qu'ils ne puissent pas la localiser. Rien d'impossible, mais ce n'était pas une perspective qui la réjouissait particulièrement. Difficile de comprendre comment accéder aux paramètres de la montre, et même si elle était plutôt douée pour ça, elle ne l'était sans doute pas assez.

La deuxième : elle pourrait trouver un moyen de se déplacer dans le complexe au cours de la nuit, moment où elle était supposée ne pas porter sa montre. Le problème, c'est que, sans elle, elle ne pourrait ouvrir aucune porte. Elle ne pourrait même pas sortir de sa chambre.

La troisième solution consisterait à faire partie de l'équipe de maintenance ou de sécurité, ce qui lui donnerait un plus large accès au complexe. Mais était-ce seulement possible ?

La situation commençait à se compliquer sérieusement. Alors mieux valait s'y mettre tout de suite, histoire de tâter le terrain.

Elle s'agenouilla face au disque installé dans le mur. L'ausculta avec ses doigts. Envisagea un instant de le démonter pour comprendre comment il fonctionnait, mais cela déclencherait sûrement une alarme quelconque. Elle valida sa montre afin d'ouvrir la porte, puis la bloqua du pied tandis qu'elle posait la CloudBand sur son tapis de charge, et sortit dans le couloir.

Elle resta là un instant avant de se rendre compte que cela pourrait paraître étrange, alors elle se dirigea vers la salle d'eau. Au moment où elle l'atteignait, un gros morceau de barbaque aux avant-bras couverts de tatouages avec un polo bleu sur le dos sortit d'un ascenseur. Il s'arrêta à une certaine distance d'elle et leva les mains comme pour dire : « Ne vous inquiétez pas. » Il avait l'air de savoir que son apparence avait tendance à rendre les gens nerveux.

« Mademoiselle ? l'interpella-t-il d'une voix doucereuse. Vous n'êtes pas censée sortir de votre appartement sans votre CloudBand.

— Oh, désolée. Premier jour. »

Un sourire de toutes ses dents. « Ça arrive. Laissez-moi vous raccompagner à votre porte, sinon vous serez enfermée dehors. »

Elle se laissa escorter le long du couloir. Il garda une distance respectueuse. Arrivé à la porte, il passa sa montre devant et la lumière devint verte. Puis il s'éloigna poliment de la porte comme si elle abritait un tigre dangereux. C'était gentil de sa part.

« Merci, dit-elle.

— De rien, mademoiselle. »

Elle le regarda s'éloigner dans le couloir, et pénétra dans la chambre. Chercha sa trousse à maquillage, et en extirpa le tube de rouge à lèvres qu'elle n'avait jamais utilisé. Elle en dévissa le fond, qui révéla un détecteur de fréquences radio grand comme son pouce. Elle pressa un bouton sur le côté et un voyant vert clignota pour indiquer qu'il était bien chargé.

Elle parcourut toutes les surfaces de la pièce. La lumière devint rouge à l'approche de la télévision et de la lampe, ce à quoi elle s'attendait, mais nulle part ailleurs. Rien dans les bouches d'aération ni dans les placards.

Elle ouvrit ensuite la porte et fit courir le détecteur autour du montant. La lumière devint rouge au niveau du loquet. Il y avait quelque chose là-dedans, planqué derrière la fine plaque de métal du cadre. Scanner thermique ? Détecteur de mouvement ? Elle ôta sa CloudBand du chargeur et l'attacha à son poignet. Vérifia de nouveau la porte. Pas de lumière rouge. Remit la montre sur son chargeur. Lumière rouge.

Très bien. Le problème, c'était donc la porte. Une espèce de capteur pouvait détecter qu'elle quittait la chambre sans sa montre. Il devait ainsi y avoir une possibilité de le contourner si elle laissait sa montre ici et trouvait un autre moyen de sortir.

Elle considéra sa chambre, qui lui parut encore plus exiguë qu'à son arrivée. Une chambre d'enfant. Il y avait forcément une solution. Mais la priorité, c'était de partir en reconnaissance. Elle remit sa montre et quitta les lieux pour retomber dans le couloir désert qui menait à la salle d'eau. Choisit les toilettes unisexes – moitié hommes, moitié femmes en jupe – et se retrouva face à une longue rangée de lavabos, de toilettes et d'urinoirs. L'une des cabines était occupée, une paire de petites baskets était visible sous la porte. Sans doute une femme, à en juger par la taille et le style.

Zinnia se dirigea vers un lavabo et ouvrit l'eau. Le robinet bougeait sur son socle. Elle tira dessus et il faillit tomber. Elle se dirigea vers le robinet suivant et se passa de l'eau sur le visage. Leva les yeux, et se rendit compte que la salle d'eau avait un faux plafond.

Parfait.

Vers les ascenseurs, elle tomba sur une jeune femme délicate aux airs de pom-pom girl, qui donnait l'impression que le polo marron qu'elle portait n'était pas à sa place sur ses frêles épaules. Ses cheveux bruns étaient attachés en une queue-de-cheval sévère. Elle pointa ses grands yeux de personnage de dessin animé sur Zinnia et lui demanda : « Vous êtes nouvelle à l'étage, pas vrai ? »

Zinnia s'arrêta. Les lois de la bienséance exigeaient qu'elle lui sorte quelques platitudes en retour.

« Tout à fait, dit-elle en se forçant à sourire. Je suis arrivée ce matin.

— Bienvenue, déclara la jeune femme, et elle lui tendit la main. Je m'appelle Hadley. »

Zinnia acquiesça. La main de la fille était petite et douce. Elle aurait pu la briser si elle avait voulu.

« Comment vous vous en sortez ?

— Très bien, répondit Zinnia. Ça fait beaucoup de choses à intégrer en peu de temps, mais je m'installe.

— Super. Si vous avez besoin de quoi que ce soit, je suis en Q. Et il y a Cynthia en V. C'est elle la cheffe du couloir, en quelque sorte. » La jeune fille lui décocha un sourire complice. « Vous savez comment c'est, nous les filles, il faut toujours qu'on reste ensemble.

— Ah oui ? »

Hadley cligna des yeux. Une fois, deux fois. Puis elle opina et son sourire s'élargit, comme si elle espérait que son éclat dissiperait le non-dit qui pesait entre elles, et Zinnia remisa cette information potentiellement intéressante dans un coin de sa tête.

« Eh bien, enchantée de t'avoir rencontrée », conclut-elle, et elle fit demi-tour dans ses petites ballerines délicates. Zinnia lui lança un « Enchantée également » et se dirigea vers les ascenseurs, légèrement inquiète, en essayant de comprendre de quoi il retournait exactement, et tandis qu'elle descendait vers le hall, elle décida que la fille avait juste voulu être gentille, et qu'il valait mieux se calmer.

Une fois en bas, elle s'arrêta face à un grand écran d'ordinateur où s'affichait le plan de l'ensemble du complexe.

Les dortoirs étaient alignés, du nord au sud : Séquoias, Érables, Chênes. Au nord des Séquoias, il y avait une installation en forme de larme baptisée Live-Play qui, d'après le plan, regroupait des restaurants, des cinémas, et tout un tas d'autres trucs débiles avec lesquels ils pourraient se lobotomiser le cerveau.

Le parcours du tram formait une boucle. Il s'arrêtait à chaque dortoir. Les dortoirs étaient reliés entre eux par des magasins, donc on pouvait marcher d'un bout à l'autre, des Chênes au sud jusqu'au Live-Play au nord, en empruntant ce que le plan nommait « la Promenade ». Ça faisait visiblement un peu plus d'un kilomètre et demi.

Le tram poursuivait ensuite sa boucle autour de deux autres bâtiments : l'Admin, consacrée aux questions bancaires et bureaucratiques, et l'Hôpital, qui regroupait les établissements de santé. Puis il passait par l'Entrepôt principal avant de retourner à l'Accueil, l'édifice devant lequel le car les avait déposés. Pour boucler sa boucle aux dortoirs.

Le plan révélait aussi qu'il y avait des routes d'urgence – chaque établissement disposait de plusieurs infirmeries, qui étaient toutes directement reliées à l'Hôpital. Il existait également un système distinct, depuis l'Accueil et dans chacun des dortoirs, qui conduisait les agents d'entretien à travers les champs d'éoliennes et de panneaux solaires, jusqu'à la périphérie de la propriété, là où l'on trouvait les installations de traitement des eaux usées, des déchets et de l'énergie. Ce chemin était entièrement dissocié de celui qu'elle devait emprunter pour se déplacer.

C'est donc là qu'il lui fallait aller.

Elle abandonna le plan et se mit à marcher dans l'idée de descendre jusqu'aux Chênes puis de faire une boucle jusqu'au Live-Play. Faire un tour sur la Promenade. L'entrée des Érables était simple, nue, du béton lisse et épuré. Zinnia poussa la porte d'une laverie avec des rangées de machines à laver et de sèche-linge, et trouva aussi la salle de sport, bien équipée – haltères, appareils, tapis de course. La salle était déserte.

La Promenade ressemblait à un aéroport chic, un immense espace sur deux niveaux avec des ascenseurs, des escalators et un escalier hélicoïdal. Il y avait de petits restos avec plats à emporter, des pharmacies, une épicerie fine, une manucure, un salon de massage des pieds. Beaucoup de salons de massage des pieds, remplis de clients en polos blancs, rouges ou marron, affalés sur des chaises longues tandis que des Asiatiques en chemisier vert s'occupaient de leurs pieds nus. Zinnia se raidit. Les pieds la dégoûtaient, elle n'appréciait pas d'en voir autant exposés en vitrine. Encastrés dans les murs, des écrans démesurés diffusaient des publicités pour des bijoux, des téléphones ou des en-cas, dans des couleurs si saturées que c'en était douloureux pour les yeux.

Tout n'était que verre et béton lissé, tout baignait dans une atmosphère bleutée. Elle monta un escalier et marcha le long de la balustrade, une barrière de verre complètement transparente, et son estomac se noua face à ce vide dans lequel elle craignait de tomber. Tomber dans le vide et se blesser grièvement. Elle passa devant un escalator en panne, aux dents immobiles. Des hommes en polo marron fourrageaient dans ses entrailles en regardant autour d'eux comme s'ils venaient juste de comprendre comment il fonctionnait, pendant que de longues files d'attente se formaient devant l'ascenseur.

Elle dépassa le dernier dortoir et pénétra dans un couloir qui bifurquait à angle droit pour déboucher sur le Live-Play. Encore des écrans, encore des restaurants, un peu plus éclectiques que les tristes débits de soupes et sandwichs du premier hall. Tacos, barbecue, ramen, tous avec les mêmes tabourets en métal, les mêmes menus sommaires, et les mêmes clients qui mâchaient, le visage baissé.

Elle opta pour le restaurant de tacos et s'installa au bar. Un Mexicain corpulent leva les yeux à son arrivée, et elle lui demanda en espagnol s'il avait de la *cabeza*. Il fronça les sourcils et secoua la tête, le doigt pointé vers la carte au-dessus de lui. Du poulet, du porc, et bien sûr du bœuf, qui coûtait quatre fois plus cher que les deux autres. Elle commanda les trois tacos de porc et l'homme se mit au boulot, jeta de la viande précuisinée sur la plaque d'acier pour la réchauffer, et plaça quelques tortillas de maïs à côté.

Zinnia sortit un peu d'argent de sa poche et le posa sur le bar, de quoi régler sa nourriture et donner un petit pourboire. Le cuisinier disposait la viande sur les tortillas, avant d'y ajouter des oignons émincés et de la coriandre. Il revint poser le plat devant elle, ainsi qu'un petit disque noir cerné d'une lumière blanche. Il secoua la tête en voyant son argent et expliqua qu'il n'avait pas de quoi lui rendre la monnaie. Zinnia lui fit un signe de la main et lui dit de garder le tout. Il sourit, hocha la tête, s'empara du liquide posé sur son comptoir et, après avoir rapidement jeté un coup d'œil à la ronde, le fourra dans sa poche.

« *¿ Es tu primer día ?* demanda-t-il.

— *Sí* », répondit Zinnia.

Le cuistot sourit, ses yeux s'adoucirent. Comme un père qui aurait appris une chose décevante sur son enfant. Il hocha de nouveau lentement la tête : « *Buena suerte.* »

Son ton lui déplut. Il lui tourna le dos et elle se plongea dans ses tacos. Pas les meilleurs de sa vie, mais pas si mal pour un resto paumé au milieu de nulle part. Après avoir terminé, elle repoussa l'assiette sur le comptoir et salua le cuisinier, qui lui rendit son geste, accompagné d'un sourire peiné. Elle continua sa promenade jusqu'à déboucher sur un grand hall.

Le Live-Play embaumait l'eau fraîche. Les filtres à air de la clim faisaient des heures sup. Les lieux lui rappelaient un peu les centres commerciaux, du moins tels qu'ils étaient censés être à l'époque, avant de se démoder. Lorsque, petite, sa mère l'y emmenait, qu'elle avait le sentiment que tout ce qu'elle pourrait jamais désirer se trouvait là, à portée de main. Le hall était conçu comme une larme, large d'un côté et étroit de l'autre, sur trois niveaux accessibles par un embrouillamini d'ascenseurs et d'escalators. Des boutiques et des boutiques s'alignaient les unes à côté des autres et les allées donnaient sur un gouffre, en grande partie occupé par un casino. Sur le toit, une série de panneaux de verre laissaient entrevoir le ciel, d'un doux bleu foncé.

On y trouvait un pub anglais accolé à un restaurant de sushis – miam, le fameux poisson bien frais qui avait traversé le pays pour arriver jusqu'ici. Il y avait aussi un CloudBurger, très bon paraît-il, et qui proposait une vraie pièce de bœuf qui, au moins, ne coûtait pas un rein.

Hormis la nourriture, on dénombrait une salle de jeux d'arcade rétro, et une autre de réalité virtuelle. Un cinéma, une autre manucure, un autre salon de massage, un marchand de bonbons. L'endroit était bondé. Les bancs étaient tous occupés. Une foule de gens entrait et sortait des boutiques.

Devant une épicerie, elle sentit un pincement dans son estomac. Elle avait encore faim. Elle avait envie d'un fruit. De quelque chose de frais. Elle entra dans la boutique et en parcourut les rayonnages débordant de paquets de nourriture industrielle et de boissons sucrées. Pas d'ananas, pas de bananes. Elle sortit. Continua sa route jusqu'à la salle de jeux d'arcade. Abandonnant sa quête de fruits, elle s'engagea dans ce dédale de machines clignotantes et carillonnantes.

Tous les jeux étaient ornés d'un disque en métal. Elle essaya de mettre la main sur une machine à pièces, sans succès. Elle rebroussa chemin vers l'allée centrale, à côté d'un kiosque CloudPoint. Il y en avait partout. D'où elle se tenait, elle pouvait en voir une douzaine.

Elle s'identifia auprès de l'interface bancaire, qui l'invita à tendre sa montre. L'écran s'illumina – *Bienvenue, Zinnia !* – et elle entreprit de se connecter à son compte en banque bidon pour verser de l'argent sur son compte Cloud. Elle se transféra 1 000 dollars, et on lui en crédita 994,45. Ce faisant, elle examina le kiosque : il ressemblait à un distributeur d'argent classique, gros, lourd, en plastique, avec un écran tactile. Aucun port d'accès visible.

Pénétrer l'intranet de la compagnie était la solution. Elle décela un panneau en bas de la machine, qui cachait sûrement au moins un port USB, et sûrement d'autres choses avec lesquelles elle pourrait s'amuser, mais, déjà, plusieurs écueils se présentaient : comment ouvrir le panneau, comment empêcher la machine d'identifier sa montre et comment faire tout cela sans que personne le remarque ? Malgré tout, ça lui paraissait pour l'instant être la meilleure façon de pénétrer le système.

Elle fit défiler l'écran et découvrit que la paie actuelle des préparatrices s'élevait à neuf crédits par heure, soit quelque part entre huit et neuf dollars. Une fois son compte approvisionné et sa montre transformée en moyen de paiement, elle retourna à la salle d'arcade, passa un petit moment à errer dans les allées jusqu'à trouver ce qu'elle cherchait.

Pac-Man. La version classique. D'abord développé par Namco et commercialisé au Japon dès 1980. Le nom japonais était *Pakkuman*, du japonais *paku-paku*, qui correspondait au bruit d'une bouche qui s'ouvrait et se refermait rapidement. Zinnia adorait les jeux vidéo, et celui-ci restait son préféré.

Elle passa sa montre devant le lecteur et se lança, guida la petite boule jaune dans le labyrinthe, engloutit les pois blancs en évitant les fantômes couleur bonbon, secoua le joystick vers la gauche puis vers la droite. Le bruit résonnait dans la borne, elle avait presque l'impression qu'elle allait la casser. La machine, et tout ce qui l'entourait, prétendument alimenté par le vent et le soleil.

Prétendument.

« Intelligence économique » : c'était le terme officiel qui décrivait son activité. L'expression plus romantique, c'était « espionnage industriel ». Elle avait infiltré les systèmes de sécurité les plus ardus, les compagnies les plus impénétrables, pour, ensuite, s'en échapper avec leurs secrets les mieux gardés.

Elle n'avait jamais travaillé sur Cloud auparavant. Elle ne l'avait même jamais envisagé. C'était son Everest à elle. Vu la conjoncture actuelle, de toute façon, il fallait bien que ça finisse par arriver. Et comme Cloud occupait tous les terrains, bientôt, plus personne n'aurait besoin d'espionner personne. À une époque, elle pouvait avoir cinq ou six missions par an, ce qui était plus qu'assez. Ces derniers temps, elle devait s'estimer heureuse d'en décrocher une par an.

Quand elle avait accepté le job, elle s'était dit que ce ne serait pas si compliqué. Probablement une bête erreur de calcul. Puis elle s'était penchée sur les photos satellite. La superficie exacte des panneaux solaires. Les détails de leur puissance photovoltaïque. Le nombre et la puissance des turbines éoliennes. Ses employeurs voyaient juste : il était impossible que Cloud puisse produire l'énergie nécessaire pour alimenter ce complexe.

Une des raisons pour lesquelles Cloud ne payait pas d'impôts était que la firme menait des projets écologiques. Cloud devait respecter certaines normes énergétiques fixées par le gouvernement afin de bénéficier de ces énormes abattements fiscaux. Donc si Cloud mentait, si l'infrastructure présente sur le site ne permettait pas de produire l'énergie nécessaire à son fonctionnement, alors Cloud utilisait autre chose. Quelque chose qui n'était sûrement pas écologique. Quelque chose qui, sans doute, pourrait leur coûter des millions – peut-être même des milliards d'amende.

Le fantôme orange était sur ses talons. Elle fit monter et descendre Pac-Man au fil des allées du labyrinthe, surtout celles qu'elle avait déjà explorées, pour essayer de le semer tout en évitant les autres dangers, jusqu'à atteindre le gros point rougeoyant qui inversait les rôles. Les fantômes devinrent bleus, et elle les prit en chasse pour en gober le plus possible.

À qui profite le crime ?

Non pas qu'il faille absolument qu'elle le sache pour faire son boulot. Mais la question la tourmentait. Peut-être un de ces journalistes ou des gens du gouvernement, agacés par les pratiques de Cloud et leur monopole sur la vente en ligne. Cela faisait des années que les journaux avaient tenté d'introduire des gens dans ces installations, mais personne n'avait su déjouer les tests d'entrée et les algorithmes. Il lui avait fallu un mois pour se construire un faux passé aux fondations assez solides pour réussir l'entretien d'embauche.

Plus vraisemblablement, il devait s'agir de l'un de ces super-centres commerciaux faits de brique et de mortier, désireux de reprendre pied face à Cloud. Regagner le terrain qu'ils avaient perdu après les Massacres du Black Friday.

Zinnia avait quasiment réussi à finir son niveau, il ne lui restait plus que quelques pois à avaler dans le coin à gauche de l'écran. Elle s'y attaqua.

Tout tenait dans cette équation : une installation de cette taille, qui abritait autant de personnes, nécessitait cinquante mégawatts par heure pour fonctionner. Or, la capacité des panneaux solaires et des champs d'éoliennes devait, au mieux, atteindre les quinze ou vingt mégawatts. Quelque chose ne collait pas. Il fallait qu'elle mette le doigt dessus. Ce qui signifiait infiltrer leur infrastructure. Elle avait quelques mois pour y parvenir, et, jusque-là, elle ne pourrait compter que sur elle-même. Aucun contact avec ses employeurs. Même pas via l'application cryptée de son téléphone. Elle n'avait pas idée de quoi Cloud était capable.

Zinnia orienta Pac-Man dans une autre allée, en direction des derniers pois. Les fantômes la poursuivaient. Elle visait le prochain virage à gauche tout en sachant qu'elle n'aurait pas le temps d'y parvenir. En une seconde, elle se retrouva piégée, le fantôme orange rattrapa Pac-Man et la petite boule jaune se dégonfla avant de disparaître.

2

INTÉGRATION

GIBSON

Je me souviens de nombreuses journées passées chez Cloud, mais je me rappelle le tout premier jour avec une tendresse particulière. Je me le rappelle parce que c'était le plus dur. Ensuite, chaque journée est devenue un peu plus facile que la précédente.

Quand j'ai lancé cette entreprise, les gens m'ont pris pour un cinglé. Ils sont nombreux, sans doute, à l'avoir oublié, mais, en ce temps-là, une autre compagnie faisait à peu près la même chose que nous, à plus petite échelle. Leur défaut, c'était qu'ils étaient trop terre à terre.

Déjà quand j'étais gamin, j'étais obsédé par le ciel. Son étendue. L'immensité qu'il nous imposait. Tous les jours, nous avions au-dessus de nos têtes cette ressource infinie. Et inexploitée. Des avions y volaient, certes, mais ce n'était rien comparé au potentiel tapi dans cet horizon bleu.

Jeune, j'avais déjà compris que l'avenir résidait dans la technologie des drones. L'air et les routes avaient été ravagés par ces gros camions qui prenaient trop de place et recrachaient leur poison. Résoudre la question des camions, c'était déjà régler un paquet de problèmes. Les embouteillages, la pollution, les accidents.

Vous avez une idée du coût du trafic routier ? Il y a une dizaine d'années, lorsqu'il avait atteint des proportions dramatiques, on parlait de quelque chose comme 305 milliards de dollars de pertes directement ou indirectement liées au trafic routier, et ce, en une seule année. Chiffres de l'Institut de recherche de l'économie et des affaires.

Les pertes tenaient compte du temps perdu et de l'essence gâchée par les usagers coincés dans les bouchons, des frais de transport des biens de consommation, de l'entretien des chaussées, des accidents de la route. Les transports publics étaient utiles, mais pas tant que ça. Nos infrastructures de transport tombaient déjà en morceaux, et les frais d'entretien étaient astronomiques. Qui pourrait oublier le jour où le réseau du métro de New York s'est effondré ? La ville n'a plus jamais été la même après ça.

L'idée, c'était d'utiliser des drones, et pas seulement pour s'amuser.

Je revois encore mon premier drone. Ce n'était qu'un jouet, il ne pouvait pas voler à plus de trente mètres sans redescendre et s'écraser. Il ne pouvait transporter que des choses très légères. Mais, avec le temps, la technologie s'est améliorée, et ils sont devenus plus solides. J'ai commencé à les bricoler, puis à investir dans ce mode de transport, pour finir carrément par acheter une entreprise qui travaillait à leur développement.

Cette entreprise s'appelait WhirlyBird. Un nom horrible, mais ils étaient vraiment futés. Au lieu de prendre les drones tels qu'ils étaient, ils se posaient la bonne question : « Si l'on devait inventer les drones aujourd'hui, en sachant ce que l'on sait, comment pourraient-ils être plus performants ? »

Ils sont repartis de zéro. Ont repensé la manière dont étaient disposés les moteurs. Expérimenté de nouveaux matériaux. Composites, plus légers. « Une technologie qui va changer le monde », a alors écrit le *New York Times*. J'étais sacrément fier d'en être le propriétaire.

À partir de là, il a fallu se lancer dans un intense lobbying auprès de l'Administration de l'aviation fédérale pour que drones et avions cohabitent dans le même espace aérien sans causer d'accidents. Les drones ne volent pas aussi haut que les avions, mais le décollage et l'atterrissage pouvaient poser problème.

Pour être honnête, ça n'a pas été facile. Non pas à cause des risques de circulation – les gars et les filles de chez WhirlyBird avaient développé d'excellents outils de détection. Le problème, c'était de devoir composer avec le gouvernement fédéral. Un cauchemar. Des années et des années de problèmes. Jusqu'à ce que l'on réussisse à prendre le contrôle de l'aviation fédérale. Nous l'avons privatisée, nous avons mis des personnes compétentes aux postes importants, et tout s'est arrangé.

Vous savez comment ça se passe. Le temps de construire un bâtiment avec des financements publics, vous pouvez construire cent bâtiments privés. La raison est simple : les promoteurs privés veulent gagner de l'argent, tandis que le gouvernement veut avant tout que les gens gardent leurs emplois le plus longtemps possible. Ce qui entraîne des pertes de temps inimaginables.

Bref. La plupart des gens pensent que j'ai appelé ma compagnie Cloud, « nuage », à cause des essaims de drones qui s'envolent des centres de traitement tels de gros nuages chargés de paquets. Mais si j'ai choisi Cloud, c'était pour marquer mon territoire.

Désormais, même le ciel n'était plus une limite.

Donc, le premier jour, j'étais là avec Ray Carson – eh oui, Ray était avec moi dès le début. En plus d'avoir un sacré CV, Ray était bien plus calé que moi en technologie, et il m'était donc d'une grande aide pour me traduire ces mots de spécialistes à plus de trois syllabes. C'est pour ça que j'en ai fait mon vice-président. La première chose dont il a fallu s'occuper, c'est de décrocher des contrats avec un certain nombre d'entreprises, afin qu'elles nous confient la livraison de leurs produits par drone. Si l'on parvenait à se mettre d'accord avec des compagnies connues, et à faire du bon boulot, les autres suivraient.

Nous avons loué des locaux en centre-ville, pas très loin d'où j'avais grandi, ce qui était important pour moi : je tenais à conserver un lien avec ma ville natale. Je ne voulais pas oublier d'où je venais.

Mais quand on est arrivés dans les bureaux, tout était vide. Je vous jure que l'agent immobilier nous avait promis des bureaux meublés. Même des années après, je m'en souviens parfaitement. C'est pour ça que l'on avait choisi cet endroit. Les locaux n'étaient pas très grands, ils n'étaient pas jolis non plus, mais, au moins, nous n'aurions pas à les meubler. Sauf que, lorsqu'on s'est pointés ce matin-là, l'endroit était complètement nu. Il n'y avait rien d'autre que les murs et le plancher, et des fils électriques qui pendaient là où avaient dû être fixées les lampes. Il manquait même les dalles du faux plafond. L'entreprise qui nous avait précédés, une vieille boîte de comptabilité, était censée nous laisser ses meubles.

Ils étaient même partis avec les chiottes !

J'ai donc passé un coup de fil à l'agent immobilier, un arnaqueur de première dont je n'arrive plus à me souvenir du nom – dommage, parce que j'aurais aimé le balancer sur Internet. Il m'a affirmé que non, jamais il ne m'avait dit que l'endroit serait meublé. Je m'étais fait avoir, comme le gamin plein d'énergie mais encore naïf que j'étais. Je n'avais, bien entendu, aucune trace écrite de sa promesse, nous avions conclu l'accord en nous serrant la main.

Ce qui, pour ce type, n'avait visiblement aucune valeur.

Ray, moi et une dizaine d'autres personnes étions donc plantés là, avec pas grand-chose d'autre à faire que contempler un espace vide. C'est là que Renee a pris le taureau par les cornes. Renee était une ancienne militaire, aussi solide qu'intelligente. Si vous lui disiez que quelque chose était impossible, elle lâchait son joli petit rire et vous répondait : « Rends-le possible. » Elle m'a beaucoup appris.

Elle a décroché le téléphone et s'est mise à passer des tonnes de coups de fil pour dénicher ce dont on avait besoin. J'avais investi tout mon argent dans l'entreprise et je n'avais plus de quoi meubler les bureaux. Renee était mon seul espoir. Et elle a finalement découvert qu'une école du quartier allait fermer et que le mobilier scolaire avait été empilé sur le trottoir pour être enlevé.

Bingo ! Je ne suis pas du genre à aimer le clinquant. Je n'ai pas besoin d'un bureau dont on peut régler la hauteur, qui me fait le café et me dit tous les jours que je suis formidable. Tout ce dont j'ai besoin, c'est d'un téléphone, d'un ordinateur, d'un bloc-notes, d'un stylo et d'un siège sur lequel m'asseoir. Basta.

Avec Ray et quelques autres gars, on s'est rendus à l'école, et, en effet, il y avait tout un tas de matériel. On a tout pris. Dans cette situation, on ne peut pas se permettre de faire les difficiles. Je ne savais pas exactement de quoi nous aurions besoin, alors je me suis dit, autant tout prendre, qu'on verrait bien comment l'utiliser.

On a donc récupéré deux bureaux de professeur, ces mastodontes en métal qui pèsent une tonne, mais ce n'était pas suffisant, alors nous avons aussi emporté les bureaux d'écolier, ceux avec la planche qui se relève pour accéder à un casier dans lequel on peut ranger plein de choses. On en avait une douzaine. On les a transformés en les boulonnant ensemble, alignés trois par trois.

On les appelait les « triplés ». Je m'en suis pris un pour moi. Ça me paraissait important de ne pas prendre l'un des deux grands bureaux. Je ne voulais pas donner aux autres une mauvaise impression, leur laisser penser que je méritais un traitement spécial. Si ça n'avait tenu qu'à moi, tout le monde aurait eu un triplé, mais Ray était tombé amoureux de ces monstruosités vert olive. Il n'aimait rien tant que mettre ses pieds dessus quand il réfléchissait. Autant le lui donner.

J'ai toujours mon triplé, au sous-sol. Et si jamais vous venez dans nos locaux, vous verrez encore des gens travailler sur des triplés. Chez nous, pas de bureau taillé dans la plaque d'acajou d'un seul arbre à dix mille dollars. Au fil du temps, j'ai fini par les apprécier. Je pense que c'est un bon rappel. Restons humbles. Personne n'a besoin d'un grand bureau tape-à-l'œil, hormis celui qui se croit plus important qu'il ne l'est réellement.

Bref, on a aussi trouvé de l'équipement informatique mis au rebut. Des câbles, des prises. Grâce à Mike, un gamin qui bossait avec nous, un vrai magicien. Je l'adorais. En gros, il a pris tout un tas de vieux trucs et, à partir de ça, il a construit un système informatique digne du monstre de Frankenstein et ça nous a permis de nous lancer. À l'époque, nos bureaux avaient une sacrée allure.

Je crois qu'il fallait qu'on en passe par là. C'était notre premier vrai test.

En fait, techniquement, le premier test, après avoir trouvé le concept, avait consisté à convaincre les gens que l'on pouvait réussir. Alors disons que, ça, c'était notre premier test dans le monde réel. Une de ces épreuves face auxquelles beaucoup de personnes auraient baissé les bras et laissé tomber. Mais mon équipe a pris le taureau par les cornes et nous avons trouvé une solution.

Je me souviens que, lorsque tout a été terminé, la nuit était déjà tombée. Avec Ray, on a échoué dans un bistrot où l'on allait de temps en temps. La Fonderie, ça s'appelait. On avait mal partout, et on avait péniblement grimpé sur les tabourets de bar, comme des petits vieux.

On avait bien mérité de porter un toast ! Boire un verre de bon scotch, quelque chose du genre. J'ai sorti mon portefeuille, mais il était vide – j'avais payé le déjeuner pour tout le monde le midi. Et mes cartes avaient presque atteint le plafond autorisé.

Ray, Dieu le bénisse, a posé sa carte sur le bar et nous a commandé deux scotchs *on the rocks*. Sauf que lui aussi était fauché comme les blés ; le scotch qu'il nous a payé avait le goût d'acide de batterie.

Pourtant, ce fut le meilleur verre de ma vie.

Avant d'aller nous coucher – car, croyez-moi, on n'était pas du genre à se saouler, surtout quand il fallait être au bureau tôt le lendemain matin –, Ray m'a tapé dans le dos en disant : « Je crois que c'est le début de quelque chose. »

Je me dois d'être honnête avec vous. C'est difficile à admettre, surtout quand je vois maintenant combien les gens ont foi en moi, mais je ne l'ai pas cru. Aujourd'hui, je garde de ce moment un souvenir ému et serein, mais, alors qu'il prononçait ces mots, assis au bar, à penser à nos bureaux d'écolier et à notre système informatique tout bringuebalant, j'étais terrifié. J'avais convaincu ces gens que je n'étais pas fou pour qu'ils me suivent, et maintenant ils dépendaient tous de moi.

C'est Ray qui m'a donné un second souffle. Depuis le tout début. Je n'ai pas de frère, pas de sœur, mais j'ai Ray, et c'est ce qui pouvait m'arriver de mieux.

ZINNIA

Zinnia passa son jean et son polo rouge, puis s'assit pour enfiler ses chaussures. Pas vraiment le choix.

Elle n'en avait apporté que deux paires : des bottes robustes, vu qu'elle pensait faire partie de l'équipe technique, et des chaussures plates tellement fines qu'on aurait dit des chaussettes. Elle les aimait parce qu'elle pouvait les rouler et les fourrer dans son sac à main, mais pour un travail comme celui-ci, qui allait lui demander de passer son temps à se tenir debout ou à marcher, elles ne feraient pas l'affaire. Sans parler de sa cheville qui la lançait toujours depuis cette histoire à Bahreïn le mois précédent. Elle avait besoin de soutien, elle opta pour les bottes.

Elle débrancha la CloudBand de son chargeur et l'attacha autour de son poignet. Elle vibra et afficha :

Bonjour, Zinnia !

Puis :

Votre service commence dans 40 minutes. Ne tardez pas à partir.

Les mots laissèrent place à une flèche clignotante qui pointait vers la porte. Elle se leva, se tourna. La flèche pivota pour rester fixée sur la porte. Elle se dirigea vers elle et sortit. La montre vibra contre son poignet et la flèche indiqua la gauche, en direction des ascenseurs.

Elle suivit la flèche jusqu'au tram, où patientait déjà beaucoup de monde. Tout un spectre de couleurs, mais surtout des polos rouges. Un tram arriva à quai, bondé, et repartit. Zinnia en laissa passer deux de plus. Elle réussit à monter dans le quatrième. À bord, l'espace se remplit jusqu'à ce qu'ils soient serrés les uns contre les autres pour tous effectuer le même trajet, les bras le long du corps afin d'éviter de se toucher, se balançant au gré des mouvements du tramway pour rester debout.

Les gens qui descendirent avec elle à l'Entrepôt principal avaient plutôt l'air jeunes, en forme. Pas de vieux, pas de gros, personne avec une infirmité visible. La file d'attente zigzaguait dans une immense salle, encadrée de cordons soutenus par des poteaux, un peu comme aux contrôles de sécurité dans les aéroports.

À l'arrivée, trois tourniquets, chaque bras en métal obligeant les employés à passer l'un après l'autre, et seulement après avoir scanné leur montre sur le disque placé en évidence.

Des dizaines d'écrans étaient encastrés dans le mur, et diffusaient la vidéo d'un homme qui se penchait pour ramasser un carton, sa colonne vertébrale toute voûtée. Un bruit de buzzer retentit et un X rouge apparut sur l'écran. Le même homme plia les genoux, la colonne vertébrale bien droite ; un pouce vert apparut, accompagné d'un *ding*.

Puis, une femme qui marchait calmement pour apporter un carton jusqu'à un tapis roulant. L'écran se figea, et s'afficha le message :

Marchez, ne courez pas.

Puis un homme en train de porter un carton qui semblait bien trop lourd pour lui.

Informez votre supérieur si vous ne pouvez pas porter de colis de plus de 10 kilos.

Puis une femme en train d'escalader une étagère comme un singe. Buzzer. X rouge.

Utilisez toujours votre harnais de sécurité.

Lorsque arriva le tour de Zinnia, elle franchit le tourniquet et pénétra dans un espace si grand qu'elle eut une sensation de vertige.

Des rayonnages s'étendaient à perte de vue. Cet endroit avait sa propre ligne d'horizon, il n'y avait pas de murs à part derrière elle. Des colonnes titanesques supportaient un plafond qui, lui, se révélait moins élevé qu'elle ne l'aurait imaginé. Trois étages. Quatre, peut-être. Les rayonnages se déplaçaient. Ils faisaient deux fois sa taille, glissaient sur le sol en béton lissé, changeaient de place, tournaient sur eux-mêmes. Des hommes et des femmes en rouge se hâtaient entre les rayons pour récupérer des paquets. Lesquels semblaient ensuite voler sur les tapis roulants jaunes qui serpentaient à travers la salle.

Métal en mouvement, semelles qui claquent et doux ronronnement de la mécanique composaient une symphonie du chaos. Ça sentait l'huile de moteur, les produits de nettoyage et quelque chose d'autre. Une odeur de salle de sport. Sueur désodorisée et caoutchouc. Elle resta immobile, à contempler la chorégraphie de cette grande machinerie.

Son poignet vibra. Encore une flèche. Elle lui rappela de marcher droit devant, alors elle s'exécuta jusqu'à la sentir vibrer à nouveau, la flèche tournait, vers la droite cette fois. Son regard passait de la montre à l'espace qui lui faisait face afin de slalomer prudemment entre les polos rouges pressés et les rayonnages mouvants. Elle devait sans cesse s'arrêter pour laisser passer quelqu'un et éviter de se faire bousculer.

C'était sympa de les avoir prévenus. *Marchez, ne courez pas.*

Après quelques virages supplémentaires, elle se rendit compte que la vibration n'était pas la même selon la direction que la montre indiquait. Lorsqu'elle devait tourner à droite, c'était la partie droite de la montre qui vibrait. Pour avancer ou reculer, c'était le dessus ou le dessous de la montre. Il lui avait fallu un moment pour comprendre mais, à présent, elle réagissait instinctivement. Quelques bifurcations plus loin, elle avançait sans regarder sa montre, juste en suivant les vibrations.

« Pas mal, ce truc. »

Elle se trouva soudain au pied d'un mur isolé, à moins que ce ne soit une structure autonome au milieu de l'Entrepôt. Elle n'aurait su dire. Un jeune Latino était appuyé contre le mur. Costaud, les avant-bras noueux, et plutôt beau garçon avec ses cheveux noirs frisés. Portoricain, si l'on se fiait à son accent.

« Miguel », annonça-t-il en lui tendant la main. Le bracelet de sa montre était en tissu, vert foncé comme des feuilles d'arbre. « C'est moi qui vais t'aider à prendre tes marques.

— Zinnia. » Elle lui serra la main. Sa peau était rêche et calleuse.

« Très bien, *mi amiga*, tu m'as l'air d'avoir compris le truc pour te diriger. On va marcher un peu et je vais t'expliquer comment tout ça fonctionne. Ensuite, on pourra s'y mettre. »

Zinnia leva son poignet. « Donc c'est vraiment notre guide, c'est ça ?

— La seule chose dont tu auras toujours besoin pour te déplacer. Suis-moi. »

Miguel longea l'allée. Sur leur gauche, l'immensité de l'Entrepôt ; sur leur droite, des bureaux, des salles de repos, des toilettes, entrecoupés de longs murs surmontés d'écrans qui diffusaient, encore et toujours, la même publicité.

La jeune mère. Les pansements.

« Sincèrement, sans Cloud, je ne sais pas ce que j'aurais fait. »

Il y avait aussi d'autres séquences. Des employés de Cloud heureux et enthousiastes. Des gens qui prenaient des produits dans des bacs et les plaçaient sur les tapis roulants. De temps en temps, le témoignage d'un client satisfait.

Un jeune Asiatique dans sa chambre.

« Je n'aurais jamais eu mes examens si je n'avais pas reçu ce manuel à temps. »

Une jeune Noire devant une maison délabrée.

« Il n'y a pas de librairies, pas de bibliothèques dans le coin. Si Cloud n'existait pas, je n'aurais jamais accès à un seul livre. »

Un vieil homme assis dans une salle à manger démodée.

« Ce n'est pas facile pour moi d'aller faire les courses. Merci, Cloud. »

« Bienvenue à la terrasse, fit Miguel en écartant les bras. C'est comme ça qu'on appelle cet endroit. Tous ces beaux employés sont des rouges. » Il pinça le tissu de son polo. « C'est comme ça que les blancs nous appellent. Les managers. Ils traînent dans le coin et gardent un œil sur ce qui se passe. D'ailleurs, si tu as le moindre problème, tu n'as qu'à appuyer sur le sommet de ta montre et prononcer “manager”. Le premier manager disponible et le plus proche de toi sera prévenu. »

Zinnia baissa les yeux vers sa montre et fronça les sourcils. Elle cachait donc bien un micro. Peut-être n'était-il activé que lorsqu'on appuyait sur le haut de la montre, mais elle en doutait.

« Bon, le principe est assez simple, expliqua Miguel. En vérité, la montre fait le plus gros du boulot. Elle t'indique le chemin pour trouver l'article. Tu trouves l'article. Tu prends l'article. Elle te montre le chemin vers le tapis roulant concerné. Tu y déposes l'article. *Bim.* Au suivant. Tu fais ça pendant neuf heures. Deux pauses de quinze minutes pour aller aux toilettes et une demi-heure pour déjeuner.

— On n'a pas le droit de juste aller aux toilettes ?

— Laisse-moi te présenter la jauge, *mi amiga.* » Miguel attrapa son poignet et tapa sur le cadran de sa montre. En bas de l'écran, fine comme un cheveu, se dessinait une jauge verte. « Pour l'instant, ça n'a l'air de rien, mais une fois que tu auras démarré, elle évoluera selon tes progrès. Vert signifie que tu es dans le bon tempo. Si tu es à la traîne, tu vas commencer à descendre dans le jaune. Si tu atteins le rouge, ton classement d'employé va chuter. Donc ne t'approche pas du rouge.

— Ces types sont vraiment obsédés par les couleurs, non ? »

Miguel hocha la tête. « Il y a pas mal de gens qui ne parlent pas *inglés* ici. Les couleurs sont un langage universel. Bref, pour répondre à ta question, si tu passes trop de temps aux toilettes, tu vas prendre du retard. C'est mieux de se retenir. En parlant de pause… » Il s'arrêta. Se tourna vers Zinnia. Leva un sourcil, comme s'il voulait insister sur ce point. « Tu as une demi-heure pour déjeuner. Ce qui veut dire que si tu te trouves au milieu de la terrasse, ça peut te prendre vingt minutes pour rejoindre la salle de repos. L'algorithme est supposé éviter ce genre de désagrément, mais ça arrive malgré tout. Mon conseil : les barres protéinées des distributeurs automatiques sont très bien. Gardes-en dans ta poche. C'est mieux d'avoir des calories sous la main.

— Et pour l'eau ? »

Miguel haussa les épaules. « Il y a des fontaines à eau partout. Reste hydratée. Tu serais étonnée de savoir combien, même dans un espace de cette taille, il peut parfois faire chaud. » Il regarda les pieds de Zinnia et grimaça. « Et trouve-toi une paire de baskets. Commande-les ce soir. Crois-moi, dans quelques heures ces bottes n'auront plus l'air si fringantes.

— Ouais, c'est ce que je m'étais dit, admit Zinnia. Donc on récupère les commandes, on les pose sur le tapis roulant. Et qu'est-ce qui se passe si les produits sont trop lourds pour être portés ?

— Ils sont dans une autre partie de la terrasse. Et tu n'auras pas à y aller avant un petit moment. Le premier niveau, celui par lequel tu commences, concerne seulement les trucs de moins de dix kilos. Attends… »

Il leva le bras, sans la toucher mais assez près d'elle pour l'empêcher d'avancer. Une fille en polo rouge fila devant eux et sa queue-de-cheval fouetta le visage de Zinnia. Elle courait à toute vitesse, un paquet coincé sous le bras, les traits déformés par l'effort et, peut-être, les larmes. Elle bifurqua, et disparut.

« Il y a le feu ? demanda Zinnia.

— Elle doit approcher de la fin de son service. L'algorithme est censé fonctionner de manière à te laisser assez de temps pour trouver ton article en marchant, le récupérer et l'apporter sur le tapis roulant, le tout à un rythme vif mais contrôlé, tu vois ? Dans les faits, c'est différent. Parfois, les scarabées ont déplacé les rayons. Parfois, le produit n'est pas rangé au bon endroit sur l'étagère, donc tu perds du temps à le chercher. Parfois, à la fin de ton service, tu passes la seconde pour que ta jauge remonte dans le vert. » Il montra du doigt un jeune homme qui fonçait dans un rayon jusqu'à être hors de vue. « Si tu finis dans le rouge trop souvent, t'es automatiquement virée.

— Les scarabées ? »

Miguel tourna dans une allée latérale et lui fit signe de le suivre. Il l'emmena jusqu'à un rayonnage. Il s'accroupit et pointa quelque chose en dessous, un petit dôme jaune. Puis, toujours du doigt, il lui montra, le long du sol, les autocollants avec des codes-barres collés sur le béton.

« C'est comme ça que les rayonnages se déplacent. Les petits trucs jaunes qui les font bouger, on appelle ça des scarabées. Bon, et si on allait récupérer ton premier article, que tu puisses voir comment ça marche concrètement ?

— D'accord. »

Miguel leva le poignet, appuya sur le cadran. « Formation préliminaire terminée, prêts pour étape deux. »

Le poignet de Zinnia vibra. Nouvelle flèche. Miguel esquissa une révérence.

« Après vous, *mi amiga.* »

Zinnia se laissa guider par les trépidations de la montre. L'intérêt d'une technologie directionnelle qui n'impliquait pas la vue lui apparaissait maintenant de plus en plus évident. Entre les rayonnages qui allaient et venaient, les rouges qui passaient en quatrième vitesse et les tapis roulants, c'était l'endroit idéal pour se faire piétiner si l'on ne regardait pas devant soi.

« On dirait que tu as fait ça toute ta vie, sourit Miguel.

— Alors, pourquoi est-ce que c'est toi qui me fais ma formation, et pas un manager ?

— Les managers ont des choses plus importantes à faire, je suppose, ironisa-t-il. C'est un programme fondé sur le volontariat. Ça ne te donne pas spécialement d'avantages, à part une heure ou deux durant lesquelles, au moins, tu n'as pas à courir partout comme un taré. J'aime bien faire ça. Et, pour être honnête, tu es une bonne élève. La plupart des nouveaux ne pigent pas le truc de la montre avant la fin de leur premier service. »

Zinnia contourna un rayonnage qui leur coupait la route.

« Ça n'a pas l'air si compliqué, dit-elle.

— Tu serais surprise. »

Je parie que non, pensa Zinnia.

« Depuis combien de temps tu travailles ici ?

— Ça va faire cinq ans.

— Et ça te plaît ? »

Long silence. Zinnia l'observa. Miguel avait sur le visage l'expression de celui qui mâche quelque chose de pâteux au goût déplaisant. Elle ne détourna pas les yeux, elle voulait savoir, alors il haussa les épaules. « C'est un boulot comme un autre. »

Réponse suffisante. Elle crut qu'il allait s'en tenir là, mais il poursuivit : « Mon mari aimerait que je passe l'examen pour devenir manager. Monter dans la hiérarchie. Mais moi, je suis bien là où je suis. »

Le rôle des managers avait l'air bien obscur. Leur proportion semblait infime. Elle voyait des centaines d'employés en rouge, mais seulement quelques rares hommes ou femmes en blanc, une tablette à la main, qui marchaient comme s'ils étaient attendus quelque part.

« J'aurais cru qu'être manager était un peu plus reposant, dit-elle.
— Et c'est mieux payé. Mais je ne sais pas… » Miguel la fixa, il parlait lentement. Choisissait ses mots. « Ils ont un programme, la coalition Arc-en-ciel, qui est censé soutenir l'émancipation des minorités. Nous permettre de gravir les échelons. Diversifier les cadres. Je ne sais pas si ça marche vraiment. La plupart des gens en blanc… ils ont tendance à être de la même couleur que leur polo, si tu vois ce que je veux dire. »

Elle acquiesça avec un air de connivence.

« T'es latino ? demanda Miguel avant de secouer la tête et de baisser le menton. Pardon, je n'aurais pas dû demander. »

Zinnia lui fit un sourire rassurant. « Ma mère.
— Alors tu devrais peut-être postuler. »

La montre vibra plusieurs fois, en saccades. Elle baissa les yeux et lut :

8495-A.

Elle releva les yeux et trouva le même chiffre sur l'étagère devant elle.

« Parfait, dit Miguel. Maintenant, tape sur l'écran de la montre. »

Zinnia s'exécuta, et les chiffres changèrent.

Bac 17.
Rasoir électrique.

Puis, la photo d'un rasoir électrique dans son emballage plastique.

« Dix-sept ? demande Zinnia.
— Tout là-haut. Attends… » Miguel sortit quelque chose de sa poche. « Désolé, j'aurais dû te le donner dès le début. Harnais de sécurité. »

Zinnia l'attacha par-dessus sa propre ceinture. Le harnais se terminait par un mousqueton qui, lorsqu'on tirait dessus, révélait un long fil de nylon solide. Il était fin et soyeux, et elle pensa immédiatement au million de fois où cela lui aurait été utile. Pour ne pas finir cul par-dessus tête au Bahreïn, par exemple.

« Accroche-le ici quand tu grimpes », lui ordonna Miguel en saisissant le mousqueton pour le refermer autour d'une barre qui courait le long du rayonnage. « Honnêtement, dans quelques jours, tu ne t'en serviras plus. Ça prend trop de temps de le fixer et de le détacher. Si tu aperçois un manager dans le coin, par contre, attache-le. Tu peux avoir un blâme pour ça. Trois blâmes, et tu perds un crédit. »

Bon sang, quelle organisation. Elle grimpa sur le flanc du rayonnage, utilisa les étagères comme les barreaux d'une échelle, et mit la main sur le bon bac. Elle s'empara du rasoir dans son emballage plastique et sauta sur le sol. La montre bourdonna pour afficher un smiley souriant.

« Je suppose que ça signifie que j'ai réussi », fit-elle en montrant son poignet.

Miguel acquiesça. « Tout est contrôlé. Elle te dira si tu n'as pas pris le bon article. Ils ont rangé ça de manière intelligente : habituellement, ils ne mettent pas côte à côte des produits que l'on pourrait facilement confondre. Après, ça arrive de se tromper… »

La montre vibra encore une fois, et une flèche leur intima de quitter ce rayonnage pour avancer dans une autre longue allée. Ils marchèrent jusqu'à atteindre le tapis roulant. La montre émit plusieurs vibrations. Miguel leva la main pour l'arrêter.

Des bacs en plastique étaient empilés sous le tapis. Elle en prit un, plaça le produit à l'intérieur, et il fut rapidement emporté hors de leur vue.

« Au suivant, conclut-il.

— C'est tout ?

— C'est tout. Comme je le disais tout à l'heure, puisque tu es nouvelle, les deux premières semaines tu ne vas porter que des objets légers. Plus tu resteras, plus les choses vont se compliquer. Soit à cause de produits plus lourds, soit parce que tu seras affectée au rangement, ce qui veut dire que tu porteras les produits quand ils arrivent ici pour les ranger sur la bonne étagère. Les scarabées ne sont pas censés déplacer les rayons quand quelqu'un est accroché aux étagères, mais vu que l'on ne fixe pas toujours le mousqueton, ça arrive parfois. Dans ces cas-là, ça tourne au rodéo…

— On fait quoi maintenant ? »

Miguel consulta sa propre montre. « Officiellement, on a encore une heure devant nous, durant laquelle tu peux me poser toutes les questions que tu veux. Qu'est-ce que tu dirais de marcher jusqu'à la salle de repos et de boire un peu d'eau ? On n'a pas si souvent l'occasion de faire des pauses ici. Il vaut mieux en profiter quand on peut.

— D'accord. » Zinnia aurait préféré commencer à travailler – l'aspect mécanique de sa tâche lui aurait permis de réfléchir tranquillement à la suite –, mais elle pourrait peut-être apprendre des choses utiles.

Miguel n'avait pas exagéré : le chemin jusqu'à la salle de repos relevait bien du périple. Il leur fallut quinze minutes pour l'atteindre. Zinnia était un peu perdue, mais lui avait l'air de savoir où il allait. Sur le chemin, Miguel lui expliqua qu'il suffisait de dire « salle de repos » et sa montre la dirigerait directement vers la plus proche.

La pièce était à moitié vide. Exiguë, avec une rangée de distributeurs automatiques – dont deux hors service – contre le mur, et une poignée de tables avec des sièges fixés au sol. Sur un autre mur, une grande écriture cursive proclamait : *GRÂCE À VOUS TOUT EST POSSIBLE !*

Miguel se procura deux bouteilles d'eau à la machine et les posa sur une table. Quand Zinnia s'y assit, il poussa une des bouteilles vers elle.

« Merci, dit-elle en ouvrant le bouchon.

— De rien. C'est vraiment le plus important. Hydrate-toi. C'est ce qui fait souffrir le plus de gens ici, la déshydratation. »

Elle avala une gorgée d'eau si froide qu'elle lui brûla les dents.

« Est-ce qu'il y a encore autre chose que je dois savoir ? »

Miguel la considéra. Cligna des yeux plusieurs fois. Il avait une façon étrange de la fixer, comme s'il avait un truc à lui dire mais qu'il n'était pas certain de pouvoir lui faire confiance.

Elle essaya de trouver quelque chose d'intelligent à sortir, qu'il pourrait interpréter comme un « Hey, je suis réglo », mais Miguel finit par reprendre : « Reste hydratée. Atteins tes objectifs. Ne te plains pas. Si tu te blesses, fais avec. Moins tu t'adresses aux managers, mieux c'est. » Il prit son téléphone et tapa quelque chose.

Ne prononce JAMAIS le mot « syndicat ».

Elle acquiesça. « Pigé. »

Miguel effaça ce qu'il venait d'écrire. « Comment ça se passe dans ton appartement ?

— La cage à lapin ?

— Tu t'y feras. Pense verticalement. Moi j'ai attaché des paniers les uns aux autres et je les ai fixés au plafond. Pratique pour le rangement.

— Tu vis encore dans l'un de ces appartements ? Tu ne m'as pas dit que tu étais marié ?

— On fait ce qu'on peut.

— Je croyais qu'il était possible de trouver un meilleur logement ensuite.

— C'est possible. Mais ça coûte cher. Mon mari et moi – il s'est cassé la cheville, alors maintenant il bosse au service client –, on essaie d'économiser. Il est allemand. On réfléchit à quitter le pays pour s'installer dans son pays. »

Elle hocha la tête. « C'est beau, l'Allemagne. »

Miguel inspira et exhala un long soupir triste. « Un jour peut-être… »

Elle lui décocha un petit sourire. Comme pour le consoler, mais aussi pour dissimuler le malaise et la pitié qu'elle ressentait envers cet homme, coincé dans ce boulot avilissant, rêvant de partir pour l'étranger alors qu'il savait très bien que ça n'arriverait sans doute jamais.

Miguel regarda sa CloudBand. « Je crois qu'on a fini. Si t'as besoin de moi, tu peux dire "Miguel Velandres", et ta montre me localisera. Et comme je te l'ai déjà expliqué, il suffit de dire "manager" pour trouver un blanc, mais c'est mieux d'éviter. »

Ils balancèrent leurs bouteilles dans une poubelle de recyclage pleine à ras bord surmontée d'un logo *MERCI DE RECYCLER !* et sortirent sur la terrasse.

« Prête ? »

Elle acquiesça.

Il leva son poignet. « Formation terminée. »

Le poignet de Zinnia bourdonna. Retour de la flèche, qui lui enjoignit de partir droit devant.

Elle regarda Miguel. Il tendit la main. « Ne perds pas de temps. Ne perds jamais de temps. »

Elle lui serra la main, fit volte-face et s'en fut, portée par la douce vibration de la montre. Par-dessus son épaule, Miguel lui lança : « Et n'oublie pas, *mi amiga*, trouve-toi une paire de baskets. »

PAXTON

Paxton s'assit seul contre le mur du fond de la salle de réunion. Deux femmes et quatre hommes, tous en polo bleu, s'installèrent devant, séparés de lui par trois rangées vides de bureaux qu'on aurait dits sortis d'une école.

Les autres se parlaient comme s'ils se connaissaient déjà. Il n'était pas certain que ce soit le cas, vu qu'il s'agissait de la journée d'intégration. Peut-être étaient-ils logés les uns à côté des autres.

Il n'avait pas fait exprès de s'asseoir à l'écart. Mais il était arrivé le premier, et s'était assis dans le fond. Les autres entrèrent par grappes et se placèrent devant, déjà embarqués dans une discussion, sans même faire attention à lui. Se lever pour se rapprocher d'eux aurait ressemblé à un geste désespéré. Alors il resta à sa place, et contempla les stores partiellement fermés sur une large fenêtre dominant la pièce.

C'était un centre de commandement. Beaucoup de box. Beaucoup de polos bleus occupés à parler au téléphone et à taper sur les tablettes vissées sur leurs bureaux. Les gens n'arrêtaient pas de jeter des coups d'œil par-dessus leur épaule, comme s'ils se sentaient surveillés. Les murs étaient couverts d'écrans qui affichaient des plans ou des schémas fonctionnels.

Une silhouette se déplaça le long de la fenêtre et la porte s'ouvrit. Ses cheveux gris ardoise étaient coupés court, net. Sa lèvre supérieure était dissimulée par une épaisse moustache broussailleuse. Il portait une chemise kaki aux manches retroussées, et un treillis vert bouteille. Le tout lui donnait l'air d'un arbre. Dans le holster de sa ceinture pendait non pas un pistolet, mais une lourde torche professionnelle. L'étoile dorée épinglée sur sa poitrine était tellement lustrée qu'elle brillait. Il avait le dos droit et le regard pénétrant d'un agent des forces de l'ordre. Le genre de type pas là pour rigoler, de ceux qui vous donnent immédiatement envie de vous excuser même si vous n'avez rien fait de mal.

Il se dirigea à grands pas vers le pupitre et jeta un coup d'œil à la ronde afin de croiser le regard de chaque personne assise dans la pièce. Il passa en dernier sur Paxton, s'attarda un instant, puis hocha la tête comme si les huit personnes qu'il avait sous les yeux lui paraissaient acceptables.

« Je suis le shérif Dobbs, et je suis l'homme en charge de ce comté, fit-il comme s'il avait plus important à faire ailleurs. En tant que shérif, il est de mon devoir, quand nous recevons un groupe de nouvelles recrues comme le vôtre, d'effectuer deux choses. Premièrement, je dois officiellement faire de vous des représentants assermentés à l'autorité de la loi de sécurité et de protection du MotherCloud. » Il agita la main comme un magicien fainéant. « Considérez-vous comme assermentés… Deuxièmement, je suis censé vous expliquer ce que tout cela signifie. »

Un rictus se dessina sur ses lèvres. Permission de se relâcher. Quelques rires dans la salle. Pas chez Paxton, qui ouvrit un petit calepin. Il inscrivit en haut d'une page :

Shérif Dobbs.

« Maintenant, vous devez vous demander : est-ce que j'ai le droit d'arrêter des gens ? La réponse est : pas vraiment. Vous pouvez placer des gens en détention. Si vous arrêtez quelqu'un qui a commis quelque chose d'illégal – disons quelqu'un qui a commis un vol, déclenché une bagarre, n'importe quoi –, vous l'amenez à l'Admin. La loi de sécurité et de protection a mandaté dix officiers de la juridiction locale qui sont toujours présents sur place afin de prendre en charge les affaires criminelles. Mais dix personnes ne suffisent pas à réguler un lieu de cette taille, donc vous serez leurs yeux et leurs oreilles. »

Placer en détention. Leurs yeux et leurs oreilles. De vrais flics qui gèrent la vraie merde.

« La plupart du temps, c'est plutôt calme. Voyons les choses en face : si vous foirez chez Cloud, vous êtes foutus. Faites-vous choper à voler, et vous ne serez plus le bienvenu dans aucune entreprise affiliée à Cloud aux États-Unis, ou même ailleurs sur notre belle planète bleue. Inutile de vous dire que, par conséquent, vos perspectives d'emploi en prendront un sacré coup. En général, la plupart des gens ne sont pas assez cons pour chier dans leur propre gamelle. »

Foirez, et vous êtes foutus. Restez bien sages.

« La plus grande part de votre travail consiste à être vus, reprit Dobbs. Sortez, intégrez-vous à la communauté. » Il tira sur le col de son uniforme kaki. « Il existe une ligne de démarcation. C'est la raison pour laquelle vous portez des polos. Nous tenons à ce que les gens vous perçoivent comme leurs égaux, c'est pour ça qu'on ne vous colle pas sur le dos de jolis uniformes. »

Les polos instaurent un système égalitaire.

« La plupart d'entre vous sont là parce qu'ils ont sur leur CV des expériences dans la sécurité ou la police. Pour autant, chaque endroit a son propre fonctionnement, donc nous organisons des sessions de formation et d'entraînement. Deux fois par mois. Celle d'aujourd'hui sera la plus longue. On va vous demander de vous asseoir et de regarder quelques vidéos qui vous aideront à savoir comment réagir face à une situation de conflit, si vous soupçonnez quelqu'un de voler, etc. J'ai préparé du pop-corn, si ça vous dit. »

Rires, un peu plus fournis que l'instant d'avant.

Ce Dobbs a l'air réglo.

« Bon, allez, maintenant, tout le monde dans la salle au bout du couloir, et trouvez-vous une place. J'arrive pour lancer tout ça dans quelques minutes. Mais d'abord… est-ce qu'il y a un Paxton ici ? »

Paxton leva les yeux. Dobbs croisa son regard et sourit.

« Reste une seconde, fiston, dit-il. Il faut qu'on parle de quelque chose. »

Les sept autres occupants de la pièce se levèrent, lancèrent un regard en biais à Paxton en partant, l'air de se demander ce qu'il avait de si spécial. Lui-même se posait la même question.

Une fois la salle vide, Dobbs prit la parole : « Suis-moi. »

Et il s'éloigna. Paxton bondit, ramassa ses affaires et suivit Dobbs qui franchissait une porte tout au fond, juste à côté d'un grand miroir sans tain.

Paxton pénétra dans la pièce sombre, occupée par un bureau, deux chaises, et quelques plans du complexe. En un regard, il reconnut celui du réseau de transports en commun, celui du réseau électrique, un troisième semblait résumer la topographie des lieux – peut-être ? Pas grand-chose d'autre. Le genre de bureau qui aurait plu à quelqu'un qui n'aimait pas ranger.

« Assieds-toi, lâcha Dobbs en se jetant dans le fauteuil à roulettes usé derrière la table. Je ne veux pas faire attendre les autres trop longtemps, mais je n'ai pas pu m'empêcher de regarder ton CV. Tu as été gardien de prison.

— En effet, répondit Paxton.

— Ça fait un sacré changement, entre ici et là-bas.

— J'avais créé ma propre entreprise, mais ça n'a pas marché. L'économie est un sport de combat, vous savez. »

Dobbs ne releva pas. « Dis-moi quelque chose. Pourquoi es-tu devenu gardien de prison ? »

Paxton s'enfonça dans sa chaise. Il aurait aimé avoir une réponse plus classe, dire qu'il avait eu la vocation, mais ç'aurait été mentir, alors il se cantonna à la vérité. « J'avais besoin d'un boulot. J'ai vu une annonce. J'y suis resté plus longtemps que prévu.

— Et qu'est-ce que tu ressens à l'idée d'être ici ? demanda Dobbs.

— Honnêtement ?

— Rien d'autre ne m'intéresse, mon grand.

— J'espérais avoir un polo rouge. »

Dobbs sourit sans desserrer les lèvres. « Écoute, je ne vais pas passer la journée à tourner autour du pot. Je ne suis pas mécontent que tu ne sois pas plus enthousiaste que ça. Des jobs comme ça, plus je vois de gens enthousiastes, plus je tire la sonnette d'alarme. Certains aiment un peu trop l'autorité. Pour eux, c'est comme un sport, ou un mécanisme de défense, ou juste une manière de trouver leur place dans la société. Tu me suis ? »

Paxton repensa à certains des gardiens avec lesquels il avait travaillé, ceux qui souriaient un peu trop quand ils dégainaient leurs matraques, qui provoquaient et titillaient les détenus instables, qui braillaient et gueulaient sur les pauvres gars qu'il fallait faire rentrer dans leurs cellules.

« Je vous suis, répondit-il. Je vois exactement de quoi vous voulez parler.

— Au sein de la prison dans laquelle tu as bossé, as-tu eu à affronter des problèmes de contrebande ?

— Nous avions des problèmes avec la drogue. J'ai travaillé avec plusieurs directeurs. Certains appliquaient une tolérance zéro ; d'autres préféraient regarder ailleurs en partant du principe que les prisonniers défoncés étaient plus faciles à contrôler.

— C'était le cas ? »

Paxton choisit ses mots attentivement. À présent, il avait l'impression de passer un test. « Oui et non. Si quelqu'un est défoncé, ça peut en effet être assez facile de composer avec lui. S'il est trop défoncé, s'ils font une overdose ou se mettent à péter les plombs, ce n'est pas bon. »

Dobbs s'assit au fond de son fauteuil, les mains jointes comme pour une prière. Le bracelet de sa montre était le modèle standard, le même que Paxton. « Nous avons un petit problème sur le site, et je réfléchis à monter quelque chose… Je ne veux pas appeler ça une unité d'intervention, ça ferait trop officiel. Juste quelques personnes qui garderaient les yeux et les oreilles bien ouverts.

Qui poseraient des questions ici et là jusqu'à se retrouver en position d'agir.

— Quel est le problème ?

— L'Oblivion. Tu sais ce que c'est ?

— Je sais que c'est une drogue, mais elle ne s'est répandue que récemment, après que j'ai quitté la prison. »

Dobbs se tourna vers les nouvelles recrues qui patientaient et haussa légèrement les épaules, comme s'il pouvait les faire attendre quelques minutes de plus. « C'est une forme modifiée de l'héroïne, qui n'entraîne pas d'addiction. La raison pour laquelle l'héroïne est si terrible, c'est qu'elle reprogramme ton cerveau. Ton corps ne peut plus fonctionner sans elle. C'est ce qui rend le sevrage si difficile. L'Oblivion crée la même sensation, mais sans entraîner d'addiction. C'est psychologiquement addictif, dans le sens où tu te sens tellement bien que tu veux replonger. Donc les gens font aussi des overdoses, mais pas autant que pour l'héroïne. En ce moment, on en voit beaucoup. Parfois, elle est mal coupée, alors les consommateurs sont malades comme des chiens. Il arrive même que ça les tue. En un mot, il faut qu'on se débarrasse de cette saleté. » Dobbs baissa la voix. « Je vais être franc avec toi. Le comté ne peut pas nous détacher plus d'hommes. Alors les types d'en haut veulent que je m'occupe de ça avec les hommes et les femmes en bleu. C'est ce que je vais faire. J'ai besoin de quelques alliés de confiance qui peuvent fureter… en douceur. Et quelqu'un qui a déjà l'expérience de la contrebande peut m'être très utile.

— Comment ça, en douceur ? »

Dobbs le fixa un moment avant de répondre : « J'aime quand les choses se passent en douceur. »

Paxton se renfonça dans sa chaise. Il avait à moitié espéré que Dobbs lui annoncerait qu'ils s'étaient trompés, qu'ils allaient lui confier un polo rouge et qu'il serait affecté à l'Entrepôt, où il pourrait échapper au stress et pourquoi pas repartir d'ici peu de temps. À la place, on lui demandait déjà d'en faire un peu plus, dans une fonction que, à la base, il ne voulait même pas exercer.

Pourtant, il y avait un je-ne-sais-quoi qui lui plaisait chez Dobbs. Il choisissait ses mots, était franc et respectueux, trois qualités qu'il avait rarement croisées en prison. Par ailleurs, il était flatté qu'on lui propose cette mission, comme s'il avait un talent particulier. Comme s'ils avaient besoin de lui.

Dobbs esquissa un autre sourire peiné, leva les mains. « Tu n'es pas obligé de me donner ta réponse tout de suite. Je sais que tu dois réfléchir. Tout ce que je sais, c'est que tu n'as pas de casier et que tu as l'œil pour les détails. Tu es la seule personne à avoir pris des notes. Ça me plaît. Alors penses-y, et on en reparle dans un jour ou deux, quand tu seras installé. »

Paxton se leva. « Ça me semble parfait.

— Simplement, pour que tu le saches, ce genre de mission facilitera ton avancement. En plus, tu vas vraiment faire quelque chose d'utile, tu aideras des gens qui en ont réellement besoin, dès maintenant. » Il désigna le couloir de la main. « Vas-y et trouve-toi une place. Laissons-les se demander pourquoi je t'ai pris à part. J'arrive dans une minute avec le pop-corn. »

VIDÉO DE FORMATION À LA SÉCURITÉ

Un homme et une femme marchent main dans la main le long d'une pelouse synthétique vert pétant. Au-dessus d'eux, un dôme de verre filtre la lumière dorée du soleil à travers des vitres dépolies.

Deux enfants, un garçon et une fille, courent devant les adultes. Ils choisissent une place sur le gazon et déroulent une nappe à pique-nique. Le garçon s'arrête pour faire signe à quelqu'un. La caméra pivote pour dévoiler une femme en polo bleu qui marche sur le chemin.

Plan sur des travailleurs en polo rouge qui se précipitent, des produits plein les bras, en direction des tapis roulants. Des hommes et des femmes en polo bleu apparaissent et disparaissent entre les piles, invisibles, comme des fantômes ou des anges gardiens, sans jamais interférer. Rassurants.

Une dame âgée vêtue d'un polo vert pousse un chariot à travers un bureau à la moquette grise, puis vide une poubelle. Elle s'arrête pour saluer un homme en polo bleu, qui rit et la prend dans ses bras.

VOIX OFF : **Bonjour, et bienvenue dans cette série de vidéos destinée à vous aider à comprendre votre rôle d'agent de sécurité chez MotherCloud. Vous avez déjà dû être assermenté. Félicitations ! Maintenant, il est temps de se pencher sur ce que cela signifie.**

Un jeune couple descend un escalier blanc très éclairé, ils se donnent la main.

Une femme en polo bleu patrouille dans le hall d'une résidence.

Une file d'employés patientent devant les détecteurs de métaux sur le chemin de la terrasse de l'entrepôt. Des employés en polo bleu, les mains recouvertes de gants en latex bleu layette, les font passer, l'un après l'autre.

Tout le monde est souriant.

VOIX OFF : **Votre mission consiste à assurer la sécurité et la protection de ce complexe, tout en veillant à ce qu'il reste un espace ouvert, chaleureux et accueillant pour les gens qui y vivent et y travaillent. Votre mission est de patrouiller, de surveiller, d'observer et de rapporter.**

Un groupe d'ados s'amuse avec des jeux vidéo dans une salle d'arcade. Ils donnent l'air de pouvoir être bruyants, tapageurs. Mais ils s'arrêtent pour saluer un homme en polo bleu, qui leur rend leur salut.

Tout le monde semble se connaître et s'apprécier.

VOIX OFF : **Cette série de vidéos va vous expliquer l'attitude et le comportement à observer, l'intervention à réaliser en cas de situation de crise, les lois civiles et criminelles qui se rapportent à votre position, et la meilleure manière de venir en aide au shérif et à ses officiers. Mais avant toute chose, la plus importante…**

L'écran vire au noir. La phrase *LE RESPECT SE GAGNE* s'affiche en grand et en blanc.

VOIX OFF : Traitez tout le monde avec respect et dignité, et tout le monde vous traitera avec respect et dignité en retour. Le simple emploi des termes « monsieur » ou « madame » y est pour beaucoup. Vos objectifs premiers restent la prévention et la dissuasion.

La phrase *LA VIGILANCE EST PRIMORDIALE* apparaît sur l'écran.

VOIX OFF : Nous nous répétons, mais vos objectifs premiers restent la prévention et la dissuasion. Pour y parvenir, vous devez être au fait de votre environnement. Même lorsque vous n'êtes pas en train de travailler, si vous voyez quelque chose qui requiert votre attention, merci de le signaler immédiatement aux officiers de sécurité en poste.

Plan sur un homme qui regarde à la ronde dans le hall d'entrée d'une résidence, comme s'il avait fait quelque chose de mal. Il relève son col et se dirige vers une porte, derrière laquelle un groupe de personnes est assis autour d'une petite table, dans ce qui ressemble à une salle de stockage.

VOIX OFF : Cloud travaille sans relâche avec les responsables locaux et gouvernementaux pour promouvoir un environnement de travail sûr et sécurisé. Bien traiter nos employés est notre préoccupation numéro un, et nous prenons à cœur chaque remarque, chaque plainte. Si vous suspectez des employés de s'organiser pour exposer des doléances hors des circuits traditionnels des ressources humaines, veuillez immédiatement le signaler au shérif.

Retour sur la famille qui partage un pique-nique.

Ils font signe à la femme en polo bleu. Elle traverse la pelouse artificielle et le petit garçon lui tend un gros cookie au chocolat.

L'agente de sécurité le prend, s'agenouille et fait un câlin au petit garçon.

VOIX OFF : **MotherCloud est le nouveau modèle de l'économie américaine et, plus important encore, de la famille américaine. Vous êtes leur première ligne de défense. Nous vous remercions de l'engagement que vous êtes en train de prendre avec nous.**

Écran noir. Les mots *RÔLES ET RESPONSABILITÉS* apparaissent en blanc.

VOIX OFF : **Passons maintenant à la première partie de nos vidéos de présentation…**

ZINNIA

Le pied de Zinnia glissa et elle vacilla. Elle réussit à se rattraper au bord d'une étagère avant de basculer en arrière et de s'écraser sur le sol.

Il ne lui avait pas fallu très longtemps pour arrêter d'utiliser son mousqueton. L'accrocher et le décrocher lui coûtait quelques précieuses secondes qui ne méritaient pas d'être gâchées. Voir la jauge de sa montre passer dans le jaune l'inquiétait bien plus que se casser la figure.

Après en avoir fini avec Miguel, elle avait dû aller récupérer son premier article. Un lot de trois déodorants. Elle marchait d'un pas rapide entre les rayonnages. Il lui fallut une bonne dizaine de minutes pour y arriver, après avoir traversé l'impressionnante terrasse en évitant les autres polos rouges et les rayonnages constamment en mouvement. Le temps qu'elle pose le produit sur le tapis roulant, la jauge verte de sa CloudBand avait déjà viré au jaune.

L'article suivant était un livre. Elle ne perdit pas de temps, marcha un peu plus vite jusqu'à ce que les rayons laissent place à une bibliothèque en rotation autour d'elle. La façon dont les livres étaient classés sur l'étagère rendait la recherche un peu plus compliquée, mais elle localisa sa cible. La jauge était toujours jaune, mais elle était un peu remontée.

Produit suivant : six boîtes de soupe, dans leur emballage plastique.

Puis : un réveil. Une radio de douche. Un livre. Un appareil photo numérique. Un livre. Un chargeur de téléphone. Des après-skis. Des lunettes de soleil. Un ballon de fitness. Une sacoche. Un livre. Du sel de gommage. Un snood. Une pince. Un fer à friser. Une machine à plastifier. Des décorations de Noël. Un paquet de stylos. Un fouet en silicone. Un casque antibruit. Une balance numérique. Des lunettes de soleil. Des vitamines. Une lampe torche. Un parapluie. Un pince-étau. Un portefeuille. Un thermomètre de cuisine. Des biscuits pour chien. Une poupée. Des bas de contention. Du shampoing. Un livre. Un canard en plastique. Une montre de sport. Une tasse. Un aiguiseur à couteaux. Une batterie de perceuse. Une étagère de salle de bains. Une Thermos. Une cafetière à piston. Un mètre de couture. Des chaussettes pour enfant. Des feutres magiques. Une couverture pour bébé. Des genouillères. Un panier pour chat. Des ciseaux. Des lunettes de soleil. Des décorations de Noël. Un kit Dremel. Un ours en peluche. Des livres. Des protéines en poudre. Une tondeuse pour les narines. Des cartes à jouer. Des pinces. Un chargeur de téléphone. Une plaque de cuisson. Un bracelet. Un couteau suisse. Un bonnet de laine. Une veilleuse. Un paquet de sous-vêtements pour homme. Un couteau de cuisine. Un tapis de yoga. Des serviettes en papier. Des décorations de Noël. Une ceinture en cuir. Une essoreuse à salade. Une ramette de papier. Des pilules de compléments alimentaires. Un jeu de spatules. Un livre. Un sweat à capuche. Une coque de tablette. Un blender. Des emporte-pièces. Une tablette. Un clavier d'ordinateur. Un chargeur de téléphone. Une figurine pour enfant.

À chaque article, les pieds de Zinnia devenaient de plus en plus douloureux. Bientôt, ses épaules la tourmentèrent, ses articulations sifflèrent, ses muscles s'engourdirent. Elle fit quelques pauses, adossée contre un mur ou dans un coin tranquille, de manière à resserrer ou desserrer ses bottes en espérant qu'elles cessent de lui déchirer les pieds. Mais la jauge jaune se montrait implacable. Si elle s'arrêtait un peu trop longtemps, elle la voyait lentement réapparaître. Une fois ou deux, quand elle se donna à fond, elle repassa dans le vert, momentanément.

Le travail était abrutissant. Après avoir saisi le rythme de la montre, elle fut capable de faire les trajets rayonnage-tapis roulant-rayonnage en pilote automatique. Une ou deux fois, l'étagère n'était pas tout à fait rangée comme elle aurait dû l'être, et elle perdit quelques secondes à dégager des bacs pour mettre la main sur le bon article. Mais la plupart du temps, le système fonctionnait à merveille.

Elle essayait d'oublier ses pieds douloureux ou la monotonie de sa tâche en réfléchissant à son plan.

Le but était simple : pénétrer au cœur du système énergétique.

Facile à dire, pénétrer dans un bâtiment.

En pratique, c'était un cauchemar.

Le bâtiment se trouvait de l'autre côté du complexe. Il était seulement accessible par un train qu'elle ne pouvait pas emprunter – peu probable que sa CloudBand l'y autorise. Elle ne pouvait pas y aller à pied. Elle avait mémorisé les photos satellite jusqu'au moindre brin d'herbe. Le terrain était plat. Un grand espace à découvert entre les dortoirs et l'Entrepôt, encore plus entre les champs d'éoliennes et de panneaux solaires et les bâtiments qui abritaient le système énergétique. Même si la surveillance de Cloud se retrouvait soudain réduite à un vieil homme assis sous un porche une bouteille de gnôle à la main, elle ne s'y risquerait pas : elle serait trop facile à repérer.

Le tram était sa seule chance d'y entrer. Ou du moins, le tunnel du tram. Elle ne redoutait pas trop d'y être vue. Comme l'expliquait Gibson dans la vidéo, il n'y avait pas beaucoup de caméras dans les parages. Le hic, c'était le fichu GPS accroché à son poignet.

Un problème à la fois.

La montre lui indiqua qu'elle devait aller récupérer un chargeur de téléphone. Elle trottina jusqu'au rayonnage en question, repartit au pas de course en direction du tapis roulant et baissa les yeux vers sa montre pour passer à l'article suivant. Au lieu de ça, elle découvrit un nouveau message :

Vous avez droit à une pause toilettes d'un quart d'heure.

Elle se trouvait au beau milieu d'un vaste rayon de produits de beauté. Elle s'était arrêtée de bouger, et la délicate chorégraphie à laquelle elle participait se désagrégea. Elle sautilla d'un pied sur l'autre, essayant sans succès de se repérer et d'éviter les rouges qui la dépassaient.

Elle leva la main, appuya sur le cadran, et prononça : « Toilettes. »

La montre lui conseilla de tourner à gauche, et elle rit pour se débarrasser de la répugnance que lui inspirait l'idée qu'il serait enregistré quelque part que ce mardi à 11 h 15, elle était allée pisser.

Rejoindre les toilettes lui prit sept minutes, et elle fut soulagée de n'avoir qu'à faire pipi. Elle entra dans une pièce tout en longueur – carrelage gris, long miroir qui surmontait une rangée de lavabos occupés par des femmes en rouge, le tout éclairé par des lumières si claires qu'elles irradiaient de bleu. Ça sentait l'urine. Elle entra dans l'un des rares cabinets libres. Le sol était jonché de bouts de papier toilette jetés, la cuvette pleine d'un liquide jaune foncé et bourrée de papier.

Elle soupira, s'abaissa sur le siège sans s'y asseoir, se soulagea, n'osa pas tirer la chasse et dut jouer des coudes parmi les autres rouges pour se laver les mains et se regarder dans la glace.

Ses paupières étaient lourdes. En train de se refroidir, ses pieds lui criaient leur douleur. Elle envisagea un instant d'enlever ses bottes, mais cela ne ferait sans doute qu'empirer les choses. Elle n'osait pas constater l'étendue des dégâts. Au lieu de ça, elle sortit des toilettes et se dirigea vers un CloudPoint. Elle devait encore avoir deux ou trois minutes de pause. Elle appuya sur l'écran, qui lui répondit :

Bienvenue, Zinnia !

Elle tapa « baskets » et cliqua sur la première paire qu'elle vit. Vert fluo, genre vomi d'extraterrestre, mais au moins ils en avaient en stock. Elle se fichait du style, tant qu'elle ne passait pas une journée de plus dans ces bottes.

Elle acheta aussi des punaises et quelques grands tissus mandalas – ces draps kaléidoscopiques qu'on voit orner les murs des étudiants qui fument trop d'herbe. De quoi égayer un peu sa chambre.

Concernant la dernière chose qu'elle avait besoin d'acheter, en revanche, elle ne voulait pas qu'on puisse remonter jusqu'à elle.

Elle demanda que tout lui soit livré dans sa chambre, et quitta le CloudPoint.

Les CloudPoint. Première marche d'un processus en deux étapes.

L'ensemble de l'infrastructure de Cloud, de la navigation des drones aux directions relayées par la montre, était alimenté par un réseau de satellites privés. Impossible à pirater de l'extérieur. Elle s'y était frottée quelques semaines auparavant, elle avait fouiné dans le périmètre juste pour voir ce que ça donnait. C'était comme s'attaquer à un mur de béton avec les ongles. La seule façon d'accéder au réseau, c'était de l'intérieur.

Elle avait besoin d'indications. De cartes, de plans. Tout ce qui pourrait lui révéler ce que cachaient les entrailles du complexe. Elle n'avait pas réussi à dégoter quoi que ce soit. Ce n'était pas faute d'avoir essayé. Études sur l'impact environnemental. Relevés commerciaux. Cadastre. À l'époque, pour aménager un endroit comme celui-ci, il aurait fallu remplir des tonnes et des tonnes de paperasse. Mais grâce à la loi de suppression des formalités administratives, parrainée par Gibson Wells, les grosses entreprises étaient exonérées de paperasse, sous prétexte que c'était une « entrave à la création de nouveaux emplois ».

Elle avait besoin de savoir s'il y avait un moyen de se déplacer sans se faire repérer. S'il y avait une porte dérobée pour pénétrer dans le système énergétique. Des tunnels d'accès, des conduits assez grands, n'importe quoi. Mais ce n'était pas comme s'il suffisait de se brancher sur un CloudPoint et de commander ce dont on avait besoin. Elle devait commencer par trouver une faille dans le code de Cloud.

Son poignet vibra. Retour de la jauge jaune.

Votre taux d'efficacité est actuellement de 73 %.

Puis :

Si vous passez sous les 60 %, cela aura des conséquences négatives sur votre évaluation.

Puis :

N'oubliez pas de vous hydrater !

Puis :
Des numéros de rayon et de bac, associés à la photo d'un livre. Elle soupira, fit demi-tour et repartit au pas de course.

GIBSON

J'aimerais consacrer quelques minutes au système d'évaluation des employés.

J'ai pris beaucoup de décisions controversées au cours de ma carrière. Je n'ai pas toujours eu raison, mais j'ai plus souvent eu raison que tort. Autrement, je ne serais pas allé loin. Et parmi tout ce que j'ai pu faire, c'est la décision qui m'a valu le plus de critiques.

Je me rappelle la première fois où j'ai évoqué la question. Cloud avait peut-être deux ou trois ans, et les affaires commençaient à marcher, quand j'ai pris conscience qu'il fallait qu'on sorte du lot. Il fallait trouver le moyen de motiver nos employés pour qu'ils donnent le meilleur d'eux-mêmes. Un troupeau se cale toujours sur la vitesse de ses éléments les plus lents.

Pour être certain que vous compreniez bien mon point de vue, je vais vous raconter une histoire à propos de l'endroit où je suis allé à l'école : la Newberry Academy for Excellence. En ce temps-là, il existait différents types d'écoles. Les écoles publiques, financées par l'État ; les écoles privées, généralement financées par des institutions religieuses ; et des écoles sous contrat. Newberry faisait partie de cette dernière catégorie. Une école sous contrat bénéficie de fonds publics, mais elle est la propriété d'une entreprise privée, et n'est donc pas forcée d'adhérer à toutes ces idioties assenées par le ministère de l'Éducation nationale.

Ce qui se passait, c'était qu'une bande de politicards qui ne connaissaient rien à l'éducation se réunissaient pour accoucher de programmes censés s'appliquer à tous les enfants, à travers tout le pays. Mais aucun enfant n'apprend de la même manière. Vous seriez surpris de savoir que j'ai toujours raté mes examens. J'étais tellement angoissé le jour d'un contrôle que je vomissais presque systématiquement sur le chemin de l'école. Les écoles sous contrat plaçaient tout le pouvoir entre les mains d'éducateurs chargés d'esquisser des programmes adaptés aux élèves. Plus besoin de se conformer à des normes ridicules : les seules valables étaient celles que mettaient en place des gens qui avaient les mains dans le cambouis et savaient ce qu'ils faisaient. Mon genre de système. Pas étonnant qu'aujourd'hui ce modèle éducatif ait triomphé.

Bref, dans mon école, lorsqu'on recevait notre bulletin de notes, chaque semestre, il était accompagné d'une évaluation sur cinq étoiles en haut de la page. Bien sûr, les cinq étoiles signifiaient que vous vous débrouilliez parfaitement, et une étoile que vous aviez des problèmes. En général, j'étais un écolier quatre étoiles, même s'il m'arrivait parfois de tomber à trois.

Les professeurs et le principal aimaient ce système, parce qu'il permettait de voir en une seconde à quel genre d'élève ils avaient affaire. L'éducation est une question profonde et complexe, et évidemment, le bulletin ne se résumait pas à ça : il contenait aussi des notes, des moyennes et des appréciations. Mais il y avait quelque chose de simple dans ces cinq étoiles. C'était bien mieux que ce qui se faisait alors, c'est-à-dire distribuer des lettres et des plus ou des moins. Qu'est-ce que c'était compliqué ! Que signifiait un C+ exactement ? Et un A, un B, un C, un D ou un F ? Qui méritait un E ?

Les gens comprennent une évaluation en cinq étoiles. Ils en voient tous les jours, quand ils achètent quelque chose, quand ils regardent une vidéo ou notent un restaurant. Pourquoi ne pas l'appliquer au système scolaire ? C'était très utile, du moins pour moi. Quand je rentrais à la maison avec trois étoiles, mon père s'asseyait et avait une longue discussion avec moi sur l'importance de travailler plus. Même lorsque je rapportais quatre étoiles et sachant pertinemment que les cinq étoiles étaient presque impossibles à décrocher, il voulait que je cherche à les atteindre.

Pour quatre étoiles, j'avais droit à une glace. Mon père m'emmenait chez Eggy's, près de chez nous, et m'offrait une double portion de sundae vanille avec chocolat, marshmallows fondus et pépites au beurre de cacahuètes, puis il me posait cette question : « Comment pourrais-tu faire encore mieux ? »

Il me le demandait aussi quand j'avais trois étoiles, mais sans la glace par contre.

J'ai fini par toujours viser les cinq étoiles, conscient que si je n'en rapportais que quatre à la maison, je pouvais quand même être fier de moi. À mes yeux, trois étoiles étaient synonymes d'échec. Ce qui n'était même pas le cas ! Ce n'était pas si mal, trois étoiles. Vous n'êtes pas considéré comme un élève en échec scolaire avant que vous ne tombiez à deux. Mais vous voyez où je veux en venir ? Ça m'a donné un but, et m'a encouragé à élever mes ambitions.

Lorsque j'étais à Newberry, un paquet d'écoles publiques étaient en train de se transformer en écoles sous contrat, et les districts devaient encore tenir compte de pas mal de vieux accords. Par exemple, un syndicat avait tout à fait pu négocier que les enseignants continuent à être payés et ne perdent pas leurs vacances même s'ils commettaient un massacre et brûlaient l'école.

C'est toujours le problème avec les syndicats, pas vrai ? La plus grosse arnaque que le monde ait jamais connue. Autrefois, quand les ouvriers étaient exploités, lorsqu'on les envoyait à la mine dans des conditions déplorables, leur existence avait un sens. L'époque de l'incendie de l'usine Triangle Shirtwaist de New York est révolue. De telles catastrophes ne pourraient plus se produire. Ce serait tout bonnement impossible, vu la façon dont on fonctionne aujourd'hui. Le consommateur américain vote avec ses dollars : si une entreprise se comporte vraiment de manière scandaleuse, personne ne voudra travailler pour elle ou acheter ses produits. C'est aussi simple que ça.

L'école de Newberry avait un gardien, M. Skelton. On n'arrêtait pas de se moquer de lui, vu son âge, on l'appelait M. Skeleton – « M. Squelette ». Il avait l'air d'avoir cent ans, et ça avait quelque chose de triste de le voir pousser son balai dans l'entrée de l'école comme s'il pouvait à peine le soulever. C'en était arrivé à un point tel que, s'il fallait nettoyer une classe, les profs s'en chargeaient eux-mêmes. Parce que, si vous faisiez appel à M. Skelton, il risquait de ne pas se montrer avant que la journée ne soit terminée.

Ce type était un dinosaure. C'est comme ça qu'on appelait ces gens pour lesquels le syndicat avait négocié des contrats aux petits oignons, si bien qu'ils n'avaient aucune envie de prendre leur retraite. Ils continuaient de travailler parce qu'ils savaient qu'on ne pouvait pas les virer. Même s'ils étaient devenus trop vieux pour assurer leur travail, ils n'avaient qu'à faire acte de présence et profiter de leur paie, de leur couverture santé, etc. Beau boulot, d'avoir négocié ça.

On pense que ce type, vieux comme il est, va prendre un peu de temps pour lui. Essayer de savourer la fin de sa vie. Eh bien non, il veut juste profiter d'avoir tiré le gros lot. J'y ai beaucoup repensé quand j'ai créé Cloud. Parce que, dans une compagnie de cette taille, c'est incroyable le nombre de personnes qui travaillent pour vous.

Vous savez combien de personnes travaillent pour Cloud ? Je vous jure que je serais bien incapable de vous le dire. Impossible de connaître le chiffre exact, vu le nombre de nos filiales et le rythme de renouvellement du personnel dans nos centres de traitement, ainsi que le nombre de nouvelles sociétés que l'on intègre chaque jour. Le chiffre est supérieur à trente millions. C'est tout ce que je peux vous dire.

Imaginez-vous. Trente millions. Prenez la moitié des plus grandes villes américaines, additionnez leur population et vous n'arriverez même pas à ce chiffre. Or, lorsque vous avez trente millions de personnes à gérer, inutile de vous dire que vous avez intérêt à avoir un système qui vous aide à le faire de la façon la plus simple possible. D'où le système d'évaluation. C'est une manière de jauger la performance avec transparence et simplicité. Parce qu'un employé noté deux ou trois étoiles sait qu'il doit mieux faire.

Est-ce qu'on ne voudrait pas tous atteindre les cinq étoiles ?

Si vous avez quatre étoiles, très bien. Trois étoiles, vous pourriez sans doute hausser un peu le rythme. Deux, il est temps de vous y mettre sérieusement et de montrer ce que vous valez vraiment.

C'est pour cela qu'une étoile équivaut à un licenciement automatique.

Chaque jour, je me lève et je vais au travail, et je donne tout ce que j'ai. Je me dois d'attendre la même chose de mes employés. Je me fous de ce que raconte le *New York Times*. Tous ces éditos qui déblatèrent sur ce que je fais subir aux travailleurs américains. Que je les « dévalue ». Que je « simplifie à l'excès quelque chose de compliqué ».

En effet, c'est ce que je fais ! Je simplifie des choses compliquées. Et jusqu'ici, ça a plutôt bien marché.

Je donne à mes employés tous les outils dont ils ont besoin pour bâtir leur propre destinée. Et ça fonctionne dans les deux sens. Ce n'est pas seulement qu'un employé une étoile nuit à la moyenne, c'est aussi qu'il n'est pas à sa place. Vous ne demanderiez pas à un médecin de devenir souffleur de verre. Ni à un boucher de faire de la programmation informatique. Les gens ont tous des talents et des compétences différents. Oui, Cloud est un employeur important, mais peut-être que vous n'êtes pas fait pour lui.

Quoi qu'il en soit, c'est comme ça. Je ne vais pas remettre en cause ma manière de gérer Cloud. On continue pourtant à me poser beaucoup de questions sur ce sujet, ou du moins on le faisait quand j'acceptais des interviews, et je tenais simplement à l'aborder ici une bonne fois pour toutes.

À part ça, beaucoup de gens m'ont demandé comment je me sentais, et je dois dire que je me sens bien. J'essaie un nouveau traitement contre le cancer qui, d'après mon médecin, a eu des résultats prometteurs sur les souris. Le problème, c'est que je ne suis pas une souris, alors je ne vois pas pourquoi il est si optimiste. Les effets secondaires ne sont pas si pénibles, mis à part la faim, mais comme j'avais besoin de perdre un peu de poids, ce n'est finalement pas si grave.

Je voudrais aussi répondre à l'annonce faite par un de ces blogs économiques hier. Je ne tiens pas à le nommer pour ne pas lui faire de la publicité. Il a annoncé que j'étais sur le point de désigner Ray Carson comme P-DG de la compagnie.

Je n'ai communiqué ma décision à personne, pour la bonne raison que je ne l'ai pas encore prise – je ne peux pas être plus clair. Cloud se porte à merveille, j'ai un comité de direction et des managers, et rien ne va changer. Donc, s'il vous plaît, veuillez montrer un peu plus de respect envers moi, ma famille et ma parole.

Je ferai une déclaration à ce sujet quand le moment sera venu.

PAXTON

Il y eut un cri et un grand fracas de l'autre côté de l'open space. Paxton leva les yeux de sa tablette. Il était en train de se familiariser avec les rapports à rédiger après d'éventuels incidents à l'intérieur ou à l'extérieur de Cloud – ce que l'on doit écrire quand quelqu'un s'est blessé, quand quelqu'un s'est fait voler quelque chose ou quand quelqu'un meurt. Il jeta un œil par-dessus la paroi de son box.

Une demi-douzaine de bleus étaient en train de se battre avec un vert. Le vert était tout en muscles, et exhibait une barbe longue qui lui descendait jusqu'au nombril. Il essayait de se dégager des autres, jusqu'à ce qu'une silhouette bleue svelte au crâne rasé se détache de la masse et lui assène un coup en pleine mâchoire.

Le gars à la barbe s'effondra, et la silhouette lâcha : « Prends ça ! »

Paxton n'aurait pas su dire s'il s'agissait d'un homme ou d'une femme. La voix paraissait féminine, mais le corps mince, le minimalisme de la coupe de cheveux et l'absence de formes l'apparentaient plus à un jeune homme.

Et voilà que la personne en question s'était détournée de l'homme allongé par terre et se dirigeait maintenant vers lui. Elle atteignit son box : « C'est toi, Paxton ? Moi, c'est Dakota. »

Le prénom n'était pas un indice probant, mais il remarqua ensuite la douceur de la ligne de sa gorge, dénuée de pomme d'Adam.

Il se leva et serra la main tendue. Le bracelet de sa montre était en cuir noir, avec des clous métalliques fixés tout autour.

« Enchanté, dit Paxton.

— C'est la moindre des choses, répondit-elle en levant un sourcil. Je suis ta nouvelle coéquipière. Allons faire un tour. »

Dakota tourna les talons. Il trottina pour la rattraper et la rejoignit alors qu'elle quittait l'open space et prenait les couloirs bétonnés de l'Admin.

« C'était quoi, le problème avec le type ? »

Il lui fallut quelques secondes pour s'en souvenir, comme si cette explosion de violence n'avait été qu'un geste passager, facilement oublié. « Sous couvert de salon de massage, le mec vendait des massages un peu spéciaux.

— Tu l'as cogné fort.

— Ça te pose un problème ?

— Seulement si ce n'est pas mérité. »

Elle éclata de rire. « Certaines filles n'étaient pas vraiment volontaires, si tu vois ce que je veux dire. Alors, ton verdict ?

— Alors je crois que tu aurais même pu le cogner un peu plus fort, lâcha Paxton, ce qui lui valut un sourire. Je ne savais pas que j'allais avoir une coéquipière ; dans les vidéos qu'on nous a montrées, les agents de sécurité opèrent généralement seuls.

— Les bleus travaillent plutôt en solo, sauf s'ils ont une mission précise ou font partie de la brigade spéciale. » Dakota se tourna légèrement vers Paxton, et le détailla de la tête aux pieds. Sourcil levé, à nouveau. « Dobbs m'a annoncé que t'étais celui qui allait régler notre problème de contrebande.

— Je ne lui ai pas encore dit si j'acceptais ou non… »

Elle sourit. « Évidemment que tu l'as fait. »

Ils parvinrent aux ascenseurs. Elle passa sa montre sur le panneau tout en continuant à détailler Paxton. Il n'arrivait pas à deviner si elle avait envie de faire sa connaissance ou si elle le considérait comme un gêneur. Elle était aussi expressive qu'une feuille blanche.

« Et alors, on va où ?

— Faire un petit tour. Se dégourdir les jambes. J'ai entendu dire que ça durait plus de trois heures maintenant. Les vidéos de présentation.

— Je n'ai pas fait attention, mais ça doit être ça, oui.

— C'est surtout pour se couvrir. Si quelque chose tourne mal, ils pourront dire que vous étiez au courant, et que ce n'est pas de leur faute mais de la vôtre. »

Ils montèrent dans un ascenseur vide et Dakota appuya sur le bouton du rez-de-chaussée, là où se trouvait la station de tramway. Tandis que les portes se refermaient, elle déclara : « T'as bossé dans une prison, alors je n'ai pas besoin de t'expliquer. Mais avec le temps, tu vas voir qu'il y a la bonne façon de faire, et la façon de faire de Cloud. Parfois les deux se recoupent ; parfois non.

— Je suis familier avec ce genre de nuance, oui. »

En sortant de l'ascenseur, ils tombèrent sur un afflux d'employés en train de faire la queue devant une longue rangée de bornes. C'était là que chacun pouvait exposer son problème – de logement, de banque, etc. – avant d'être dirigé vers la terrasse et le bureau appropriés.

Dakota ne décrochait pas un mot. Elle n'avait pas l'air d'être intéressée par l'idée de parler. Elle marchait, il la suivait. Quelques personnes leur jetèrent un regard au passage. Il comprenait leur méfiance. Dobbs disait que le polo les aiderait à se fondre dans la masse. C'était faux. Peu importe la tenue, la signification reste la même.

Un tram entra en gare, ils s'y engouffrèrent. Les usagers semblaient s'écarter à leur approche. Dakota ne prononçait toujours pas un mot, et il savait pourquoi : engager la conversation comme tout un chacun concourrait à les humaniser.

C'était très contrariant de voir avec quelle vitesse il avait renoué avec cet état d'esprit. Comme s'il était déjà de retour pour la ronde dans les couloirs de la prison.

Le tram passa l'Hôpital, l'Entrepôt et l'Accueil, pour finalement s'arrêter devant l'entrée des Chênes. Ils empruntèrent l'escalator pour atteindre le bout de la Promenade, là où une ligne de tram arrivait en provenance de l'Accueil, en direction du système énergétique. Il y avait aussi des aires de déchargement et des quais d'expédition de marchandises. De la nourriture et des articles à destination des magasins circulaient sur la Promenade. Une bonne partie de ces biens de consommation étaient acheminés par de petites voiturettes de golf à remorque. L'endroit, immense, bruissait d'activité, et les employés verts et marron s'affairaient à déplacer les produits.

Dakota s'éclaircit la gorge. « C'est ici. Voilà la zone à problèmes.

— Qu'est-ce que tu veux dire ?

— Cet endroit est la porte d'entrée du MotherCloud. Techniquement, tout arrive par l'Accueil, mais surtout par le biais de gros chargements qui sont ensuite répartis selon leur destination. Notre théorie, c'est que l'Oblivion entre par ici. Peut-être en différents chargements à chaque fois. Peut-être téléguidés par plusieurs employés. Mais ça peut aussi être le fait d'une seule personne. Il y a encore beaucoup de choses que l'on ignore. Mais mon instinct me dit que tout commence ici. »

Paxton fit quelques pas. Sans chercher quoi que ce soit de précis, mais aux aguets. C'était en effet une bonne porte d'entrée sur le complexe. Beaucoup de coins et de recoins. Des niches où étaient garées les voiturettes de golf, des portes donnant sur ce qu'il devinait être un réseau de couloirs qui couraient derrière les magasins. Plus d'une centaine de personnes déchargeaient des cartons et les entassaient sur des voiturettes. Il aurait fallu une armée entière pour les garder tous à l'œil.

« Pourquoi ne pas installer plus de caméras, tout simplement ? » demanda-t-il.

Dakota secoua la tête. « Les grands chefs n'aiment pas ça. Ils le disent encore dans les vidéos de présentation, non ? Dobbs s'est battu pour, mais l'ordre est venu de tout en haut. Ça mettrait les gens *mal à l'aise.* » Elle esquissa des guillemets dans les airs pour souligner le fait qu'elle citait le grand patron, avant de rouler des yeux avec exagération.

« C'est vrai. Tous ces gens sont déjà pistés par la montre qu'ils portent constamment au poignet. »

Dakota haussa les épaules. « Lorsque l'un d'entre nous dirigera la compagnie, on pourra changer tout ça. »

Il fit encore quelques pas, scruta les alentours. « Les chargements de nourriture restent un grand classique. Une fois, on a eu un problème de contrebande de grosses quantités d'héroïne. Il s'est avéré qu'elle pénétrait dans la prison planquée dans des pots de beurre de cacahuètes. Indétectable pour les chiens.

— On a déjà fouillé les livraisons de nourriture dans tous les sens.

— Parle-moi de l'Oblivion. Comme je l'ai expliqué à Dobbs, je ne sais même pas ce que c'est.

— Il m'a dit ça, ouais. » Elle s'assura qu'ils étaient bien seuls. « Viens là. »

Elle l'entraîna à l'écart, à côté d'une longue rangée de voiturettes de golf qu'on rechargeait. Elle fouilla dans sa poche pour en extraire un boîtier en plastique, large comme un timbre-poste, un peu plus allongé. Elle l'ouvrit et en tira un morceau de film tout fin. Vert, rectangulaire, à peine plus petit que le boîtier. On aurait dit ces minuscules feuilles pour l'haleine à poser sur la langue.

« C'est tout ? » demanda Paxton.

Elle acquiesça. Il le prit et l'observa sous toutes les coutures. Léger, fin, un peu collant.

Dakota le récupéra pour le ranger dans son boîtier. « Absorption par la bouche. File droit dans le système sanguin en contournant l'appareil digestif pour ne pas l'endommager.

— Et comment savez-vous que les gens n'en apportent pas avec eux ? J'aurais pu en faire entrer cinq kilos hier quand je suis arrivé. »

Dakota s'esclaffa. Pas avec lui, mais *de* lui ; il se sentit rougir. « Des renifleurs. Installés dans les portiques à travers lesquels vous êtes passés. Plus efficaces que des chiens, parce que vous ne savez pas qu'ils sont là. Tu crois qu'on n'y avait pas pensé ?

— Qu'en est-il des visiteurs ? Les gens qui vont et viennent ?

— D'abord, tous ceux qui entrent ici passent par les scanners corporels, visiteurs comme résidents. Ensuite, les gens ne reçoivent pas beaucoup de visites. Tu sais combien ça coûte de prendre un avion ou de louer une voiture ? Ma mère venait me voir une fois par mois, quand j'ai commencé ici. Maintenant, je la vois pour Thanksgiving.

— Et est-ce que la naloxone permet de stopper une overdose d'Oblivion ?

— Non. Processus chimique différent. Essaie de suivre, OK ? »

Il sentit la chaleur lui monter aux joues. « Si tu m'as fait venir ici, c'est parce que tu veux avoir un regard neuf sur la situation, pas vrai ? Donc oui, évidemment que je vais poser quelques questions bêtes. Mais si tu avais été capable de gérer ça toute seule, tu n'aurais pas eu besoin de moi. »

Les mots étaient durs. Dakota s'arrêta. Ses yeux s'écarquillèrent légèrement.

« Désolé, reprit-il. J'y suis allé un peu fort.

— Non, fit Dakota, ses lèvres esquissant un sourire. T'as tout à fait raison. Viens, on continue. »

Ils gardèrent le silence un moment, jusqu'à ce que Paxton n'y tienne plus et commence à l'interroger. « Qu'est-ce que tu faisais avant ?

— Des petits boulots, surtout. Un peu de gardiennage de nuit, parce que c'était silencieux et que ça me laissait le temps de lire, c'est la raison pour laquelle ils m'ont placée ici, je suppose. »

Ils quittèrent la Promenade, où allaient et venaient un flux constant de personnes. Paxton aperçut des polos bleus, dans les magasins, le long de la passerelle. Quelques-uns le remarquèrent et lui adressèrent un signe de tête.

« Pour être honnête, je n'avais pas envie de faire partie de la sécurité, avoua Paxton. Je voulais travailler à la terrasse de l'Entrepôt. N'importe quelle couleur sauf le bleu, en vérité.

— Comment ça se fait ?

— Je n'étais pas très fan de mon travail.

— C'est très différent de la prison, répondit Dakota. Enfin, je crois. Et, regarde, je m'en suis sortie alors que je n'étais pas très excitée non plus quand je suis arrivée. En plus, il y a quelques à-côtés. »

Quand elle avait dit « à-côtés », Paxton avait pensé « secrets ». Il voyait bien ce qu'elle sous-entendait. En prison aussi, il y avait des à-côtés. La contrebande qu'on intercepte ne finit pas à la poubelle, mais plutôt dans les poches du gardien qui a mis la main dessus. La plupart du temps, il s'agissait d'argent ou de drogue.

Paxton n'en avait jamais été témoin. Mais il avait entendu des histoires.

« Du genre ? demanda-t-il.

— Du genre, si tu veux poser une journée, t'as bien plus de chances de l'avoir par Dobbs que par un autre blanc. Il nous protège. Du moins, tant que tu te comportes comme il faut. »

Ce n'était pas seulement « comme il faut ». Il y avait autre chose, évidemment. Il savait qu'il n'avait pas marqué beaucoup de points jusqu'ici. Mais il avait envie d'essayer. Ce sentiment le prit au dépourvu. Il voulait que Dakota l'apprécie. Il voulait gagner son respect. Ce besoin de l'approbation des autres est une chose étrange. Comme une pilule qu'on avalerait et qui aiderait à se sentir bien.

« Sécurité ! Sécurité ! »

Ils se retournèrent pour localiser la source du cri : un vieil homme en surpoids vêtu d'un polo vert leur faisait de grands signes depuis l'entrée d'une épicerie. Dakota s'élança, Paxton sur ses talons.

La boutique était petite. Des trucs à grignoter et des accessoires de toilette. Un alignement de frigos chargés de boissons contre le mur du fond. L'homme tenait par le bras un jeune Noir dégingandé en polo rouge. Le jeune homme – encore un gamin, en fait – se débattait pour se libérer de son emprise, mais l'autre était costaud, et avait de la poigne.

« Qu'est-ce qui se passe, Ralph ? demanda Dakota.

— J'ai chopé ce gosse en train de me voler », répondit l'homme au polo vert.

Le dénommé Ralph s'adressait à Dakota, mais lançait des coups d'œil suspicieux en direction de Paxton.

« J'ai rien volé ! » rétorqua le gamin, qui réussit à se libérer grâce à un dernier effort, mais n'en profita pas pour filer. Il recula juste de quelques pas, pour respirer.

« Il a mis une barre chocolatée dans sa poche, dit Ralph.

— Non, répliqua le gamin, de plus en plus agité. Non, c'est faux.

— Fouillez-le », lâcha Ralph. Un ordre.

Le gamin retourna ses poches de lui-même. Vides. Son regard allait de Paxton à Dakota. Il haussa les épaules. « Vous voyez ?

— Il a dû la manger, reprit Ralph.

— Alors où est l'emballage ? » demanda le gamin.

Dakota tourna les yeux vers Ralph, comme pour lui poser elle aussi la question.

« Comment est-ce que je le saurais ? grogna Ralph. Les gosses, de nos jours, ils sont malins. Mais il l'a volée. Je l'ai vu comme je vous vois. Il est venu là, il agissait de façon suspecte. »

Le gamin renifla. « Suspecte, ouais. Qu'est-ce que j'ai fait de suspect à part être noir ? »

Ralph leva les mains, brusquement offensé. « Hé, hé, je ne suis pas raciste. N'allez pas m'accuser…

— C'est pas une accusation, hurla le gamin. C'est la vérité. »

Moment de basculement. Soit les choses allaient s'arranger, soit elles dégénéreraient. Seule façon de se sortir de ce guêpier : les séparer. « Toi, fit Paxton en pointant Ralph. Mets-toi là-bas pendant qu'on tire ça au clair. »

Ralph garda les mains en l'air, et retourna derrière le comptoir.

« Bien joué, murmura Dakota à Paxton avant de reprendre en s'adressant au jeune homme : Tu l'as volé ? »

Il leva les mains devant son visage et ponctua sa réponse d'un geste vif. « Combien de fois va-t-il falloir que je vous le répète ? Non.

— OK, mon gars. Voilà le topo, commença Dakota. Ralph n'est plus tout jeune, et il est un peu teigneux. Il ne va pas lâcher l'affaire, il va gonfler cette histoire, et tu risques de finir avec un blâme. À moins que tu ne lui paies quelques crédits, et nous, on lui dit que tu as payé ce que tu as pris, et qu'on en reste là.

— Donc en gros, vous voulez que je paie quelque chose que je n'ai pas pris, tout ça parce que ce vieux raciste a une grande gueule ? C'est ça que vous voulez ?

— Non, je veux que tout le monde descende d'un cran, expliqua Dakota. On va boucler cette affaire en deux minutes, personne ne récoltera de blâme, et dans un mois tu ne te souviendras même pas de ce que ça t'aura coûté. Pigé ? »

Le gamin fixa Ralph, derrière son comptoir. De toute évidence, il n'aimait pas ce qui se tramait. Paxton non plus. Mais il comprenait où elle voulait en venir. Parfois, il faut savoir regarder ailleurs pour que les petites choses ne dégénèrent pas.

Mieux valait perdre un crédit que perdre tout crédit.

« C'est pas juste, râla le gamin.

— Peut-être, mais c'est la meilleure chose pour tout le monde, y compris pour toi. Il y a un million d'autres boutiques où tu peux aller et elles ne seront pas tenues par un vieux con. Allez. Fais-nous une faveur, à nous tous. Encaisse le coup, tu auras plus de chance la prochaine fois. »

Le gosse soupira. Ses épaules s'affaissèrent. Il marcha vers le comptoir, tapota sur sa montre et la plaça devant le disque, qui passa au vert.

« C'est bien ce que je pensais », triompha Ralph.

Le gamin avait pratiquement déjà fait demi-tour, mais, en entendant ces mots, il s'arrêta. Serra les poings. Baissa la tête et ferma les yeux. Envisagea sans doute sérieusement de cogner le vieux en pleine poire. Paxton fit un pas en avant et se rapprocha du gamin pour ne pouvoir être entendu que par lui.

« Il n'en vaut pas la peine. Tu sais qu'il n'en vaut pas la peine. »

Le gamin rouvrit les yeux. Fronça les sourcils, et bouscula Paxton en sortant du magasin.

Dakota se tourna vers Ralph et soupira : « T'es vraiment un enfoiré, tu le sais, ça ? »

Il haussa les épaules. Esquissa un petit sourire victorieux. « Comment ça ? »

Ils sortirent et, une fois qu'ils furent hors de portée de Ralph, Paxton prit la parole : « Le gosse n'était pas méchant, tu sais.

— Tu penses que c'est le seul qui aurait dû payer les conséquences ? Si j'avais embarqué Ralph et le gamin, que crois-tu qu'il se serait passé ? Dobbs m'aurait fait asseoir et m'aurait dit... » Elle se mit à imiter une voix grave : « “Tout ça pour une barre chocolatée…" » Puis, reprenant sa voix normale : « Et il aurait raison. Beaucoup de bruit pour rien.

— Alors, c'est comme ça que Dobbs veut qu'on règle ce genre d'embrouille ?

— Lorsqu'un incident est rapporté, ça devient une statistique. La statistique se transforme en compte rendu. Et de ce compte rendu découlent beaucoup de choses. Notre boulot, c'est de garder les chiffres le plus bas possible. Vois ça comme des quotas inversés. Moins tu rapportes de problèmes à l'étage supérieur, mieux c'est. »

Ils marchèrent encore un peu. Traversèrent le second dortoir, la section suivante de la Promenade, et finalement le troisième dortoir. La montre de Paxton vibra.

Votre service est terminé. Le prochain débutera dans 14 heures.

Dakota consultait sa montre elle aussi. Vu la manière dont ses épaules se détendirent, le message était sans doute le même. « T'as eu les réflexes qu'il fallait, fit-elle. Les séparer comme tu l'as fait. Je crois que tu vas être une bonne recrue. Réfléchis à ce que t'a demandé Dobbs, d'accord ? Pour une large part, ce boulot consiste à patrouiller à pied, à se montrer. Intégrer la brigade spéciale de l'Oblivion sera sans doute plus intéressant.

— Je vais y penser.

— Parfait. On se voit demain, alors. »

Elle se tourna et partit, sans attendre sa réponse. Il la regardait s'éloigner quand son estomac gronda. Il s'aventura dans le Live-Play, pas complètement sûr d'être d'humeur à manger, jusqu'à tomber sur un CloudBurger. Il avait toujours eu envie d'essayer. Le CloudBurger était fameux, l'un des meilleurs fast-foods du pays, et également l'un des moins chers. Mais il n'y en avait que dans les complexes MotherCloud.

Un burger, ça lui disait bien. Il l'avait mérité. Il ne se rappelait même plus la dernière fois qu'il en avait mangé un. Il entra dans le restaurant, accueilli par le fumet de la viande grillée et de l'huile frite. L'endroit était bondé, la plupart des sièges occupés, sauf une petite table dans un coin avec une chaise vide, en face de Zinnia.

ZINNIA

Votre service est terminé. Le prochain débutera dans 12 heures.

Zinnia considéra sa montre avec un mélange de soulagement et de rancœur. C'est donc ainsi que les gens vivent, dans le vrai monde ? Elle était habituée à n'avoir que des dates butoir. À prendre les missions comme elles venaient. Mais avoir à pointer, ou, du moins, avoir une montre qui pointait pour elle, ne lui plaisait pas.

Elle avait besoin de ses sept heures et demie de sommeil quotidiennes. Cela ne lui laissait que quatre heures et demie de temps libre – très peu.

Voulez-vous vous diriger vers la sortie la plus proche ?

Zinnia positionna la montre devant sa bouche et dit : « Oui. »

Les vibrations directionnelles la guidèrent à travers la terrasse de l'Entrepôt. Vingt minutes lui furent nécessaires pour atteindre la sortie. Elle franchit la porte, s'attendant à déboucher sur un couloir qui l'emmènerait vers le tram ou des ascenseurs, mais, au lieu de ça, elle se retrouva face à une longue file d'employés, et, au bout, aux scanners corporels. Des hommes et des femmes en polo bleu et gants en latex bleu layette dirigeaient les employés vers les machines et leur enjoignaient de lever les mains avant que le scanner n'opère de grands cercles autour d'eux.

« Je peux passer ? »

Une jeune Asiatique se tenait derrière elle, Zinnia ne s'était pas rendu compte qu'elle était dans le passage. « Bien sûr, pardon. » Tandis que la femme la dépassait, Zinnia s'expliqua : « Désolée, c'est mon premier jour. La sortie est bien par là ? »

La femme opina du menton très sérieusement. « On doit repasser par les scanners pour sortir, oui. »

Zinnia poussa un soupir. Suivit la femme pour faire la queue. Cinq minutes s'écoulèrent. Puis dix. Dix-huit minutes plus tard, elle parvint enfin au scanner. Leva les mains au-dessus de sa tête.

Les bras mécaniques tournèrent autour d'elle. Une machine à ondes millimétriques lui envoyait des rayons électromagnétiques afin de recréer une image animée de ce qui se dissimulait sous ses vêtements. De l'autre côté, un homme fixait l'écran. Il hocha la tête et lui fit signe d'avancer. Elle vit les contours de son corps sur l'écran vidéo. Elle pouvait presque distinguer l'ombre de ses mamelons, ou les poils de son entrejambe. Elle s'en rendit compte en même temps que du sourire en coin de l'agent de sécurité en train de surveiller l'écran, et elle eut soudain envie de le gifler au point que l'impulsion lui démangea les doigts comme de l'électricité statique.

Après avoir prouvé qu'elle n'avait rien volé, elle fut autorisée à emprunter un long couloir avant d'atteindre le quai du tramway. Pendant qu'elle attendait, à côté d'un jeune homme brun au nez effilé, elle lui demanda : « C'est toujours comme ça ?

— Qu'est-ce qui est toujours comme ça ? répondit-il sans la regarder.

— Le strip-tease. Faire la queue vingt minutes pour pouvoir sortir. »

Il haussa les épaules. L'air de dire : « Oui, c'est toujours comme ça. »

« Est-ce qu'on est payé pour ce temps-là aussi ? »

Il éclata de rire, et se tourna finalement vers elle. Le bracelet de sa montre était en caoutchouc, d'un orange vif.

« Premier jour ? »

Elle acquiesça.

« Bienvenue chez Cloud », lança-t-il alors que le tramway entrait dans la station. Il joua des coudes pour se frayer un chemin à bord et elle le suivit, mais en gardant ses distances. Elle ne tenait pas spécialement à discuter avec ce petit trou du cul sarcastique. Elle dévisagea les gens autour d'elle. Tout le monde semblait mort de fatigue. Certains s'agrippaient aux barres, certains, qui devaient être amis, se tenaient les uns les autres. Quand le tramway démarra et glissa sur les rails, quelques-uns trébuchèrent à cause du mouvement brusque.

Chaque seconde qu'elle passait dans la puanteur de cet endroit lui donnait envie de boucler sa mission au plus vite. C'était exactement ce qu'elle ressentait : comme une odeur qui s'infiltrait sous sa peau. L'odeur lourde du bétail mal soigné dans son enclos. Elle avait l'impression que ses pieds s'enfonçaient dans des tas de bouse accumulés sur le sol.

Quand le tram stoppa entre deux stations, un grognement collectif s'éleva du troupeau. Il y eut un bruit de carillon, et une voix masculine métallique annonça : « Pour votre sécurité, des débris présents sur la voie nécessitent d'être enlevés. Le tramway va redémarrer dans un instant. »

À la façon dont les gens réagirent – ennuyés, mais résignés –, elle devina que ce devait être un incident récurrent. La femme à côté d'elle avait l'air plutôt sympathique. Cheveux blonds, petites lunettes, nombreux tatouages. Zinnia lui posa la question : « De quoi s'agit-il ?

— Ça arrive plusieurs fois par semaine. Ce sera terminé dans une seconde. Mieux vaut ça qu'un accident, non ? »

Pas si sympathique que ça, finalement. Une histoire sur laquelle elle était tombée pendant ses recherches lui revint en tête : dix ans plus tôt, il y avait eu un déraillement dans un MotherCloud à cause de dalles du plafond effondrées sur les voies. Deux usagers étaient morts. Les trams fonctionnaient par sustentation magnétique, c'est-à-dire que les voitures n'étaient pas en contact avec les rails. Elles restaient quelques millimètres au-dessus, ce qui permettait d'atteindre des vitesses plus élevées et de diminuer l'usure du matériel. Pour autant, ils pouvaient visiblement toujours dérailler.

Quelques minutes plus tard, ils avaient repris leur route, et elle descendit à son arrêt, emprunta l'ascenseur, puis ouvrit la porte de son appartement. Alluma la lumière. Un colis sur le plan de travail. Elle se figea. Premièrement parce qu'elle avait oublié, le temps d'une seconde, qu'elle avait passé une commande, et deuxièmement parce qu'elle s'était attendue à trouver le colis devant sa porte ou mis à disposition quelque part, et non pas posé sur le plan de travail de la cuisine, ce qui signifiait que quelqu'un avait pénétré dans son appartement.

Elle balaya le sol, ce qui ne lui prit pas longtemps. Elle passa ses mains sur toutes les surfaces qu'elle ne pouvait pas voir. Scruta les placards, la penderie, pour être certaine que rien n'avait été laissé. Ensuite, elle vérifia son sac. Sa trousse à maquillage était intacte, son ordinateur n'avait pas été ouvert – celui qui aurait essayé avec la mauvaise empreinte digitale aurait été électrocuté.

Après ces vérifications, elle s'assit sur le lit et arracha ses bottes. Elle avait les talons à vif, sanguinolents, des peaux mortes pendaient à l'arrière de son pied. Certains de ses orteils étaient écorchés aux articulations. Exposer les chairs blessées à l'air libre réveilla la douleur, elles palpitaient.

Elle dégota un mince rouleau d'essuie-tout dans un placard. Lava ses pieds avec l'eau de l'évier. Les papiers rosirent. Elle s'empara du kit de premiers secours dans son sac, badigeonna les zones abîmées de crème antiseptique et se banda les pieds.

Elle inspecta son travail, satisfaite, puis ouvrit son colis, s'empara des baskets et jeta tout le reste. Elle enfila une paire de chaussettes et les essaya. Elles avaient besoin de se faire un peu, ce qui signifiait qu'elle pouvait s'attendre à une bonne semaine de souffrances. Mais ce serait toujours mieux qu'avec les bottes.

Elle redescendit dans le hall, emprunta la Promenade jusqu'au Live-Play, à la recherche de quelque chose à avaler. Tout en marchant, elle notait dans un coin de sa tête l'emplacement des CloudPoint. S'ils étaient bien en vue ou non. La plupart étaient encastrés dans les murs, mais ils possédaient tous un panneau d'accès à l'arrière, qui s'ouvrait au moyen d'une clé spéciale, arrondie. Il était peu probable qu'elle récupère un double de la clé, mais c'était le genre de serrure qu'elle savait crocheter en quelques secondes à l'aide d'un tube en plastique de stylo-bille, taillé à la forme voulue.

Pas si compliqué.

Le vrai problème, c'était de planquer le gopher.

Quel que soit le CloudPoint qu'elle choisirait, sa présence y serait enregistrée à cause de la montre. Elle devrait donc agir *sans* sa CloudBand.

En comptant sur les autres, elle pourrait peut-être y parvenir. Impossible de monter dans le tram si elle ne validait pas sa montre mais, comme pour l'ascenseur, dans le fond, c'était la politesse qui prévalait. Lorsque l'ascenseur était bondé et qu'il se dirigeait déjà vers le rez-de-chaussée, personne ne passait sa montre devant le lecteur.

Elle n'avait qu'à quitter sa chambre sans sa montre.

Et pour ce faire, elle avait encore besoin de quelque chose. Elle fit les boutiques jusqu'à en trouver une avec un petit présentoir sur la caisse qui proposait des couteaux suisses. Ils avaient l'air assez solides pour ce qu'elle comptait en faire.

En revanche, elle n'aimait pas le type qui la guettait derrière le bar. Un crapaud en polo vert qui la détaillait avec son regard t'es-pas-blanche-alors-tu-vas-me-chourer-un-truc. Elle envisagea un instant d'acheter le couteau suisse, mais tout ce qu'elle paierait serait enregistré et rattaché à elle. Quelque part, au fin fond du disque dur de Cloud, se trouverait la liste détaillée de tous ses achats.

Si elle était encore en vie, c'était parce qu'elle était prudente.

Or, être prudent exigeait parfois de prendre des chemins détournés.

En plus, elle n'aimait vraiment pas la tronche du type à la caisse.

Elle se balada dans la boutique comme si elle faisait juste un tour, chercha discrètement les caméras et, n'en voyant aucune, s'avança vers le rayon des sucreries et de protéines au fond du magasin. Elle jeta un regard en coin au caissier. Il ne cherchait même pas à dissimuler le fait qu'il la surveillait.

Elle resta un moment devant les bonbons, comme si elle hésitait, tandis que de la main elle dévissait, mine de rien, un boulon de l'étagère jusqu'à ce qu'il soit sur le point de se détacher. Elle se dirigea vers le comptoir.

« L'étagère du fond a l'air un peu branlante, dit-elle en posant un paquet de bonbons acidulés devant l'employé. La quatrième en partant du bas. »

Il ne cilla pas. Surveilla la borne de paiement. Elle plaça les bonbons devant, puis sa montre. Le paiement fut validé et il hocha la tête, impressionné. De toute évidence, elle était allée à l'encontre de toutes ses idées reçues sur les gens de couleur. Elle lui décocha son sourire va-te-faire-foutre, et il se dirigea vers l'étagère du fond. À peine l'avait-il touchée qu'elle s'écroula sur le sol, et elle en profita pour attraper le couteau suisse et le fourrer dans sa poche arrière.

Il se retourna pour la regarder avec l'air de lui reprocher la situation mais sans savoir comment le formuler. Elle se contenta de hausser les épaules. « Je vous avais prévenu. »

Sa longue marche pour quitter l'entrepôt et le moment où elle avait gâché la journée de ce crétin lui avaient ouvert l'appétit, alors elle se dirigea vers le Live-Play et passa en revue les enseignes au néon. CloudBurger lui faisait de l'œil. L'appel du bœuf pas cher. Elle avait les jambes en compote, il lui fallait des protéines.

L'intérieur du restaurant était propre, mais il y avait foule. Carrelage de métro blanc avec une touche de rouge, tables en métal qui ressemblaient à du bois. Elle s'assit à une table libre sur laquelle une tablette l'invitait à passer commande. Elle craqua pour un double cheese CloudBurger, une grande frite et une bouteille d'eau. Une fois la commande confirmée, elle approcha sa montre de la tablette pour payer, et l'écran lui indiqua que sa commande arriverait dans sept minutes.

Pour patienter, elle tripota sa montre. Navigua vers le haut, le bas, la gauche et la droite à travers les différents écrans. Tomba sur ses informations concernant la santé. Elle avait fait seize mille pas, l'équivalent de treize kilomètres. Elle aurait carrément dû commander un milk-shake avec son menu.

Quelques minutes plus tard – moins de sept en tout cas –, une Latino boulotte en polo vert posa un plateau face à elle. Zinnia sourit et la remercia d'un hochement de tête. La femme ne le lui rendit pas et s'en retourna vers les cuisines.

Zinnia se jeta sur le hamburger, emballé dans du papier paraffiné. Il était chaud. Presque trop, mais elle mourait de faim. Elle en prit une bouchée et ferma les yeux. Ça faisait longtemps qu'elle n'avait pas mangé de bœuf, qui ne valait plus le prix qu'il coûtait. Celui-ci était parfaitement cuisiné. Bien grillé, croustillant mais juteux, avec le fromage fondu au-dessus. La sauce rosée donnait un coup de fouet vinaigré à l'ensemble, relevant la richesse de la graisse. Avant même d'en avoir dévoré la moitié, elle en avait déjà commandé un autre, ainsi qu'un milk-shake. Treize kilomètres.

« Zinnia ? »

Elle leva les yeux, la bouche pleine.

Le ringard du car.

Peter ? Pablo ?

« Paxton, dit-il en posant sa main sur son polo bleu. Ça t'embête pas si je m'assois avec toi ? Je crois qu'il n'y a plus aucune autre place libre. »

Elle mastiqua. Avala. Réfléchit.

Non, elle avait envie d'être seule.

Mais ce polo. Un bleu magnifique. Ça pourrait être utile.

« Bien sûr », répondit-elle en désignant le siège vide en face d'elle.

Il sourit, tira la tablette vers lui, cliqua sur l'écran pour faire son choix. Il leva sa montre, mais avant de finir son geste, il montra son hamburger. « Comment il est ?

— Délicieux. »

Il acquiesça, passa sa montre et s'enfonça sur son siège.

« Alors comme ça, t'es rouge ? remarqua-t-il.

— Exactement.

— C'est comment ?

— J'ai les pieds en sang. »

Il grimaça. Elle se fourra quelques frites dans la bouche.

« Tu dois être content, reprit-elle. En tant qu'ancien gardien de prison, c'est sûrement du gâteau pour toi, ici. Moins de risques de se faire planter dans un coin.

— Je voulais ton boulot. J'ai quitté la prison pour une bonne raison : j'aimais pas ça. »

Elle rit. « Ta passion secrète, c'est d'aller chercher des trucs sur des étagères ?

— Non, c'est juste que… Je ne compte pas m'éterniser ici.

— Eh bien, buvons à ça », dit-elle en levant sa bouteille d'eau avant d'en avaler une gorgée.

La femme en vert réapparut avec deux plateaux. Elle déposa d'abord celui de Zinnia, puis celui de Paxton. Il comportait deux hamburgers, deux frites et un milk-shake. Il prit son burger, mordit dedans. Ses yeux s'écarquillèrent. Il avala sa bouchée et lâcha : « Bon sang.

— Pas mal, hein ?

— La dernière fois que j'ai mangé du bœuf, j'avais quelque chose à fêter. Sortir au restaurant. Commander un steak. Ça m'avait coûté un bras, et même une jambe.

— Eh bien ce n'est pas le cas ici – c'est ce qui se passe quand vous êtes propriétaire d'élevages et que vous n'avez pas à payer d'intermédiaire. Il y a quelques avantages à travailler ici, quand même. »

Il hocha la tête. « Des à-côtés. Oui. »

La conversation s'éteignit et elle se concentra sur sa nourriture. Paxton l'imita. Ils mangeaient tous les deux sans se regarder mais en observant le restaurant autour d'eux. Elle réfléchissait. Les agents de sécurité bénéficiaient sûrement d'un accès illimité. Elle pouvait faire ce qu'elle voulait de lui : il était hétéro et il avait un pénis.

Paxton s'essuya la bouche avec une serviette. Il regarda Zinnia : « Je ne veux pas paraître insistant, mais je ne connais personne ici, alors je me demandais si ça te dirait de prendre un verre.

— Avec plaisir », répondit-elle.

3

DÉLAI DE GRÂCE

GIBSON

Quand on approche de la fin, on commence à réfléchir à ce qu'on va laisser derrière soi.

L'héritage. Un bien grand mot.

Ça veut dire que les gens continueront à penser à vous, même quand vous ne serez plus là, c'est plutôt une bonne chose, non ? Je crois que c'est ce dont nous rêvons tous.

Mais c'est aussi un vœu pieux, dans le sens où l'on n'a aucun contrôle là-dessus. Vous pouvez faire de votre mieux pour écrire votre propre histoire. Une histoire qui vous raconte, vous et ce que vous avez accompli. Mais, à la fin, c'est l'Histoire avec un grand H qui l'emporte. Peu importe ce que je raconterai ici. Ça fera partie du tableau, mais ça ne contribuera peut-être pas à l'image que les gens garderont de moi.

J'ai envie que les gens conservent une bonne image de moi. Personne ne veut endosser le rôle du méchant. Pensez à ce cher Christophe Colomb. Il a découvert l'Amérique, mais, plus tard, certains ont décidé qu'ils n'aimaient pas la *manière*. Ils ont décrété que lui et ses hommes avaient apporté des maladies qui avaient dévasté les populations locales. Comment aurait-il pu anticiper ça ? Il ne pouvait pas deviner que les habitants du Nouveau Monde ne supporteraient pas le contact avec la variole ou la rougeole.

C'est vraiment une triste histoire. Ce n'est jamais une bonne chose que les gens meurent, surtout d'épidémies comme celles-ci.

Mais Colomb n'a absolument pas voulu que les événements prennent cette tournure, et je pense que l'on devrait en tenir compte. Malgré toutes les choses que l'on dit sur lui, sur ce qu'il a fait à certains, il ne faudrait pas perdre de vue l'essentiel.

Il a découvert l'Amérique – pourtant bien cachée. Il a changé la face du monde.

Parfois, il faut savoir prendre des décisions difficiles, et certains ne le comprennent pas. À tel point que, il y a quelques années, on déboulonnait les statues de Christophe Colomb. Cela a débouché sur de grandes manifestations à Columbus, dans l'Ohio, qui se sont terminées comme chacun sait. Je crois que nous sommes tous encore hantés par ces images.

Imaginez ce qui se passerait si l'on prenait Christophe Colomb, sur le pont de son bateau en 1492, tandis que la terre se profile à l'horizon. La promesse d'un nouveau départ. Si on le prenait et qu'on le ramène ici, qu'on lui montre son héritage : il est devenu le méchant de l'histoire. Continuerait-il sa route ? Ou bien ferait-il demi-tour ?

Je n'en sais rien. Et Cloud n'a pas encore inventé la machine à remonter le temps (même si – et je ne rigole pas – un de nos départements y travaille depuis plusieurs années parce que, après tout, pourquoi pas ?), donc ça ne risque pas d'arriver, et surtout pas lors du peu de mois qu'il me reste à vivre.

Pourtant, ça me fait penser à mon propre héritage.

Il y a deux choses dont je suis particulièrement fier.

J'ai déjà évoqué comment Cloud avait créé un modèle attaché à respecter l'environnement, à réduire les gaz à effet de serre et les déplacements des travailleurs. Mais tout ça n'est pas sorti de nulle part. Nous n'avons pas bâti le premier MotherCloud en nous disant : « Nous voilà, et maintenant les choses seront différentes. »

Ce que nous avons dû faire en priorité, c'est repenser la manière de construire. Les États-Unis sont censés incarner le capitalisme ; pourtant, il est incroyable de voir combien ce pays mettait de bâtons dans les roues des entreprises qui ne demandaient qu'à prospérer. C'est pour cette raison que tant de firmes américaines ont traversé les océans. Si vous n'arrêtez pas d'élever des murs pour m'empêcher d'avancer, pourquoi resterais-je ici ? Pourquoi n'irais-je pas voir ailleurs, là où il n'y a pas de murs ?

Imaginez un immeuble de logements. De six étages, disons. Beaucoup de gens veulent habiter dans cet immeuble, parce qu'il est beau. De plus en plus même, si bien que le propriétaire de l'immeuble se dit : « Pourquoi ne pas construire un étage de plus, ou deux ? » Il s'en charge, et tout se passe bien. L'immeuble est plus grand. Il gagne plus d'argent, sa famille est mieux installée.

Mais imaginons maintenant que la ville devienne de plus en plus peuplée. Que de plus en plus de personnes y emménagent, et, cette fois, ce n'est pas qu'il a *envie* de construire plus, c'est qu'il *doit* construire plus, pour répondre à la demande. Il n'est plus seulement question de gagner plus d'argent. Il a une propriété. Cette propriété a de la valeur. Mais je dirais qu'il a une responsabilité envers la ville. La ville ne peut pas croître sans habitants. Alors il ajoute un nouvel étage – deux, même. Mais les fondations de l'immeuble restent les mêmes. Il faut composer avec l'infrastructure préexistante.

Plus les immeubles s'élèvent, moins les fondations sont stables.

Si vous construisez trop haut, ils s'effondrent.

Parce que vous essayez de greffer de nouveaux besoins sur un modèle préexistant.

Ce serait bien plus intelligent de démolir ce fichu immeuble ! De recommencer de zéro ! De prendre en compte les besoins que l'on a aujourd'hui, de réfléchir à la manière d'anticiper ceux du futur et de construire un nouvel immeuble à partir de ça. De bâtir un édifice de trente étages. Sur des fondations assez solides pour que vous puissiez en ajouter si le besoin s'en faisait sentir.

Songez à ces cités devenues invivables parce que leurs routes avaient été construites pour accueillir une centaine de milliers de personnes, alors que ce chiffre ne cessait d'enfler jusqu'à dépasser le million. Ou à ces égouts qui se corrodent et s'effondrent parce que le nombre de personnes qui les utilisent a soudain triplé.

Ce que je veux dire, c'est qu'il faut parfois repenser les choses plutôt que de construire encore et encore sur des fondations incertaines. C'est pourquoi j'ai fait tant de lobbying pour instaurer des lois qui aideraient les affaires à se développer, au lieu de les entraver. Prenez la loi de suppression des formalités administratives, par exemple. Auparavant, il fallait des années pour monter une entreprise. Vous deviez vous plier à toutes ces directives, cocher toutes les cases requises, alors que la plupart d'entre elles n'avaient aucun sens. Dans un État, je me souviens, je crois que c'était le Delaware, vous étiez obligé de faire une étude sur l'impact environnemental. Cela vous coûtait un paquet d'argent et vous prenait six mois. Ensuite, une *autre* agence exigeait également une étude sur l'impact environnemental, mais il était impossible d'utiliser la même ! Vous deviez faire deux fois la même chose – et régler la note. Dans le fond, c'était juste une manière de maintenir les emplois des fonctionnaires.

Et n'allez pas imaginer que vous pouviez lancer votre chantier sans embaucher des ouvriers syndiqués ! Si tel était le cas, ces types du syndicat plantaient leur gros rat gonflable devant votre immeuble et hurlaient sur tous les gens qui tentaient d'entrer. Le problème, c'est que si vous les embauchiez, vous deviez les payer quatre fois plus cher que la moyenne, et ce, pour un travail moins bien fait. Les gens ne bossent jamais bien quand ils ont la sécurité de l'emploi. Contrairement à ceux qui gagnent leur vie à la sueur de leur front. Eux, oui, travaillent dur. C'est pourquoi je me suis battu pour la loi contre le harcèlement dans le bâtiment. Désormais, les rats gonflables ont disparu. La police a le droit de les dégager et de les mettre à la poubelle, là où ils méritent d'être.

Il y a aussi eu la loi sur la monnaie dématérialisée, qui a forcé le gouvernement à développer et à sécuriser la communication en champ proche, afin que nous arrêtions d'imprimer et d'échanger autant d'argent.

La plus importante, et de loin, a été la loi sur les machines, qui a imposé des quotas d'embauche et un nombre maximal d'emplois qu'une entreprise a le droit de confier à des robots. C'est la décision la plus controversée que j'aie prise, plus encore que celle sur le système d'évaluation des employés. De nombreux chefs d'entreprise m'en ont beaucoup voulu. C'est vrai que, chez Cloud, on pourrait faire beaucoup d'économies en employant des robots plutôt que des êtres humains. Je vaudrais peut-être un ou deux milliards de plus. Mais bon sang, je veux voir les gens travailler ! Je veux passer dans mes entrepôts, et voir des hommes et des femmes subvenir à leurs besoins.

Cette décision a tout changé. Un an avant que la loi sur les machines soit adoptée, le chômage s'élevait à 28 %. Deux ans plus tard, il était tombé à 3 %. Cette statistique m'aide à bien dormir la nuit. Et puis, les chefs d'entreprise ont fini par se rendre compte que les déductions fiscales étaient avantageuses.

Toutes ces décisions ont facilité mon travail, la croissance de Cloud, et ont fourni aux gens des emplois correctement payés. Je suis fier de ça, pas seulement vis-à-vis de moi, mais aussi de l'économie tout entière.

Mais ce serait triste si c'était là tout ce que je laissais derrière moi, et je suis heureux de vous dire que ce n'est pas le cas.

Je vais aussi laisser derrière moi ma fille, Claire.

Claire est notre fille unique. Je n'ai jamais vraiment abordé ce sujet, mais Molly a eu une grossesse pénible donc nous avons décidé de ne pas avoir d'autre enfant. Je me souviens que, lorsqu'elle est née, les gens me demandaient si j'étais déçu d'avoir une fille plutôt qu'un garçon. Ça me rendait dingue. Arrive cette belle petite chose, la plus parfaite de l'univers, le symbole de l'amour que j'éprouve pour ma femme, comment pourrais-je ressentir la moindre once de regret dans mon cœur ? Quel genre de personne se pose cette question ?

Claire a eu une enfance heureuse. Elle est née au moment où Cloud commençait à bien marcher, donc elle n'a jamais manqué de rien. Mais je ne l'ai pas laissée sombrer dans la facilité. Dès qu'elle a été en âge de le faire, je l'ai placée dans mes bureaux, à exécuter des petits boulots. Je lui versais même un salaire symbolique. Je ne pense pas avoir violé les lois contre le travail des enfants, ne me mettez pas ça sur le dos.

Je voulais montrer à Claire que, dans la vie, rien n'est gratuit. Il faut se battre. Je n'ai jamais voulu qu'elle marche sur mes traces.

Je voulais qu'elle débute dans le vaste monde, et qu'elle fasse ses propres choix. Mais elle était si intelligente et si intéressée par le fonctionnement de Cloud qu'il n'a pas fallu longtemps pour que je l'engage. Je vous jure que je n'étais même pas au courant, elle avait postulé sous un autre nom, dans un bureau périphérique où personne ne connaissait sa véritable identité. Elle voulait me prouver qu'elle était capable de réussir seule. Nous avons tous bien rigolé quand nous avons découvert ce qui équivalait, en gros, à une fraude mineure.

Après ça, je l'ai rapatriée dans la filiale principale, et j'ai toujours exigé d'elle ce que j'aurais exigé de n'importe qui. Elle était évaluée comme n'importe quel employé, et je m'assurais que rien de ce que je disais ou faisais n'influençait son évaluation. Elle n'a cessé d'être une employée quatre étoiles, année après année. Une fois, elle est tombée à trois étoiles, mais c'était l'année où elle a eu son premier enfant, elle était moins au bureau, et ce genre de chose ne pardonne pas.

J'ai élevé une femme forte et intelligente, c'est le plus important. Le genre de personne qui ose me dire quand j'ai tort, même devant tout le monde. Le genre de personne qui ne travaille pas seulement pour avoir une promotion. Le genre de personne dont je suis fier. Elle a fait de moi un homme meilleur, de mille façons différentes. Et elle a aussi fait de Cloud une meilleure entreprise.

PAXTON

Paxton jeta un coup d'œil par la porte ouverte du bureau de Dobbs. Vide. Ouf. Il devait une réponse à Dobbs à propos de la brigade spéciale, mais il n'avait pas encore tranché – même si, apparemment, Dakota avait décidé pour lui.

Il cherchait un bureau vide, pas très sûr de ce qu'il devait faire ensuite, lorsqu'il tomba nez à nez avec un Indien qui exhibait, agrippée à ses pommettes saillantes, une barbe minutieusement taillée. Il semblait sortir de nulle part, s'être tout bonnement matérialisé devant lui. Son bracelet CloudBand était du même bleu que son polo. Il mesurait une tête de moins que lui. Il se racla la gorge comme font les gens quand ils veulent donner du poids à ce qu'ils vont dire.

« C'est toi, Paxton ? »

Vu le ton de la question, Paxton n'était pas certain de devoir y répondre, mais il le fit quand même : « Ouais, c'est moi.

— Vikram, annonça le type sans lui tendre la main. Tu sais que tu n'es pas censé traîner ici ?

— Oui, mais personne ne m'a dit ce que je devais faire…

— On ne devrait pas avoir à te dire quoi faire », riposta l'autre, les bras croisés.

Les pensées de Paxton heurtèrent un rocher avant de dérailler. Il ne savait pas quoi dire. Il marmonna une sorte de réponse. Un début de sourire flottait sur les lèvres de Vikram.

Puis il entendit une voix familière. « Pax, tu es prêt à y aller ? »

Dakota se tenait à quelques mètres de lui. Les bras croisés, elle aussi. Vikram la considéra et poussa un soupir. « On ne m'avait pas prévenu que les nouvelles recrues avaient le droit de tourner en rond toute la journée.

— Et moi, on ne m'avait pas prévenue que tu avais désormais un grade kaki », répliqua Dakota du tac au tac. Puis elle leva un doigt. « Attends, non, ce n'est jamais arrivé. Alors pourquoi est-ce que tu ne fiches pas la paix à mon coéquipier, Vicky ? »

Paxton recula d'un pas afin de les laisser s'affronter. Vikram serra les poings nerveusement. Puis il les brandit. « Qu'est-ce qui te fait croire qu'il va réussir mieux que moi ?

— On va attendre de voir.

— Vous êtes en train de chercher une aiguille minuscule dans la plus grosse meule de foin du monde, dit Vikram, cette fois en s'adressant plus à Paxton qu'à Dakota. Même si vous mettez la main dessus, ça ne sera qu'un coup de bol.

— Cause toujours », le coupa Dakota en lui faisant signe de décamper.

Vikram se tourna vers Paxton. « Je t'ai à l'œil. »

On se serait cru dans un film de série Z, et Paxton dut faire un gros effort pour ne pas éclater de rire. Et alors que la situation était déjà assez ridicule comme ça, Vikram se lança dans un duel de regards pour inciter son adversaire à lui renvoyer la balle. Paxton serra les lèvres et redressa un peu les épaules. Il l'avait appris depuis bien longtemps : certaines personnes veulent tellement avoir le dernier mot qu'elles finissent par perdre de vue l'objet de la dispute. La meilleure façon d'y mettre fin, c'était de faire comme si ça n'avait aucune importance à vos yeux.

L'effet fut immédiat. Vikram s'éloigna dans le couloir, ses pas assourdis par la moquette grise. Les quelques personnes qui observaient la scène replongèrent le nez dans leur clavier.

« Allez, viens », l'entraîna Dakota.

Ils prirent le tram qui passait par les dortoirs, et ne décrochèrent pas un mot jusqu'à ne plus être cernés d'oreilles potentiellement indiscrètes. Ils commencèrent leur ronde sur la Promenade, coupant à travers les longs chemins sinueux qui reliaient les bancs et les kiosques.

« Eh ben, risqua Paxton. C'était un peu exagéré, non ?

— Pendant un moment, Dobbs a confié la mission Oblivion à Vikram. Le souci, c'est que Vikram lui avait promis monts et merveilles. Il avait affirmé qu'il allait régler le problème en moins de deux, mais les mois ont passé, et il n'a rien trouvé. Alors Dobbs l'a collé au contrôle de sortie de l'Entrepôt. Un des postes de sécurité les plus merdiques. Ça, et la flotte de drones.

— Je vois. Quand Dobbs m'a pris à part, il m'a dit quelque chose à propos des gens qui perdent les pédales à cause de leur ambition.

— Le complexe de Napoléon. Rien de nouveau, soupira Dakota. Mais méfie-toi de lui. Il est persuadé que tu as été recruté pour le remplacer. Ce qui est totalement faux. Tu as juste débarqué au moment où Dobbs avait besoin de sang neuf. Il te critiquera dès qu'il pensera que ça pourra te rabaisser et le mettre en valeur.

— Sympa.

— C'est un chieur, mais il est apprécié dans les bureaux. Il travaille dur, c'est un battant, et il fait tout selon les règles, donc Dobbs n'a pas d'argument pour l'envoyer dans une autre section. Non pas que je croie que Dobbs ait jamais pensé faire ça ;

d'ailleurs, la moitié du temps, je n'ai pas la moindre idée de ce qu'il peut bien penser.

— Pigé. »

À l'approche du deuxième dortoir, la foule se clairsema. À cette heure-ci, pas beaucoup de roulement de service. Il nota cette information dans un coin de sa tête. Il essayait de se figurer le fonctionnement de l'endroit. C'était comme admirer une formidable machinerie. Il ne comprenait pas comment elle tournait, mais comme il était assez attentif, il devrait finir par cerner deux ou trois rouages.

« T'as pas de bonnes histoires de prison à raconter ? lui demanda Dakota.

— Aucune bonne histoire de prison. »

Ils continuèrent de marcher en silence. Puis elle ajouta : « Désolée. »

Paxton soupira. « Pas grave. C'est ce que tout le monde demande toujours. Est-ce que c'était un endroit où on vous filait des coups de couteau avant de vous violer ? Non. C'était une prison de sécurité minimale qui abritait surtout des gens condamnés à des sanctions civiles. Les types qui se prenaient pour des durs là-dedans étaient loin d'être aussi durs qu'ils voulaient le faire croire. Certes, ça m'a appris à avoir le ton adéquat pour résoudre les conflits, mais ça n'a rien à voir avec ce qu'on regarde à la télé.

— Ah », lâcha Dakota, sans même chercher à dissimuler sa déception.

Il eut l'impression de la laisser tomber. C'était idiot, mais il ne pouvait pas s'en empêcher. Alors il réfléchit, et une histoire lui revint en tête. Une qui ne lui retournait pas l'estomac.

« Très bien, très bien », concéda-t-il.

L'intérêt de Dakota se raviva.

« Donc tous les matins, à six heures tapantes, la sonnerie retentissait et tout le monde devait être sorti de sa cellule pour l'appel. Il y avait deux prisonniers, Titus et Mickey. Des vieux qui ressemblaient à des écureuils, renfermés sur eux-mêmes. Ils racontaient parfois des histoires sur leurs grands projets d'évasion, mais personne ne les écoutait vraiment. On aurait dû. Parce qu'un matin, alors que l'on faisait le compte, on s'est aperçus qu'ils manquaient à l'appel. Dans leur cellule, on a trouvé Mickey, cul nu, ses jambes qui battaient l'air. Lui et Titus avaient creusé un trou, et il était resté coincé.

— Attends… Il était à poil ?

— Oh que oui. Ils avaient creusé le sol et balancé le ciment par la chasse d'eau. Je n'arrive toujours pas à croire que personne ne s'en était aperçu, mais la nuit, vu que tout le monde était en cellule, il n'y avait qu'un seul gardien pour tout le bloc. Mesure d'économie. Une belle connerie. Un autre gardien aurait dû patrouiller dans les couloirs. Bref, apparemment, Titus était passé le premier, vu qu'il était maigre. Le boyau était étroit mais parfait pour lui. Personne ne l'a jamais revu. Mickey, même s'il était plus gros, pensait pouvoir passer aussi. Il s'était dit que, déshabillé, il glisserait plus facilement.

— Hum. C'était pas Einstein, quoi.

— Attends, c'est pas fini. Donc moi et un autre gardien, on s'approche pour le déloger de là. On attrape une jambe chacun, on prend notre élan, on tire. Et on bascule tous les deux en arrière. L'autre garde s'est cogné au point de repartir avec une commotion. En fait, Mickey devait se douter que le trou allait peut-être se révéler trop petit, alors il avait volé une grosse motte de beurre à la cuisine et s'en était enduit l'intégralité du corps. Il voulait mettre toutes les chances de son côté. »

Dakota éclata de rire. « Bon Dieu ! »

Paxton sourit en repensant à l'incident. « Donc il est coincé là-dedans, cul par-dessus tête, couvert de beurre. On a dû le laver pour assurer nos prises sur lui. J'ai souvent eu envie de me barrer de cette prison, tu sais, mais le moment où je me suis retrouvé face à ce vieil homme en larmes et que je lui lavais le derrière avec une éponge a été un des plus pénibles. »

Dakota riait toujours, haut et fort. « Coup de chance pour toi, nous n'avons pas ce genre de situation ici.

— Je suis heureux de l'entendre », conclut Paxton.

Ils pénétrèrent sous la canopée du Live-Play. Dakota semblait savoir où elle allait, alors il se contentait de la suivre. Ils montèrent un escalator, puis un autre, jusqu'à une arcade sombre pleine de jeux démodés à l'air fatigués mais qui fonctionnaient toujours ; le vacarme et la faible lumière ajoutaient encore à l'impression de vide.

« Qu'est-ce qu'on fait là ? » demanda-t-il.

Elle garda le silence et poursuivit son chemin vers le fond de la galerie, près d'une machine de skee-ball à côté de laquelle, dans l'ombre, Paxton avait cru voir bouger quelque chose. Dakota tendit le bras pour tirer de la pénombre un jeune homme en polo vert. Maigrichon, une tignasse de cheveux blonds, visiblement mécontent de se retrouver en pleine lumière. Il leva un bras pour s'en protéger.

« Salut, Warren, fit-elle.

— J'ai rien fait.

— Je passais juste.

— Je jouais au skee-ball. Je vous ai vus arriver et je savais que vous alliez encore vous en prendre à moi. » Il dévisagea Paxton, fit un signe de tête dans sa direction. « Et c'est qui, ce blaireau ?

— Un nouveau, répondit Dakota. Ex-gardien de prison. Je serais toi, je ne ferais pas le malin avec ce mec. C'est pas un marrant. »

La peur passa dans les yeux du maigrichon. Paxton joua le jeu, et décida de ne rien dire. Mieux valait laisser l'imagination de Warren faire le boulot.

« Je te présente Warren, un dealer d'Oblivion, expliqua Dakota. Y a pas grand monde qui vient ici, alors il en profite pour refourguer sa merde. »

Warren leva les mains, les paumes en évidence. « Je n'ai aucune idée de ce que vous racontez.

— Et si je fouille tes poches ?

— Vous n'avez pas le droit de faire ça.

— Qui a dit que j'allais le faire ? Qui a dit que ce que j'y trouverais ne sera pas tombé par terre ? Qui a dit que je ne t'aurais pas pris en flagrant délit ? » Elle se tourna vers Paxton. « Quelqu'un ? »

Paxton eut soudain très chaud. Il haussa les épaules. L'air du mec qui n'a rien vu.

Warren acquiesça. Il retourna ses poches. Afficha un sourire suffisant.

« Contente ?

— Tu sais bien que non, répondit Dakota. Et si je fouillais le coin ? Qu'est-ce que je trouverais ? »

Warren jeta un regard à la ronde. « Beaucoup d'électronique, on dirait. »

Dakota fit claquer sa langue. Elle hésitait, comme si elle s'apprêtait à faire quelque chose qu'elle pourrait regretter ensuite. Après un silence, elle lança : « Allez, casse-toi. »

Warren fila, disparut entre les bornes de jeu. Paxton et Dakota traînèrent un peu dans le coin, puis sortirent de la galerie pour reprendre leur déambulation comme avant, n'était la colère sourde de Dakota.

« Pourquoi ne pas lui coller quelqu'un aux basques ? demanda Paxton. Ou le secouer un peu plus fort ? Il y a plein de façons de lui mettre la pression.

— Dobbs refuse. Dobbs préfère la manière douce.

— Pourquoi ?

— C'est comme ça qu'il veut que les choses se passent.

— Attends, ce gamin est un crétin. Colle-le dans une cellule, allume le radiateur, et il se mettra à fondre.

— Dobbs ne veut pas que ça se passe comme ça.

— Et pendant ce temps-là, tu colles des pains à des maquereaux. Tu parles d'une manière douce. »

La voix de Dakota monta d'un cran. « Quand on est en service, on prend les choses en main.

— D'accord, d'accord, concéda Paxton en faisant un geste d'apaisement. Vous avez sûrement vérifié sa montre, vérifié qui il avait rencontré, pas vrai ? »

Elle opina. « À chaque fois qu'il est dans l'arcade, il n'y a que lui. Son acolyte a trouvé le moyen de dissimuler ses mouvements, à moins qu'il ne se balade sans montre. C'est aussi pour cette raison que Dobbs est déterminé à régler ce problème. Au-delà de la question de la distribution de l'Oblivion, il y a clairement une faille dans le système de localisation. »

Paxton regarda sa montre, la détacha de son poignet.

« On est seulement supposé l'enlever la nuit, dit-il.

— C'est ça.

— C'est impossible de sortir sans, avec toutes ces portes, ces ascenseurs et ces points d'accès.

— Yep.

— Alors comment est-ce qu'on fait pour frauder ?

— C'est bien le problème.

— Aucune idée ?

— Aucune. Essaie de la démonter, l'alerte est donnée. Enlève-la trop longtemps sans qu'elle soit dans son chargeur, l'alerte est donnée. Et elle est codée pour chaque utilisateur, tu ne peux pas l'échanger avec celle de quelqu'un d'autre.

— Donc ça pourrait nous aider si on trouvait la faille.

— Indéniablement.

— J'imagine que vous avez des techniciens qui bossent là-dessus ?

— Nuit et jour. »

Il remit sa montre. D'un côté, son salaire ne valait pas tant d'efforts. Mais, de l'autre, l'idée d'un mystère à percer l'excitait. Au moins, ça casserait la monotonie des journées.

Ils étaient de retour sur la Promenade maintenant. Il dévisageait tous les polos bleus qu'il croisait. Étudiait leurs traits. Personne qu'il connaissait. Personne qu'il aurait aperçu dans les bureaux la veille ou le matin, personne qu'il aurait rencontré à l'entretien d'embauche. Il y avait vraiment beaucoup d'employés ici. Et, plus important, pas de Vikram en vue.

« À quel point est-ce que je dois m'inquiéter de Napoléon ? s'enquit Paxton.

— On va déjà voir s'il est encore là dans quelques jours.

— Comment ça ?

— C'est bientôt le jour de coupe.

— Je ne sais pas ce que c'est. »

Elle s'arrêta. Se tourna vers lui. « Bon sang, je pensais que ça faisait partie de la formation. Le jour de coupe, les employés les moins bien classés reçoivent une notification leur indiquant qu'ils sont virés. Pour nous, c'est toujours une grosse journée. Ils sont nombreux à refuser de quitter les lieux. Parfois, certains… Bref. » Elle était allée trop loin. Elle se reprit. « Grosse journée en perspective.

— Pigé. Ça a l'air un peu brutal.

— Ça l'est, mais ne t'inquiète pas, tu es dans ce qu'ils appellent ton délai de grâce : le premier mois, tu ne peux pas être coupé.

— Ah… Bonne nouvelle. » Il n'était pas sûr que l'on puisse qualifier ça de bonne nouvelle, mais il n'avait rien de mieux.

« Allez, viens, on rentre, ordonna Dakota. On va faire notre rapport à la brigade spéciale.

— Je n'ai toujours pas dit que j'acceptais d'en être.

— Oh que si. » Et elle repartit, sans s'inquiéter de savoir s'il la suivait. Il accéléra le pas pour la rattraper.

ZINNIA

Poire à jus. Livre. Nourriture pour chat. Décorations de Noël. Poudre pour blanchir les dents. Pantoufles en fausse fourrure. Webcam. Tablette. Pistolet laser en plastique. Perche à selfie. Feutres. Pelote de laine. Pilules de vitamine D. Veilleuse. Sécateurs. Thermomètre à viande. Déshumidificateur. Huile de coco.

Zinnia courait. Sa nouvelle paire de baskets était moche à dégueuler, mais confortable, et même avec ses pieds douloureux couverts de pansements, elle était capable de travailler à toute vitesse, elle dansait avec les étagères et les tapis roulants. Elle était comme une marionnette dans une main invisible. L'algorithme veillait à sa sécurité, guidait les mouvements des employés et des rayonnages. Elle transformait sa besogne en un jeu. Combien de fois pouvait-elle faire clignoter la jauge verte ?

Encre pour imprimante. Couvercle de gril. Pyjama. Jouet pour chien. Sac de couchage. Tablette. Livre. Pinceaux. Portefeuille. Lacets de chaussure. Câble USB. Oreiller de voyage. Protéines. Multiprise. Moules en silicone. Huiles essentielles. Chargeur de téléphone. Mug. Peignoir. Écouteurs.

Quatre. La jauge verte avait déjà flashé quatre fois, et elle n'en était même pas à sa première pause pipi. Elle était au maximum, et elle en voulait encore plus. Si elle pouvait faire clignoter la jauge verte, combien de temps pouvait-elle la garder verte ?

Panier d'osier. Collier anti-puces. Crayons de couleur. Clé USB. Tablette. Crème hydratante. Thermomètre frontal. Cafetière à piston. Chaussettes à imprimés. Bac à glaçons. Gants en cuir. Sac à dos. Livre. Lampe de camping. Thermos. Masque de nuit. Bonnet de laine. Bottines.

La jauge ne reste verte que quelques secondes, mais chaque seconde est une victoire. Une récompense. C'était le changement de couleur qui lui procurait cette impression, de jaune à vert ; du jaune couleur de la faiblesse, au vert couleur de la force. L'argent, la nature, la vie. Dans ce contexte, ce vert n'avait aucun sens, pourtant il représentait tout ce qu'elle désirait. Courir accélérait le temps, et l'heure du déjeuner arriva vite. Lorsqu'elle survint, elle était, coup de chance, près d'une salle de repos dans laquelle elle s'installa après avoir bu de l'eau et sortit une barre de protéines de sa poche arrière. Tandis qu'elle la mastiquait – une PowerBuff goût caramel au beurre salé, sa préférée, qu'une boutique sur la Promenade stockait en quantité –, sa montre vibra.

Nous sommes actuellement confrontés à une période de demande accrue. Seriez-vous volontaire pour allonger votre temps de service ?

Elle lut le message. Réfléchit. Puis appuya sur le cadran de sa CloudBand.

« Miguel Velandres. »

La montre la ramena sur la terrasse de l'Entrepôt. Dix minutes plus tard, elle aperçut Miguel, des paquets de stylos à la main. Elle courut pour le rattraper et marcha à ses côtés.

« Hé », fit-elle.

Il se retourna, hésita quelques secondes, de toute évidence il essayait de se souvenir de son nom. Puis son visage s'éclaira. « Zinnia. Tout se passe bien ?

— Oui, juste une petite question.

— Bien sûr.

— La montre m'a proposé de faire des heures sup.

— Oh oui. Tu devrais accepter.

— Est-ce qu'ils nous paient en plus ? »

Miguel éclata de rire, plaça les stylos dans un bac sur le tapis roulant, le poussa pour lui donner de l'élan. « C'est du volontariat. Mais ça permet de se faire bien voir. Ça sera pris en compte dans ton évaluation.

— Je croyais que c'était une option.

— C'en est une, concéda-t-il regardant sa montre pour se mettre en chasse de son prochain article. C'est une option bonne à prendre. » Il guetta les alentours pour être sûr que personne n'était trop près et lui fit signe de se pencher. « Ça génère comme un bonus sur ton évaluation. Mais par contre, si tu refuses trop souvent, ça a l'effet inverse. »

La montre de Zinnia bourdonna de nouveau.

Nous sommes actuellement confrontés à une période de demande accrue. Seriez-vous volontaire pour allonger votre temps de service ?

Elle ne répondit pas, Miguel poursuivit.

« Ne te fais pas mal voir, *mi amiga.* »

Il repartit et disparut. Elle leva le poignet devant sa bouche. Elle avait envie de répondre : « Allez vous faire foutre, je suis crevée. » Au lieu de ça, elle répondit : « Bien sûr. » La montre afficha un smiley qui souriait exagérément.

Sa pause déjeuner terminée, elle était de retour au travail et se perdit dans un tourbillon de livres et de produits de beauté, de nourriture pour chien et de batteries, et se désintéressa de la jauge verte, plus intéressée par l'idée de foutre le camp d'ici.

À la fin de son service supplémentaire – qui ne dura finalement qu'une demi-heure – puis des quarante minutes qu'il lui fallut pour passer les portiques de sécurité, elle était complètement épuisée, vidée comme si elle venait de boucler une bonne séance de musculation. Elle se concentra sur ce sentiment.

Calories brûlées et muscles affûtés. Pour la dignité, on verrait plus tard.

Juste avant de passer sous l'arche débouchant sur le hall de son dortoir, elle jeta un œil à travers les portes vitrées qui donnaient sur un couloir en béton et, au fond, sur une rangée de toilettes publiques.

À mi-chemin, à quinze mètres environ, encastré dans le mur, un CloudPoint.

Elle entra pour se laver les mains et y jeter un œil. Ce n'étaient pas des toilettes très fréquentées puisqu'elles étaient proches des ascenseurs. Apparemment, les gens préféraient utiliser la salle d'eau de leur étage avant de partir travailler ou quand ils en revenaient. Elle retourna sur ses pas. Le hall était désert.

Elle atteignit les ascenseurs, valida sa montre. Une autre femme y monta. Jeune, large, dans un fauteuil roulant, ses cheveux bruns coupés au carré. Polo jaune. Sur le bracelet de sa CloudBand, des imprimés à l'effigie d'un chat de dessin animé. Elle avait un tas de colis sur les genoux. Elle sourit à Zinnia et lui lança un « bonjour » poli, puis elle regarda le numéro sur l'écran mais sans passer sa montre. Elle devait donc aller au même étage.

La théorie de Zinnia tenait la route. Et le CloudPoint dans le hall représentait par conséquent une solide option. Elle aurait préféré en utiliser un plus distant de son appartement, voire dans un autre bâtiment, mais elle ne pouvait pas trop s'éloigner. C'était la seule façon pour elle de faire l'aller-retour sans sa CloudBand. Plus elle passerait de temps hors de sa chambre sans sa montre, plus elle serait en danger.

Les portes s'ouvrirent et elle tendit la main, pour permettre à la femme en chaise roulante de sortir. Elle articula un « merci » et s'éloigna dans le couloir. Zinnia la suivit. Alors qu'elle s'apprêtait à ouvrir sa porte, elle entendit des bruits de chute sur le sol. À sa gauche, la femme en fauteuil avait fait tomber ses colis. Zinnia se dirigea vers elle. « Besoin d'aide ? »

La femme leva les yeux. « Je veux bien, merci beaucoup. »

Zinnia ramassa les colis et les porta pendant que la femme pénétrait dans son appartement et lui tenait la porte ouverte. Elle s'attendait à découvrir un espace plus accessible aux handicapés, mais c'était exactement le même que le sien, aussi étroit, et le fauteuil roulant y passait de justesse. Zinnia posa les colis sur le plan de travail, à côté d'un plat à gâteau.

La femme roula jusqu'au futon, où elle avait assez de place pour faire demi-tour. Elle se déplaçait rapidement, avec grâce. Elle en avait visiblement l'habitude. « C'est vraiment gentil.

— Pas de problème, juste… » Zinnia détaillait la pièce. L'appartement était petit mais à l'évidence, son occupante arrivait à s'en sortir. Pourtant la scène avait quelque chose d'étouffant. « J'espère que vous ne trouverez pas ça inconvenant d'aborder le sujet, mais ils n'auraient pas pu vous proposer un logement plus… approprié ? »

La femme haussa les épaules. « Je n'ai pas besoin de beaucoup de place. Je pourrais avoir un appartement plus grand, mais je préfère économiser. On se tutoie ? Je m'appelle Cynthia… »

Elle tendit la main. Zinnia la serra. Elle avait de la poigne, et ses paumes étaient épaisses et rugueuses.

« Nouvelle à l'étage ? Je ne t'ai jamais vue auparavant.

— Première semaine.

— Eh bien, souffla-t-elle dans un sourire de conspirateur. Bienvenue dans le voisinage.

— Merci, dit Zinnia. T'as besoin d'aide pour autre chose ? »

Cynthia sourit à nouveau. Un petit sourire peiné. Il fallut un instant à Zinnia pour comprendre ce qu'il signifiait. C'était un sourire qui lui disait de ne pas avoir pitié d'elle, et Zinnia était sur le point de s'excuser avant de se rendre compte que cela ne ferait qu'empirer les choses, alors elle laissa le silence s'installer jusqu'à ce que Cynthia réponde : « Non, merci, ça va.

— D'accord. Passe une bonne soirée. »

Zinnia avait atteint la porte quand la femme lui lança : « Attends ! »

Elle se retourna.

« Cet endroit peut paraître un peu impressionnant quand on est nouvelle. Si tu as besoin de quoi que ce soit, n'hésite jamais à taper à ma porte.

— Merci », dit Zinnia.

De retour dans son propre appartement, elle songea de nouveau à ce que devait affronter cette femme au quotidien. Mais celle-ci ne voudrait sans doute pas qu'on pense à elle comme à une pauvre petite chose.

Elle avait un peu de temps à tuer avant de rejoindre Paxton, alors elle s'empara du couteau suisse, grimpa sur le lit et détacha l'une des punaises qui maintenaient le grand drap accroché au plafond, dévoilant ainsi la petite tranchée longue de quinze centimètres qu'elle avait creusée. Elle n'aimait pas travailler longtemps là-dessus : ça mettait de la poussière dans la chambre et le bruit l'inquiétait.

En tout cas, c'était facile. Le plafond n'était pas de bonne qualité, une plaque mince aussi tendre qu'un steak. Elle effectua des allers-retours avec la lame. Le grincement lui vrillait les dents et lui faisait rentrer la tête dans les épaules. La poussière blanche pleuvait sur le couvre-lit.

Encore un jour ou deux et ce serait terminé. En espérant qu'il y ait assez de place là-haut pour qu'elle puisse ramper. En espérant qu'elle ne déclenche pas une alarme. En espérant qu'elle ne reste pas coincée.

Après avoir creusé quelques centimètres supplémentaires, elle replia le couteau, repunaisa le mandala, et roula le couvre-lit. Elle jeta la poussière accumulée dans l'évier et fit couler le robinet, avant d'aller chercher la tondeuse électrique dans son sac. Elle ouvrit le compartiment de la batterie, ôta celle-ci, puis s'empara de sa pince à épiler. Elle farfouilla et gratta afin de casser la petite touche de colle qu'elle avait appliquée dans le but de bloquer le gopher, sorte de clé USB de la taille d'un ongle.

Dans le piratage informatique, le plus dangereux, c'est le temps qui défile avant qu'on trouve ce qu'on cherche. Ça dure parfois des heures, voire des jours dans le cas d'une mission comme celle-ci. Or, il suffisait d'une seconde pour se faire prendre.

C'est là que le gopher intervenait, ce petit bijou aussi pratique que terriblement cher, capable d'échantillonner le code informatique interne d'une structure et de s'acquitter ultérieurement de la fastidieuse tâche de déchiffrement et de traitement des données sans être connecté au système.

Il lui suffirait de le brancher sur un terminal – n'importe quel terminal relié à l'intranet de la compagnie – et, en une poignée de secondes, il prélèverait un échantillon du code interne. Ensuite, elle n'aurait qu'à le connecter à son ordinateur portable, où il pourrait tranquillement forcer son chemin à travers autant de cycles de processeurs que nécessaire, effectuant tout le sale boulot du fond d'un tiroir.

Cela prendrait un bon moment, et requerrait un peu d'aide de temps à autre, mais, une fois que ce serait terminé, elle obtiendrait un malware, un logiciel malveillant, qu'elle pourrait réintroduire dans le système. Et, l'air de rien, elle accéderait à tout ce qu'elle voudrait en un claquement de doigts. Cartes, statistiques, données énergétiques, rapports de sécurité. Le processus était lent. Elle l'avait déjà utilisé, et cela avait parfois pris plusieurs semaines. Vu le niveau de sécurité chez Cloud, ce ne serait pas surprenant qu'elle en ait pour un mois ou plus. Mais une fois encore : le chemin le plus long est souvent le plus sûr.

Dans le fond, le plus gros obstacle était bien plus concret. Le logo de la firme, ce nuage blanc et bleu qui se trouvait à hauteur d'homme en haut du CloudPoint, lui paraissait vaguement opaque. Elle était certaine qu'il dissimulait une caméra. Même si, officiellement, Cloud n'aimait pas les caméras, il n'aurait pas été étonnant qu'ils en aient installé dans les distributeurs.

Mais elle avait un plan : elle approcherait de la machine et s'agenouillerait pour refaire son lacet, à moins qu'elle ne fasse tomber un sac de courses. Ce serait un mouvement délicat : elle devrait se baisser avant d'être à portée de la caméra, qui aurait sûrement un objectif fisheye. Et là, *bim*, elle ouvrirait le panneau d'accès, brancherait le gopher, le débrancherait, refermerait le panneau et décamperait.

Elle sortit un stylo-bille de sa trousse de toilette et se servit de son canif pour sculpter un cran dans le tube en plastique, cela lui faciliterait le travail en enclenchant la serrure. Ce qui la surprenait le plus en matière d'espionnage, c'était que personne n'avait jugé bon d'investir dans le perfectionnement des serrures. Son encoche faite, elle prit le gopher et le stylo pour les poser l'un à côté de l'autre sur le plan de travail. Elle les rangea dans un petit étui à lunettes. Ainsi, elle pourrait les utiliser à tout moment au cas où une opportunité inattendue se présenterait.

Elle consulta sa montre. Presque l'heure de retrouver Paxton. Ils avaient rendez-vous dans un bar du Live-Play. L'endroit ressemblait à un pub anglais, ce qui excitait apparemment Paxton. Pour elle qui ne buvait que de la vodka, le lieu n'avait pas vraiment d'importance. La vodka restait le moyen le plus efficace d'ingérer de l'alcool.

Elle se déshabilla. Se rendit compte que son corps dégageait encore l'odeur du travail – la sueur séchée et l'effort. Elle envisagea de prendre une douche rapide, ou, au moins, d'enfiler des sous-vêtements propres, mais elle n'avait pas prévu de se le taper ce soir-là. Et même si ça finissait comme ça, il ne s'arrêterait pas à ce détail. La plupart des hommes étaient plus excités par le jeu que par l'état du terrain. Elle enfilait un chemisier propre quand sa montre vibra.

N'oubliez pas, vous n'avez toujours pas rempli vos formulaires pour la retraite !

Zut. Elle aurait déjà dû s'en occuper. S'inscrire pour la retraite faisait partie du plan. Pas si important que ça, mais elle s'était dit que ça la banaliserait, et donnerait l'impression qu'elle avait prévu de rester là un bon moment.

Puis :

Vous pouvez le faire depuis n'importe quel CloudPoint, ou depuis la télévision de votre chambre.

Elle saisit la télécommande. Alluma la télé, qui brailla immédiatement une publicité pour les barres PowerBuff dans laquelle un type chétif en avalait une et devenait soudain musclé comme un superhéros.

Barres PowerBuff. Devenez fort comme un bœuf !

« Mouais, commenta-t-elle à voix haute dans la chambre vide. Prends-nous pour des idiots… »

Elle tourna la télécommande pour en faire un clavier, appuya sur le bouton navigateur, et la télévision bascula sur une page CloudPoint.

L'écran afficha :

Bienvenue, Zinnia !

« Va te faire foutre », répondit-elle.

PAXTON

Paxton rentra la tête dans les épaules et le tabouret vacilla. Dangereusement bancal. Il sauta par terre et l'échangea contre celui d'à côté. Même coussin en cuir noir, mêmes pieds en bois grossièrement taillés. Il le secoua pour vérifier qu'il n'était pas branlant. Il grimpa dessus et avala une autre gorgée de sa bière. Sa pinte déjà aux trois quarts vide.

Le barman s'approcha. Polo vert, cheveux coiffés vers l'arrière, un nez qui avait dû être cassé plus d'une fois. Le bracelet de sa CloudBand était en cuir, plus large encore que le cadran de sa montre. « Vous en voulez une autre ? » demanda-t-il.

Ce serait idiot d'être saoul avant même qu'elle arrive. « Pas pour le moment. J'attends quelqu'un. »

Le barman lui lança un petit sourire. Paxton ne parvint pas à déceler si c'était un sourire « Mais oui, bien sûr » ou un sourire « T'as bien de la chance ». C'était un sourire. Il baissa les yeux vers son T-shirt noir et son jean. Soulagé de ne plus être en bleu.

Au moins, les gens ne le considéraient plus d'un œil méfiant. Il n'était qu'un type parmi les autres.

« Désolée. »

Paxton se tourna, Zinnia s'empressait de le rejoindre au bar. Pull noir, collant violet, les cheveux attachés en chignon au sommet de son crâne. Il désigna le tabouret bancal d'un signe de tête.

« Ne prends pas celui-là, il est foireux. »

Elle opta donc pour un autre tabouret. Tandis qu'elle s'y installait, il écarta le sien de quelques centimètres pour qu'elle ne se sente pas mal à l'aise.

« C'est sympa, ici », dit-elle en regardant autour d'elle.

Il était bien de cet avis. Tireuses à bière cuivrées, bois laqué. Assurément imaginé par quelqu'un qui n'avait jamais mis les pieds dans un vrai pub britannique – il avait passé un peu de temps en Angleterre pour le boulot –, mais la personne qui avait imaginé cet endroit avait au moins saisi le concept.

Le barman revint vers eux tout en essuyant un verre à bière et salua Zinnia.

« Une vodka-glace, s'il vous plaît. »

Le barman hocha la tête et s'éloigna pour préparer la boisson.

« T'es pas là pour rigoler, commenta Paxton.

— Non, pas du tout », dit-elle sans le regarder, alors qu'on lui servait son verre. Elle avait l'air fatiguée. Ça devait être épuisant d'être un rouge, de courir toute la journée. Elle se pencha en avant pour passer sa CloudBand devant le disque de paiement du bar qui se trouvait plus près de Paxton que d'elle.

« Laisse-moi te payer ta vodka, proposa-t-il, et il tendit le bras, sa main frôlant celle de Zinnia dans le mouvement.

— Ne te sens pas obligé…

— J'insiste », dit-il, et il brandit sa CloudBand contre le disque, qui passa au vert. Elle sourit, leva son verre. Il l'imita. Ils trinquèrent.

« À la tienne, dit-elle.

— À la tienne. »

Elle avala une bonne gorgée de sa vodka. Il finit sa bière et reposa la pinte en évidence devant lui de manière que le barman la voie et lui en serve une autre. Le silence pesa dans l'air une seconde de trop, puis il enfla, alourdi par l'austérité de la salle. Il renonça à essayer de trouver quelque chose d'intelligent à raconter. « Comment se passe ton intégration ? »

Elle releva un sourcil, l'air de dire : « C'est tout ce que t'as trouvé ? »

« Pour l'instant ça va, mais c'est beaucoup plus dur que ce que j'avais imaginé. Ils te pressent vraiment comme un citron. »

Il prit la bière fraîche que le barman venait de déposer devant lui et en sirota une gorgée. « Comment est-ce que ça marche exactement ? »

Elle lui fit un rapide résumé : la montre qui les dirige, les produits dans les bacs. La chorégraphie globale. Il se l'imagina comme un rouage perdu dans une machinerie gigantesque qui tournait sur elle-même, petit engrenage qui permettait à l'ensemble de fonctionner.

« Tu espérais être rouge ? demanda-t-il.

— Oh que non, répliqua-t-elle en prenant une nouvelle goulée de vodka. Je visais le service technique. C'est ce que je sais faire.

— Je croyais que t'avais été prof. »

De nouveau ce regard, sourcil levé. Le genre de regard capable de vous couper les jambes. « C'était le cas. Mais, quand j'étais à la fac, j'ai aussi fait de la maintenance électronique. Je payais mon loyer en réparant des écrans cassés. Surtout des gamins bourrés qui avaient abîmé leurs téléphones. »

Il rit. « Eh bien, j'échangerais bien ma place contre la tienne quand même.

— Vraiment ? Tu n'aimes pas jouer les flics à domicile ? »

L'alcool commençait à imbiber ses synapses. Ses neurones se déployaient. Il se sentait bien, à boire et à discuter, il n'avait fait ni l'un ni l'autre depuis longtemps.

« Ça ne m'a jamais correspondu. Je ne suis pas du genre autoritaire.

— Allez, y a pire dans la vie… »

Il avait l'impression qu'elle décrochait, il ne voulait pas la perdre si tôt. « Bref, parle-moi un peu de toi. Je sais que tu as été prof. Je sais que tu peux réparer un téléphone cassé. D'où est-ce que tu viens ?

— D'ici et là. » Son regard se porta derrière le bar, sur son image dans le grand miroir qui la reflétait parmi l'arc-en-ciel de bouteilles colorées. « On n'arrêtait pas de déménager quand j'étais petite. Je n'ai pas le sentiment d'être rattachée à un endroit en particulier. »

Elle prit un trait de vodka. Les épaules de Paxton s'affaissèrent. Pour un premier rendez-vous, celui-ci était en train de tourner à la catastrophe. Mais soudain, elle sourit. « Désolée, c'est un peu déprimant.

— Non, non, pas du tout », la rassura-t-il. Puis il éclata de rire. « Bon oui, un peu, c'est vrai. »

Elle s'esclaffa à son tour et lui donna un coup sur le bras. Un coup léger, avec le dos de la main, qui sembla échouer là simplement parce que sa main était déjà levée pour saisir son verre de vodka, mais il y vit tout de même un bon présage.

« Et tes parents ? s'enquit Paxton.

— Ma mère est toujours en vie, raconta Zinnia. On se parle à Noël. C'est à peu près tout ce qu'on parvient à faire.

— Moi, j'ai un frère. C'est un peu pareil. On s'entend plutôt bien, mais on ne se voit jamais. Ce qui… Je ne sais pas… » Il voulait aller au bout de sa pensée, mais la bière l'en empêchait. Peut-être ferait-il mieux de la finir, de s'excuser et de rentrer chez lui. Arrêter les dégâts tout de suite, avant que ça n'empire.

« Quoi ? » demanda Zinnia.

Quelque chose dans la façon qu'elle avait eue de prononcer ce « quoi », comme si elle n'avait pas besoin de savoir mais qu'elle en avait envie, l'encouragea à poursuivre. Il inspira, expira, puis retrouva son chemin. « Être ici, c'est comme être sur une autre planète. On ne peut même pas en sortir. Où est-ce qu'on irait ? On serait morts de soif avant d'atteindre la civilisation.

— C'est vrai. Tu viens d'où, toi ?

— New York. Staten Island, précisément. »

Elle secoua la tête. « Oh, New York. Je n'aime pas New York. »

Il gloussa. « Attends, comment ça ? Qui n'aime pas New York ? C'est comme dire que tu n'aimerais pas, heu… je ne sais pas… Paris, par exemple.

— C'est tellement grand. Et crasseux. On y est entassés les uns sur les autres. » Elle rentra les épaules, comme si elle marchait dans une rue bondée. « Paris n'est pas si grand, au moins. »

Il tendit les bras. « Parce que tu préfères vivre ici ?

— Non, c'est pas ce que j'ai dit. » Le sourcil de Zinnia se souleva avant de redescendre, apaisé. « C'est que... Comment dire... ?

— C'est comme vivre dans un putain d'aéroport », lança-t-il en baissant la voix, comme s'il redoutait que quelqu'un ne l'entende et ne lui fasse un commentaire désobligeant.

Un rire rapide et léger glissa sur les lèvres de Zinnia telle une bulle de savon. Ses yeux s'écarquillèrent comme si ce son l'avait surprise. Comme si elle avait voulu le retenir. Finalement, elle dit : « C'est exactement ce que j'ai pensé la première nuit. Un aéroport chic. »

Elle reposa son verre et fit signe au barman de lui en verser un autre. « Si tu le permets, je ne vais pas me retenir, ce soir. » Elle leva un doigt. « Et ne me refais pas le coup du chevalier servant à la con : celle-là est pour moi.

— J'aime bien les femmes qui ne tournent pas autour du pot », concéda-t-il avant de le regretter immédiatement, comme s'il en avait trop dit. Mais cette fois, le sourcil se leva d'une manière différente, semblant valider ses propos, en couronnant un magnifique œil brun dont il percevait le blanc autour de l'iris.

« Et donc, reprit un Paxton ragaillardi, pourquoi tu ne tournes pas autour du pot ?

— Mes pieds.

— Tes pieds ?

— J'ai fait la connerie de porter des bottes le premier jour. » Le barman lui apporta son verre. « Merci. » Elle en but une gorgée. « Je n'avais pas de baskets. J'en ai acheté une paire depuis. J'aurais aimé y penser plus tôt. J'imagine que, toi aussi, tu passes pas mal de temps à marcher. »

Il ne savait pas trop s'il était autorisé à évoquer la brigade spéciale. Ça n'avait pas l'air d'être un secret. Dobbs ne lui avait pas dit de n'en parler à personne. Souvent, extérioriser les choses aidait.

En plus, ça pourrait même impressionner Zinnia d'apprendre qu'on l'avait promu dès son arrivée.

« Apparemment, il y a un problème d'Oblivion, commença-t-il. Ils pensent que, grâce à mon expérience en prison, je pourrais leur être utile. Comme si j'étais un expert en trafic et en contrebande. Ce qui n'est pas vraiment le cas, mais bon… C'est mieux que de faire des rondes. J'aime avoir un problème auquel me confronter.

— C'est pour ça que tu étais inventeur ?

— Je ne sais pas si on peut appeler ça comme ça, fit-il, et il referma sa main sur sa pinte, ses yeux sondant l'écume. Je n'ai inventé qu'un seul objet, et encore : je m'étais inspiré de produits qui existaient déjà, et que je me suis contenté d'améliorer.

— Certes. Mais tu l'as fait. »

Il sourit. « Résultat, j'ai atterri ici. »

Les mots sortirent tels quels, froids, cassants. Zinnia se crispa. Son ton jurait avec l'ambiance qu'il essayait d'instaurer, mais il n'avait pas pu s'en empêcher. Il se détourna un peu de Zinnia pour faire face à sa bière, le souvenir comme coincé dans sa gorge.

Un éclat dans le coin de son champ de vision. Zinnia levait son verre.

« Moi aussi, j'ai atterri ici. » Elle affichait un petit sourire narquois et penchait la tête.

Ils trinquèrent et burent.

« Parle-moi de ce boulot, reprit Zinnia. J'imagine que tu as accès à tout le complexe.

— Je crois qu'il y a quelque part des portes que je ne peux pas ouvrir. Mais je n'en ai pas vu beaucoup pour l'instant.

— Tu devrais venir à l'Entrepôt. On n'en voit même pas le bout. Et il y en a encore plus : il y a toute une autre série de bâtiments auxquels je n'ai même pas accès.

— C'est vrai. Ce serait cool de les visiter.

— J'adorerais y faire un tour. Juste découvrir l'ensemble, tu vois ? Il paraît que c'est vraiment impressionnant. »

Le petit sourire glissa à nouveau sur ses lèvres, s'évapora quand elle s'empara de son verre pour boire une autre gorgée.

Qu'avait-elle voulu dire ? Est-ce qu'elle avait envie qu'il l'emmène y faire un tour ? Il ne savait même pas s'il en avait le droit. Est-ce qu'elle cherchait à être seule avec lui quelque part ?

« Je ne suis pas sûr de pouvoir faire ça, mais si c'est possible, je te le dirai.

— Ça me va », répondit-elle. Elle parut déçue.

« Qui sait ? Je peux poser la question. » Il la regarda. « Sinon, tu m'as dit que ton but était de partir enseigner l'anglais à l'étranger, c'est ça ? C'est toujours ce que tu as en tête ? »

Elle haussa les épaules. « La vie coûte moins cher dans les autres pays. J'en ai ma claque des États-Unis.

— Ce n'est pas le paradis, mais c'est quand même mieux que beaucoup d'autres endroits. Au moins, il nous reste de l'eau potable.

— C'est à ça que servent les pastilles d'iode.

— Je ne voulais pas dire ça dans ce sens-là… Dans le fond, je crois que je suis jaloux. Ça doit être bien de prendre le large.

— Alors pourquoi tu ne le fais pas ?

— Faire quoi ?

— Prendre le large. »

Il resta un instant silencieux. Réfléchit à la question. Sirota sa bière. La reposa. Observa le bar à moitié vide. Les allées clignotantes du Live-Play à l'extérieur. Qu'est-ce qu'il pourrait bien dire ? Pour elle cela semblait aussi facile que d'attraper sa pinte et de la porter à ses lèvres. Comme si c'était quelque chose qu'on pouvait décider.

« Ce n'est pas si facile…, soupira-t-il.

— En général, si.

— Comment ça ? Disons que je décide de filer maintenant, de franchir la porte. Comment je ferai pour l'argent ? Où est-ce que j'irai ? »

Elle sourit. « C'est le truc, avec la liberté. Elle t'appartient jusqu'à ce que tu l'abandonnes.

— Qu'est-ce que ça signifie ?

— Réfléchis-y. »

Elle esquissa un sourire, les muscles de son visage se détendirent. Visiblement, l'effet de l'alcool se faisait sentir. Et elle le testait. Il aimait ça. Il lui répondit : « Je sais une chose : je ne partirai jamais assez tôt d'ici. »

Raison pour laquelle il ignorait les relances de sa CloudBand afin qu'il souscrive à la retraite. L'accepter, ce serait admettre qu'il allait passer sa vie là.

« Amen, dit-elle en finissant son verre. À ce propos, ça te dirait qu'on se balade un peu ? J'ai marché toute la journée, mais j'ai l'impression que mes jambes sont en train de se tétaniser.

— Allons-y. » Il finit sa bière, tapota sur le cadran de sa montre pour laisser un pourboire. Zinnia l'imita. Il la suivit hors du pub. Elle semblait savoir où elle allait.

« On va où ?

— Je suis d'humeur à jouer. Tu aimes les jeux vidéo ?

— Bien sûr. »

Ils montèrent jusqu'au dernier étage et pénétrèrent dans l'arcade où lui et Dakota avaient titillé Warren. Zinnia fonça vers le fond et s'arrêta devant *Pac-Man*. Elle prit le joystick en main, puis le relâcha. « Ah zut, on ne peut pas faire de partie à deux. »

Elle avait visiblement envie d'y jouer. À côté, il y avait un jeu de chasse au cerf, avec deux grosses carabines en plastique – une orange et une verte. « Pas de problème. Vas-y. » Il empoigna la carabine verte. « Je vais essayer celui-ci.

— Sûr ? » demanda-t-elle alors qu'elle avait déjà commencé à jouer.

Il passa sa montre devant le capteur et arma sa carabine. « Sûr et certain. »

Pendant que Zinnia s'excitait sur les commandes, des images bucoliques défilaient sur l'écran de Paxton. Forêt lointaine, petit ruisseau. Un cerf surgit au loin, à ce qui correspondrait à quelques centaines de mètres dans la vraie vie. Il visa, tira. Manqua sa cible. Le cerf finit tranquillement de traverser l'écran, indemne, et disparut.

« Tu aimes les jeux vidéo ? l'interrogea-t-il.

— J'aime celui-là. Je crois que je vais m'appliquer à essayer de battre le record.

— Le record ?

— Le record absolu est à plus de 3 millions, expliqua-t-elle. Mais le record sur cette machine est de 120 000. Ça va me prendre un certain temps, mais je peux le battre. Pas ce soir. Mais avec un peu d'entraînement, c'est faisable. »

Nouveau cerf. Nouvel échec. « C'est ton objectif ?

— C'est mon objectif. »

Il se concentra sur le sien. Aperçut un nouveau cerf dans sa ligne de mire, qui s'arrêta près du ruisseau pour s'abreuver. On aurait presque dit que le jeu avait pitié de lui, et qu'il lui offrait une cible facile. Il visa, tira. Le cerf s'écroula, une éclaboussure de sang pixélisé gicla.

Beau travail ! s'afficha sur l'écran.

« Bien joué », dit Zinnia.

Elle se reconcentra immédiatement sur son écran, la mâchoire serrée, tirant la langue. Elle jouait à *Pac-Man* avec la concentration d'un chirurgien pendant une opération.

Soudain, il crut voir un mouvement en périphérie de son champ de vision. Quelqu'un qui se déplaçait dans le fond de la salle. La silhouette ressemblait à celle de Warren. Il rangea son arme de plastique dans la machine et, avant même d'avoir conscience de ce qu'il s'apprêtait à faire, déclara à Zinnia : « Je vais aux toilettes. Je reviens.

— D'accord », lâcha-t-elle sans quitter son écran des yeux.

Paxton fit un rapide tour d'horizon des lieux, puis il passa derrière Zinnia et contourna une rangée de bornes. De là, il aurait un bon point de vue sur la zone où se trouvait Warren mais sans que celui-ci puisse le repérer.

Warren, c'était bien lui, était en train de compter quelque chose dans ses mains. Il leva ensuite les yeux, mais dans une autre direction. Paxton patienta encore un peu, assez longtemps pour se demander, inquiet, si Zinnia allait penser qu'il était allé chier, ce qui n'était pas forcément l'image qu'il voulait renvoyer pour un premier rendez-vous. Un autre homme apparut. Paxton recula d'un pas pour être encore plus invisible, mais, de toute façon, la lumière était tamisée et la distance parfaite, il avait la topographie des lieux de son côté.

L'homme était petit. Crâne rasé. Larges épaules. Bras noueux. Il devait faire de la muscu. Polo marron. Service technique. Ils discutaient tous les deux. Polo marron tira le T-shirt à manches longues qu'il portait sous son polo pour dissimuler son poignet. Lorsque Polo marron se retira, Paxton se cacha derrière une borne d'arcade au cas où Warren se retournerait et l'apercevrait.

Il se rappela ce que Dakota lui avait raconté, à propos de ceux qui arrivaient à tromper le GPS de leur montre, alors il se dépêcha de rejoindre le fond de la salle en faisant le grand tour jusqu'à l'entrée pour essayer de voir le visage du type en polo marron, mais il se retrouva dans un cul-de-sac, cerné par les machines. Il tenta sa chance de l'autre côté, mais il devrait alors passer devant Zinnia et lui expliquer ce qu'il fichait. Il renonça, d'autant que le type avait sûrement déjà filé.

Bon, au moins, il avait une piste. Une description vague, c'était mieux que rien.

Et puis, pourquoi lui courir après ? Il n'était pas en service. Il avait quelque chose de bien plus important à faire. Il retrouva Zinnia au moment où elle lâchait les commandes de la borne, de l'air de n'avoir pas vu le temps passer.

« Je suis rouillée, se plaignit-elle.

— T'es pas si mal, va. On reviendra.

— T'as faim ?

— Un peu.

— Qu'est-ce que tu dirais d'un ramen ?

— Je n'ai jamais mangé de ramen », admit-il. Elle rit et il bredouilla pour ne pas perdre la face : « Je veux dire, j'ai juste goûté ces sachets de ramen pas chers qui ont le goût de sel. »

Elle posa sa main sur la hanche. Se cambra un peu. Plus à l'aise, désormais. Elle avait envie de l'entraîner dans un autre endroit. « Ils ont un resto de ramen, ici. Tu veux essayer ?

— D'accord. »

Alors qu'ils marchaient en direction du restaurant, il baissa les yeux vers la main de Zinnia. La façon dont elle se balançait près de lui. Il songea à la prendre dans la sienne. Sentir la douceur de sa peau. Mais ç'aurait été présomptueux, et il renonça, heureux simplement de passer encore un peu de temps avec elle ce soir-là.

ZINNIA

Il était adorable et avait une telle envie de plaire qu'on aurait dit un chiot. Pire, il la faisait rire. Quand il avait comparé l'endroit à un aéroport, elle avait eu le sentiment qu'il lui avait volé quelque chose.

Mais ça lui avait plu, aussi.

Elle avait pensé en rester là après le verre. Mais plus il parlait, plus elle le trouvait supportable. La partie de jeu d'arcade et le dîner qui avait suivi ne lui avaient pas fait regretter d'avoir prolongé la soirée. Au moins, la compagnie avait été meilleure que la nourriture.

Le ramen était passable. Les ingrédients étaient bien présents, mais il manquait l'alchimie. La touche spéciale de celui qui aurait préparé le plat avec passion, plutôt que la banale réalité : une petite femme blanche avec un filet à cheveux et un polo vert qui jetait des portions toutes prêtes dans un bol avant de les réchauffer au micro-ondes.

Après le repas, elle décida qu'elle avait besoin de repos, mais elle laissa Paxton la raccompagner à son dortoir, et tandis qu'ils étiraient la fin de leur rendez-vous, elle n'aurait pas été trop gênée s'il s'était penché pour l'embrasser.

Mais il ne le fit pas. Il esquissa ce sourire pataud et timide, et prit sa main pour l'embrasser. Tellement ringard. Elle rougit d'embarras pour lui.

« J'ai passé une excellente soirée, dit-il.

— Moi aussi.

— Peut-être qu'on aura l'occasion de se revoir ?

— Ouais, je crois qu'on devrait faire ça. Au pire, c'est toujours agréable d'avoir un pote pour boire. »

De toute évidence, le mot « pote » fit redescendre Paxton sur terre. Elle avait fait exprès de le prononcer, pour qu'il n'aille pas trop loin, ni trop vite. L'équilibre était délicat à trouver. Sortir avec Paxton pourrait lui être utile. D'autant qu'il n'était ni repoussant ni odieux. Et il sentait bon. Il avait même l'air du genre de mec qui s'assurait que sa partenaire ait un orgasme.

Elle le quitta avec un sourire espiègle – de ceux qui sous-entendent qu'il pourrait se passer quelque chose entre eux –, consciente de brouiller ses repères. Une réussite, vu le sourire soulagé qu'il lui adressa en retour.

Une fois dans sa chambre, elle se déshabilla et s'étendit en sous-vêtements sur son lit – autant qu'on puisse s'étendre sur l'étroit matelas. Le regard perdu au plafond, elle se demanda qui Paxton avait suivi quand ils étaient dans la salle d'arcade.

Dès qu'il s'était excusé pour s'éclipser, elle avait deviné qu'il se passait quelque chose. C'était évident depuis le début. Ça n'avait pas été difficile de le filer, même si elle avait horreur d'abandonner une partie en cours.

La salle de jeu était un dédale de renfoncements et de petits espaces. Il avait observé une sorte d'échange entre deux types. De la drogue, probablement. Ce qui signifiait que Paxton était du genre à prendre son boulot au sérieux au point de faire du zèle durant son temps libre. Elle n'était pas assez fatiguée pour dormir. Elle envisagea d'allumer la télé pour se connecter et poser sa candidature à la coalition Arc-en-ciel, ce qui augmenterait ses chances de décrocher une promotion, et ainsi d'avoir un accès élargi aux installations. Mais elle avait trop d'alcool dans le sang pour surmonter sa flemme de lire des formulaires.

Elle s'assit, massa ses cuisses courbatues et ses pieds endoloris. Il était temps de prendre une douche. Pas tant pour se laver que pour rester sous l'eau chaude. Elle enfila un T-shirt et un survêtement propres, pratiques après la douche, se glissa dans ses tongs et attrapa une serviette. Elle chemina le long du couloir jusqu'à la salle d'eau pour femmes, ornée d'une affichette *Hors service*, alors elle opta pour la salle d'eau unisexe. Deux W-C et un urinoir étaient barrés par du scotch jaune. Elle se dirigea vers le fond, jusqu'à un petit vestiaire où s'alignaient deux douzaines de douches, chacune munie d'un rideau. Toutes désertes. Zinnia choisit la dernière de la rangée. Elle se déshabilla, plia ses vêtements, les déposa sur le banc le plus proche et pendit sa serviette au mur. La fraîcheur lui donna la chair de poule.

Elle entra dans la douche, valida sa montre sur le capteur près du robinet, ce qui lança les cinq minutes d'eau autorisées. Une giclée d'eau anémique jaillit du pommeau de douche, d'abord glaciale au point que tout son corps se contracta et que sa respiration se coupa. Son ivresse de la soirée se fendit comme une pierre sous le choc. L'eau devint rapidement chaude, et quand les cinq minutes furent presque totalement passées, elle songea à payer quelques crédits de plus pour prolonger ce moment, mais elle préféra garder ce luxe pour une autre fois.

Merci d'être écolo ! claironnait un message affiché au-dessus du capteur, qui bipa pour l'avertir qu'il ne lui restait plus que trente secondes.

« Va te faire foutre », cracha Zinnia.

Quand elle eut terminé, elle ferma le robinet, qui gargouilla dans un bruit de ferraille, et tira le rideau pour se trouver face à un homme, assis sur le banc.

Elle referma le rideau, attrapa la serviette, l'enroula autour de sa poitrine. Sa gêne se mua vite en colère : il regardait délibérément sa cabine. Elle sortit. Il portait un jean et un polo blanc. Pieds nus. Ses baskets posées près de lui, ses chaussettes enroulées, rangées à l'intérieur. Boudiné, le visage rougeaud, cheveux bruns. Sans serviette. Et les yeux toujours fixés sur elle. Le bracelet de sa montre était en mailles métalliques.

« Je peux vous aider ? lança Zinnia.

— J'attendais mon tour. »

Elle embrassa la pièce du regard ; les douches étaient toutes désertes.

Les sens en alerte, elle se mit à évaluer le corps de l'homme, ses points sensibles, tous les endroits qu'elle pouvait frapper pour entraîner une réaction douloureuse. Mais c'était le meilleur moyen de s'énerver, il était sans doute plus sage de reprendre ses vêtements et de retourner dans l'intimité de sa chambre. Au moment où elle ramassait ses affaires, il se leva.

« T'es une rouge, pas vrai ? Nouvelle à l'étage, hein ?

— Excusez-moi… », marmonna-t-elle, et elle le contourna pour sortir de la salle, en prenant soin de laisser quelques bancs entre eux.

Mais, devinant sans doute sa manœuvre, il recula vers la porte pour lui couper la route. Inspecta les toilettes pour s'assurer qu'ils étaient bien seuls.

« Je sais qu'être rouge n'est pas la chose la plus marrante, ici. Ils veulent tous un polo rouge, mais le jour où ils en ont un, c'est une autre histoire. Il y a des jobs plus faciles.

— Excusez-moi », dit-elle en essayant de le contourner.

Il se déplaça pour se mettre sur son chemin, si près qu'elle pouvait sentir son odeur. Lessive. Cigarette ? « Je suis désolé, on a pris un mauvais départ. » Il tendit sa main. « Je suis Rick. »

Elle recula d'un pas. « Et moi je suis sur le point de partir.

— Tu peux au moins me dire ton nom. Tu te conduis de manière très impolie. »

Elle fit encore un pas en arrière et resserra sa serviette autour d'elle, ce qui attira le regard de Rick sur sa clavicule, là où la serviette était attachée. Un regard qui donnait l'impression qu'il voulait la lui arracher pour contempler ce qu'il y avait en dessous. Un regard qui donna envie à Zinnia de lui arracher le visage pour voir ce qu'il y avait en dessous.

Elle portait sa montre. C'est ce qui l'empêchait de lui assener un coup de poing dans la partie tendre de sa gorge afin de lui écraser la trachée comme une canette de bière, et ensuite, de s'asseoir tranquillement sur un banc pour le regarder se débattre, échouer à faire passer de l'air dans sa gorge réduite en bouillie jusqu'à ses poumons, devenir rouge, puis bleu, puis mort.

« Écoute, t'es nouvelle, alors t'as pas encore compris comment ça marchait, ici. Les managers peuvent te donner un coup de pouce ou te pourrir la vie. Par exemple, je pourrais faire en sorte que tu n'aies plus jamais d'heures supplémentaires, sans que ça ait de conséquences sur ton évaluation. »

Elle garda le silence.

« À l'inverse, tu sais, beaucoup de choses peuvent gâcher une évaluation. » Il lança à nouveau un regard à la ronde et baissa la voix. « Je te comprends, ça fait beaucoup à encaisser... » Il recula et leva les mains. « Je ne te toucherai même pas. Qu'est-ce que tu dirais de te sécher et de t'habiller devant moi, et on sera quittes, non ? Ça te laissera un peu plus de temps pour... t'habituer à l'idée. »

Elle réfléchit. Elle avait encore plus envie de le torturer. Pas simplement à cause de ce qu'il faisait. Mais parce qu'il l'avait déjà fait. Il dégageait une telle assurance. Comme s'il commandait un café.

Mais elle devait penser à long terme. Elle recula de quelques pas. Surtout pour sa sécurité à lui, au cas où il aurait les mains baladeuses. Lâcha sa serviette. Sentit l'air sur son corps dénudé. Il touchait chaque centimètre de sa peau, partageait l'espace avec le regard de l'homme.

Il sourit, s'assit lentement sur le banc près de la porte.

« Vas-y », soupira-t-il.

Elle ramassa la serviette, se sécha. Ce faisant, elle essaya de croiser son regard. Chaque fois que leurs yeux se rencontraient, il détournait les siens. *Enfoiré de lâche.* Elle le toisa avec encore plus d'aplomb.

Quand elle fut séchée, elle enfila sa culotte, puis son survêtement.

Elle attrapait son T-shirt quand il leva les bras.

« Attends, encore une seconde. Je veux me souvenir de cette image pour plus tard. »

Elle inspira profondément et passa le T-shirt par-dessus sa tête. Elle glissa ses pieds dans les tongs et resta là, haussant les épaules, comme pour dire : « Et maintenant quoi, pauvre con ? »

Il ne bougea pas. Comme s'il réfléchissait. À demander plus ? Elle eut peur. Pas de lui. Il n'était personne. Mais des conséquences que cela entraînerait. Il ne pouvait se douter que s'il avait réussi à la faire plier, c'était seulement parce qu'elle ne devait pas griller sa couverture.

Il finit par se lever et déclarer : « C'était pas si difficile, si ? »

Elle ne lui répondit pas.

« Donne-moi ton nom.

— Zinnia. »

Il sourit. « C'est un très joli nom. Zinnia. Je ne l'oublierai pas. Passe une bonne nuit, Zinnia. Et bienvenue chez Cloud. Je te promets qu'une fois que tu seras habituée à la manière dont les choses fonctionnent, tout se passera à merveille. »

Elle ne lui répondit pas. Il fit volte-face et partit. Lorsqu'il atteignit la porte, il lui lança par-dessus son épaule : « À la prochaine, Zinnia. »

Quand il eut disparu, elle s'assit sur le banc et fixa le mur.

Elle se détestait de ne pas l'avoir amoché, mais elle n'avait pas d'autre solution. Ça ne l'empêchait pas de visualiser tout ce qu'elle aurait pu lui faire : coup de coude dans les yeux. Coup de pied dans les couilles. Ou cogner sa tête contre le carrelage jusqu'à ce que quelque chose éclate, soit la tête, soit le carrelage – peu importe.

Elle resta assise assez longtemps pour oublier où elle se trouvait. Une fois qu'elle eut rassemblé ses forces, elle se rendit compte en sortant que l'affichette *Hors service* était maintenant sur la porte de la salle d'eau unisexe. Plus sur celle des femmes.

Pas étonnant que personne ne soit venu les interrompre.

Elle regagna sa chambre en jetant des coups d'œil par-dessus son épaule tout au long du chemin. Après avoir suspendu sa serviette humide à la patère du mur, elle s'assit sur le futon, la tête tiraillée par un bruit de tronçonneuse. Elle alluma la télévision et chercha la coalition Arc-en-ciel sur son navigateur, espérant que ça la distrairait de son mal de crâne.

LA COALITION ARC-EN-CIEL

Chez Cloud, nous avons pour mission de promouvoir une atmosphère enrichissante et stimulante qui permettra à chacun de s'épanouir dans la réussite. Notre état d'esprit rassembleur prône des valeurs d'égalité, d'intégration et d'ouverture à tous, grâce à nos efforts collaboratifs au sein de la communauté. La coalition Arc-en-ciel recommande vivement aux employés de prendre leur propre destin en main.
L'humanité est un tableau multicolore, et chez Cloud, nous savons la richesse que chaque personnalité peut apporter à notre projet. Dans ce but, nous avons créé la coalition Arc-en-ciel afin de s'assurer que tous ceux qui le désireront auront les opportunités qu'ils méritent à portée de main.

Au vu de données génétiques que nous avons recueillies durant votre entretien d'embauche, vous correspondez au profil suivant :

Femme

Noire ou africaine-américaine

Hispanique ou latino

Lors du processus d'évaluation, votre classement sera pris en compte, ainsi que l'historique de votre emploi, et nous reconsidérerons votre poste dans une position qui nous sera mutuellement bénéfique en répondant à la fois à nos besoins et aux vôtres. Pour commencer, vous devez prendre rendez-vous avec un représentant de la coalition Arc-en-ciel, au bâtiment de l'Administration.

Le prochain rendez-vous disponible est dans : 102 jours.

Voulez-vous poursuivre ?

PAXTON

« Tu te fous de moi ? »

Le visage de Dakota se déforma en une grimace grotesque, sourcils stupéfaits et bouche grande ouverte. Elle resta comme ça quelques secondes, sa capsule de café à la main. Paxton était soulagé que la salle de pause soit vide.

Après quelques instants, Dakota poussa un soupir, enfonça la capsule dans la machine à café, plaça son mug en dessous. Elle se passa la main sur le visage et soupira de nouveau.

« Donc tu avais un suspect, là, devant toi, et tu l'as laissé filer ?

— Eh ben, je n'étais pas en service, alors…

— D'accord, je vais t'expliquer quelque chose, dit-elle, la main tendue comme si elle le menaçait d'un couteau. Tu fais partie de l'équipe de sécurité. Donc tu es toujours en service. »

Il rougit. « Je suis désolé, je n'ai pas pensé…

— Sur ce point, tu as raison : tu n'as pas pensé. » Elle considéra la machine à café, se rendit compte qu'elle ne l'avait pas lancée, et lui assena un coup du plat de la main avant d'appuyer sur le bouton *On*. « Bordel. Maintenant, j'en ai vraiment besoin. » Elle croisa les bras, penchée sur le comptoir, et le scruta. « T'as de la chance, je ne suis pas de trop mauvaise humeur aujourd'hui, donc je ne vais rien dire à Dobbs. C'est ta première semaine, alors je vais fermer les yeux. Mais si tu veux réussir ici, il va falloir passer la seconde, compris ?

— Je suis désolé », dit-il même si ses excuses sonnaient faux. De quoi s'excusait-il exactement, d'ailleurs ? Il ne voulait même pas faire ce boulot, à la base.

« Tu peux l'être, râla Dakota. Je suis vraiment déçue. »

La phrase le blessa. C'était le genre de coup bas qui lui donnait envie de se recroqueviller à l'intérieur de lui-même, ou de disparaître dans le sol, ou même de s'envoler à travers le plafond – bref, d'être n'importe où plutôt qu'ici. Il se détourna, prêt à tourner les talons, il pourrait boire son café plus tard. Mais il se contrôla. « Merci. »

Dakota acquiesça, ses traits se détendirent. Le café était prêt, elle récupéra le mug, le brandit sous son nez, inspira la vapeur.

« Écoute, dit-elle. Tu vas finir par t'y faire. Simplement… J'ai besoin de toi à 100 % sur ce coup-là.

— Je n'ai pas réfléchi.

— On est d'accord.

— Je vais me reprendre.

— Je sais. » Elle retroussa légèrement le coin de ses lèvres pour esquisser un sourire, et il sentit la honte qui lui nouait le ventre s'atténuer un peu. Mais le sourire disparut brusquement. Dakota fixait un point derrière lui.

Paxton se retourna et, sous l'effet conjugué de la surprise et de l'angoisse, son cœur se mit à battre violemment. Vikram se tenait dans l'embrasure de la porte. Il se contentait d'être là, comme s'il voulait juste leur faire comprendre qu'il avait entendu toute leur conversation. Plutôt que d'articuler quoi que ce soit, il sifflotait une mélodie indistincte, puis se dirigea vers la machine à café en leur adressant des signes de tête exagérés.

« Salut, Vicky, lança Dakota, à court d'idées.

— Bonjour, ma chère. Je viens juste prendre un café. Il est délicieux, ici.

— Ce café a un goût de merde. On le boit seulement parce qu'il est gratuit.

— La merde de l'un est le caviar de l'autre.

— Cette réplique n'est pas aussi intelligente que tu le penses. »

Vikram haussa les épaules et sourit en ôtant la capsule de Dakota pour la remplacer par la sienne. Il lança la machine et se tourna vers Paxton pour le dévisager. Avec, au fond des yeux, une lueur éloquente : « Je te tiens par les couilles. »

« Allez, viens, Pax, dit Dakota. Allons quelque part où il y aura moins de connards.

— Passe devant », répondit Paxton, et il lui emboîta le pas pour sortir de la pièce.

Une fois hors de portée, il lança, inquiet : « Ça n'augure rien de bon…

— Non, clairement pas. Tu ferais mieux de serrer les fesses, parce que j'ai l'impression que ton petit cul va le sentir passer.

— Je te remercie.

— De rien. Je suis là pour ça. »

Ils marchèrent en direction de la Promenade. Chaque pas, chaque centimètre que Paxton mettait entre lui et l'Administration avait un goût de salut. Peut-être que Vikram n'avait rien entendu. Peut-être qu'il était juste venu se payer leur tête. Après avoir cheminé quelque temps, il finit par s'en persuader : *Allez, je n'ai rien à me reprocher, et ce serait le bon moment pour prendre un café.*

Sa CloudBand vibra. Il la consulta et trouva un message qui lui retourna l'estomac :

Rendez-vous à l'Administration pour voir le shérif Dobbs.

Quand il releva les yeux, Dakota se trouvait une vingtaine de pas devant lui et le regardait. D'abord sans comprendre, puis elle percuta. Pire, elle finit même par le considérer avec une touche de pitié. Elle lui fit un geste du menton. « Bonne chance. »

Dix minutes plus tard, il se tenait devant la porte du bureau de Dobbs, à se demander pourquoi il s'infligeait ça. Et s'il tournait les talons, comme le lui avait suggéré Zinnia ? Avait-il vraiment besoin de ce boulot ?

En fait, oui. Il était arrivé chez Cloud avec pour seul argent la monnaie qu'il avait sur lui. Assez pour s'installer au coin d'une rue quelque part avec un chapeau vide posé devant lui.

Il retint sa respiration et frappa à la porte. Dobbs répondit d'un laconique : « Entrez. »

Le shérif était assis derrière son bureau, enfoncé dans son fauteuil, les mains croisées sur le ventre. Il ne prononça pas un mot, alors Paxton s'assit dans la chaise en face de lui, coinça ses doigts entre ses genoux et attendit. On aurait dit que Dobbs ne respirait pas, mais son regard était fixe, centré sur Paxton.

La trotteuse de l'horloge avait presque fait un tour complet du cadran lorsque Dobbs fit un signe par-dessus l'épaule de Paxton. « La porte. »

Paxton s'exécuta. Il n'aimait pas l'odeur qui régnait dans la pièce, comme si elle était remplie d'eau.

« Tu as donc assisté à un échange, et non seulement tu n'as pas poursuivi le type, mais tu n'as pas essayé de voir son visage ? demanda Dobbs. C'est bien ça ? »

Il n'avait même pas un ton sarcastique. Il n'était même pas en colère. Il paraissait préoccupé, et triste. Comme s'il doutait que Paxton eût toute sa tête.

« Je me suis juste dit… J'avais un rancard. » Il se recroquevilla tandis qu'il prononçait ces mots.

Dobbs sourit d'un air forcé. « Un rancard. Je vois… Bon, je ne vais pas non plus trop en faire. Tu travailles pour moi, tu es toujours à l'heure. Je ne dis pas que tu n'as pas le droit d'avoir une vie privée. Mais si tu es témoin d'une activité illégale et s'il n'y a aucun agent de sécurité autour de toi, c'est à toi d'intervenir.

— Je sais, c'est juste que… »

Dobbs mit ses mains derrière sa nuque. « J'ai dû me tromper sur toi. Dommage. À partir de demain, tu te présentera à l'Entrepôt pour travailler aux scanners corporels du poste de sécurité. Ça devrait mieux te correspondre.

— Monsieur, je…

— Merci, Paxton, ce sera tout. »

Dobbs fit pivoter sa chaise pour faire face à son ordinateur et commença à taper sur son clavier avec deux doigts. Après quelques instants, sans le regarder, il répéta : « Ce sera tout. »

Paxton se leva, le visage en feu. La honte le torturait.

« Je suis désolé, monsieur. Je vais réparer ça. »

Bruit de clavier d'ordinateur. Pas de réponse.

Il avait envie d'attraper le shérif par les épaules. De secouer le vieil homme. De le convaincre de sa sincérité. Mais il n'y avait qu'une seule manière d'y parvenir : en faisant ce qu'il avait dit. Réparer ça. Lorsqu'il sortit du bureau, Dakota l'attendait, appuyée contre le mur.

« De corvée de scanner ?

— Ouais.

— Bon courage.

— Tu as vérifié la montre de Warren ? Essayé de trouver avec qui il était hier soir ?

— Personne n'est entré, personne n'est sorti. Seulement toi et une préparatrice. Pas de polo marron.

— Les montres. Est-ce qu'il y a un bug ? Une faille ? Comment est-ce qu'elles fonctionnent exactement ? C'est un GPS ? »

Plutôt que de lui répondre, Dakota fixait son troisième œil comme si elle allait creuser un trou au milieu de son front.

« J'ai pigé, concéda-t-il. J'ai foiré. Je veux rattraper le coup. Donne-moi une chance. »

Elle continuait de le toiser.

« Je le ferai avec ou sans toi. »

Elle leva les yeux au ciel. Se tourna et lui fit signe de la suivre. Elle l'amena dans une salle de réunion, dont elle ferma la porte avant de s'emparer d'un clavier sans fil et de pianoter sur les touches. Un mur entier s'alluma, emplissant la pièce sombre d'une lumière artificielle. Il essaya de comprendre ce qu'il avait sous les yeux. Des plans schématisés, constellés d'une quantité de petits pois qui se déplaçaient comme des fourmis.

« Appuie sur un point », ordonna Dakota.

Paxton en choisit un au hasard, posa le bout de son doigt dessus. Une petite fenêtre s'ouvrit sur l'écran, pleine de chiffres et de lettres.

« Maintenant, garde ton doigt appuyé dessus. »

Paxton s'exécuta. La fenêtre grandit pour dévoiler la photo d'identité d'une femme noire d'âge moyen au crâne rasé, un nom et un numéro de dortoir.

« Les montres te traquent où que tu ailles, dit-elle. Ça, c'est la théorie. Après, personne ne reste ici à tout scruter. C'est de la surveillance passive. On peut revenir en arrière et regarder ce qui s'est passé si l'on veut. Donc si l'on examine les données d'hier soir… »

Il observait le plan de la salle d'arcade. Deux points pénétraient dans la salle. Lui et Zinnia. Ils s'arrêtaient devant *Pac-Man*. Un autre point entra. Warren. Paxton s'éloigna pour surveiller Warren. Zinnia le suivit.

Derrière lui, hors de vue.

Après un moment, Zinnia retourna rapidement à *Pac-Man*. Puis il rejoignit Zinnia, et ils partirent.

Pas d'autres points. Pas de type en polo marron.

« Donc il ne portait pas sa montre, conclut Paxton.

— Tu ne peux même pas quitter ta chambre sans ta montre.

— Alors il l'a enlevée et laissée quelque part.

— Nous sommes alertés au bout de quelques minutes quand une montre n'est pas attachée au poignet de son propriétaire ni logée dans son chargeur. »

Il continuait de regarder les petits pois aller et venir. Ils fusionnaient, se séparaient, composaient des formes aléatoires, tels des nuages. C'était à la fois étrangement satisfaisant et très agaçant à observer, parce qu'il y avait quelque chose qui lui échappait, là, sur l'écran. Quelque chose d'évident.

« Bon, tu es censé patrouiller pour le reste de la journée, donc…

— Qu'est-ce que ça veut dire ? » demanda Paxton.

Dakota leva sa montre et tapota l'écran. « Ça veut dire que tu es censé patrouiller sur la Promenade. Le transfert aux scanners n'aura lieu que demain. Alors, vas-y.

— Très bien. Bon. Désolé.

— Ouaip. » Elle pivota sur ses talons et le laissa en plan.

Il resta encore quelques secondes à la regarder s'éloigner. Troublé de voir à quel point il était contrarié. Pourquoi se sentait-il si investi dans cette histoire ? Il l'ignorait, mais il avait l'impression que c'était à lui de régler le problème. Tandis qu'il quittait le bâtiment de l'Administration pour grimper dans le tramway en direction de la Promenade, il se demanda ce qu'il entendait réellement par « problème ». En quoi était-ce un problème ? Parce qu'il n'avait pas fait d'heures sup non payées ? Parce qu'il n'avait pas mis sa vie en danger ?

Plus il marchait, moins il y pensait, mais plus le comportement de Zinnia l'obnubilait. Elle l'avait suivi, puis elle s'était précipitée pour reprendre sa place avant qu'il la rejoigne.

Elle le surveillait quand il surveillait Warren.

4

JOUR DE COUPE

GIBSON

Longtemps qu'on ne s'était pas parlé, hein ?

Je fais de mon mieux, mais ce n'est pas facile. Chaque jour, je le sens un peu plus. Il me faut fournir plus d'efforts pour m'extirper du lit. J'ai cette pulsation dans mon abdomen, maintenant. Je bois du café comme un taré pour parvenir à rester debout toute la journée.

Vous savez à quoi je n'arrête pas de penser ?

Aux dernières fois.

Par exemple, l'autre jour, on traversait le New Jersey vers le sud, en direction du Garden State, et j'ai dit à Jerry, mon chauffeur, de s'arrêter dans cette boutique de sandwichs, Bud's Subs. Je vous jure qu'il n'y en a pas de meilleurs sur terre. Chaque fois que je passe à moins de cinquante kilomètres de cet endroit, je m'y arrête. Donc Jerry m'y a conduit, et le pauvre homme a dû faire la queue plus d'une heure. C'est dire si l'enseigne a du succès.

Il est revenu avec le Bud Sub Special. Un vrai monstre. Soixante centimètres de long, avec du salami, du provolone, du jambon, de la coppa, du poivron. À une époque, j'en achetais deux. Un à manger tout de suite, et un pour plus tard. Cette fois, je n'en avais commandé qu'un, vu que mon appétit n'est pas au mieux. J'en ai mangé juste la moitié, et gardé l'autre pour le lendemain. J'en étais à peu près à la moitié, heureux comme tout, quand j'ai pris conscience que c'était sans doute la dernière fois que je mangeais ce sandwich.

J'ai arrêté de manger, un peu submergé par l'émotion. Qu'est-ce que j'avais fait d'autre pour la dernière fois ? Je ne trouverais sûrement pas le temps d'aller encore à la pêche ou à la chasse, qui sont pour moi les seuls vrais moments de décompression, durant lesquels je refuse même de répondre au téléphone. Je n'aurai plus de matin de Noël avec ma femme et ma fille. Ça m'est tombé dessus d'un coup, et je n'avais plus vraiment d'appétit pour finir mon sandwich.

Mais j'ai fini par l'accepter. Comme pour le reste, c'est la main qu'on m'a distribuée, et tant pis si je ne l'aime pas, il faut que je la joue. Je pense que c'est une bonne journée pour faire un petit bilan et parler un peu de ce qui se passe aujourd'hui. C'est jour de coupe, chez Cloud. Ça n'arrive que quatre fois par an, et pourtant les gens nous en veulent à chaque fois. Il paraît que c'est une pratique « barbare ». Je ne crois pas. J'ai déjà abordé ce sujet : cela ne fait de bien à personne d'avoir un emploi qui ne lui correspond pas, tant pour l'employé que pour l'employeur.

Non pas que cette journée me fasse plaisir. Je préférerais garder tout le monde. Mais c'est mieux pour eux et pour moi ; ça me rend dingue d'entendre les gens raconter n'importe quoi, parler d'employés fichus dehors avec un coup de pied dans le derrière, obligés de courir derrière des trains, ou je ne sais quoi. Cela n'arrive jamais ; et si ça se produit, c'est plutôt rare, et probablement le signe d'un problème sous-jacent. C'est vraiment minable de nous tenir responsables de la façon dont les gens se comportent, et c'est surtout une manière d'alimenter les rumeurs selon lesquelles Cloud serait une entreprise démoniaque. J'ai une idée assez précise des responsables de ces rumeurs – les mêmes génies à l'origine des Massacres du Black Friday – mais je ne donnerai pas plus d'indices, car je peux déjà entendre mes avocats tomber en syncope.

Le fait est que, un emploi, vous devez le gagner. Ce n'est pas simplement quelque chose que l'on vous offre. C'est la devise même de l'Amérique : se battre pour s'élever. Et non chouiner parce que l'autre possède ce qu'on désire.

Bref, je m'égare. Comme je le disais, j'ai beaucoup de choses en tête ces derniers temps. J'essaie de rester optimiste. Je vais faire des efforts pour rester optimiste, ça n'a pas d'intérêt de vous imposer mes états d'âme. C'est à moi de porter mon fardeau.

Chose importante : mon voyage à travers le pays se passe très bien. Après le New Jersey, nous sommes allés en Pennsylvanie, où se trouve l'un des premiers MotherCloud que j'ai bâtis. Je n'y étais pas retourné depuis des années, c'était un sacré beau moment de le revoir. À l'époque, il n'y avait que deux dortoirs de six étages. Désormais, il y en a quatre, tous hauts de vingt étages, et ils continuent de grandir. L'intégralité du site ressemble à un gigantesque chantier. J'adore les véhicules de chantier. Le son de la pelleteuse, c'est le son du progrès. C'était encore plus beau en Pennsylvanie. Historiquement, l'équipement lourd et le matériel de construction ont toujours été les secteurs économiques les plus importants de cet État. J'aurais dû m'en souvenir : j'ai recommencé à faire du business ici il y a plus de douze ans !

J'ai eu l'occasion de me promener un peu et de rencontrer des gens vraiment sympas. Une bonne manière de me rappeler pourquoi j'ai décidé de passer mes derniers mois sur la route plutôt que de rester assis chez moi à me morfondre. À cause de gens comme Tom Dooley, l'un des préparateurs seniors.

Nous avons discuté ensemble. Nous sommes tous les deux des anciens, nous avons beaucoup en commun. Il m'a raconté comment il avait perdu sa maison lors de la dernière crise immobilière, et comment sa femme et lui avaient fini par acheter un vieux camping-car pour y vivre. Comment ils roulaient à travers le pays, à vivre de petits boulots, jusqu'au jour où, alors qu'ils s'étaient arrêtés à une station-service pour faire le plein, ils se sont rendu compte qu'ils n'avaient plus un sou. Ils étaient là, coincés au beau milieu de la Pennsylvanie, sans argent, sans nulle part où aller, avec à peine assez de provisions pour tenir la semaine.

Le MotherCloud de Pennsylvanie a ouvert la même semaine. C'est ce qu'on appelle la providence. Lui et sa femme ont trouvé des emplois bien payés et un endroit où vivre, et ils étaient si reconnaissants que ça m'a fait chaud au cœur. Il disait que c'était grâce à moi, mais je lui ai répondu que non, Tom, ça n'était pas grâce à moi. Je lui ai expliqué que si lui et sa femme s'en étaient sortis, c'est parce qu'ils avaient travaillé dur, et qu'ils n'avaient jamais baissé les bras. Ils étaient des survivants.

Tom et moi avons discuté pendant un long moment, si bien qu'on a fini par aller manger un morceau à la cafétéria. J'ai demandé au manager de libérer Margaret de son service au centre d'assistance technique et de l'autoriser à nous rejoindre, et nous avons passé un excellent moment. Je parie qu'ils vont être très populaires dans les semaines à venir. Vous auriez dû voir tous ces gens qui voulaient leur parler quand nous avons eu terminé.

Tom et Margaret, merci de votre gentillesse, merci d'avoir écouté les élucubrations d'un vieux gâteux comme moi. Je suis heureux de voir que vous allez si bien, et je vous souhaite tout le bonheur du monde pour les années à venir.

Les rencontrer a élevé mon esprit, vraiment.

Il y a autre chose que je voulais aborder avec vous : je suis enfin prêt à annoncer le nom de la personne qui va me succéder.

Et ce sera…

… dans mon prochain post !

Loin de moi l'idée de vous faire languir. Mais, par respect pour le jour de coupe, je ne veux pas ajouter de la confusion à ce qui est déjà une journée agitée dans nos complexes Cloud. En tout cas, sachez que ma décision est prise. N'espérez pas qu'elle fuite pour autant. Je n'en ai parlé qu'à une seule personne : ma femme, Molly. Or, même moi, je suis plus susceptible qu'elle de vous cracher le morceau. Autant dire que le secret est bien gardé. Attendez-vous à en apprendre davantage très bientôt. Je crois que tout le monde va pouvoir se réjouir. C'était, dans mon esprit, le choix le plus logique.

Quoi qu'il en soit, c'est tout pour le moment. En avant, droit vers l'ouest, pour quelques dernières belles expériences. C'est primordial pour moi de concevoir la mort de cette façon, j'ai appris une bonne leçon. Il faut prendre le temps, savourer les choses, parce qu'on ne sait pas quand elles disparaîtront. Je vous jure qu'après avoir repris le dessus, le sandwich Bud Sub Special ne m'a jamais paru aussi bon.

Il me manquera, mais je suis heureux d'avoir pu en manger tant.

ZINNIA

La fille tomba à genoux dans un cri.

Zinnia essayait de faire repasser sa jauge dans le vert quand c'était arrivé. Elle était concentrée, ignorait sciemment une douleur au genou, mais elle s'arrêta tout de même pour regarder. Une douzaine d'autres employés en rouge l'imitèrent.

C'était une fille dans la trentaine. Cheveux teints en rose, une explosion de taches de rousseur sur le visage. Très jolie. Mais aussi, en cet instant, très triste. Elle sanglotait, les yeux baissés sur sa montre, et la fixait si fort qu'on aurait dit qu'elle espérait que cela suffirait à modifier ce qui y était inscrit.

À côté de Zinnia se tenait une femme plus âgée aux cheveux gris. Elle secoua la tête. « Tsss. Pauvre petite.

— Qu'est-ce qui s'est passé ? » demanda Zinnia.

La vieille femme la regarda comme si elle venait d'une autre planète. « Jour de coupe », dit-elle. Puis elle reporta son regard sur le colis qu'elle transportait – un étui à clavier pour tablette – et repartit à toute allure pour le déposer sur le tapis adéquat. Zinnia observa la fille quelques secondes encore, jusqu'à ce qu'une autre femme, qui avait l'air de la connaître, vienne la consoler. Alors Zinnia reprit sa route pour mettre la main sur une trousse à outils rose.

Malgré la distance qui les séparait, elle avait senti le hurlement de la fille résonner dans sa propre poitrine. Un cri primal. Le genre de douleur qui ne surgit normalement que lors d'un enterrement ou en réaction à une torture physique. Une petite voix dans sa tête lui souffla : « Arrête de faire la gamine et passe à autre chose », mais elle n'arrivait pas à ignorer le doigt glacé qui toquait à son cœur.

Tandis qu'elle pressait le pas dans l'Entrepôt, elle croisa d'autres personnes à genoux ou debout, immobiles, contemplant, perdues, les décombres de leur existence.

Elle déposait une tablette sur un tapis roulant quand elle avisa un homme en rouge qui se disputait avec un homme en blanc. Quelque chose à propos d'une blessure au pied qui le ralentissait.

L'homme en blanc y était indifférent. L'homme en rouge serra les poings et eut tellement de mal à se contenir qu'elle pouvait sentir la tentation de la violence. Comme une odeur de sang. De cuivre liquide. Elle aurait voulu rester regarder, mais elle s'aperçut que la jauge jaune sur sa montre était en train de décliner.

Écouteurs sans fil. Compteur fitness. Livre. Paire de baskets. Châle. Blocs de construction. Portefeuille sécurisé...

En apportant le portefeuille au tapis roulant, elle vit que l'étui en plastique bougeait. Elle le souleva et découvrit qu'il y avait une fente sur le côté. Le portefeuille semblait en parfait état, mais elle n'était pas sûre de la marche à suivre en cas de marchandise endommagée. Elle envisagea un instant de faire demi-tour pour en chercher un autre sur les étagères, mais les rayonnages s'étaient déjà déplacés, et elle ne se souvenait plus du numéro du bac. Elle brandit sa montre et prononça : « Miguel Velandres. »

Miguel Velandres n'est pas en service actuellement.

« Manager. »

Le doux bourdonnement la guida à travers la terrasse de l'Entrepôt, et ce, pendant une bonne demi-heure. La jauge avait suspendu sa descente, Dieu merci. Elle avait dépassé six employés en polo blanc, mais la montre lui intimait de continuer sa route. Cela lui sembla être une perte de temps, à moins qu'elle ne fût en train de l'emmener voir un spécialiste.

Elle atteignit une longue allée de produits ménagers et d'articles de toilette. Tapis, étagères de douche, rideaux, lunettes de toilette. La montre vibrait, encore et encore.

« Te revoilà. »

Elle se tourna pour tomber sur Rick.

« Qu'est-ce que c'est que ces conneries ? » cracha-t-elle.

Il sourit, dévoilant une rangée de dents jaunies. « Eh bien, tu étais si mignonne et si gentille que je t'ai ajoutée à mon équipe. Comme ça, si tu as besoin de quoi que ce soit, je suis ton manager. Tu vois, Zinnia, tout se passe beaucoup mieux quand tu es en relation avec quelqu'un comme moi. »

Elle avait envie de lui en coller une. Elle avait envie de lui vomir dessus. Elle avait envie de partir en courant. Elle avait envie de faire n'importe quoi d'autre que ce qu'elle fit, c'est-à-dire lui montrer l'emballage : « Il est ouvert. Je ne sais pas quoi faire quand l'emballage est abîmé. »

Il s'en empara, en mettant la main plus loin que nécessaire afin de pouvoir toucher la sienne pendant l'échange. Sa peau était froide. Reptilienne. À moins que ce ne soit le dégoût qu'elle ressentait qui influait sur son imagination. Elle réprima le frisson qui lui parcourait les épaules.

« Voyons voir », dit-il en retournant l'objet entre ses mains. Il trouva l'endroit où le paquet était coupé. « Il a dû être abîmé quand on l'a apporté ici. Tu as eu raison de me le signaler. Nous ne voulons pas que nos clients reçoivent des colis endommagés. »

Il se rapprocha de Zinnia, leva sa montre.

« Dans ces cas-là, ma chérie… » Il articulait lentement, comme s'il parlait à un enfant. « Tu dis à ta montre : "Produit endommagé", et elle t'indiquera un tapis roulant où le déposer, comme n'importe quel autre objet. »

Il lui sourit comme s'il venait de lui révéler le secret de la vie éternelle. Elle pouvait sentir son haleine. Du thon. Elle eut un haut-le-cœur et manqua de s'étouffer.

« Ton formateur aurait dû t'avertir, ajouta-t-il en levant un sourcil, brusquement agacé. Tu peux me donner son nom ? »

Elle réfléchit un instant. Miguel avait dû oublier de lui en parler. Elle ne voulait pas lui attirer d'ennuis, alors elle répondit : « John quelque chose. »

Rick plissa les yeux et secoua la tête. « Il faut vraiment que tu retiennes ce genre de détail, Zinnia.

— Oups.

— Ne t'inquiète pas, je suis sûr que tu vas t'améliorer. » Il leva sa montre, tapota l'écran. Sa montre à elle vibra. Elle la dirigeait vers un nouvel article, une boîte de médiators.

« Maintenant, file, dit Rick. On se voit plus tard. Tu finis à six heures ? »

Elle ne répondit pas. Elle fit volte-face et s'en alla.

Elle termina son service obnubilée par la jauge jaune. Elle avait perdu du temps à regarder les gens pleurer, effondrés, après qu'ils avaient reçu leur notification de licenciement. Malgré ses efforts, elle ne parvint pas à faire remonter la jauge dans le vert.

Une fois franchie la sécurité, sur le chemin de son dortoir, elle songea qu'elle devrait au moins vérifier le hall d'entrée, voir si la voie était libre, au cas où elle pourrait brancher son gopher. Mais, à ce moment précis, seuls le dégoût et la colère la guidaient. Pas le genre d'émotions propice aux bonnes décisions.

Dans le couloir de son étage, elle fut surprise de voir autant de monde. Elle avait l'habitude de croiser un ou deux voisins qui allaient à la salle d'eau ou qui partaient travailler, mais, cette fois, il s'agissait d'une demi-douzaine de personnes regroupées autour d'un vieil homme de grande taille, les cheveux en bataille et la peau ridée. Il portait un sac de toile sur l'épaule et regardait ses pieds tandis que les autres le consolaient. Cynthia comprise. Deux agents de sécurité – un homme noir et une femme indienne – se tenaient non loin de là et gardaient un œil sur tous ces gens. La fille aux grands yeux de personnage de dessin animé était là, elle aussi. Harriet ? Hadley.

Hadley, la gentille fille.

Zinnia observa la scène, qui se déroulait à une dizaine de portes de son appartement. C'était une cérémonie d'adieu. Câlins, embrassades, tapes dans le dos. Visiblement, l'homme travaillait ici depuis longtemps. La chaleur de ce moment de communion réveilla le petit doigt glacé qui toquait à son cœur.

Les curieux s'attardaient, comme s'ils ne voulaient pas passer à autre chose, comme s'ils pouvaient suspendre ce moment, lorsque Cynthia frappa dans ses mains pour attirer l'attention. Il était temps d'y aller. Quelques « au revoir », l'homme s'éloigna, les agents de sécurité dans son sillage. Pas assez proches pour l'escorter, mais suffisamment pour le surveiller. Quand l'homme croisa sa route, Zinnia vit que le bracelet de sa CloudBand était orné de dés à paillettes. L'attroupement se dispersa ; chacun se dirigea vers sa chambre. Cynthia resta un peu, aperçut Zinnia, la salua d'un geste qui signifiait : « T'y crois, toi, à ça ? » Puis elle poussa son fauteuil jusqu'à sa chambre.

Zinnia était devant sa porte, la main sur sa poignée. Mais au lieu de rentrer chez elle, elle se dirigea vers la chambre de Cynthia.

Elle frappa. Quelques instants plus tard, la porte s'ouvrit. Cynthia sourit. « Qu'est-ce que je peux faire pour toi, ma chérie ?

— J'aurais aimé te parler de quelque chose. Quelque chose de confidentiel. »

Cynthia acquiesça et alla s'installer contre le mur tandis que Zinnia s'asseyait sur le futon.

« Sacré truc, hein, dit Cynthia. La coupe.

— C'était qui ?

— Bill. Mais tout le monde l'appelait Dollar Bill, vu qu'il passait son temps au casino. Ça faisait huit ans qu'il était là.

— Pourquoi il a été viré ?

— Il voulait tenir jusqu'à la retraite, Bill avait toujours la forme et il aimait marcher, alors il a refusé sa réaffectation et choisi de rester comme préparateur, aligné sur le rendement des seniors. » Elle poussa un soupir, regarda au loin, comme si elle le voyait encore en train de marcher dans le couloir. « Mais il se faisait vieux et, contrairement à ce qu'il croyait, il ne pouvait plus tenir le rythme, et donc… donc voilà. » Cynthia leva les yeux vers Zinnia. « C'est honteux. Il aurait dû accepter sa réaffectation.

— Comment est-ce que ça marche, les réaffectations ?

— Si tu te blesses ou que tu n'es plus capable de bien faire ton boulot, tu es affecté à un autre domaine. Avant, j'étais préparatrice, mais je suis tombée d'une étagère. Paralysée sous la ceinture.

— Mon Dieu. » Zinnia eut un mouvement de recul.

Cynthia haussa les épaules. « C'est ma faute, je ne m'étais pas attachée. Et j'ai eu de la chance. Cloud m'a gardée et m'a mutée au service client. Je peux toujours répondre au téléphone et me servir d'un ordinateur. Bref, Bill aurait dû accepter une nouvelle affectation au lieu de s'entêter. »

Zinnia se renfonça dans le futon ; le petit doigt glacé toquait un peu plus fort, cette fois. « Je suis désolée. »

Cynthia haussa les épaules à nouveau et lui décocha un sourire peiné. « Au moins, j'ai un boulot. » Elle se pencha en avant et donna une petite tape sur les genoux de Zinnia. « Excuse-moi, ma chérie, tu disais que tu voulais me raconter quelque chose, et je ne parle que de moi. Qu'est-ce qui t'arrive, alors ?

— Eh bien, je...

— Bon sang. » Cynthia mit sa main devant sa bouche. « Ce que je peux être impolie, parfois. Tu veux boire quelque chose ? Je crains que tu ne doives te servir toute seule, mais au moins, je te l'aurai proposé. »

Zinnia secoua la tête. « Non, ça va, merci. C'est juste que... Ça restera entre nous, hein ? Je voudrais ton avis concernant un problème. »

Cynthia acquiesça gravement, comme si elles étaient sur le point de faire un pacte de sang.

« Je suis tombée sur ce type. Un manager. Rick... »

Cynthia renifla. Leva les yeux au ciel. « Rick.

— Alors il l'a fait à tout le monde ?

— Il est comme ça. Il vit à l'autre bout. Laisse-moi deviner. Il a voulu se rincer l'œil quand tu étais sous la douche ?

— Comment est-ce qu'il peut être encore en poste ? »

Le menton de Cynthia tomba sur sa poitrine. « Aucune idée. Il doit avoir des connexions avec quelqu'un d'important. À moins que ses supérieurs n'en aient tout simplement rien à fiche. Tout ce que je sais, c'est qu'une fille est allée se plaindre de lui aux ressources humaines – Constance, une fille vraiment chouette – et le jour de coupe suivant, elle était virée. Constance était gentille avec moi, et c'était une fille très futée. » Cynthia poussa un soupir. « Je sais que ce n'est pas la chose la plus agréable qui soit. Et je sais aussi que ce n'est pas la réponse que tu espérais. Mais... Si tu le vois, change de trottoir. N'utilise que la salle d'eau des filles. Avec un peu de chance, il se rabattra sur quelqu'un d'autre. »

Toute la sympathie que Zinnia avait ressentie pour Cynthia s'évapora.

Chance. À la manière qu'elle avait eue de le prononcer, le mot paraissait avoir perdu son sens premier.

« J'ai eu besoin d'entrer en contact avec un manager aujourd'hui, et ma montre m'a menée droit vers lui, reprit Zinnia.

— Alors c'est que tu l'intéresses vraiment. Mauvais signe.

— Jusqu'où ça peut aller ?

— Il n'est pas idiot, dit Cynthia. Il ne va pas te forcer à coucher avec lui. C'est juste un pervers. Un voyeur. Mon conseil ? Essaie… » Elle soupira une fois de plus. « Essaie de faire avec. »

Pendant un instant, Zinnia eut du mal à savoir contre qui se dirigeait sa colère. Cynthia ou Rick. Quoi qu'il en soit, cette colère était grande, si grande, même, qu'elle était presque comme une personne qui se tiendrait à côté d'elle, et la titillerait sans cesse.

Elle remercia Cynthia pour le temps qu'elle lui avait consacré, et sortit de l'appartement avant de prononcer des mots qu'elle regretterait. De retour dans sa chambre, elle se laissa tomber sur le futon, et alluma la télévision en espérant que le bruit anéantirait le bourdonnement qui lui vrillait le crâne.

Traversée par une idée saugrenue, elle rapprocha sa montre de sa bouche et dit : « Quelle est mon évaluation ? » Pas certaine que cette commande fonctionne.

La CloudBand afficha quatre étoiles clignotantes.

« Va te faire foutre. »

Elle sortit le couteau suisse du fond du tiroir de la cuisine, grimpa sur le lit, détacha le drap et se mit au travail. Il ne restait plus que quelques centimètres à creuser, et cette fois elle ne s'arrêta pas avant d'en avoir terminé, enfonçant l'outil dans le plafond en rêvant qu'il s'agissait de la gorge de Rick. La plaque de plâtre se libéra dans un nuage de poussière, révélant une ouverture vers les ténèbres.

Elle passa ses mains sur la brèche pour chercher la meilleure prise possible, puis se hissa jusqu'au plafond. Avec la torche de son téléphone, elle éclaira l'endroit. C'était un bazar sans nom : des câbles et des conduits partout, et une odeur écœurante, comme de la pourriture. Mais il y avait un dégagement de quelques dizaines de centimètres, suffisant pour s'y déplacer, et elle parvenait à apercevoir l'emplacement des murs porteurs – comme ça, elle ne tomberait pas dans une chambre voisine.

D'ici, il y avait à peu près trente-sept mètres jusqu'à la salle d'eau des femmes.

Elle avait compté.

PAXTON

Le type au monosourcil donna un coup d'épaule à Paxton, et faillit le renverser. Il se rattrapa et regarda l'homme, il attendait des excuses, mais l'homme se contenta de grogner : « Conneries. Ça fait déjà une heure que je poireaute. »

L'homme se plaça dans le scanner à ondes millimétriques et leva les bras. Les bras mécaniques pivotèrent autour de lui. Paxton se tourna vers Robinson, la femme derrière l'écran, qui hocha légèrement la tête à son intention : le type n'avait rien volé.

Personne ne volait jamais rien. Personne n'était assez stupide pour voler quoi que ce soit ici. Ils savaient ce que ça signifiait. Licenciement immédiat. Même pas l'occasion d'aller récupérer ses affaires. Ils vous fichaient dehors et vous plantaient là.

Déjà trois jours qu'il participait à cette mascarade, et le coup d'épaule de M. Monosourcil comptait parmi les moments les plus excitants qu'il avait connus. Personne n'était heureux de faire la queue après avoir passé la journée debout à travailler. Alors Paxton s'évadait : il souriait comme si tout allait bien, et espérait voir Zinnia. Mais parmi les milliers de gens qui lui étaient passés entre les mains ces trois derniers jours, il ne l'avait pas vue. Elle devait se trouver dans une autre partie de l'Entrepôt.

Pour tuer le temps entre le sifflement des bras articulés et Robinson qui commençait à piquer du nez, il repensa aux trois étoiles de son évaluation qu'il avait découvertes après avoir quitté le bureau de Dobbs.

À ça, et aux petits pois blancs.

Ce n'était probablement pas grand-chose, Zinnia était peut-être juste partie à sa recherche. Elle n'avait pas forcément cherché à le suivre ; il pouvait y avoir un millier d'autres explications.

Penser aux pois et aux étoiles le distrayait des écrans qui le cernaient et passaient en boucle les vidéos de Cloud. À la fin de sa première journée aux scanners corporels, il les connaissait toutes par cœur. Le deuxième jour, elles s'étaient enfoncées dans son crâne comme une perceuse. Le troisième jour, elles étaient devenues la bande-son de son enfer personnel.

Cloud est la solution à tous vos problèmes.
C'est moi qui travaille pour vous.
Merci, Cloud.

Son service terminé, il erra dans le Live-Play, où il tomba sur Dakota qui courait vers lui en sortant d'une rangée d'ascenseurs.

« Quoi de neuf, ma petite ? demanda Paxton.

— Ne m'appelle pas "ma petite". Je crois bien que je suis plus âgée que toi. Toi et moi, on part en patrouille.

— Je viens de finir mon service.

— Et aujourd'hui, c'est jour de coupe. Ce qui signifie qu'on a besoin de tous les bras disponibles. Après, si tu ne veux pas revenir dans les bonnes grâces du chef, tu as raison, refuse. »

Il haussa les épaules et céda. « Où va-t-on, patronne ?

— Je préfère ça. Sur la Promenade. On va faire une ronde. Surtout pour garder un œil sur les trams.

— Pourquoi les trams ?

— Il y aura beaucoup d'allées et venues, aujourd'hui. Arrête de poser des questions et bouge ton cul.

— D'accord, d'accord, d'accord », marmonna-t-il dans sa barbe. Il essaya de surmonter son agacement, mais n'y parvint pas. « Si Dobbs en a marre de moi, pourquoi tu ne me lâches pas toi aussi ? »

Elle lui lança un regard en coin. « Parce que tu as une demi-cervelle dans le crâne, et que c'est déjà trois fois plus que la plupart des crétins qui débarquent ici. T'as foiré, mais je crois que j'ai été un peu dure avec toi. J'ai essayé de te faire réintégrer la brigade spéciale, mais il n'a pas voulu.

— Tu veux dire, la brigade spéciale qui n'est pas une brigade spéciale.

— Celle-là même.

— Merci d'avoir essayé.

— Bah. Au moins, je t'ai pour la journée. »

Ils allèrent jusqu'à la Promenade, que remontaient des gens en larmes, portant leur sac ou tirant leur valise à roulettes en direction du tram qui les mènerait jusqu'à l'Accueil – qu'il aurait été, pour le coup, plus judicieux d'appeler Sortie.

La montre de Dakota sonna. Elle la consulta.

« On a un code S », articula une voix.

Dakota appuya sur le cadran pour répondre :

Bien reçu.

« Code S ? » demanda Paxton.

Dakota lui offrit son fameux sourire glacial. « Tu comprendras bien assez tôt. »

Ils marchèrent encore un peu. Deux heures passèrent sans en avoir l'air. Encore des gens effondrés qui partaient en traînant les pieds. Ils firent une pause déjeuner. Il suggéra le CloudBurger, mais Dakota fronça du nez et plaida pour les tacos. Pas si mal. Ils mangèrent sans dire un mot, un œil sur la cohue. Deux autres codes S furent annoncés. Dakota ne sembla pas spécialement perturbée, ni intéressée. Elle reçut les messages mais resta où elle était.

Après un long silence, il formula l'idée qui lui trottait dans la tête, un peu pour faire la conversation : « Et si c'était une cage de Faraday ?

— Une quoi ?

— C'est une enceinte destinée à bloquer les champs électromagnétiques. Elle tient son nom du physicien qui l'a inventée, au début du XIXe siècle. C'est la raison pour laquelle ton téléphone ne marche pas dans les ascenseurs par exemple. Une enceinte métallique. »

Dakota opina. « Ça bloque le signal.

— On en avait une en prison. Tu n'es pas supposé avoir de téléphone en prison, tu sais ? Gros succès de contrebande. On avait des capteurs qui pouvaient détecter le signal des portables. Mais des petits malins ont eu l'idée de transporter leurs téléphones dans des sacs doublés en papier d'aluminium.

— Ça marchait ? »

Il fit la moue. « Ça dépendait de la qualité de la doublure, et de la façon dont on portait le sac. Apparemment, ils s'étaient inspirés des voleurs, qui utilisaient cette méthode pour que les objets dérobés ne sonnent pas aux portiques à la sortie des magasins. Double un sac avec du papier d'alu, va dans une boutique, vole un truc, tu verras que les capteurs ne repèrent pas l'objet à la sortie. Quoi qu'il en soit, une nouvelle tour de télécoms a été construite à côté de la prison, et ça n'a plus fonctionné. Le signal était trop puissant. »

Dakota avala la dernière bouchée de son taco, s'essuya les lèvres et jeta sa serviette dans le plateau, puis ils se levèrent, balancèrent leurs détritus à la poubelle et repartirent vers le centre commercial. Dakota secouait la tête comme si elle écoutait de la musique.

« Alors tu penses que des petits futés emballent leur bras dans du papier d'alu ? demanda-t-elle.

— J'en doute. Ça marchait plus ou moins, c'était loin d'être infaillible. Mais c'est peut-être quelque chose dans ce genre, oui. »

Les montres de Paxton et Dakota grésillèrent. « Code R. Code R. Hall des Érables.

— Que la fête commence, lâcha Dakota.

— C'est quoi, un code R ?

— Des résistants. Qui n'acceptent pas la coupe.

— Qu'est-ce qu'on doit faire ?

— Régler ça. »

Ils pressèrent le pas. À l'approche du hall d'entrée des Érables, la foule se fit plus dense. Les gens s'arrêtaient pour regarder ce qui se passait. Il ne leur fallut pas longtemps pour comprendre : un groupe de six personnes – deux rouges, deux verts, un marron et un bleu – étaient allongées sur le sol pendant qu'une brigade de bleus essayaient de les entraîner vers le tramway. La zone était parsemée de sacs, certains déchirés, les affaires qu'ils avaient contenues se retrouvant éparpillées. Paxton dégagea du pied un déodorant rose. De la mêlée, il pouvait entendre hurler les gens au sol.

« S'il vous plaît ! »

« Non ! »

« Laissez-nous une dernière chance ! »

« Bordel », pesta Dakota. Elle se précipitait dans le tas lorsque Paxton aperçut Zinnia : elle se dirigeait vers un couloir qui menait à des toilettes. Cette apparition le troubla une seconde, avant qu'il soit réveillé par Dakota : « Amène-toi ! »

Il reprit ses esprits, fonça. Dakota tirait par le bras une femme d'âge mûr en direction du tramway.

« Quel est le plan, exactement ? l'interrogea Paxton.

— Les embarquer dans ce putain de tram. L'équipe de l'Accueil se chargera de les en débarquer.

— On n'a vraiment rien de mieux à faire ? » Il se mit à genoux près de la femme et s'adressa à elle. « Madame, je m'appelle Paxton. Comment vous appelez-vous ? »

Elle le dévisagea, les yeux emplis de larmes. Elle bougea la mâchoire, comme si elle s'apprêtait à articuler quelque chose, mais, au lieu de ça, lui cracha au visage. Il ferma les yeux, tandis que la salive chaude coulait sur ses joues.

« Va te faire mettre, poulet », lança la femme.

Ils étaient désormais entourés d'agents de sécurité, un mur bleu qui empêchait les badauds de voir ce qui se tramait par terre. Dakota vérifia que le mur la dérobait bien aux regards de la foule, puis elle pressa son pouce sur le cou de la femme, juste au-dessus de la clavicule. Elle appuya fortement. La femme poussa un cri strident, essaya de se débattre, mais Dakota avait une bonne prise.

« Lève ton cul, ordonna-t-elle. C'est fini.

— Arrêtez, je vous en prie, gémit la femme.

— Dakota, lança Paxton.

— Quoi ? » Elle scruta Paxton en augmentant encore la pression de son pouce. « Ils ne travaillent même plus ici, officiellement. On peut leur faire ce qu'on veut. Et c'est mieux de s'en débarrasser le plus vite possible, parce que… »

Un cri derrière elle.

Paxton se releva d'un bond et se précipita en direction du bruit. Il provenait des rails du tram. L'attroupement se densifiait autour des marches menant au quai, un tramway arrêté au milieu de la voie, à l'entrée de la station. Il joua des coudes pour se frayer un chemin jusqu'au bord du quai.

Le conducteur du tramway, un vieil homme dégarni, était penché dehors et fixait l'espace sur les rails, devant lui, le visage blanc. À quinze mètres de là se trouvait un fatras de vêtements que Paxton identifia, en se rapprochant, comme étant un homme.

Il sauta sur la voie et s'avança vers l'homme. Pas besoin de se pencher davantage pour conclure qu'il était mort. Trop de sang. Il était complètement immobile, une jambe tordue en un angle pas naturel, comme si son genou s'était plié dans le mauvais sens. À son poignet, quelque chose reflétait la lumière. Le bracelet de sa CloudBand était orné de dés pailletés.

Paxton se tenait au-dessus de lui, la tête lui tournait légèrement. Du mouvement à côté de lui. Dakota était là, qui fixait le corps elle aussi.

« C'est ça, un code S.

— S pour suicidé. »

Elle hocha la tête. « J'espérais que tu passes ton premier jour de coupe sans en voir un. Faut croire que j'ai été trop optimiste. » Elle leva sa montre. « On a un code S, sur les voies des Érables. Décédé. »

Il s'accroupit, une main sur sa bouche. Ce n'était pas le premier cadavre qu'il voyait : la prison n'avait pas été cauchemardesque, mais il avait tout de même eu droit à quelques overdoses ou agressions qui étaient allées trop loin. Toutefois, ce n'était pas parce qu'il en avait déjà vu qu'il avait envie d'en voir d'autres.

« Allez, viens, dit Dakota. Faut qu'on dégage la zone. » Elle s'interrompit. « Mieux vaut que ce soit lui que nous, pas vrai ? »

Il tenta de répondre, mais il ne réussit qu'à assembler un seul mot, et encore, même celui-ci resta bloqué dans sa gorge.

Non.

ZINNIA

Zinnia patienta un quart d'heure coincée dans le faux plafond jusqu'à ce que la salle d'eau se vide. Et ce, après deux décharges électriques reçues de câbles mal isolés, et une belle égratignure sur son genou provoquée par de la maçonnerie bâclée.

Même si l'air était retombé, la poussière qu'elle avait soulevée en se faufilant dans cet espace étroit pesait toujours sur ses poumons. Grâce à une ouverture entre deux plaques du faux plafond, elle avait pu guetter les allées et venues. Les gens arrivaient par vagues, soit pour prendre leur douche, soit pour utiliser les toilettes, et finalement, il ne resta plus qu'une femme.

Lorsque celle-ci eut enfin quitté la salle, Zinnia se dégagea et atterrit sur le sol. Elle grimpa sur un banc pour remettre en place le faux plafond. Celui-ci était assez bas pour qu'elle puisse s'y hisser au retour. Ça n'avait rien d'amusant, mais ça marchait puisque aucune cohorte de polos bleus n'était venue la cueillir, ainsi qu'elle l'avait à moitié redouté.

Elle vérifia l'étui à lunettes dans sa poche et baissa les manches de son sweat pour mieux dissimuler le fait qu'elle ne portait pas sa montre.

Les gens étaient focalisés sur le jour de coupe. C'était le bon moment pour agir, et pas seulement parce qu'elle était pressée de dégager d'ici. En effet, elle avait presque envie de revenir une fois sa mission terminée, juste pour botter le cul de Rick. Pour le plaisir.

Ils étaient nombreux à attendre l'ascenseur. Elle suivit le mouvement. Au moment de monter dans la cabine, il y eut presque une bousculade : tout le monde essayait de tendre le bras pour valider sa montre. Parfait. Zinnia se plaça au fond, les bras dans le dos.

L'ascenseur s'arrêta à l'étage suivant. Deux autres personnes montèrent. Puis au suivant. Elle leva les yeux au ciel et retint un soupir. Évidemment. Heure de pointe.

Quand les portes s'ouvrirent sur le hall d'entrée, elle songea d'abord à se procurer un briquet et à mettre le feu quelque part. Meilleur moyen de créer une diversion. C'était devenu sa première option depuis que l'embrasement d'une poubelle dans un commissariat l'avait sauvée de la peine de mort à Singapour. Mais dès qu'elle eut posé un pied sur le dallage brillant du hall, elle comprit qu'elle n'aurait même pas besoin de se donner cette peine. Un groupe d'employés étaient en train d'organiser une sorte de manifestation, allongés sur le sol. Ils refusaient de bouger tandis que les agents de sécurité essayaient de les évacuer.

Parfait. Elle avança dans le hall. Tout le monde avait les yeux rivés sur la scène de résistance.

Après s'être assurée que la voie était libre, elle s'approcha du CloudPoint, en veillant à bien se baisser afin de passer sous la caméra. Puis elle se redressa et se dirigea vers les toilettes. Elles n'avaient pas de portes et donnaient directement sur le couloir dans un virage si serré qu'il suffisait de se pencher pour voir à l'intérieur. Elle jeta un coup d'œil dans les toilettes des hommes, apparemment vides, puis alla dans celles des femmes. Une paire de sandales compensées était visible sous une des portes. Très bien. Elle s'enferma dans une des cabines et compta ses respirations en attendant que sa voisine tire la chasse, se lave les mains et s'éloigne. Cela prit plus de temps qu'elle ne l'avait espéré, mais, au moins, personne d'autre n'entra.

En ressortant, elle inspecta une nouvelle fois les toilettes des hommes. Toujours personne. Rassurée, elle se dirigea vers le CloudPoint d'un pas vif, aux aguets, le regard fixé sur le bout du couloir au cas où quelqu'un surgirait. Quelques personnes passèrent devant, mais ils marchaient vers le tramway.

Alors elle se colla au mur et s'accroupit au pied du CloudPoint. Elle attrapa l'étui à lunettes qu'elle avait caché dans sa chaussure, sortit le stylo et l'enfonça dans la serrure cylindrique. Tourna à fond. Le mince panneau métallique s'ouvrit.

L'intérieur n'était qu'un enchevêtrement de fils et de puces informatiques. Elle farfouilla en quête d'un port libre, passa ses doigts sur les surfaces hors de vue. Son cœur accélérait. Et si elle ne trouvait pas ce qu'elle cherchait ? Quel serait le plan B ?

D'autres personnes passèrent devant le couloir. Personne n'y entra.

Mais ils auraient pu.

Elle sentit un renfoncement. Un espace vide sous ses doigts. Risqua un coup d'œil.

Non, toujours pas.

Elle poursuivit ses recherches.

Elle était sur le point d'abandonner quand elle le sentit : un petit espace rectangulaire. Elle brancha le gopher et se mit à compter jusqu'à dix dans sa tête, poussa même jusqu'à onze pour être sûre, et le débrancha.

Étape une, terminée.

Elle referma le panneau et fila dans le couloir, en direction du hall. Elle était devant les ascenseurs, à piétiner en attendant que la foule se disperse et le gros des badauds décide de remonter, quand elle entrevit Paxton qui marchait droit vers le couloir.

Enfin, marcher n'était pas le terme exact : traîner des pieds aurait été plus approprié. Ses mains pendaient mollement de chaque côté de son corps. Deux fois, il s'arrêta pour les contempler, mais à cette distance, elle n'arriva pas à voir pourquoi. Elle se planqua derrière un kiosque pour qu'il ne la repère pas.

PAXTON

Paxton agita ses doigts devant le capteur du lavabo. Pour l'instant, il n'avait qu'une envie : se débarrasser du sang poisseux qui avait séché sur ses mains.

Rien. Il mit ses mains en coupe, les bougea de haut en bas, puis en cercle. Toujours rien. Il les secoua. Aperçut le reflet de son visage dans le bouchon argenté du lavabo.

Il ferma le poing et frappa. Une fois, deux fois. Les traces de sang qu'il laissa dessus floutèrent son reflet.

Il avait vérifié le pouls de l'homme même s'il savait qu'il était mort, même s'il y avait du sang partout. Un des ambulanciers avait vomi à la vue du corps désarticulé et les avait plantés là, si bien que Paxton avait dû aider son collègue à charger le cadavre sur la civière. C'était comme porter un sac de petite monnaie.

Il ferma les yeux. Inspira par le nez. Maintint ses mains sous le robinet. Un mince filet d'eau finit par jaillir. Il mouilla ses mains, les couvrit de savon et frotta. L'eau était à peine tiède ; il aurait voulu qu'elle soit brûlante. Il aurait voulu arracher sa première couche de peau. Même si ses mains étaient désormais propres et roses, il avait l'impression qu'elles étaient toujours sales.

Il sortit des toilettes et passa devant le CloudPoint. Le panneau était ouvert. Il se baissa pour le repousser, mais il refusa de se refermer – la serrure n'accrochait pas. Il glissa son doigt dessus, un petit bout de plastique était coincé à l'intérieur.

Il se rappela soudain avoir vu Zinnia se diriger vers ce couloir. Sans doute pour aller aux toilettes. Avait-elle remarqué que le panneau était ouvert ? Quelqu'un aurait pu trébucher dessus. Il retourna dans le hall et fit signe à Dakota, qui discutait avec un autre bleu.

Elle courut vers lui. « Qu'est-ce qui se passe ? »

Il l'emmena au CloudPoint. Désigna le panneau ouvert du bout du pied. Elle s'accroupit et observa la serrure. « Il y a un morceau de plastique.

— Qu'est-ce que t'en dis ? »

Elle se releva. Posa ses mains sur les hanches. Son regard balaya le couloir, puis revint se poser sur le CloudPoint. « C'est peut-être un nuisible. Je vais vérifier avec la caméra de surveillance.

— Quel nuisible ?

— Une sorte de nuisible spécial qu'on croise parfois ici. Beau boulot.

— J'ai surtout eu de la chance de tomber dessus.

— Ne refuse pas un compliment, mon pote.

— D'accord. »

Elle appuya sur sa montre. « J'aurais besoin d'une équipe technique dans le couloir des toilettes de l'entrée des Érables. J'ai un problème avec un CloudPoint et il faudrait que quelqu'un vienne vérifier ça. » Elle releva les yeux vers Paxton. « C'est bon pour aujourd'hui, service terminé.

— Déjà ?

— J'ai parlé à Dobbs. On peut s'arrêter là pour aujourd'hui. Après ce que t'as dû faire… Ça suffit pour la journée. »

Il gardait un œil sur la foule. Même du couloir, il pouvait voir que le hall continuait à se remplir.

« Dégageons d'abord la zone, dit-il. Ensuite, on pourra rentrer chez nous. »

Dakota opina. « Très bien. »

Ils parlementèrent avec les gens encore présents. Leur demandèrent de retourner dans leurs chambres ou en tout cas de ne pas rester dans le hall. La plupart obéirent. La silhouette gracile de Dakota semblait dégager une grande autorité, les gens la reconnaissaient. Après un moment, quelques polos verts arrivèrent d'un pas lourd, portant des produits de nettoyage, comme s'ils allaient récurer quelque chose qui aurait coulé dans l'allée d'une épicerie.

Une fois qu'ils eurent terminé, Paxton se glissa aux côtés de Dakota. « Ça se passe comme ça à chaque jour de coupe ?

— Parfois. » Elle s'interrompit, comme si elle allait ajouter quelque chose, mais se ravisa. « Ça y est, je crois que c'est bon. Pourquoi est-ce que tu ne rentrerais pas ?

— OK, dit Paxton. Merci. »

Il traîna encore un moment dans le coin, se demandant s'il pouvait se rendre utile. Si c'était un test, et s'il devait rester là au cas où. Mais elle se désintéressa de lui, appelée par d'autres tâches.

Il rentra chez lui, ressortit pour aller à la salle d'eau et prit une douche bouillante, à laisser l'eau user sa peau. Il paya pour cinq minutes supplémentaires. De retour dans sa chambre, il déplia le futon et y entassa la couette et les coussins, comme ça, il pouvait tout à la fois s'asseoir et s'allonger. Il s'empara du clavier et alluma la télévision.

Une publicité pour une Thermos lui donna envie d'un bon café, il cliqua sur un bouton pour aller sur la page du CloudStore. Il s'acheta une Thermos, et on lui proposa ensuite de commander une cafetière et des capsules. Il se rendit compte qu'il n'avait rien acheté pour l'appartement. Plus il s'installerait, plus il risquait de s'enterrer ici. Mais le café était un produit de première nécessité, alors il passa commande, et l'écran lui indiqua que ses achats seraient livrés dans l'heure.

Il pourrait donc boire un café avant de sortir.

Il ne savait toujours pas trop comment faire avec Zinnia. Mieux valait peut-être laisser tomber.

Elle était jolie et semblait s'intéresser à lui, c'était déjà pas mal. Fallait-il vraiment compliquer les choses en essayant d'aller plus loin ?

Il lui restait encore quelques heures à tuer avant leur rendez-vous, alors il décida d'employer ce temps libre pour avancer. Il fouilla parmi une pile de livres qu'il avait apportés et dégota un bloc-notes vierge. Il se rassit et l'ouvrit à la première page. Vierge, immaculée, pleine de promesses.

Tout en haut, il inscrivit : *IDÉES*.

Il fixa la page jusqu'à ce que la cafetière lui soit livrée. Il sursauta quand on frappa à la porte, si bien qu'il lâcha son bloc-notes. Un petit homme pâlichon en polo rouge avec bracelet de montre jaune fluo lui tendit un paquet. L'homme lui fit un signe de la tête et repartit.

Paxton installa la cafetière et les capsules de café sur le plan de travail. Il mit de côté le carton, il s'en occuperait plus tard. Les capsules couvraient tout un éventail de parfums. Il choisit « brioche à la cannelle » et plaça sous la machine un vieux mug trouvé dans un placard. Un mug sur lequel était écrit *CHAUD DEVANT*. Il se rassit, lança le navigateur Internet sur sa télévision et tapa dans la barre de recherche : « gadgets de cuisine révolutionnaires ». Peut-être que les idées des autres alimenteraient les siennes. Il fit défiler des photos et les blogs, tomba sur une balance numérique à connexion Bluetooth, une machine qui faisait des cocktails toute seule, un moulin à beurre qui congelait des bâtonnets plus faciles à tartiner.

Une machine pour préparer des ramen maison.

Une poêle intelligente.

Une machine à crêpe instantanée.

Son cerveau restait désespérément vide. Pas d'illumination. Il s'égara sur Internet avant de se souvenir de son café. Il prit son mug et retourna s'asseoir, le breuvage posé sur son ventre, bercé par sa respiration tandis qu'il zappait, à la recherche de quelque chose à regarder. Il y avait plus de pubs que de vrais programmes. Il s'attarda quelques minutes sur la chaîne CloudNews, où passait un reportage sur les excellents résultats de la firme, alors que la nomination de Ray Carson comme P-DG était attendue.

C'était bientôt l'heure de retrouver Zinnia, il enfila une chemise propre, avala la fin de son café froid et quitta l'appartement. Il arriva au pub avec une dizaine de minutes d'avance, mais elle était déjà là, juchée sur un tabouret, devant un demi-verre de vodka. Il se dirigea vers le tabouret à côté d'elle, le secoua pour vérifier qu'il n'était pas bancal et y grimpa.

Zinnia fit signe au barman, le même que l'autre soir ; il servit à Paxton la même bière que la dernière fois, ce qui le toucha. Il avait l'impression d'être devenu un habitué, et c'était toujours agréable de se sentir reconnu, même ici.

Il éprouva la même sensation que lorsque l'odeur de café avait embaumé sa chambre un peu plus tôt. Être assis aux côtés de Zinnia rendait vivable cette gigantesque salle d'attente dans laquelle ils évoluaient.

Elle passa son poignet devant le capteur pour payer. « C'est pour moi, ce soir.

— Ce n'est pas très galant de ma part.

— C'est aussi réducteur et sexiste de penser que j'aie besoin de ton argent. » Elle se tourna vers lui, fronça les sourcils, et il se figea. Mais elle sourit. « Je suis une fille moderne.

— Ça me va. »

Ils trinquèrent et burent une gorgée, puis ils restèrent assis en silence pendant quelques secondes.

Elle finit par se lancer. « J'ai entendu dire que quelqu'un avait été renversé par un train aux Érables.

— Ouais.

— Accident ?

— Non. »

Elle renifla. « C'est terrible.

— Terrible. » Paxton avala une gorgée de bière et reposa sa pinte. « Tu veux me raconter ta journée ? Quelque chose qui ne soit pas terrible ? »

Les pois, par exemple. Tu ne veux pas me parler des pois ?

« J'ai récupéré des trucs et je les ai envoyés, dit-elle. Rien de très excitant. »

Zinnia se tut. Il essaya de lire en elle, en vain.

Ce n'était pas le bon soir pour sortir. Après quelques gorgées, il s'était convaincu de laisser tomber et de remettre ça à une autre fois, dans quelques jours, quand Zinnia lui demanda : « Comment se passe ton histoire de brigade spéciale, alors ?

— Je crois que c'est fini, répondit-il. Ils ont changé d'avis. Je vais travailler au poste de sécurité à la sortie de l'Entrepôt.

— Dommage.

— Je crois que je n'ai pas été particulièrement perspicace, ou disons que je n'ai pas réussi à renverser la situation. Mais bon, c'était ma première semaine. Le problème, c'est que certains parviennent à se déplacer sans que l'on puisse repérer leurs montres. Personne ne comprend comment ils font, et moi je suis arrivé là-dedans sans avoir de réponse toute prête. Ils sont en train de manger leur chapeau, là-haut. » Il soupira. « Pardon, je m'égare. »

Elle se redressa sur son siège. Son visage s'éclaira. « Non, pas du tout. Ça m'intéresse. »

Il se laissa porter par l'enthousiasme de Zinnia. « En fait, ils arrivent à bloquer le signal. Si tu enlèves ta montre trop longtemps et si elle n'est pas dans son chargeur, une alarme est censée se déclencher. Et ce n'est pas possible de quitter sa chambre sans. »

Le regard de Zinnia s'égara dans le Live-Play, qui fourmillait d'activité. Beaucoup de monde. Un arc-en-ciel de polos défilait devant le bar, se dispersait dans toutes les directions. « Mais alors, comment ils font ?

— T'as envie de devenir dealeuse d'Oblivion ?

— Pourquoi pas ! »

Il rit. Un rire sincère, de ceux qui font mal aux abdominaux.

« Je rigole. Non, c'est juste que ce mystère est intrigant. »

Paxton acquiesça. Repensa aux pois. Faillit poser la question. Ce serait si facile d'articuler ces mots.

Mais plus il restait là, assis avec elle, moins ça lui importait.

Elle glissa sa main sur le bar. Toucha son coude. Nonchalamment, un geste amical. Comme pour attirer son attention. « Tu sais, je passe ma journée à aller chercher des paquets que je mets sur un tapis roulant. Tes histoires me changent les idées. »

Elle sourit à nouveau. Le genre de sourire dans lequel on pouvait se perdre, et pendant un instant, il prit ça pour une invitation à l'embrasser, mais au moment de se jeter à l'eau, il entendit une voix lâcher : « Qu'est-ce que… ? »

Le barman avait les yeux braqués sur sa montre. Paxton regarda la sienne. Sur l'écran s'affichait une allumette, éteinte. Idem pour Zinnia. Il tapota son écran, mais rien ne bougea. L'image resta bloquée.

« Qu'est-ce que c'est, à ton avis ? » demanda Zinnia.

Comme pour lui répondre, l'allumette s'enflamma, la flamme orange tordit le bout de bois. Puis l'image commença à disparaître, on aurait dit qu'elle se transformait en mots, des pixels qui se rassemblaient. Alors l'écran devint blanc, et le fond d'écran habituel retrouva sa place, avec l'heure et un petit compte à rebours en bas de l'écran – le temps qui les séparait de leur prochain service.

Ils se tournèrent tous les deux vers le barman, comme si, puisqu'il l'avait remarqué avant eux, il avait forcément l'explication. Il haussa les épaules. « Aucune idée. »

Paxton nota dans un coin de sa tête de poser la question à Dakota quand il la verrait le lendemain matin. C'était peut-être un bug. Quoi qu'il en soit, le trouble et l'attirance qu'il avait ressentis pour Zinnia s'étaient évaporés, et son esprit retourna à l'homme sur les voies, comme s'il avait décidé de lui gâcher la soirée.

Le sang. Ce visage. Ces rides. La manière dont le corps semblait s'être disloqué dans la mort.

À côté de ça, l'histoire des pois et de la porte du CloudPoint avait l'air bien insignifiante.

Il pesa le pour et le contre. La question l'obsédait comme des mouches bourdonnant autour de lui. Il fallait qu'il les chasse, ou au moins qu'il essaie.

« J'ai une question étrange à te poser, se lança-t-il.

— Vas-y.

— Je t'ai vue aujourd'hui. »

Elle ne répondit pas, il se tourna vers elle. Ses yeux étaient écarquillés. Elle était figée, comme une statue de glace qui, au moindre frôlement, risquerait de se briser en mille morceaux.

« Tu as pris le petit couloir qui menait aux toilettes, en partant du hall.

— Oui…

— Ce n'est pas un piège. Je voudrais juste savoir quelque chose. J'ai dû aller dans les mêmes toilettes un peu plus tard pour me laver les mains, et le panneau du CloudPoint était ouvert. Est-ce que tu as vu quelqu'un le tripoter, ou quelque chose dans le genre ? »

Elle laissa échapper une longue expiration, puis hocha la tête. « J'ai vu ça oui. De toute façon, la moitié des trucs sont cassés, ici, non ?

— Oui, peut-être. Mais ce qui est bizarre, c'est qu'il y avait une sorte de bout de plastique coincé dans la serrure. J'ai averti ma supérieure. »

La main de Zinnia, posée sur le bar, forma soudain un poing, et ses genoux se tournèrent légèrement, en direction de la sortie. Il regretta d'avoir parlé. Il avait l'impression de se comporter en inquisiteur.

« Désolé, reprit-il. Je ne voulais pas t'espionner. Je… Je suis désolé. Je n'aurais pas dû te poser la question. » Il prit son visage entre ses mains. « Ça a été une dure journée.

— Hé.

— Oui ?

— Ça va aller ?

— Non. »

Zinnia secoua le menton. « Tu veux aller faire un tour ?

— D'accord. »

Ils vidèrent leurs verres et déambulèrent en silence. Zinnia ouvrait la marche, Paxton se laissa guider sur la Promenade, puis devant les ascenseurs des Érables, et un frisson le traversa quand elle l'entraîna dans l'ascenseur vide et qu'elle passa sa montre devant le capteur. Le numéro de son étage s'afficha. Appuyée contre le mur, elle regardait devant elle, le visage décidé comme si elle partait à la guerre.

Il n'était pas le genre de garçon à se faire des idées, mais, vu la situation, il se dit qu'il ne risquait pas grand-chose à se faire des idées.

Ils arrivèrent devant sa porte ; elle l'ouvrit. Ils entrèrent, lumières éteintes. Le soleil couchant s'étiolait à travers la fenêtre dépolie, la chambre était dans la pénombre. Le plafond était couvert de tissus chamarrés, et il fut heureux de découvrir cette facette d'elle.

Il faisait bien quinze centimètres de plus qu'elle, mais, pendant un instant, il se sentit plus petit, comme si elle emplissait toute la pièce, alors il tendit la main et serra la sienne, se pencha en avant pour poser ses lèvres sur les siennes. Elle lui rendit son baiser. Avec douceur, puis plus brutalement, avant de presser ses deux mains sur son torse et de le pousser en arrière. Il atterrit sur le futon qui l'attendait, déjà déplié.

ZINNIA

La bonne nouvelle, c'est que la partie de jambes en l'air n'était pas si mal. Elle n'avait pas grimpé au rideau, mais il avait fait des efforts. Il n'avait pas baissé les bras. Il n'était même pas passé loin de réussir. Autant dire que c'était ce qu'elle avait connu de mieux depuis un sacré bout de temps. Elle avait même simulé quelques gémissements. Il l'avait bien mérité.

Ils avaient aussi eu quelques éclats de rire typiques des premières fois, lorsque vous tâtez le terrain avec plus ou moins de réussite, pas encore rompus au corps et au tempo de l'autre.

Leur affaire terminée, ils se reposèrent ensemble sur l'étroit matelas, essayèrent de trouver une position confortable jusqu'à ce que Paxton finisse par s'asseoir sur le bord du lit, nu.

« Je suis désolé, je crois que je vais retourner dans ma chambre. Ce n'est pas ta faute, ce n'est surtout pas ta faute, mais j'ai du mal à dormir avec quelqu'un. J'ai le sommeil trop léger. Et ce matelas n'est vraiment pas large... »

Elle ressentit un petit pincement de tristesse. Elle aimait dormir avec quelqu'un. Sentir cette proximité, cette chaleur. Elle s'y sentait en sécurité. Étrange ironie, quand on savait qu'elle aurait pu le tuer d'une dizaine de façons différentes rien que dans cette position. Mais malgré tout, elle aurait aimé que le lit soit un peu plus accueillant.

Elle le regarda se rhabiller. Il était mieux fichu que l'impression qu'il dégageait. Sans ses vêtements mal coupés, les muscles de son dos roulaient sous sa peau et captaient la lumière.

Une fois habillé, il se baissa et l'embrassa. « J'ai adoré. J'espère avoir l'occasion de le refaire », dit-il.

Elle sourit, ses lèvres toujours collées aux siennes. « Moi aussi. »

Après son départ, elle essaya de rester encore un peu dans cette langueur post-coïtale, mais n'y parvint pas. Elle ne pouvait s'empêcher de ressasser.

Quelqu'un avait trouvé le moyen de bloquer le signal émis par la montre.

Elle avait rampé dans le plafond comme une vulgaire amatrice, et une bande de dealers à la petite semaine avait trouvé une meilleure solution.

Elle était hors d'elle. Non seulement, ils savaient quelque chose qu'elle ignorait, mais, en plus, elle allait devoir percer leur secret.

Sa solution fonctionnait, mais elle n'était pas pratique. Ce serait bien plus efficace de pouvoir bloquer le signal si nécessaire, plutôt que de sortir sans sa montre. Ne pas la porter la rendait vulnérable : il suffisait que quelqu'un s'en aperçoive, si sa manche était un peu trop relevée ou si elle se heurtait à une porte qu'elle ne pouvait pas ouvrir, et elle serait foutue.

Il fallait qu'elle trouve le moyen d'extorquer cette information à Paxton, sans avoir l'air trop curieuse. S'il y avait une autre option, il fallait qu'elle la découvre le plus rapidement possible.

C'est pour ça qu'elle voulait le revoir.

C'est ce qu'elle se répéta et, à force, elle finit par s'en convaincre.

Elle s'habilla. Vérifia dans le couloir que la voie était libre. Tomba sur l'affichette *Hors service* sur la porte de la salle d'eau pour femmes, mais s'y rendit quand même. Tout fonctionnait parfaitement. Pendant qu'elle se préparait pour sa douche, elle décida de relire attentivement le mode d'emploi de sa montre. Avec une bonne bouteille de vin. De quoi la garder en éveil pendant que l'ordinateur, planqué sous une pile de vêtements, continuait de mouliner le code interne de Cloud.

PAXTON

Dans le couloir, Paxton ne marchait pas, il flottait, ses pieds ne touchaient pas le sol. Il avait l'impression d'avoir initié quelque chose. Quelque chose de sérieux.

Il rejoignit son appartement et se jeta sur le futon sans prendre le temps d'enlever ses chaussures. Lorsque la lueur jaunie du soleil inonda sa fenêtre et le tira de son sommeil, il se rendit compte qu'il n'avait pas aussi bien dormi depuis des semaines.

Sa CloudBand bipa, comme si elle savait qu'il venait de se réveiller, afin de lui rappeler qu'il commençait son service trois heures plus tard, et qu'il ne lui restait plus que 40 % de batterie. Il la brancha à son chargeur et se prépara un café. L'odeur envahit le petit studio. La mémoire sensorielle de son cerveau s'échauffa, et il se remémora la soirée de la veille.

Il l'avait fait jouir. Il en était certain. Elle n'avait pas pu simuler, vu la manière qu'elle avait eue d'enfoncer ses ongles à l'arrière de sa tête et de donner des coups de hanches.

Il alluma la télévision – *Bonjour, Paxton !* –, qui diffusait une pub pour un nouveau modèle de CloudPhone avec 4 % de longévité de batterie en plus et deux millimètres d'épaisseur de moins, et il se demanda s'il devait s'inscrire sur la liste d'attente pour en avoir un. Ça pouvait attendre un peu. Il avait entendu dire que ceux de la prochaine génération, le modèle qui prendrait la suite de celui-ci, seraient encore mieux.

Puis la chaîne CloudNews diffusa des images des zones frontalières en Europe. Grenades de gaz lacrymogène dans les airs. Police en tenue antiémeute en train de cogner sur des familles. Réfugiés en provenance de Dubaï, d'Abu Dhabi et du Caire, devenus inhabitables à cause de la hausse des températures. Problème : personne ne voulait les prendre en charge et risquer de dilapider les ressources locales. Désespérant.

Il éteignit l'écran et but son café, les yeux sur le mur vide.

Quelqu'un avait touché au CloudPoint du couloir. Dakota allait vérifier les données pour voir qui était sur place. On ne repérerait sans doute personne, parce que ces gens se baladaient sans leurs montres. Il repensa aux petits pois. La façon dont les pois allaient et venaient dans tous les sens sur le plan de Cloud comme des fourmis. Ou comme des nuages. Des nuages compacts, denses, pleins de gens, qui se dispersent et se reforment. Des agrégats…

Hé.

Il récupéra son téléphone et envoya un message à Dakota :

J'ai eu une idée, faut que je t'en parle. Si tu veux bien m'écouter.

Après avoir rallumé la télévision et zappé pendant plusieurs minutes sans tomber sur rien d'intéressant, il attacha sa montre, désormais chargée à 92 %, et se dirigea vers la salle d'eau.

Il n'avait pas vraiment envie de prendre une douche. Il aurait aimé garder l'odeur de Zinnia sur sa peau toute la journée. Mais sentir l'alcool et le sexe n'était pas l'idéal pour se présenter au travail. Quand il ouvrit le robinet de la douche, il pensa de nouveau à la veille, quand il avait lavé ses mains tachées du sang du type qui s'était jeté sous un tram, ce qui refoula tous les bons souvenirs de la suite de la soirée.

Douché, habillé, il se sentait déjà plus fringant et le fut plus encore quand il regarda son téléphone et vit la réponse de Dakota :

Viens à l'Admin. Voyons ce que t'as à dire.

Dakota était assise dans un box. Elle leva les yeux du papier qu'elle était en train de scanner et lança : « Dis donc, quelqu'un a tiré son coup, hier soir. »

Il bredouilla, incapable de répliquer.

« Ça sent d'ici, insista Dakota.

— Enfin… Je veux dire, j'ai pris une douche… »

Elle claqua sa feuille de papier. « N'avoue pas aussi facilement. C'est encore pire.

— Je suis désolé, je…

— Amène-toi, laisse tomber. »

Il s'efforça de se concentrer. « OK. Donc on sait que certaines personnes bloquent le signal. Mais ce matin, j'ai eu une idée. On ne peut pas les pister, ces gens. Mais est-ce qu'on ne serait pas capables au moins de les voir disparaître du plan, au moment où leurs signaux s'éteignent ? Est-ce que ce serait possible ? »

Dakota le dévisageait, les traits impassibles. Après un instant, elle se leva et s'éloigna. « Attends-moi ici », lui lança-t-elle par-dessus son épaule.

Elle s'engouffra dans la salle de réunion. Il s'assit dans son fauteuil et détailla le box vide qu'il avait face à lui. Il était en train de se balancer dans le fauteuil quand il l'entendit revenir.

« Suis-moi. »

La salle de réunion était dans la pénombre, seulement éclairée par l'écran mural montrant le Live-Play et un essaim de pois orange. Dobbs était assis en bout de table, et trois personnes – deux femmes et un homme, revêtus du polo marron des services techniques – avaient pris place côté mur.

Dobbs fit un signe du menton à Paxton quand il entra. Dakota s'assit et Paxton l'imita, en laissant un siège vide entre eux. Il sourit aux trois techniciens, ils ressemblaient à des lapins pris dans les phares d'un semi-remorque.

Dobbs s'éclaircit la gorge. Les polos marron sursautèrent. « On était en train de converser à propos des CloudPoint, des CloudBand et autres. » Il se tourna vers Paxton. « Et Dakota est venue nous informer que tu avais une théorie sur ce sujet. » Il regarda les techniciens. « Siobhan. Raconte-lui. »

Une des deux femmes – petit nez et cheveux couleur fraise – se redressa. « Donc », commença-t-elle. Puis encore une fois : « Donc. » Elle prit une profonde inspiration, fixa Dakota puis Paxton du regard. « Nous sommes vraiment… euh, je veux dire… Le problème, c'est que les signaux… fusionnent quand il y a trop de monde. »

Dobbs poussa un bruyant soupir.

Siobhan gardait un œil sur lui, comme si elle redoutait qu'il ne lui saute à la gorge. « Il y a trop de données. Trop de gens. Trop de signaux. Ça… » Elle pointait du doigt les pois orange. « Pour la plupart, ils sont approximatifs. La localisation de votre CloudBand repose sur plusieurs sources : le Wi-Fi, le GPS, le réseau téléphonique. Mais nous ne pouvons pas savoir au mètre près où vous vous trouvez. Ces pois sont peut-être à quatre, cinq, six mètres de leurs emplacements réels. Voire plus. Parfois, ils font des bonds un peu aléatoires. C'est beaucoup trop lourd pour le système. »

Il songea à Zinnia, et à son petit pois qui filait le sien.

Ça avait dû être ça. Un bug.

« Ce que vous êtes en train de nous dire, c'est que vous n'avez jamais pensé que des signaux pouvaient disparaître ? »

Siobhan marmonna quelque chose qui ressemblait à un « non ».

Dobbs soupira. « Et dire que cet endroit possède son propre satellite.

— Six, même, dit Siobhan. Mais en attendant que l'équipe lunaire se penche sur l'informatique quantique, nous recevons plus de données que nous ne pouvons en traiter. C'est même de plus en plus compliqué, parce que nous en recevons toujours plus… »

Dobbs la fixait.

« Enfin… On peut essayer, conclut Siobhan. Mais il faudra qu'on le fasse manuellement, et ça risque de prendre du temps…

— Tentez le coup, ordonna Dobbs dans un sourire. C'est tout ce que je demande. Toujours aucune idée sur la façon dont ils se débrouillent pour bloquer le signal ? »

Les trois techniciens se consultèrent du regard, les deux subalternes terrifiés à l'idée de devoir répondre et même d'ouvrir la bouche. Ils se défaussèrent donc sur Siobhan, qui murmura : « Non.

— Super, ironisa Dobbs. Vraiment super. Puisqu'on n'a rien de ce côté-là, est-ce que vous pouvez me dire ce qui s'est passé hier avec le CloudPoint ?

— C'est ce que j'allais demander », intervint Paxton, désireux de montrer à Dobbs qu'il était concerné par cette affaire. Mais ce dernier le fusilla du regard. Paxton se tut et reporta son attention sur Siobhan.

« Comme d'habitude, répondit-elle. Des hackers. C'est la première fois qu'ils se signalent depuis, quoi… » Elle interrogea la femme à sa gauche. « Un an et demi ? Plus que ça ?

— Plus que ça, confirma l'autre.

— Plus que ça, répéta Siobhan. Franchement, on ne sait pas trop ce que ça implique. Tout ce que l'on peut affirmer, c'est que c'était une attaque extérieure, et qu'ils n'ont rien laissé derrière eux dans le système. »

Dobbs soupira. Posa ses mains sur la table. Les considéra longuement, comme s'il attendait qu'elles se transforment en quelque chose de plus intéressant.

« On a trouvé la faille qu'ils ont exploitée, reprit Siobhan. C'était un petit bug dans le code, laissé par la dernière mise à jour du système. Nous l'avons déjà réparé. Maintenant, nous devons préparer une mise à jour du logiciel plus importante. Pour y remédier, mais aussi afin de mieux cerner les données de localisation. Nous avons simplement besoin… de temps. »

Dobbs leva un sourcil et la regarda.

« Combien ?

— Deux mois ? Peut-être plus.

— Faites mieux que ça, trancha Dobbs, et ce n'était pas une suggestion. Je veux qu'une équipe soit spécialement dédiée à l'observation des signaux. Même si ça signifie qu'ils doivent passer la journée devant leurs écrans. »

Siobhan ouvrit la bouche, sur le point de protester, mais elle se ravisa.

« Très bien, conclut Dobbs. Ce sera tout. »

Les trois techniciens se levèrent et s'éclipsèrent. Un peu plus et ils se piétinaient pour atteindre le plus vite possible la lumière de l'extérieur. Ils laissèrent la porte ouverte. Dakota se leva, la referma et revint s'asseoir.

Dobbs joignit ses mains et refit son satané numéro, celui où il prenait tout son temps avant de s'exprimer. Enfin, il se décida : « Parfois, on a besoin d'un regard neuf. Je n'en reviens pas que personne n'ait pensé à repérer les pois qui disparaissent. Et tu as fait du bon boulot en remarquant que le CloudPoint avait été piraté. » Il hocha la tête. « Je crois que, finalement, je ne m'étais pas trompé sur toi. »

Paxton ne trouva rien à répondre. Cette approbation lui faisait l'effet d'un rayon de soleil dans une journée froide.

« Oublie le poste de sécurité, dit Dobbs. Continue de faire des observations comme celles-ci, c'est exactement ce dont on a besoin dans l'équipe. Je te veux sur le terrain, avec Dakota. Ouvre l'œil. C'est en usant tes semelles que tu vas résoudre cette enquête. Tu peux y aller. Furète partout, et rapporte-moi tout ce qui sera susceptible de nous faire avancer, d'accord ? »

Dakota se leva d'un bond, repoussa sa chaise et s'apprêtait à sortir, mais Paxton resta là : il y avait encore un sujet qu'il aurait aimé aborder. Dobbs n'avait pas l'air d'humeur, et il faisait sans doute une erreur en évoquant la question. Mais il se lança quand même. « Et concernant l'homme qui s'est tué hier ? Et les autres ?

— C'est tragique, répondit Dobbs. Qu'est-ce que tu veux savoir ?

— Ne devrait-on pas faire quelque chose ? Vous voyez, comme ces quais avec des portes palières. Les portes ne s'ouvrent pas tant que le train n'est pas en station. De cette manière, personne ne peut tomber. Ou sinon… »

Dobbs se leva, posa ses mains sur le dossier de sa chaise et se pencha vers lui. « Tu as une idée de la fortune que ça coûterait ? On l'a déjà estimée. Des millions, pour chaque station. Les types d'en haut ne veulent pas dépenser autant. C'est pour ça qu'on augmente le nombre de patrouilles. On fait de notre mieux. Peut-être que, la prochaine fois, tu seras plus attentif, et alors on arrivera à éviter que ce genre de situation ne se reproduise. »

Paxton en resta sans voix. Il n'avait jamais vu les choses sous cet angle. Que ça puisse être sa faute. Il n'était pas sûr que Dobbs y croyait lui-même, mais ça ne changeait rien. Il s'en voulait : il aurait dû en rester là, et finir sur une note positive.

« Qu'est-ce que tu attends, fiston ? » demanda Dobbs. Il lui désigna la porte. « Retour à la patrouille. »

Paxton acquiesça et retrouva Dakota. Ils firent une ronde complète sur la Promenade avant qu'elle articule : « C'était pas ta faute.

— Ce n'est pas l'impression que j'ai.

— Dobbs était d'humeur grincheuse. Mais tu es rentré dans ses bonnes grâces, désormais, c'est tout ce qui compte.

— Oui. C'est vrai. C'est tout ce qui compte. »

En descendant de l'ascenseur, il songea qu'il lui faudrait vérifier son évaluation à la fin de la journée.

GIBSON

L'heure est venue. L'heure est venue de vous annoncer qui prendra ma suite quand je ne serai plus là.

Avant toute chose, je veux que vous sachiez à quel point cette décision fut difficile. Il a fallu que je tienne compte de nombreux facteurs. Cette question m'a empêché de dormir, et comme je ne dormais déjà pas très bien, autant vous dire que ces dernières semaines n'ont pas été particulièrement agréables.

Je vais avoir du mal à m'expliquer. Cette décision fait sens sur le papier, elle fait aussi sens dans ma tête. Mais chaque fois que j'essaie de transcrire ce qu'il y a dans ma tête, je m'emmêle les pinceaux.

Au final, cette décision est la mienne. Je n'ai pas choisi une personne. J'ai choisi ce qu'il y a de mieux pour l'avenir de la compagnie. Il s'agit de poursuivre la promesse que je m'étais faite à propos de Cloud : nous ne nous contenterons pas de transporter des marchandises d'un point A à un point B. Nous nous efforcerons de transformer notre monde en un meilleur endroit où vivre. En créant des emplois, des logements, un système de santé. En réduisant les gaz à effet de serre qui étouffent notre planète, pour pouvoir rêver qu'un jour, nous vivrons à nouveau en permanence à l'air libre.

Je voudrais remercier Ray Carson pour ses années de bons et loyaux services chez Cloud. Lui qui est là depuis le premier jour. Il a été comme un frère pour moi. Je n'oublierai jamais la gentillesse avec laquelle il m'a soutenu ce premier soir, alors que je voulais boire un coup pour célébrer la création de Cloud, et que je n'avais même pas de quoi le payer. Ça en dit long sur son caractère. Il en a à revendre. Je sais que vous vous attendez tous à ce que ce soit lui que je désigne. Tous les médias du monde, même ceux qui m'appartiennent, l'ont annoncé.

Mais c'est ma fille, Claire, qui prendra ma succession en tant que P-DG de Cloud.

J'ai demandé à Ray de rester à son poste en tant que vice-président et directeur des opérations, et j'attends sa réponse. J'espère qu'il restera. Claire a besoin de lui. La compagnie a besoin de lui. Avec lui, nous sommes au top. C'est tout pour le moment. Je tenais juste à clarifier les choses. Ce n'était pas une décision facile, mais c'est la bonne décision.

5

ROUTINE

ZINNIA

Le doux bourdonnement de sa CloudBand réveilla Zinnia. Elle regarda l'heure. Son service commençait dans soixante minutes. Elle sauta du lit et enfila sa robe de chambre. Dans le couloir, elle avança avec méfiance, au cas où Rick traînerait par là. Personne. Elle se doucha et retourna dans sa chambre. Jeta un œil à son ordinateur portable : il moulinait toujours. S'habilla. Fit un crochet par l'épicerie pour acheter une barre de protéines au caramel PowerBuff. Prit le tram jusqu'à l'Entrepôt. Transporta des tablettes et des livres et des chargeurs de téléphone. Fit une pause pipi. Transporta des lampes de poche et des feutres et des lunettes de soleil. Avala sa barre protéinée. Transporta des paillassons et des sacs à dos et des exfoliants. Nouvelle pause pipi. Transporta des radios pour la douche et des verres de vin et encore des livres. Des écouteurs et des poupées et du papier de cuisson. Finit son service, les pieds douloureux. Passa devant la salle d'arcade et envisagea une partie de *Pac-Man*. Passa devant le bar et envisagea un verre de vodka. Mais ses pieds protestèrent. Elle rentra dans son appartement et lut jusqu'à ce qu'elle s'endorme.

PAXTON

Paxton ouvrit les yeux quelques minutes avant l'heure à laquelle il avait programmé sa montre pour le réveiller. Consulta son évaluation. Toujours trois étoiles. Tituba jusqu'à la salle d'eau, prit sa douche, se rasa, enfila son polo bleu et rejoignit l'Admin pour y retrouver Dakota. Tous deux arpentèrent la Promenade, leur ronde interrompue par quelques interventions ponctuelles. Deux personnes en train de se disputer. Un jeune homme accusé de vol à l'étalage. Un type qui avait l'alcool bagarreur. Puis ils patrouillèrent encore. L'œil ouvert pour essayer de surprendre un échange suspect. Discutèrent vaguement, de tout et de rien. Déjeunèrent au restaurant de ramen. À nouveau la ronde. À nouveau des interventions. Un usager d'Oblivion évanoui sur un banc dans le Live-Play. Une bagarre dans un bar. Des gamins qui faisaient du skate dans une zone où c'était interdit. À la fin de son service, sur le chemin de son appartement, il envisagea d'envoyer un message à Zinnia, mais se ravisa. Trop fatigué pour ça. Dans sa chambre, il ne prit même pas le temps de déplier son futon et s'endormit en regardant la télévision.

ZINNIA

Le doux bourdonnement de sa CloudBand réveilla Zinnia. Service dans soixante minutes. Elle sauta du lit et enfila sa robe de chambre. Dans le couloir, elle avança avec méfiance au cas où Rick traînerait par là. Personne. Alla chez les femmes. Se doucha. Fit un crochet par l'épicerie pour acheter une barre de protéines au caramel PowerBuff. Prit le tramway jusqu'à l'Entrepôt. Transporta des pilules d'huile de poisson, des aiguilles à tricoter et des spatules. Fit une pause pipi. Transporta des tabourets et des mètres à ruban et des montres de fitness. Des grilles à barbecue et des veilleuses et des pommeaux de douche. Finit son service, les pieds douloureux. Passa devant la salle d'arcade, s'arrêta au bar, commanda une vodka. Paxton arriva peu après. Ils discutèrent. Aucune avancée sur le mystère des signaux qui disparaissaient. Ils allèrent chez elle et baisèrent. Il partit. Elle alla prendre une douche mais la salle d'eau des femmes était fermée, et dans la salle d'eau unisexe, Rick la coinça et la mata pendant qu'elle se changeait. Alors qu'elle s'apprêtait à rentrer dans sa chambre, elle tomba sur une équipe qui sortait un sac mortuaire de la deuxième porte après la sienne, l'un d'eux lâcha quelque chose à propos d'une overdose d'Oblivion. Elle entra et choisit un livre, faillit le commencer, mais s'endormit.

PAXTON

Le doux *bip* de sa CloudBand réveilla Paxton. Il se doucha, se rasa, enfila son polo bleu, rejoignit l'Admin. Dakota et lui arpentèrent la Promenade, cherchèrent Warren dans la salle d'arcade, vérifièrent si quoi que ce soit méritait leur attention, mais non, rien. Puis ils reprirent leur ronde. Guettant un éventuel échange suspect. Discutèrent vaguement, de tout et de rien. Déjeunèrent au restaurant de tacos. À nouveau la ronde. À nouveau des interventions. Bagarre de mecs bourrés dans un bar. Gamins trop bruyants. À la fin de son service, sur le chemin de son appartement, Paxton envoya un message à Zinnia, ne reçut aucune réponse. S'arrêta dans une boutique qui vendait des CloudBand, se dénicha un joli bracelet en cuir brun vintage, avec des rivets et des coutures apparentes. Il l'acheta et rentra chez lui, où il le fixa à la place du bracelet standard. Il ne prit même pas le temps de déplier son futon. S'assit avec son bloc-notes ouvert à la page « IDÉES », et s'endormit en regardant la télévision.

ZINNIA

Zinnia se réveilla. Service dans soixante minutes. Avança dans le couloir, méfiante, au cas où Rick traînerait par là. Personne. Se doucha. Fit un crochet par l'épicerie pour acheter une barre de protéines au caramel PowerBuff. Transporta des châles et des boissons énergisantes et des gants de musculation. Transporta des oreilles et des casquettes de laine et des paires de ciseaux. Passa devant la salle d'arcade. S'arrêta pour jouer à *Pac-Man*. Retrouva Paxton pour aller au cinéma. S'endormit pendant le film et lui annonça qu'ils ne pourraient pas baiser ce soir-là : elle avait ses règles. Elle admira le nouveau bracelet de sa CloudBand, alors il l'emmena jusqu'à la boutique, où elle se trouva un beau bracelet en tissu fuchsia. Après ça, elle rentra chez elle et lut jusqu'à s'endormir.

PAXTON

Paxton se réveilla. Trois étoiles. Cracha une litanie d'insultes. Se doucha, se rasa, enfila son polo bleu. Dakota et lui arpentèrent la Promenade. Cherchèrent Warren. Déjeunèrent au restaurant d'arepas. À nouveau la ronde. Reçurent un appel pour signaler qu'un rouge ne s'était pas présenté à son service ou avait été signalé malade. Il s'avéra qu'il avait fait une overdose d'Oblivion. Ils sécurisèrent la zone pendant que l'équipe médicale embarquait le corps, puis frappèrent à toutes les portes de l'étage pour tenter de glaner des informations sur l'employé décédé. Il s'appelait Sal. Pas la moindre piste. À la fin de son service, sur le chemin de son appartement, Paxton envisagea d'envoyer un message à Zinnia, y renonça et rentra. Il s'endormit en regardant la télévision.

ZINNIA

Zinnia se réveilla. Alla travailler. Transporta des pèse-personnes et des livres et des boîtes à outils. Erra pendant deux heures, à se demander d'où provenait l'électricité qui faisait fonctionner cet endroit, tandis que son ordinateur traduisait le code de Cloud en un outil qu'elle pourrait exploiter. Alla se coucher.

PAXTON

Paxton se réveilla. Alla travailler. Arpenta la Promenade en se demandant ce que ça leur coûterait de lui attribuer quatre étoiles. Fit l'amour à Zinnia. S'endormit devant la télévision.

ZINNIA

Zinnia se réveilla. Travailla. Se coucha.

PAXTON

Paxton se réveilla. Travailla. Se coucha.

6

MISE À JOUR

GIBSON

C'est reparti. Une fois encore, il va falloir que je mette les points sur les *i*.

Voilà un moment que je ne vous avais pas écrit. Tout ça parce que, depuis que j'ai annoncé que Claire prendrait la tête de la compagnie, les choses sont parties en vrille. D'abord, la presse s'est emparée de l'histoire et a raconté que Ray était furax contre moi car il pensait que le poste lui revenait. Rien n'est plus éloigné de la vérité. Il suffit de regarder CloudNews pour s'en rendre compte, mais, apparemment, certains ne prennent même plus la peine de vérifier leurs infos.

Pire, on a annoncé que Ray avait été embauché par l'un des derniers gros détaillants de grandes surfaces, lesquels passent visiblement plus de temps à essayer de me nuire qu'à faire leur boulot (d'ailleurs, s'ils se concentraient un peu sur leur business, ils n'auraient peut-être pas tant de problèmes). C'est également un mensonge. Ray est toujours mon vice-président.

Je viens juste de l'avoir au téléphone, et il me disait encore combien il était excité à l'idée de travailler avec Claire. Je n'ai jamais eu de frères ni de sœurs, mais Ray et moi avons toujours été si proches que, petite, Claire l'appelait « Tonton Ray ». Elle a même vraiment cru qu'il était mon frère jusqu'à ce qu'elle soit assez grande pour comprendre que l'appeler « tonton » n'était qu'un signe d'amitié.

Voici ce que j'aimerais rappeler à propos de Ray : comme je l'ai déjà dit, il est là depuis le premier jour, lorsque je n'étais qu'un gamin essayant de gagner sa croûte. Il s'est allié à moi, a combattu à mes côtés, et a fait de Cloud la compagnie qu'elle est devenue. J'ai confiance en Ray plus qu'en n'importe qui d'autre. Même si je n'ai pas de frère, il est ce qui s'en rapproche le plus. Alors, bien sûr, comme des frères, il nous arrive de ne pas être d'accord ou de nous disputer, mais c'est bien pour ça que notre relation fonctionne si bien.

Je veux vous raconter une histoire. Une bonne histoire. C'est l'histoire que Ray a racontée à mon mariage, où, évidemment, il était mon témoin.

Molly était serveuse dans un *diner* à côté des bureaux de Cloud. J'aimais bien aller là-bas, parce qu'ils proposaient leur petit déjeuner toute la journée et qu'il était délicieux. Mais aussi parce qu'il y avait Molly. Je m'asseyais toujours dans la partie du restaurant dont elle s'occupait, j'essayais de dire un truc intelligent qui, j'en suis sûr, ne sonnait jamais aussi bien que je l'espérais, mais, quoi qu'il en soit, elle était toujours aimable avec nous. Souvent, Ray m'accompagnait, et il savait combien j'appréciais Molly et, un jour, alors qu'on était le nez dans nos œufs au bacon, il m'a demandé pourquoi je ne l'invitais pas à sortir.

J'étais paralysé. Je ne pouvais pas imaginer qu'une fille aussi belle que Molly sortirait avec un type comme moi. Nous n'en étions qu'aux débuts de Cloud, et je ne possédais pas grand-chose, à part une idée et un ou deux pantalons. Je n'étais même pas pauvre, c'était pire, j'étais endetté, et je craignais d'avoir fait une grosse erreur. Mais Ray insista. Me répéta qu'on ne croisait pas tous les jours une fille aussi gentille et mignonne. Je vous jure, j'étais tellement terrifié que je n'ai pas osé. Je l'ai juste saluée comme je le faisais chaque fois, et j'ai déguerpi.

Deux heures plus tard, mon téléphone sonnait. C'était Molly. Et elle m'annonçait : « Bien sûr, Gibson, j'adorerais que vous m'invitiez à dîner. »

J'étais abasourdi. J'ai repris mes esprits assez longtemps pour bafouiller que j'allais la rappeler et lui proposer une date. Je me suis retourné, et Ray se tenait là, les pieds sur son grand bureau métallique, les mains derrière la tête, avec sur le visage un sourire si large qu'on avait l'impression qu'il faisait tout le tour de son crâne.

Il avait écrit un mot sur la note, en signant de mon nom.

Molly et moi sommes sortis ensemble quelques jours plus tard. J'avais prévu de passer la prendre après son travail. C'était une dure journée, mais Ray s'assura que je serais à l'heure. Je me revois dans le bureau, prêt à partir, une cravate autour du cou. Une cravate d'une classe folle, en tout cas c'est ce que je pensais à l'époque. Avec une sorte de motif cachemire rouge et bleu. Je l'ai encore. Je l'ai nouée, et je suis allé dans le bureau de Ray pour lui demander comment il me trouvait.

Ray et moi étions amis depuis un moment déjà, mais j'étais tout de même son patron. La plupart des gens auraient répondu : « Très bien, monsieur. Vous êtes parfait. »

Pas Ray. Il m'a détaillé de la tête aux pieds. « Tu as bien conscience que le but du premier rendez-vous est d'en obtenir un deuxième, pas vrai ? »

À quoi servent les amis ? J'ai arraché cette cravate, et j'en ai emprunté une autre, plus classique, noire. Que Molly, au cours de notre dîner, allait qualifier de « classe ». Des années plus tard, je lui ai raconté l'histoire et je lui ai montré l'autre cravate ; elle a grimacé de dégoût.

Il m'a sauvé la mise, sur ce coup-là. Ce que je veux dire, c'est que si Ray compte pour moi, ce n'est pas seulement parce qu'il était là depuis le début. C'est parce qu'il va droit au but. Il est sincère avec moi. Il m'est souvent arrivé que Ray me dise l'inverse de ce que je voulais entendre – et donc me dise ce que je devais entendre. C'est très précieux.

Mais c'est bien le problème avec la presse, n'est-ce pas ? C'est la raison pour laquelle les journaux se sont cassé la figure il y a des années. Ce n'est pas que les gens ne s'intéressent plus à l'actualité. Bien sûr qu'ils veulent savoir ce qui se passe dans le monde. Mais ils en ont marre qu'on leur mente. Or, ils savent quand on leur ment. Racontez des histoires comme quoi Ray et moi sommes en train de nous entretuer, et peut-être qu'ils feront assez de clics pour que leurs revenus publicitaires leur paient quelques cafés. C'est triste. C'est d'ailleurs pour ça que j'ai lancé CloudNews, à l'origine. J'en avais marre de devoir sans cesse remettre les pendules à l'heure.

Maintenant, concernant le prix des actions, c'est vrai. Oui, notre valeur a baissé depuis que j'ai annoncé que Claire me succéderait. Mais ça n'a rien à voir avec elle. C'est comme ça que fonctionne la Bourse, les amis. C'est comme ça que le marché répercute le fait que mon temps est presque fini et que les choses vont changer de mains. Cela dit, tout va continuer comme avant, et le marché se redressera de lui-même. Entre-temps, j'aurai perdu un peu moins d'un milliard de dollars. Bouhou.

Voilà donc où en sont les choses. C'est une bonne manière de se souvenir que si vous voulez la vérité, il faut suivre CloudNews. Tout le reste, ce ne sont que des *fake news* manipulées par certaines personnes pleines de sombres arrière-pensées, c'est triste. C'est le problème avec Internet. Pas de régulation, pas de hiérarchie, les gens peuvent dire n'importe quoi. Laissons-leur ça. Moi je continue à faire ce que je sais faire : travailler.

Ouf.

Comme je le disais, je n'avais rien écrit depuis. Je me sens plutôt bien, finalement. Je prends six traitements différents puisque, d'après mon médecin, au point où j'en suis, ça ne peut pas me faire de mal, et l'un d'eux me fera peut-être gagner un peu de répit. Je prends tellement de cachets tous les jours que j'en ai perdu le compte. Molly m'aide à les répartir.

Ma tournée en car se passe très bien. On se rapproche des vacances de fin d'année, ce qui est à la fois une bonne et une mauvaise nouvelle. Une bonne parce que Cloud tourne à plein régime, distribuant avec son efficacité habituelle la joie à travers tout le pays. Une mauvaise parce que cela fait un an de plus, et que ça nous replonge dans les Massacres du Black Friday, qu'il est important de ne jamais oublier.

Mais il faut que je vous avoue que, d'après mon médecin, ma date de péremption se situerait au-delà du nouvel an. Donc je devrais passer un dernier Noël sur cette Terre. Soit une chance de plus de voir Cloud tourner à plein régime et devenir encore plus prospère. Tant mieux. J'ai toujours aimé me balader dans les complexes Cloud en période de Noël. Tout le monde y fait du si bon boulot.

Et gardez un œil sur la route, mes amis. On ne sait jamais, quelqu'un pourrait passer vous rendre visite…

ZINNIA

L'ordinateur portable carillonna.

Encore une illusion, sans doute. Elle l'avait entendu une dizaine de fois ces dernières semaines. Elle était en train de lire ou de somnoler quand elle percevait soudain un léger *ding*, alors elle ouvrait le tiroir sous son lit, fourrageait parmi les vêtements et les livres pour finalement se rendre compte que son esprit lui avait encore joué des tours.

Tu t'es fait avoir : ce n'est toujours pas fini, idiote.

Mais cette fois, le son avait vraiment l'air réel. Elle décida de vérifier, exhuma le portable. Elle avait eu raison : le gopher était prêt. Elle débrancha le petit bout de plastique du port USB et le considéra dans sa paume. Tout ce qui lui restait à faire, c'était de le brancher quelque part dans un ordinateur relié au terminal, et, en une seconde, elle accéderait à tout ce dont elle avait besoin.

Elle glissa le gopher dans la petite poche de son jean. Son pantalon tombait sur ses hanches. Elle tira sur la ceinture et constata qu'elle flottait. Trop large de deux centimètres. C'était l'avantage, quand on passait ses journées à courir dans l'Entrepôt.

L'inconvénient, c'était cet élancement au genou gauche. Le sol en béton ne pardonnait rien, elle avait déjà usé une paire de baskets. Elle bascula son poids sur sa jambe gauche, leva son genou droit dans les airs. Tendit les bras. S'accroupit en se tenant seulement sur une jambe. Elle vacilla. Faillit tomber, et se rattrapa en reposant rapidement son pied droit.

Elle alluma la télévision en soupirant. On diffusait justement une pub pour une pommade anti-inflammatoire mentholée, ce qui était presque ce dont elle avait besoin, mais presque seulement.

Elle se connecta au CloudStore et commanda un strap en tissu pour son genou. De quoi l'aider à rester stable. Il ne fallait jamais prendre à la légère une douleur au genou. Les genoux se révélaient finalement assez basiques. Comme une balle reliée à deux bâtons avec du scotch. C'était beaucoup plus facile qu'on le pensait de se ruiner le genou. Et la dernière chose dont elle avait envie, c'était bien de dépenser l'argent qu'elle gagnerait sur cette mission à se faire opérer pour le remettre en place.

Pendant qu'elle y était, elle s'acheta un nouveau jean, une taille en dessous. Ça, au moins, c'était réconfortant. Une fois sa commande passée, elle sortit de l'appartement et salua au passage ses voisins d'un signe de tête – des gens qu'elle reconnaissait mais qu'elle évitait la plupart du temps.

Le Chauve trop grand.

L'Homme ours.

Hadley la gentille fille.

Elle avait Cynthia, Paxton et Miguel. C'était bien assez. C'est comme ça que ça marchait ici, visiblement. Les gens se croisaient mais n'engageaient pas la conversation. Il n'y avait jamais de réunions, jamais d'activités de groupe, rien d'autre qu'une poignée de banalités échangées dans la salle de repos. Elle avait une théorie à ce sujet : plus vous passiez de temps avec quelqu'un, plus l'algorithme s'arrangeait pour que vos horaires de travail vous coupent des autres. Au début, Paxton et elle avaient à peu près le même emploi du temps, mais, insidieusement, on les avait tenus éloignés, leurs horaires décalés de quatre ou cinq heures par rapport à l'autre. Même chose avec Miguel : le peu de fois où elle avait essayé de le joindre via sa montre, il n'était jamais en poste. Elle l'avait juste vu passer sur la Promenade.

Pourtant, les gens se parlaient malgré tout. Dans les salles d'eau, dans la queue pour entrer ou sortir de l'Entrepôt. La plupart du temps à voix basse. Dernièrement, surtout à propos du changement de direction. Les gens se demandaient si les choses seraient différentes avec la fille aux manettes. En mieux ou en pire. Elle ne voyait pas comment leur situation pourrait encore empirer, mais le monde du travail était souvent très fort quand il s'agissait de glisser vers le pire.

Elle sortit du dortoir et entama la longue boucle qu'elle faisait tous les matins sur la Promenade avant d'aller travailler. En réalité, elle cherchait ce qui pouvait se rapprocher le plus d'un terminal. Pas un CloudPoint : c'était trop risqué, et depuis que Paxton avait découvert le petit bout de plastique coincé dans la serrure, elle craignait que les mesures de sécurité n'aient été renforcées. Elle cherchait un endroit où s'asseoir une minute ou plus sans se faire attraper.

Mais aucune boutique ne possédait d'ordinateur. En tout cas, aucun d'accessible. Elle était passée à l'Admin pour régler deux ou trois détails avec l'espoir de pouvoir se faufiler derrière un bureau, mais, chaque fois qu'une porte était ouverte, il y avait quelqu'un dans la pièce. Il lui en aurait fallu une vide.

Opérer de cette manière se révélait dangereux. À trop tenter le diable, vous attiriez l'attention des gens.

Une mission se transformait en succès lorsque l'improvisation prenait le relais, quand une opportunité se présentait. Heureusement, elle avait six mois pour boucler celle-ci. Il lui restait du temps. Mais plus tant que ça.

Sur le chemin de l'Entrepôt, elle s'arrêta à l'épicerie, bardée d'étagères chromées et rétroéclairées qui donnaient l'impression que les paquets multicolores scintillaient. Elle se dirigea vers le fond du magasin à gauche, comme d'habitude, pour aller se ravitailler en barres PowerBuff. Elle était heureuse d'avoir trouvé, après des années de recherche, une barre protéinée qui ne soit pas trop calorique mais pleine de protéines, et qui n'avait pas le goût d'un bout de mousse en polystyrène verni de beurre de cacahuètes rance.

Lorsqu'elle n'en pouvait plus de bosser, penser à la barre au caramel au beurre salé PowerBuff l'aidait à tenir le coup, et elle s'imaginait la manger, en cinq bouchées au lieu des quatre qui auraient suffi, pour mieux la savourer.

Mais lorsqu'elle atteignit le fond du magasin, la boîte était vide. Il y avait bien les autres parfums PowerBuff, mais pas celui qu'elle voulait. Elle les avait déjà essayés, sans succès. Celle au chocolat et beurre de cacahuètes était trop écœurante et trop amère, et celle au *carrot cake* avait le goût du tuyau d'évacuation d'une usine de sucre artificiel.

Elle resta immobile devant la boîte pendant un moment, à se demander depuis combien de temps elle était vide, quel client avait osé prendre la dernière, ou bien si c'était elle la veille, et qu'elle n'y avait pas fait attention.

La veille, elle avait mangé sa dernière barre au caramel au beurre salé, et elle n'en avait même pas eu conscience. Cette nouvelle l'attrista. Et elle fut encore plus attristée de se rendre compte que cette nouvelle l'attristait.

Un Latino courtaud en polo vert apparut à ses côtés. Il tenait une boîte neuve. Zinnia sourit. L'homme lui rendit son sourire, enleva la boîte vide du rayon, la remplaça par la pleine et l'ouvrit. « J'ai remarqué qu'on n'en avait presque plus. Ça m'a étonné, parce qu'elles ne se vendent pas tant que ça. Personne ne les aime. Mais j'ai vu que vous en achetiez, alors je me suis dit que vous auriez été déçue si on n'en avait plus en stock. »

Il sortit une barre et la lui tendit. Elle resta là, avec l'emballage crissant entre ses doigts. Il attendit, peut-être espérait-il qu'elle se mette à danser de joie, qu'elle lui tape dans la main, ou même qu'elle lui taille une pipe, qui sait. Elle se contenta de marmonner un « merci ».

Il hocha la tête, fit demi-tour et retourna s'installer à l'entrée du magasin.

Elle se sentait encore plus triste qu'avant. Elle était tombée dans une routine. Était devenue une habituée. Elle vivait ici depuis assez longtemps pour qu'un parfait inconnu connaisse ses manies. Ce n'était pas à cause de la mission. Ce n'était pas parce qu'elle craignait de se compromettre. Non, c'était juste un sentiment désagréable qui lui rappelait qu'elle était ici depuis des semaines et que rien n'avait changé. Elle s'y était simplement accoutumée.

À l'Entrepôt, son genou grinça en protestant quand elle accéda à la terrasse bétonnée.

Tablette. Étui à passeport en cuir. Nœud papillon. Casquette en laine. Tampons. Feutres. Écouteurs. Chargeur de téléphone. Ampoules. Ceinture. Humidificateur. Miroir de poche. Chaussettes. Brochettes à marshmallows…

PAXTON

La salle de réunion était bondée. On aurait dit le tram à l'heure de pointe. Les corps pressés les uns contre les autres au point que vous pouviez sentir qui ne s'était pas lavé les dents, qui y était allé un peu fort sur l'eau de Cologne et qui avait mangé des œufs au petit déjeuner.

Il connaissait la plupart des gens qui étaient là. Dakota se tenait dans les premiers rangs, à côté de Dobbs. Vikram avait joué des coudes pour se trouver tout près d'eux. Paxton était soulagé d'être dans cette pièce. Ces deux derniers mois, il avait l'impression de ne plus être dans les petits papiers de Dobbs.

Au début, Dobbs demandait souvent des nouvelles de l'enquête sur l'Oblivion, mais ses requêtes devinrent de plus en plus rares car, chaque fois qu'il lui posait la question, Paxton ne pouvait que lui répondre : « Je suis dessus. » Ce qui était vrai. Il y pensait nuit et jour. Pourtant, il n'avançait pas. Les techniciens ne lui avaient été d'aucune aide, la surveillance de Warren n'avait débouché sur rien, et ils en étaient encore au stade de la découverte du complexe et de ses habitants.

Tout ce qu'il savait, c'était que la drogue n'entrait pas par la zone de livraison. Il avait arpenté l'endroit dans tous les sens, sans rien trouver.

La méthode douce n'était pas très efficace, comme Dakota le lui répétait sans cesse, mais il n'osait pas non plus remettre Dobbs en cause. Ses trois étoiles le narguaient. Il aurait aimé se rendre utile, se mettre en évidence. Mais entre le train-train du boulot et la première page de son bloc-notes désespérément vierge, il avait fini par ne plus rien espérer et se laissait porter par le courant, même si l'eau commençait à lui monter jusqu'aux narines.

Au moins, il avait Zinnia. Le rayon de soleil qui lui faisait dire qu'il était mieux ici qu'en prison.

« Très bien, écoutez-moi tous, déclara Dobbs pour capter l'attention de l'assemblée. Demain, le logiciel sera mis à jour. Vous savez tous ce que ça signifie… »

Paxton n'en avait aucune idée, mais mieux valait ne pas lever la main pour demander des précisions. Dakota donna un petit coup de coude à Dobbs. « Nous avons quelques nouvelles recrues, patron.

— Ah oui ? » Il jeta un œil à la ronde. « D'accord. La mise à jour du logiciel concerne toutes les CloudBand. Ce qui signifie que le complexe sera verrouillé. Tout le monde est confiné dans sa chambre le temps de l'installation. »

Une main. Celle d'un jeune homme noir, une fleur de lotus tatouée sur le cou.

« Pourquoi ne pas faire ça plutôt la nuit, quand tout le monde dort ? »

Dobbs secoua la tête. « Il y a un roulement des services vingt-quatre heures sur vingt-quatre, sept jours sur sept. Il n'y a aucun moment où tout le monde dort en même temps. À huit heures du matin précises, tout le monde devra être dans sa chambre. À part nous, le personnel de l'Hôpital, et quelques employés du service technique. »

Murmures dans la salle. Difficile de déceler dans quelle catégorie les ranger. Excités, frustrés, ou juste vaguement curieux. Ç'avait surtout l'air d'une occasion à ne pas manquer. Voir le complexe sans personne dedans. C'était presque inconcevable, comme de voir Times Square soudain désert.

« Maintenant, je vais céder la parole à Dakota, dit Dobbs en lui adressant un petit sourire en coin. C'est elle qui dirigera la manœuvre cette année. Elle sera secondée par Vikram. Donc soyez attentifs à ce qu'ils vont vous raconter. »

Paxton inspira assez bruyamment pour que quelques personnes se retournent vers lui. Pas Dobbs, heureusement. Dakota leva les yeux vers lui, non pas parce qu'elle l'avait entendu, mais parce que c'était ce qu'il fallait faire. Elle avait une lueur étrange dans les prunelles. Il tâcha de garder un visage impassible, comme si de rien n'était, sauf que Vikram était un enfoiré de première. Ça confirmait bien que son étoile avait pâli, et qu'il était redevenu aux yeux de Dobbs un simple polo bleu parmi les polos bleus.

« OK. Écoutez-moi, commença Dakota. Si vous êtes dans cette salle, c'est que vous êtes chef de section. Cela signifie exactement ce que c'est censé signifier : chacun d'entre vous a en charge une section, et c'est à vous que tous les bleus de cette section rendent compte de leurs constatations. Rien de plus simple. Personne n'est censé être dehors. Le tramway est coupé. Les trams d'urgence sont les seuls à fonctionner. Il y aura une équipe médicale d'urgence présente à l'Hôpital, et quelques techniciens en poste, rien d'autre. Donc on reste en alerte. Nos propres montres seront elles aussi bloquées pendant la mise à jour, donc on ne pourra pas communiquer entre nous. Nous le ferons par le biais d'une chaîne de textos sur nos téléphones personnels. Nous serons tous mobilisés, c'est plus sûr comme ça. »

Le jeune Noir encore une fois : « Plus sûr ?

— Les gens aiment bien foutre un peu le bordel quand on met le système à jour. Se balader dans le complexe. Voir jusqu'où ils peuvent aller. Nous sommes obligés de déverrouiller toutes les issues pendant la mise à jour, autrement, en cas d'incendie, les gens ne pourraient plus valider leurs montres pour franchir les portes. Nous ne communiquons pas à ce sujet, mais certains l'ont compris. Faire le con et ne pas respecter le confinement pendant la mise à jour entraîne la perte d'une étoile d'évaluation, mais cela n'arrête pas les gens. Vous recevrez rapidement les informations concernant la section qui vous est confiée sur votre CloudBand. Venez nous voir, moi ou Vikram, si vous avez des questions. » Dakota se tourna vers Vikram, de toute évidence à contrecœur. « Vicky, quelque chose à ajouter ?

— Contentez-vous de suivre les ordres, de veiller les uns sur les autres et de rester vigilants », lança Vikram.

Ses yeux croisèrent ceux de Paxton, et s'attardèrent assez longtemps pour qu'il se sente mal à l'aise.

La réunion achevée, et une fois que Paxton eut bouclé la paperasse qu'il devait vérifier, il suivit Dakota dans la salle de pause. Elle était en train de faire un trou au canif dans la capsule de son café pour y mettre un peu de sel. Elle leva les yeux à l'arrivée de Paxton. « Ça le rend moins amer.

— Quoi ?

— Le sel.

— Donc je ne fais plus partie de l'équipe ?

— Quelle équipe ?

— Je ne sais pas. L'équipe de Dobbs et toi.

— C'est différent, expliqua Dakota. Vikram est peut-être un crétin, mais il est doué pour l'organisation. Dobbs ne peut pas indéfiniment le mettre sur la touche. De toute façon, il veut que tu te concentres sur l'Oblivion.

— J'ai comme l'impression que ce n'est pas complètement vrai. »

Dakota le fixa quelques instants, puis plaça sa capsule dans la machine à café et appuya sur le bouton *On*. « C'est pourtant comme ça que ça se passe.

— D'accord. Et la mise à jour du système, c'est lié au truc de l'allumette ?

— Ce n'est rien de plus qu'une mise à jour du logiciel », répondit-elle sans le regarder.

Il poussa un soupir. « D'accord. On y va quand ?

— On n'y va pas.

— Comment ça ?

— Tu vas patrouiller en solo pendant un temps. Je dois travailler sur l'organisation de la journée de mise à jour, et après ça... » La machine à café crachota et émit un *bip*. « Je crois que Dobbs va bientôt me passer au grade kaki. Quoi qu'il en soit, je pense que tu connais assez bien les ficelles pour te débrouiller tout seul désormais.

— D'accord. D'accord.

— Ça n'a rien de personnel. Promis. »

Sa manière de soutenir son regard, de s'efforcer de lui prouver qu'elle était sincère, démontrait le contraire. Il acquiesça :

« Tiens-moi au courant si t'as besoin d'un coup de main pour cette histoire de mise à jour. »

« J'y manquerai pas. » Et elle se détourna pour prendre quelque chose dans le frigo.

Paxton la laissa. Rejoignit la Promenade. Marcha un peu. S'arrêta pour manger un CloudBurger vu que Dakota n'était pas là pour mettre son veto. Après déjeuner, il marcha encore un peu. Arbitra une dispute. Remit un nouvel arrivant dans le droit chemin. Se demanda pourquoi il se sentait si jaloux de Vikram. Pourquoi il avait tant envie d'être à sa place là-haut. Il se détestait. Il ne voulait pas de cette vie. Il aurait voulu n'en avoir rien à faire.

Mais il était encore ici. Et tant qu'à faire ce boulot, il voulait le faire bien. Il voulait de la reconnaissance. Pas question de n'être qu'un polo bleu parmi d'autres à déambuler sur la Promenade.

À la fin de son service, il se changea et se rendit au pub. Il envoya un message à Zinnia avec l'espoir qu'elle le rejoindrait. Sinon, tant pis. Elle ne lui répondit pas, mais, au moment où il commandait sa troisième bière, elle s'assit sur le tabouret à côté de lui, toujours vêtue de son polo rouge.

« Tu vas avoir du mal à me rattraper, dit-il en levant sa pinte.

— Dure journée ?

— On peut dire ça. »

Elle garda le silence. Un long silence, comme si elle pensait à autre chose. Puis elle le relança : « T'as envie d'en parler ?

— Non. Enfin si. Grosse nouveauté au boulot. La mise à jour du système. Et cet enfoiré… Vikram. Je t'ai déjà parlé de lui ?

— Tu m'as déjà parlé de Vikram.

— C'est le nouveau chouchou de Dobbs. Et de Dakota aussi, je crois. C'est comme si je… » Il leva sa bière, mais la reposa avant d'en avoir bu une goutte. « Je ne sais pas comment je me sens.

— Tu te sens comme quelqu'un qui a travaillé dur, et qui voit sa récompense bien méritée lui passer sous le nez.

— Voilà.

— C'est bizarre…

— Qu'est-ce qui est bizarre ? »

Elle avala une lampée de vodka. « Si ce Vikram est un tel idiot, pourquoi est-ce qu'ils le gardent ? Et si Dobbs s'amusait à vous monter l'un contre l'autre ? »

Il se redressa sur son tabouret. Observa son reflet dans le miroir derrière le bar. « Je ne sais pas. Non. Quel intérêt il aurait à jouer à ça ? »

Elle baissa la voix. « Méthode autoritaire classique. Pour te faire travailler encore plus, afin de gagner son affection.

— Non. » Il secoua la tête. « Non, tu vas trop loin…

— OK. Alors c'est quoi, cette histoire de mise à jour du système ? »

Il prit une longue inspiration. « En fait, toutes les montres CloudBand ont besoin d'être mises à jour. Tu te souviens du jour où cette allumette est apparue sur leurs écrans ? Je crois que c'est lié à ça. Quoi qu'il en soit, tout le monde sera confiné dans son appartement. Ça ne prendra pas très longtemps, mais nous devons être présents, et en nombre. Pour être sûrs que personne ne traîne dehors. »

Elle se pencha en avant. « Si tout le monde est bouclé chez soi, pourquoi faut-il que vous soyez tous dehors ? »

Merde, il aurait mieux fait de la fermer. Il regarda autour de lui. Le bar était presque désert. Le barman était à l'autre bout du comptoir, en train de préparer un cocktail très élaboré pour une cliente. « Toutes les portes seront déverrouillées. Précaution incendie. Donc à part nous et le personnel de l'Hôpital, tout le monde devra rester chez lui.

— Eh beh », commenta Zinnia, l'air pensif.

Au moins, j'aurai impressionné quelqu'un aujourd'hui, songea-t-il.

ZINNIA

Zinnia déclina une deuxième vodka. Elle voulait avoir les idées claires. La nuit tombait, la main de Paxton commençait à grimper sur sa cuisse ; elle ne le repoussa pas, mais ne l'encouragea pas non plus. Quand il pencha sa tête vers elle, l'haleine chargée du malt de la bière, pour lui demander de monter avec elle, elle répondit qu'elle avait ses règles.

Ce qui était un mensonge. Elles n'allaient pas commencer avant la semaine suivante. Depuis le temps, il aurait dû le savoir, mais les hommes semblaient ne jamais retenir la moindre information à ce sujet. Il eut l'air déçu mais resta gentleman, la raccompagna même à son dortoir, où il l'embrassa en lui souhaitant une bonne nuit. Puis elle fila ventre à terre vers sa chambre.

Mise à jour du système. Tout le monde bouclé chez lui, mais pas tant que ça puisque aucune porte ne serait fermée.

Intéressant.

Une armée d'agents de sécurité à l'extérieur.

Pas intéressant du tout.

Elle s'installa sur le futon, coudes sur les genoux, à rejouer *Le Penseur*.

Réfléchissons.

Tout le monde serait cloîtré puisque les CloudBand ne pourraient fournir aucune donnée. Or, les agents de sécurité se servaient de leurs montres pour communiquer entre eux. Lesquelles montres seraient sûrement inactives aussi. C'était pour ça qu'il y aurait tant d'agents en poste, pour intervenir rapidement en cas de problème.

L'Hôpital serait ouvert. Elle n'y avait pas encore mis les pieds, mais ça pourrait bien être sa meilleure option pour accéder au système.

Elle adorait les hôpitaux. Ils bénéficiaient généralement d'une sécurité bien moins élaborée que les autres bâtiments. Des gardiens désintéressés, souvent proches de la retraite, surtout appliqués à surveiller les stocks de médicaments.

Le plan se déroulait tout seul dans sa tête, encore plus vite qu'elle ne l'imaginait. Il lui faudrait feindre une blessure ou une maladie quelconque juste avant le lancement de la mise à jour. De quoi justifier un transfert à l'Hôpital. Elle réfléchirait aux détails plus tard. Les agents de sécurité seraient concentrés sur les dortoirs, et veilleraient à ce que tout le monde reste bien tranquille. Il y aurait sûrement des équipes réduites à l'Hôpital. Des infirmières, aussi ? Faciles à contourner.

Une douche. Elle avait besoin d'une douche. Ses meilleures idées lui venaient toujours sous la douche.

Elle se déshabilla, enfila peignoir et tongs, embarqua sa trousse de toilette, et n'avait pas fait dix pas dans le couloir qu'elle tomba sur Rick, qui sortait de la salle d'eau unisexe, dont la porte était ornée d'une affichette *Hors service*. La colère l'envahit, telle une vague ravageant tout sur son passage. Elle ne fit que croître quand elle aperçut la silhouette qui se tenait derrière lui : une jeune fille, également en peignoir, les cheveux trempés, le visage dans le même état – mais à cause des larmes. Elle serrait son peignoir fermé contre elle, comme pour se protéger.

Hadley.

Rick fixa Zinnia et lui sourit. « Ça faisait longtemps, dis donc. Je commençais à croire que tu m'évitais. »

Elle ne fit pas attention à lui, elle n'arrivait pas à détacher ses yeux de Hadley, qui, elle, braquait son regard vers le sol, comme si elle voulait disparaître. Rick regarda la jeune femme par-dessus son épaule et ordonna : « Allez, file, Hadley. Et n'oublie pas ce que je t'ai dit. »

Et elle fila en effet, sans demander son reste. Zinnia l'observa tandis qu'elle passait sa montre devant sa porte. Rick haussa les épaules. « Pourquoi est-ce qu'on ne rentrerait pas ? »

Une tempête faisait rage dans la tête de Zinnia, les vagues s'écrasaient contre les parois de son crâne. Elle pouvait supporter Rick. Elle le haïssait, mais elle pouvait le supporter.

Hadley, en revanche…

Sa mission avant tout. Au prix d'un effort titanesque, elle détendit ses muscles. Plaqua un sourire sur son visage. Sa mission avant tout. « Bien sûr », dit-elle. La vodka lui coulait encore dans les veines, assez pour qu'elle en ressente la chaleur dans son ventre.

Après s'être assuré qu'ils étaient bien seuls, il rouvrit la porte. Elle passa devant lui en prenant bien soin qu'il ne puisse pas la toucher, comme si sa peau était empoisonnée, et avança dans la salle d'eau, jusqu'aux douches.

Elle était si convaincue de sa capacité à prendre sur elle qu'il lui fut facile d'ignorer que ce type était un voyeur et qu'il voulait mater ses seins. Elle repoussa Hadley dans un coin de sa tête. Elle y repenserait plus tard. Quand tout serait terminé, elle réglerait son compte à Rick.

Elle se tourna vers lui et s'apprêtait à enlever son peignoir quand il dit : « C'est bientôt la mise à jour du logiciel. »

Elle acquiesça, ses mains crispées sur la ceinture autour de sa taille.

« Peut-être que tu pourrais venir me faire un petit spectacle privé, puisqu'on sera tous cantonnés chez nous, poursuivit-il. Pour te faire pardonner toutes les fois où tu m'as évité. Je suis dans l'appartement S. »

Elle se figea, le nœud de la ceinture à moitié défait. Elle le dévisagea. Il ne souriait pas. Il ne lui faisait pas de clin d'œil. Il était sérieux.

« Ce serait une bonne chose pour toi, Zinnia. Un bon calcul.

— Non », le coupa-t-elle. Le mot avait jailli de sa bouche. « Je ne ferai pas ça. »

Le visage de Rick s'assombrit. « On ne s'est pas compris. Je ne te demande pas vraiment ton avis. »

Un éclair de chaleur la traversa. Après deux mois à se taper ce boulot absurde, il était hors de question que ce putain de pervers lui gâche sa meilleure occasion de pénétrer le système.

Mais, encore plus que ça, et en dépit de tous ses efforts, elle n'arrivait pas à penser à autre chose qu'à l'expression de Hadley.

D'habitude, elle se moquait des gens trop tendres. Le monde était un endroit cruel, dans lequel il fallait soit apprendre à encaisser les coups, soit avoir les moyens de s'acheter un bouclier. Mais les yeux de Hadley, et la manière dont Rick lui avait parlé, c'était comme regarder quelqu'un broyer un oisillon entre ses doigts.

« Voilà plutôt ce qu'on va faire, reprit-elle en laissant tomber son peignoir, ce qui autorisa du coup les yeux de Rick à se promener sur sa peau. Qu'est-ce que tu dirais d'un petit spectacle, tout de suite ? Spécialement pour toi ? »

Il sourit mais recula d'un pas, intimidé par l'élan sexuel presque agressif de Zinnia. *Tu parles d'un lâche*. Elle s'approcha et il reprit confiance, dressé face à elle, appâté par ce qui allait survenir.

Il ne s'attendait pas à ça : un coup de coude aussi rapide que violent au niveau de l'œil.

Lorsque son coude heurta le visage de Rick, Zinnia sentit une bouffée d'adrénaline l'envahir. Il poussa un cri et s'écroula par terre, et sa tête cogna le banc au passage. Elle s'agenouilla près de lui alors qu'il se tordait de douleur sur le sol. Il essaya de ramper, mais le banc bloquait sa progression.

« C'est vraiment pas de chance que tu aies trébuché et que tu te sois fait mal », ironisa Zinnia.

Rick cracha : « Espèce de pute… »

Elle lui agrippa la gorge. « Tu n'as toujours pas compris que ce serait vraiment une mauvaise idée de me mettre encore plus en colère ? »

Ça lui cloua le bec. Elle se rapprocha.

« C'est la dernière fois que tu joues à touche-pipi. C'est la dernière fois que tu te comportes comme un connard avec les femmes de ce dortoir. Et si tu veux me faire virer, ne te prive pas, mais tu peux être certain que je te retrouverai et que j'aurai ta peau. Ce n'est pas comme si tu pouvais demander qu'on te protège de moi, parce que, dans ce cas, tu devrais expliquer pourquoi, et ça risquerait d'être compliqué. Tu m'as comprise ? »

Il balbutia quelque chose, mais le son était étouffé par le manque d'oxygène. Elle desserra un peu son emprise.

« Tu m'as comprise ?

— Ouais.

— T'as intérêt à être plus convaincant que ça.

— J'ai compris. Je ne le referai pas.

— Bien. »

Elle le relâcha. Elle avait bien songé à lui donner un coup de pied, ou un coup de poing. Un souvenir pour la route. Mais elle en avait assez fait. Elle remit son peignoir, sortit de la salle d'eau, arracha l'affichette *Hors service* et la balança par-dessus son épaule.

C'était stupide.

Tellement stupide.

Et en même temps, elle n'en avait rien à cirer.

Elle alla dans les douches pour femmes. Il y avait un peu plus de monde que d'habitude. Deux lavabos étaient occupés et, dans le fond, toutes les douches étaient prises. Deux femmes que Zinnia croyait connaître de vue étaient assises, attendant leur tour avec Cynthia. La pièce était emplie de vapeur d'eau et de conversations murmurées.

Cynthia lui fit signe, et Zinnia alla s'asseoir à côté d'elle. « Comment vas-tu, ma chérie ?

— Je me porte comme un charme, répondit Zinnia.

— Ça se voit. Je ne t'ai jamais vue avec un tel sourire depuis que tu es arrivée ici.

— Certaines journées valent vraiment la peine.

— Ah oui ? »

Elle hocha la tête, réchauffée par le souvenir de la sensation qu'elle avait éprouvée lorsque son coude avait rencontré l'œil de Rick. Il y avait une chance que sa cavité orbitale soit au moins fissurée.

On tira un rideau de douche. Une femme âgée aux cheveux gris en sortit avec souplesse, attrapa sa serviette et l'accrocha autour de sa poitrine. Une des femmes qui patientaient se leva pour prendre sa place.

« Par contre, je crois que je couve quelque chose, dit Zinnia. Grippe intestinale.

— Oh, ma pauvre chérie.

— Je ferais peut-être mieux d'aller un jour ou deux à l'Hôpital, faire des analyses. Histoire d'être sûre.

— Oh non non non, surtout pas, trancha Cynthia.

— Pourquoi ? »

Cynthia vérifia que personne n'écoutait et se pencha en avant dans son fauteuil. « Les maladies affectent ton évaluation.

— T'es sérieuse ?

— Si tu te blesses, ils se doivent de t'emmener à l'Hôpital. Mais si tu as juste mal au ventre, attrapé froid ou un problème de ce genre, tu es quand même supposée aller travailler. Parfois, les trams d'urgence ne te prennent même pas en charge s'ils estiment que ce que tu as n'est pas assez grave. »

Tout cela ressemblait tellement à une blague qu'elle éclata de rire. « C'est ridicule. »

Cynthia ne rit pas, ne sourit même pas. « Ils ne rigolent pas avec ça.

— Quel endroit de merde… »

Cette fois, Cynthia sourit. « Si tu veux un conseil, évite l'Hôpital autant que tu peux. Les soins y sont plutôt bons, mais ils rechignent à les appliquer. En plus, ça coûte une tonne de crédits. »

Tout au bout de la rangée, le rideau de la douche pour handicapées s'ouvrit. Une femme en sortit, nue et sur des béquilles, sa robe coincée sous le bras, sa trousse de toilette autour du cou. Elle se dirigea vers le banc tandis que Cynthia empoignait les roues de son fauteuil pour se propulser en avant.

« Désolée pour ton ventre. J'espère que ça va aller mieux », dit-elle.

Zinnia se renfonça sur le banc. Regarda Cynthia fermer le rideau derrière elle. Elle resta assise quelques minutes. Ses pensées dérivèrent à nouveau vers Hadley.

La jeune fille devait être prostrée sur un coin de son lit, les bras serrés, en train de pleurer après ce que lui avait fait subir Rick. Elle envisagea d'aller frapper à sa porte. Vérifier que tout allait bien. Mais elle ne savait pas faire ces choses-là, alors elle se dirigea vers la douche de Cynthia et l'appela derrière le rideau. « Hé.

— Oui, ma chérie ?

— Tu connais Hadley ? La fille avec des yeux comme un personnage de dessin animé ?

— Bien sûr.

— Tu pourrais aller voir si elle va bien ? Je l'ai aperçue tout à l'heure, et elle avait l'air bouleversée. Moi je ne la connais pas très bien, alors…

— Pas la peine d'en dire plus. J'irai lui rendre visite tout à l'heure. »

Zinnia sourit. Elle était toujours contrariée, mais savoir que Cynthia irait voir Hadley l'apaisait un peu. Et tandis qu'elle retournait vers sa chambre, elle eut une autre idée.

Une idée pas particulièrement enthousiasmante, mais une idée qui, à n'en pas douter, marcherait.

ANNONCE DE MISE À JOUR DU SYSTÈME

À 8 heures demain matin, Cloud va opérer une mise à jour du logiciel qui régit vos montres CloudBand. Cette mise à jour résoudra quelques bugs mineurs et améliorera le suivi de votre activité cardiaque et la durée de la batterie. À 6 h 30 demain matin, tout travail sur le site de Cloud cessera et, sauf indication contraire, vous devrez immédiatement vous rendre dans votre logement. Vous y resterez jusqu'à ce que la mise à jour du système soit achevée.

Quand ce sera le cas, toute personne qui n'aura pas terminé son service devra immédiatement retourner au travail. Toute personne devant prendre son service s'y rendra immédiatement.

Veuillez bien noter que seuls le personnel essentiel au maintien de la sécurité et l'équipe médicale seront autorisés à quitter leurs logements durant la mise à jour. Toute personne surprise hors de son logement durant la mise à jour sera pénalisée d'une étoile complète. Pour ceux d'entre vous qui ne possèdent que deux étoiles, cela signifiera donc un renvoi immédiat.

Merci de votre compréhension et de votre coopération. Nous sommes bien conscients du désagrément que cette opération peut causer, mais, comme toujours, nous nous efforçons de faire au mieux. Nous vous remercions de votre aide.

PAXTON

Paxton sauta son petit déjeuner favori – deux œufs frits sur des toasts – pour se contenter d'une barre protéinée qu'il mâcha en ressassant une seule pensée : aujourd'hui serait une journée quatre étoiles.

Il avait été affecté au hall du dortoir des Chênes, il en était même le chef de section, donc il devrait surtout s'assurer que son équipe serait suffisamment bien répartie pour avoir des yeux et des oreilles partout où il le faudrait. Il aurait vingt personnes à dispatcher, ce qui était largement suffisant. Il ne voulait pas laisser à Vikram la moindre occasion de le descendre devant Dobbs.

Le hall était un peu moins peuplé qu'à l'accoutumée. Certaines personnes avaient sans doute décidé de ne pas sortir, vu que, de toute façon, elles seraient obligées de retourner chez elles ensuite. Il parcourut un peu les lieux, repéra quelques bons coins de surveillance auxquels il n'avait pas pensé, puis reprit la route de l'Admin où il devait retrouver Vikram pour faire un dernier point.

Même salle de réunion. Même entassement, sauf que l'ambiance était un peu plus détendue en l'absence de Dobbs. Vikram se tenait à l'entrée tandis qu'ils prenaient place dans la pièce, et lorsque tout le monde fut entré, il regarda son public en attendant que les bavardages se tarissent. Comme si c'était à eux de comprendre qu'il allait parler.

« Bien, dit-il quand le silence s'installa. Aujourd'hui, c'est le grand jour. Je ne peux pas vous le dire plus clairement. Si vous foirez, c'est pour ma pomme. Ce qui veut dire que je m'assurerais que vous couliez avec moi. J'ai une liste de diffusion avec tous vos numéros de portable, je vous informerai de la situation au fur et à mesure. Vous recevrez tous les messages, donc ne tenez pas compte de ceux qui ne vous concernent pas. Si quelqu'un ne respecte pas l'ordre de confinement… »

Quelqu'un ricana dans le fond à cause de la manière dont il avait insisté sur *confinement*, comme s'ils étaient dans un film de science-fiction, cernés par des extraterrestres cracheurs d'acide en train de défoncer la porte de la salle de réunion. Vikram reprit :

« Si quelqu'un ne respecte pas l'ordre de confinement, vous m'avertissez et vous l'arrêtez. Si vous avez des questions, je reste à votre disposition. »

Il frappa dans ses mains pour signifier la fin de la réunion. Quelqu'un poussa la porte, l'air frais pénétra dans la pièce. Les gens commencèrent à sortir. Paxton fit un signe de tête à Vikram, comme pour lui faire comprendre qu'il jouerait le jeu. Vikram se renfrogna.

À mi-chemin des Chênes, sa CloudBand vibra.

Mise à jour logiciel dans une heure. À moins d'instructions contraires, veuillez regagner votre chambre.

ZINNIA

Mise à jour logiciel dans une heure. À moins d'instructions contraires, veuillez regagner votre chambre.

Puis :

Veuillez terminer votre dernière livraison.

Le rayonnage arrêta sa course pile devant Zinnia. Au sommet, son objectif, une boîte de puzzle. Elle se mit à grimper, sans enfiler son harnais de sécurité. Se demandant ce que ça allait lui coûter, si elle allait être pénalisée pour ça.

Mais bon, le plus important, c'était l'atterrissage.

Sur l'étagère la plus haute, elle trouva le bac qui contenait les puzzles, s'empara d'une boîte, la bipa avec sa montre.

Puis elle retint sa respiration et se laissa tomber dans le vide.

Sensation de vertige dans l'estomac. Elle rentra le menton dans la poitrine et tendit un bras. D'abord pour préparer son atterrissage, et ensuite pour être certaine que son épaule allait se déboîter. Depuis cette mission à Guadalajara, elle se luxait facilement.

À l'instant où elle toucha le sol, elle la sentit se déplacer dans un bruit sec. Elle expira violemment, expulsant l'air de ses poumons comme pour se débarrasser de la douleur. Sans succès. Elle roula sur le dos, le bras gauche relié au torse comme un poids mort.

La douleur traversa son corps comme un grincement de violon strident.

Elle inspira. Expira. Plongea au cœur de sa douleur, dans sa cacophonie. La laissa la submerger. C'était le secret, avec la douleur. Les gens se tuaient à la combattre. Il fallait l'accepter comme une réalité passagère, et se concentrer sur autre chose. Comme se relever, par exemple.

Quelques employés s'étaient arrêtés. Pas beaucoup. La plupart restaient focalisés sur leurs dernières livraisons. Elle récupéra la boîte de puzzle avec son bras indemne et marcha jusqu'au tapis roulant, qui, heureusement, se trouvait à proximité, puis elle porta sa CloudBand à ses lèvres : « Urgence. Manager. »

Elle suivit l'itinéraire qu'on lui indiqua, et arriva rapidement auprès d'une blonde aux airs de femme au foyer en polo blanc. Elle jeta un rapide coup d'œil à Zinnia, toujours le bras ballant contre ses hanches, et lui demanda : « Vous avez besoin d'aide ?

— S'il vous plaît, oui, je suis tombée.

— Est-ce que vous aviez enfilé votre harnais de sécurité ?

— Non. »

La femme pinça les lèvres et brandit sa tablette. S'approcha de Zinnia pour la jumeler avec sa montre. Elle tapota l'écran et se tourna à nouveau vers Zinnia. « J'aurais besoin d'une petite signature pour certifier que vous ne portiez pas votre harnais de sécurité. »

Zinnia souffla. Une nouvelle tâche sur laquelle se concentrer. Bureaucratie à la con. De sa main valide – qui n'était pas celle avec laquelle elle écrivait –, elle traça quelques boucles dans l'espace prévu à cet effet. La femme opina du chef et se remit à taper sur son écran, durant un laps de temps qui parut d'autant plus long à Zinnia qu'elle souffrait le martyre.

« Je crains de m'être fait une commotion, dit Zinnia en espérant lui faire accélérer le mouvement. Je me suis aussi cogné la tête.

— Je suppose que vous voulez aller à l'Hôpital ?

— C'est à ça que ça sert, non ? »

La femme lui lança un regard torve. L'air de dire : « Ce n'est pas le moment de plaisanter. »

Non, sans déconner, pensa Zinnia. Mais bon, la fin justifiait les moyens, n'est-ce pas ?

« S'il vous plaît, souffla Zinnia.

— Est-ce que vous pouvez marcher, ou avez-vous besoin d'être accompagnée ? »

Elle leva les yeux au ciel. « Je peux marcher.

— Parfait. » La femme continua d'écrire sur sa tablette. De nouvelles directions s'affichèrent sur la montre de Zinnia. « Suivez ce parcours jusqu'à la navette d'urgence. »

Non que cette pimbêche l'ait mérité, mais elle articula quand même un « merci ». Il ne lui fallut pas longtemps pour rejoindre l'aire où était garée la navette, nichée entre une salle de repos et des toilettes. Elle faisait à peu près la taille d'un wagon de tramway, mais qui aurait été équipé de lits et de matériel médical, et elle se trouvait sur une voie spéciale qui menait à l'Hôpital.

Elle tomba sur un jeune homme mignon et costaud avec une barbe de trois jours savamment entretenue. Il jouait avec un téléphone, mais dès qu'il aperçut Zinnia, il le fourra dans sa poche et sauta presque par-dessus un lit pour l'accueillir à l'entrée de la voiture.

« Ça va aller ? s'enquit-il.

— Je suis tombée, répondit-elle. Épaule déboîtée. »

L'homme essaya d'installer Zinnia sur le lit. Elle résista. Pas facile, avec une épaule en vrac. Mais s'il la lui remettait en place maintenant, tout ça n'aurait servi à rien.

« Vous devez me laisser remettre ça, dit-il. Le muscle va convulser. Plus elle reste déboîtée longtemps, plus elle sera difficile à remettre en place.

— Non, je préférerais vraiment… » Mais tandis qu'elle parlait, il positionna ses doigts autour de son épaule et, alors qu'elle n'aurait jamais cru que ce serait si facile, il la tourna de la bonne façon pour que *clac*, elle se remboîte. En un clin d'œil. La douleur se transforma, devint presque agréable un instant, et reflua doucement jusqu'à se terrer dans un coin de son cerveau. Elle s'assit contre le lit, leva ses bras à la perpendiculaire, fit pivoter ses avant-bras.

« Bravo, dit-elle, impressionnée.

— On a souvent affaire à ce genre de blessure… Laissez-moi deviner : vous ne portiez pas votre harnais de sécurité ? »

Zinnia rit. « Non, évidemment.

— Rentrez chez vous, prenez un ibuprofène, mettez de la glace sur votre épaule. Ça devrait aller. » Il regarda autour de lui comme pour s'assurer qu'ils étaient seuls. « Ou, si vous cherchez quelque chose de plus… réconfortant… »

Elle était du genre à tout essayer plutôt deux fois qu'une, mais ce n'était pas le moment. « Je me suis cogné la tête. »

Il sortit un stylo de sa poche de poitrine, et lorsqu'il appuya dessus, une lumière apparut. Il la passa devant les yeux de Zinnia. La luminosité la fit reculer. Il secoua la tête. « Je ne crois pas que vous ayez été commotionnée.

— Je préférerais aller à l'Hôpital, ce serait plus sûr, insista-t-elle. Au cas où. »

Il paraissait inquiet. « Vous êtes certaine de ce que vous dites ? Écoutez, je ne veux pas prendre ça à la légère, surtout si vous pensez que c'est peut-être grave. Mais c'est le genre de chose qu'il vaut mieux éviter. » Il se pencha vers elle, baissa d'un ton. « J'essaie simplement de vous aider.

— D'accord. Mais mon crâne me fait un mal de chien, je préfère être prudente. »

Il hocha la tête. Soupira. Il avait compris, mais qu'elle ne suive pas ses conseils semblait le tracasser malgré tout. Il désigna l'un des lits. « Grimpez là. Attachez-vous. »

Elle obéit, et l'homme disparut à l'avant du tram, dans un compartiment fermé. Une ceinture de sécurité pendait du lit. Elle l'attacha autour de sa taille. Le tramway démarra en douceur, au point qu'elle n'eut presque pas l'impression de bouger.

PAXTON

Les files pour accéder à l'ascenseur étaient très longues. La vague finale de travailleurs prêts à rejoindre leurs domiciles pour y rester aussi longtemps que durerait la mise à jour. On aurait dit un arc-en-ciel qui aurait été recomposé dans le désordre. Paxton refit un tour du lobby pour vérifier que les polos bleus étaient bien en position.

Il retrouva Masamba, dont il avait officieusement fait son second, impressionné de voir combien il prenait son boulot à cœur. Masamba avait un accent à couper au couteau, mais Paxton le comprenait parfaitement. « C'est bon de ton côté ? »

Masamba fit un salut militaire. « Oui, chef, capitaine chef. »

Paxton éclata de rire. « Arrête avec ça. »

Masamba allait à nouveau le saluer pour montrer qu'il avait enregistré l'ordre, mais se ravisa à temps. « OK. »

Le téléphone de Paxton vibra dans sa poche. Un message de Vikram.

Test de texto groupé. Ne prenez pas en compte ce message.

L'idée que Vikram possédait désormais son numéro de téléphone personnel ne lui plaisait pas du tout. Mais bon, tant pis. Au moins, Paxton était chef d'équipe, et pas un de ces bleus de la plèbe qu'on avait assignés à un poste, ou, pire, à qui on avait dit qu'ils pouvaient rester chez eux.

La foule diminua, plus que deux allers-retours d'ascenseurs et le hall serait vide. Nouveau texto.

Un tram d'urgence est en route vers l'Hôpital. À part ça, tous les trams sont arrêtés, ou sur le point de l'être. Finissez de dégager le terrain.

Après un instant, un autre message apparut.

La meuf qu'ils emmènent à l'hosto est super bonne, mec. Je devrais aller voir comment elle va. Histoire de prendre soin d'elle et de son corps.

Puis, nouveau message. Cette fois avec une photo d'identité extraite du fichier employés : Zinnia.

Paxton cligna des yeux. Impossible. Pourquoi Vikram lui envoyait-il la photo de Zinnia ?

Puis :

Le sytme a été pirat. Piraté. Ignorez ignorez ignorez dernier message. Ce n'est pas Vikram je répète ce n'est PAS VIKRAM QUI A ENVOYÉ ÇA.

Paxton regarda autour de lui dans le hall, comme si quelqu'un allait pouvoir répondre à ses questions : Zinnia se trouvait dans une navette d'urgence ? Était-elle blessée ? Gravement ? Il fixa sa CloudBand, envisagea un appel radio à l'Admin ou à l'Hôpital pour vérifier, mais il ne savait pas qui joindre.

Les derniers ascenseurs s'élevaient. Mis à part les polos bleus, le hall était désert. Paxton trépignait. Son corps avait besoin d'action, et le manifestait à travers cette agitation inconsciente.

Le tram ne fonctionnait plus. Mais les trams d'urgence, eux, étaient toujours disponibles. Il retourna voir Masamba. « C'est toi qui diriges. T'as pigé la mission ? »

Masamba secoua la tête. « Je ne suis pas sûr…

— Ma copine vient juste d'être transportée à l'Hôpital. J'ai besoin de savoir si elle va bien. »

Masamba haussa les épaules, obéissant. « Compris. Faites ce que vous avez à faire.

— Merci », lâcha Paxton en lui donnant une bourrade dans l'épaule avant de filer en direction du quai d'embarquement d'urgence le plus proche.

UN MESSAGE DE CLAIRE WELLS

Une femme est assise derrière un bureau. Une tignasse rousse étincelante comme une flamme. Le bureau est immense, imposant, verni. Un bureau officiel. Il est complètement vide. Derrière le bureau, une fenêtre donne sur un bois. Les arbres sont dépouillés de leurs feuilles.

La femme a les mains croisées sur le bureau. Elle sourit du sourire de quelqu'un qui ne sait pas comment un sourire peut être interprété. Elle s'exprime comme si elle s'adressait à des enfants, en articulant distinctement, condescendante.

Bonjour. Je suis Claire Wells. Je voudrais commencer par m'excuser que vous ne puissiez pas éteindre ce programme. Je sais que vous espériez avoir un peu de temps libre pendant la mise à jour du logiciel, mais je ne peux pas tous vous rencontrer, et c'était le moyen le plus rapide et le plus efficace pour me présenter à vous. Je vous promets, je ne vais pas être longue.

Vous connaissez tous mon père, et vous savez quel grand homme c'est. Et vous savez tous que ce moment est incroyablement douloureux pour ma famille. Mais mon père m'a appris à ne jamais baisser les bras, même dans l'adversité, donc je suis là pour vous annoncer que même si mon père va me passer le flambeau, je prévois de gérer Cloud exactement comme lui l'a fait.

Comme une famille.

Et comme mon père, qui aimait à visiter les complexes MotherCloud, j'espère pouvoir faire de même dans les mois prochains. D'ailleurs, je vais même le rejoindre pour faire une partie de sa tournée d'adieu à ses côtés. Donc, si vous me croisez, n'hésitez pas à venir me saluer.

Claire leva la main pour l'agiter de façon exagérée, gênante.

Merci du temps que vous m'avez consacré. Et, encore une fois, pardon pour l'interruption.

ZINNIA

Le tram stoppa et, tandis que Zinnia descendait, elle demanda : « Vous m'aviez parlé d'un petit réconfort, non ? »

L'Oblivion pourrait lui être utile. Soit pour marchander, soit pour s'attirer les bonnes grâces des dealers, soit juste pour l'aider à passer une nuit correcte. Dans tous les cas, ça valait le coup d'en avoir sous la main.

Après s'être assuré qu'ils étaient bien seuls, le conducteur du tramway fouilla dans sa poche et déposa quelque chose de petit et de rectangulaire dans la paume de Zinnia. « Je m'appelle Jonathan. Tu peux me trouver les mardis au Live-Play.

— C'est combien ? l'interrogea-t-elle en rangeant la drogue dans sa poche.

— Le premier est gratuit. »

Elle aurait voulu lui poser des questions sur le tour de passe-passe avec la montre, mais ce n'était ni le lieu ni le moment. Peut-être la prochaine fois. « Merci. »

Jonathan lui décocha un léger sourire. « Suis la ligne rouge. »

Et en effet, sur le sol en béton courait une bande rouge. Elle la suivit le long d'un couloir jusqu'à une large pièce avec un labyrinthe de cordons qui menait à une série de guichets. Un seul était ouvert, devant lequel une poignée de personnes attendaient. Elle avança dans le labyrinthe jusqu'à les rejoindre.

Il y avait trois personnes devant elle. La première, un vieil homme, saignait à cause d'une blessure à la tête, et maintenait sur la plaie une liasse de serviettes en papier imbibées de sang. La deuxième, une jeune femme, serrait son ventre, pliée de douleur. Au guichet, un homme sans doute en crise de manque, tremblant et en sueur, parlait à l'employé.

Un troll sorti tout droit de sa caverne s'occupait rapidement d'eux, l'un après l'autre. Quand ce fut au tour de Zinnia, il soupira en levant les yeux au ciel, comme s'il était consterné de voir qu'il devait encore s'occuper de quelqu'un.

« Oui ?

— Je me suis démis l'épaule, expliqua Zinnia. Et cogné la tête. J'ai peut-être une commotion. »

Elle leva le bras pour atteindre le lecteur, mais s'aperçut que sa montre ne marchait plus. Elle n'affichait qu'une ligne grise qui progressait lentement de la gauche vers la droite.

L'homme secoua la tête. « On va devoir faire ça à l'ancienne. Numéro d'employé ? »

Elle le lui récita et l'observa pendant qu'il le tapait sur le clavier de son ordinateur. Les ordinateurs de l'Hôpital étaient toujours connectés. Bingo.

L'homme derrière la vitre du guichet grimaça. « Vous ne portiez pas votre harnais.

— Je sais. Je peux y aller, maintenant ? J'ai mal au crâne. »

Il continuait à s'affairer sur son clavier. Après quelques instants, il lui annonça : « Dirigez-vous vers la salle 6, lit 17. Quelqu'un va venir vous ausculter rapidement. »

À la façon dont il avait dit *rapidement*, elle sut que ce ne serait pas le cas. Elle franchit plusieurs portes battantes au bout de la rangée de guichets, et se retrouva dans un long couloir qui empestait les produits d'entretien. Le sol était si propre que les semelles de ses baskets crissaient. Il y avait une série de portes grises, sur lesquelles étaient peints de grands chiffres bleus.

La porte 6 débouchait sur une chambre tout en longueur où s'alignaient lits et rideaux. La plupart des rideaux étaient tirés, mais la grande majorité des lits étaient vides. Au bout, la chambre formait un L vers la droite. Après le virage, elle tomba sur deux autres patients : la fille pliée en deux, qui avait l'air de se sentir un peu mieux maintenant qu'elle était allongée, et un jeune homme occupé à jouer avec son téléphone, les jambes croisées.

Elle atteignit le lit 17 et y grimpa. Il était étroit et lui faisait l'effet d'une dalle de pierre recouverte d'une mince épaisseur de mousse. Elle inspecta les alentours et repéra un ordinateur encastré dans le mur à côté d'elle, au-dessus d'un clavier. Pas mal, mais juste en face de son lit : trop près d'elle pour qu'elle puisse opérer sans être vue.

Le type qui jouait avec son téléphone avait les cheveux rasés, sa barbe et son crâne tachés de vert. Elle l'interpella. « Salut. »

Il ne leva pas les yeux de son téléphone.

« Salut ! »

Il ne se tourna pas vers elle, n'arrêta pas sa partie, mais leva un sourcil en guise de réponse.

« Ça fait longtemps que l'infirmière est passée ? demanda-t-elle.

— Au moins une heure, dit-il. Et je doute qu'on la revoie avant la fin de la mise à jour et le retour de l'équipe complète.

— Bon. Je crois que je vais me faire une sieste, alors. »

Le type haussa légèrement les épaules, de l'air de dire qu'elle pouvait bien faire ce qu'elle voulait.

Elle tira le rideau autour de son lit et, au lieu de se coucher, elle s'allongea par terre et se mit à ramper sous les lits comme à l'armée, pour rejoindre la porte de la chambre sans se faire remarquer, en se montrant particulièrement prudente quand elle passa sous le lit de la fille aux maux de ventre. Les articulations de son épaule la faisaient souffrir, mais elle ne s'en préoccupa pas.

Arrivée à l'angle de la chambre, elle s'arrêta, toujours plaquée au sol, pour évaluer la situation. Aucun pied en vue. De là où elle se tenait, elle ne pouvait pas savoir si les lits étaient occupés ou non, et elle n'aimait pas ça. Alors elle se releva légèrement pour risquer un coup d'œil.

Une infirmière tapotait l'écran de sa tablette devant un lit où gisait une silhouette en position fœtale, recroquevillée sous sa couverture, le regard perdu.

Zinnia se redressa d'un coup. Ferma les yeux. Prit une grande inspiration. L'infirmière, une Latino avec des cheveux bruns frisés, leva les yeux. « Désolée, ma belle. J'aurai fini dans une seconde.

— En fait, j'allais là-bas, expliqua Zinnia en pointant les toilettes du doigt. Mais je voulais aussi vous dire que la fille allongée là-bas a l'air mal en point. »

L'infirmière acquiesça en reposant sa tablette. « C'est noté. Ça va aller, vous ?

— Ça va. Mais peut-être devriez-vous jeter un œil sur elle ? »

L'infirmière s'exécuta, ses semelles crissèrent sur le sol tandis qu'elle s'éloignait vers le fond de la salle. Zinnia la regarda partir, récupéra le gopher dans sa poche et se dirigea vers un bureau circulaire couvert d'ordinateurs. Tous allumés. Elle choisit celui qui était le plus près d'elle et brancha le gopher dans un port USB vide.

Elle ne pouvait pas l'entendre, elle ne pouvait pas le voir, mais elle pouvait presque le sentir : le petit logiciel malveillant concocté par ses soins s'insinuait dans le système pour y dérober les informations dont elle avait besoin.

Elle se tourna vers les toilettes, tout en comptant dans sa tête.

1 : 00
00 : 59
00 : 58
00 : 57...

Elle n'alla pas plus loin car, soudain, quelque chose de lourd s'écrasa sur l'arrière de son crâne.

Elle eut juste le réflexe de mettre ses mains en avant pour protéger son visage et s'écroula à terre. Elle roula sur elle-même, une jambe pointée en l'air, prête à en découdre.

Rick se tenait au-dessus d'elle, le visage rouge, enflé, bandé. Il brandissait une perche à intraveineuse comme une batte de base-ball.

Elle recula pour essayer de se dérober, mais son dos rencontra une surface dure. C'était donc lui qui occupait le lit près duquel elle avait vu l'infirmière.

« Espèce de salope », dit-il avec une grimace en levant la perche encore plus haut au-dessus de sa tête.

Zinnia donna un grand coup de pied dans l'entrejambe de Rick. Il se recroquevilla sous le choc, s'effondra, et elle en profita pour se relever d'un bond dans l'espace exigu. Pas assez vite : il avait déjà repris du poil de la bête, suffisamment en tout cas pour lui envoyer un coup en pleine mâchoire.

Elle resta étourdie un instant. Roula, rampa, fit tout ce qui était en son pouvoir pour mettre le plus d'espace possible entre eux. Tout cela allait mal finir, et par sa faute, qui plus est.

Elle canalisa sa colère. Elle allait lui rendre la monnaie de sa pièce.

Elle se mit à genoux au moment où Rick se relevait. Elle s'empara d'un bassin hygiénique et lui en assena un coup en pleine tête. Pas de quoi lui faire mal, mais assez pour le surprendre et le déséquilibrer. Zinnia songea à récupérer le gopher, mais elle n'était pas certaine de l'avoir laissé branché assez longtemps. Sans doute que non ; elle avait totalement perdu la notion du temps. Elle aurait dû consulter l'horloge accrochée au mur au moment de le brancher.

Elle se releva. Rick était un crétin. Une petite merde. Un lâche. Mais son coup par-derrière lui avait fait mal – maintenant, elle risquait vraiment la commotion. Debout, elle avait l'impression de tanguer comme un navire.

Elle regarda derrière elle. L'infirmière n'était pas là. Peut-être qu'ils n'avaient pas fait tant de bruit que ça. À moins qu'elle n'ait eu peur, et qu'elle n'ait pris ses jambes à son cou. Rick était sur le point de se relever, alors elle chargea, lui donna un coup de genou en plein visage cette fois. Il s'écroula sur le sol et, dans sa chute, il renversa un lit. Elle chercha du regard quelque chose, n'importe quoi, qui lui permettrait de l'attacher. Rien.

Sa ceinture. Excellente idée. Elle était en train de la retirer quand Rick, qui devait avoir repris ses esprits, lui donna un coup de pied pour la faire tomber. Elle était toujours sonnée par le choc sur la tête. Elle manquait de lucidité. L'espace était exigu, certainement pas conçu pour se battre, et Rick se tenait debout maintenant, cette fois armé d'un tabouret.

Elle leva les bras pour se protéger. Sacrifier ses avant-bras pour sauver son crâne.

Elle se préparait au choc.

« Hey ! »

Cette voix. Elle la reconnut avant de voir à qui elle appartenait. Paxton se jeta sur Rick, et tous les deux roulèrent sur le sol. Zinnia recula. Paxton chevauchait Rick, son poing s'abattait sur le visage de son adversaire. Il y eut un bruit sourd, comme si une citrouille avait explosé par terre.

C'était la fin. Après ça, Paxton ne la laisserait plus jamais sans surveillance. L'infirmière allait revenir. Elle surmonta la douleur qui lui vrillait le crâne, se força à se relever et fonça vers les ordinateurs. Pourvu que le gopher ait pu mener à bien sa mission.

Elle l'agrippa.

Quand elle se retourna, elle vit Paxton, toujours au-dessus de Rick.

Sauf que ses yeux étaient braqués sur elle.

PAXTON

Paxton s'arrêta devant le guichet. Le vieil homme derrière la vitre était visiblement endormi. Paxton claqua la vitre si fort qu'elle vibra. L'homme sursauta et manqua de tomber de sa chaise.

« Est-ce qu'une dénommée Zinnia est passée par ici ? »

L'homme bafouilla quelque chose d'incompréhensible.

Paxton leva la main à la hauteur de son menton. « Haute comme ça. Peau mate. Mignonne. »

L'homme acquiesça. Montra du doigt les portes. « Je l'ai envoyée par là-bas tout à l'heure. Chambre 6, il me semble.

— Merci. »

Paxton se précipita sur les portes battantes et s'engouffra dans la chambre 6, qui ressemblait plus à un long couloir avec des lits qu'à une chambre. Sur l'un d'eux, un jeunot était hypnotisé par son téléphone, et il aurait fallu une explosion atomique pour réussir à attirer son attention. Un peu plus loin, une fille se tordait de douleur, et une infirmière était terrée derrière un lit, comme si elle voulait se protéger de quelque chose. Lorsqu'elle le vit, elle parut si soulagée qu'il crut, l'espace d'un instant, qu'elle allait faire une attaque. « Dieu merci, vous êtes là. Il se passe quelque chose, là, derrière.

— Où ça ? »

Un grand fracas retentit au bout du couloir. Paxton se rua vers la source du bruit et tomba sur un homme qui brandissait un tabouret, prêt à frapper. Sur le sol, le visage ensanglanté, Zinnia.

Son sang ne fit qu'un tour. Il se jeta sur l'homme de tout son poids. Le choc fut douloureux, mais encore plus pour l'inconnu. Ils roulèrent ensemble dans une mêlée brutale, jusqu'à ce que Paxton parvienne à le dominer.

Dans de telles situations, le mieux, c'est d'immobiliser l'individu et d'attendre des renforts.

Cette option n'était pas envisageable.

Alors, il leva le poing et frappa. Les yeux du type s'écarquillèrent, clignèrent, puis ce fut comme s'ils s'éteignaient. Paxton, lui, sentit soudain la douleur dans sa main, qui irradiait ses os, de ses phalanges jusqu'au coude. Il avait dû se casser quelque chose.

Il se tourna pour vérifier que Zinnia allait bien, et la surprit debout, en train de farfouiller dans les ordinateurs du bureau.

« Qu'est-ce que tu fabriques ? »

Elle fit volte-face. Le fixa. L'air perdu. Elle était bouleversée ? Blessée ? Il n'arrivait pas à savoir. Il était sur le point de lui reposer la question.

Mais elle tomba dans les pommes.

ZINNIA

Zinnia s'écroula sur le sol. Paxton fonça vers elle, la prit dans ses bras et la secoua, de plus en plus inquiet. Elle le laissa faire, avec l'espoir que ça créerait une diversion suffisante pour qu'il ne voie pas la puce qu'elle venait de glisser dans sa bouche, plaquée contre sa gencive.

Elle avait d'abord pensé la mettre dans sa poche, mais, s'il la fouillait, si elle était hospitalisée et qu'on changeait ses vêtements, ou dans des milliers d'autres cas, elle aurait pu la perdre, et alors elle n'aurait plus qu'à abandonner sa mission.

De toute façon, ses puces étaient étanches. Elles coûtaient un peu plus cher, mais ça valait le coup. Elle avait toujours l'Oblivion dans sa poche, néanmoins ce ne serait pas si grave si elle le perdait.

Paxton fila chercher de l'aide. Elle regarda Rick. Toujours à terre. Se tortillant comme le mollusque qu'il était. L'envie de se battre lui était passée.

Il avait dû la voir brancher le gopher. Sauf que les choses allaient devenir compliquées pour lui : un agent de sécurité l'avait vu attaquer une femme. Pas si facile de s'en tirer, cette fois.

D'après ce que lui avait dit Cynthia, quelqu'un devait savoir qu'il abusait des femmes. Est-ce qu'il bénéficiait de certaines protections ? Quelqu'un le protégeait-il de ce qui lui pendait au nez ?

Est-ce qu'il allait essayer de monnayer des informations sur elle ?

Il y avait une paire de ciseaux sur le bureau. Elle la revoyait, posée là. Elle l'avait aperçue pendant l'affrontement, elle avait même essayé de l'attraper, mais n'en avait pas eu le temps. Les poignées étaient en plastique jaune. Une banale paire de ciseaux, de celles qui cassent facilement, mais la peau de la gorge est une membrane fragile. Elle pourrait toujours dire qu'elle s'était défendue.

Avant qu'elle ait eu le temps de se lever, Paxton surgit avec l'infirmière et un autre type en polo bleu, un grand échalas au crâne rasé. Elle referma les yeux, comme si elle n'avait pas repris conscience.

« Qu'est-ce que tu foutais ? s'emporta Paxton.

— J'étais en train de… de…, balbutia l'autre polo bleu.

— De quoi ? De piquer un roupillon ?

— S'il vous plaît…

— Ravale tes “s'il vous plaît”. T'as foiré sur toute la ligne. Elle aurait pu se faire tuer. »

Zinnia sentit à nouveau les mains de Paxton sur elle, puis, plus petites, celles de l'infirmière. Auscultation, recherche de blessure, vérification des pupilles. Zinnia posa sa main sur son front, papillonna des paupières. Ils l'aidèrent à se relever et l'allongèrent sur un lit. « Comment tu te sens ? » demanda Paxton.

Elle n'arrivait pas à deviner à quoi il pensait. Il était préoccupé. C'était déjà ça. « Ça va », souffla-t-elle.

Paxton baissa les yeux vers sa montre, Zinnia sentit vibrer la sienne. La mise à jour était terminée, l'écran afficha un smiley souriant, avant de revenir à l'écran habituel.

Message sur la montre de Zinnia :

Veuillez retourner finir votre service.

Paxton l'aperçut. « Oublie ça. » Il se tourna vers l'infirmière. « Gardez un œil sur elle. » Puis il s'écarta et commença à parler à sa CloudBand. Il s'était trop éloigné pour que Zinnia puisse entendre ce qu'il racontait.

L'infirmière passa sa lampe-stylo sur les yeux de Zinnia. « Vous êtes certaine que vous vous sentez bien ?

— Je ne sais pas trop.

— Vous voulez un antidouleur ?

— Non, merci. » Évidemment qu'elle rêvait d'un antidouleur. Elle aurait voulu gober une tablette entière de ce qu'elle avait dans la poche. Mais ce n'était pas le moment, il lui fallait garder l'esprit clair.

Paxton revint vers elle. « Mon chef sera là dans quelques minutes. D'après ce qu'il dit, c'est le bordel. Mais d'abord, j'ai une question : tu sais pourquoi ce mec t'a agressée ? »

Elle songea un instant à répondre non. Que c'était un hasard. Inattendu. Elle n'avait pas envie de parler de ces séances de strip-tease dans les douches, de reconnaître qu'elle avait cédé aux exigences de Rick comme une petite chose fragile incapable de se défendre.

Mais la puce était toujours planquée dans sa joue, et il fallait qu'elle détourne l'attention de Paxton.

Alors elle lui raconta ce qui s'était passé.

Elle laissa de côté le passage où elle avait tabassé Rick, mais son histoire fit mouche, il suffisait de voir les visages de Paxton et de l'infirmière s'allonger au fur et à mesure de son récit. Paxton, surtout, n'arrêtait pas de jeter des coups d'œil à Rick, toujours étendu sur le dos à fixer le plafond. Il semblait avoir du mal à se retenir d'aller lui coller son poing dans la figure.

Lorsqu'elle eut terminé, Paxton dit : « Tu aurais dû m'en parler. »

Ça sonnait comme une réprimande, ce qui agaça Zinnia.

« Parfois, c'est mieux de garder les choses pour soi », répondit-elle.

Il secoua la tête. « Tu aurais dû m'en parler. »

Cette fois, le ton était plus triste. Cela éveilla en elle des sentiments contradictoires. Des sentiments qu'elle n'aurait su décrire, mais qui ne lui plaisaient pas.

Brusquement, la pièce se remplit de nouvelles têtes. Beaucoup de questions. Rick installé dans un lit, attaché. Un vieux avec une lame de couteau à la place du visage et un uniforme kaki – le fameux Dobbs – l'interrogea sur ce qui venait d'avoir lieu. Sans commentaire, sans rien : juste les faits. Elle débita la version qui l'arrangeait le plus, en y incorporant des éléments des questions qu'il lui posait, ou des bribes empruntées aux conversations qui l'entouraient.

L'agent en poste à l'Hôpital, Goransson, était en train de faire la sieste ou de s'amuser dans une autre salle au moment de l'attaque. Dobbs lui raconta que le responsable du processus de mise à jour avait accédé à sa fiche d'employée quand elle était arrivée à l'Hôpital, et avait envoyé un texto déplacé à son sujet. Par erreur, il l'avait adressé au groupe de sécurité au grand complet. Suivi d'un autre message censé le disculper, mais auquel personne n'avait cru.

Ce qui expliquait pourquoi Paxton était arrivé juste à temps.

Ils avaient l'air de prendre très au sérieux ses récriminations contre Rick. Elle détestait devoir jouer les victimes, mais, au moins, il aurait ce qu'il méritait. Elle était sur le point de conclure qu'elle avait remporté cette manche, quand elle entendit Rick crier depuis le lit dans lequel on l'emmenait. « Interrogez-la. *Interrogez-la !* »

Dobbs, de l'autre côté de la pièce, parlait à Rick. Il baissa la tête et posa les mains sur ses hanches avant de se diriger vers le lit de Zinnia.

« Désolé d'avoir à vous demander cela, commença-t-il. Il assure que vous étiez en train de fouiner dans un des ordinateurs quand il vous a surprise. Je ne suis pas très enclin à croire cette ordure, mais je me dois quand même de vous poser la question. »

Les coins de la puce piquaient la gencive de Zinnia.

« Je me dirigeais vers les toilettes quand il m'a attaquée, dit-elle. Je n'ai aucune idée de ce qu'il raconte. »

Dobbs hocha la tête, satisfait de sa réponse. Par-dessus son épaule, Paxton dardait sur elle des yeux inquisiteurs. Elle n'aimait pas ce qu'elle y lisait.

Dobbs mit les mains sur ses hanches, poings serrés, comme s'il voulait creuser à l'intérieur de lui-même.

« Ce Vikram, quel petit con, grinça Dobbs. Je vais le descendre en flammes. Idem pour Goransson. » Il soupira, un œil sur le brouhaha du service médical. « Quant à toi, je n'ai pas encore tranché.

— Comment ça, monsieur ? demanda Paxton.

— Tu as abandonné ton poste. Sois honnête avec moi, il y a quelque chose entre toi et cette fille ?

— Nous nous voyons régulièrement, oui. »

Dobbs acquiesça. « Charmant. »

Paxton rougit.

« Donc tu as abandonné ton poste lors d'un moment critique. Mais, en même temps, si tu ne l'avais pas fait, j'aurais une fille au crâne éclaté sur les bras.

— À propos de son agresseur, précisa Paxton, Zinnia m'a dit qu'il était coutumier du fait. Il n'y a jamais eu aucune plainte à son encontre ?

— Pas que je sache. Il faudra vérifier ça, le système informatique vient tout juste de se remettre en marche.

— Ça pourrait être un problème. Parce que, si c'est un récidiviste, sois sûr que je me battrai pour que cette histoire fasse du bruit, qu'il soit viré et jeté en prison. »

Dobbs acquiesça lentement, comme s'il avait une idée derrière la tête. Paxton n'arrivait pas à comprendre quoi. C'était plus facile de lire le chinois que de décrypter les intentions de Dobbs. Après un court silence, Dobbs s'approcha de lui et reprit à voix basse : « J'ai besoin que tu me rendes un service. Tu m'écoutes ?

— Je t'écoute.

— J'ai besoin que tu aies l'esprit d'équipe. Tu es capable d'avoir l'esprit d'équipe ?

— Comment ça ?

— J'ai besoin que tu dises à ton amie qu'on va s'occuper de lui. Cet enfoiré va être dégagé de Cloud dans les dix prochaines minutes, et personne ne l'embauchera plus jamais dans tout le reste du pays. Vikram paiera aussi pour son comportement. Mais j'ai besoin de quelque chose en retour.

— C'est-à-dire ?

— Que tu t'assures qu'elle ne fasse pas de vagues. Je sais qu'elle est probablement secouée à l'heure qu'il est, un peu retournée, mais c'est là que tu entres en jeu. » Dobbs posa la main sur l'épaule de Paxton. « J'ai besoin que tu la convainques du bordel que ce serait de tout dévoiler au grand jour. Le plus important, c'est que justice soit faite, mais d'une manière qui arrange tout le monde. »

Paxton avait l'impression qu'on le forçait à avaler du sable. Son premier réflexe fut d'envoyer Dobbs se faire foutre. Il inspira profondément, et s'efforça d'appréhender la situation de manière rationnelle.

Ne pas s'impliquer personnellement, ça avait du sens. Régler les choses avec discrétion.

Mais il avait l'impression de trahir Zinnia. De lui ordonner de rester assise sagement, bras croisés, en silence. Et si elle refusait ? Si justement elle voulait faire des vagues ? Il n'allait pas décider pour elle.

« Tu es d'accord pour t'en charger ? demanda Dobbs.

— Je vais voir ce que je peux faire. »

Dobbs serra son épaule. « Merci, fiston. Je ne l'oublierai pas. Maintenant, va retrouver ton amie. Assure-toi qu'elle va bien. Tu as le droit de te reposer aujourd'hui et demain, d'accord ?

— Vous êtes certain ?

— Absolument. Prends ça comme un cadeau que je vous fais. Vous en avez tous les deux vu de toutes les couleurs. »

Paxton se demandait quelles couleurs il avait pu voir, mais il était content d'avoir un jour de repos. Il sourit malgré lui, avant de se reprendre aussitôt. La situation n'avait rien de drôle. Dobbs acquiesça et repartit, sans doute pour éteindre un autre incendie.

Le temps qu'il la rejoigne, Zinnia se tenait contre le lit. Elle se mouvait comme les gens blessés : délicatement, comme si un geste trop brusque risquait de la briser. Une ecchymose était en train de se former sous son œil, sa joue était écorchée. Ses phalanges étaient bandées, ce qui rappela à Paxton sa propre main douloureuse. Il fit jouer ses articulations. Ça lui faisait toujours mal, mais il n'avait rien de cassé.

« Bon, dit Paxton. Sacrée journée, hein ? »

Les lèvres de Zinnia se retroussèrent. Un rire secoua sa poitrine, même si aucun son ne sortit de sa bouche, juste de petites bouffées d'air. « On peut dire ça, oui.

— Tout est réglé. Tu ne travailles pas aujourd'hui ni demain. Moi non plus. J'ai entendu le médecin dire que tu es hors de danger. Tu veux qu'on se tire d'ici ?

— Oui, ce serait bien. »

Paxton refréna son envie de l'embrasser, de la prendre dans ses bras, de faire un million de choses qui seraient sans doute inappropriées étant donné la situation, mais il lui tendit le bras. Lui proposer un peu d'aide, au moins, restait dans les limites de la décence. Il leur fraya un chemin parmi les gens qui, maintenant, fourmillaient dans le service.

Ils marchèrent jusqu'au tram. La contusion sur le visage de Zinnia n'était pas facile à cacher. Une femme amochée escortée par un agent de sécurité. Tout le monde les regardait, évidemment.

Ils atteignirent les Érables, montèrent jusqu'à la chambre de Zinnia. Elle entra, et Paxton songea un instant à partir, à la laisser se reposer, mais elle lui tint la porte alors il la suivit. Elle s'appuya sur le plan de travail pour ôter son polo et son soutien-gorge, se passa les mains sur le corps, à la recherche d'autres ecchymoses ou d'autres blessures. Il détourna le regard. Non pas qu'il ne se sente pas autorisé à la voir à moitié nue, mais il trouvait juste ça déplacé.

Après quelques minutes, il lui demanda : « Tu as envie de quelque chose ?

— Une centaine de vodkas et un litre de glace.

— Je dois pouvoir me débrouiller pour la glace. » Paxton s'interrompit. « Par contre, ça va peut-être faire un peu trop de vodka.

— De la vodka et de la glace, et je serai la personne la plus heureuse du monde.

— Compte sur moi », répondit Paxton, et il quitta l'appartement. Il traversa la Promenade, content d'échapper à cette chambre confinée. Ils allaient devoir parler de choses dont il n'avait pas envie de parler. Pas tout de suite, en tout cas. Il commença par le caviste, pour la vodka, en regrettant de ne pas avoir pensé à demander à Zinnia quelle était sa marque préférée. Mais il se souvenait de ce qu'elle commandait au bar, alors il acheta la même. Il alla ensuite à l'épicerie pour la glace – c'était facile, elle adorait celle au chocolat avec les morceaux de cookie – et acheta aussi un sandwich, pour lui.

Tout ce temps, sa tête bourdonnait. Parce qu'il devrait essayer de la convaincre que Dobbs allait prendre les choses en main, et la dissuader de poursuivre officiellement l'enfoiré qui lui avait fait ça.

Mais, pire encore, il y avait un autre sujet qu'il lui faudrait aborder.

Ce type, Rick, avait clamé qu'elle fouinait dans l'ordinateur quand il l'avait attaquée. Et Paxton ne pouvait pas nier que lui aussi avait vu Zinnia près des ordinateurs, à farfouiller quelque chose. Il ne savait pas trop quoi.

Ce regard qu'elle avait eu, comme s'il l'avait surprise.

Le pois sur le plan. Le panneau du CloudPoint.

Autant de détails qui commençaient à se connecter dans sa cervelle.

ZINNIA

Zinnia récupéra la puce coincée dans sa joue et s'empara de son ordinateur portable. L'endroit le plus proche pour acheter de l'alcool se trouvait au milieu de la Promenade, donc Paxton ne serait pas de retour avant une dizaine de minutes, et elle ne pouvait pas attendre. Elle avait besoin de savoir. Elle avait besoin de se mettre quelque chose sous la dent pour surmonter la honte et la colère d'avoir senti Rick prendre le dessus sur elle.

Elle essuya la puce et la glissa dans le port USB de son ordinateur, laissant la machine mouliner pendant une poignée de secondes. Elle avait programmé le gopher pour trier les différents types de fichiers dans des dossiers distincts afin qu'ils soient plus faciles à compulser.

Ce qui l'intéressait le plus, c'étaient les dossiers contenant les plans. Elle les ouvrit et les parcourut en retenant sa respiration. Ses doigts balayaient l'écran. Réseaux électriques. Réseaux d'alimentation en eau. Vaguement utile. Enfin, elle tomba sur les plans du réseau de tramway. Quelque chose ne collait pas. Quelque chose différait des cartes affichées partout chez Cloud.

Les eaux usées, les déchets et les installations énergétiques étaient tous regroupés dans la partie sud-est du complexe, dans un ensemble de bâtiments rapprochés, desservis par un tram qui partait de l'Accueil, mais n'était pas relié au reste du réseau.

Ce qui était bien un problème : elle ne pouvait pas monter dans ce train. Interdit aux polos rouges.

Mais dans l'enchevêtrement des lignes de tramway, elle en repéra une qui n'était pas indiquée sur les cartes officielles. Elle partait du centre de traitement des déchets pour finir directement au Live-Play. Une évacuation pour les ordures, peut-être ?

Elle avait arpenté tout le Live-Play sans jamais y remarquer le moindre tram, autre que le tramway principal, au rez-de-chaussée, connecté au reste du réseau mais également aux lignes d'urgence. Elle zooma sur l'endroit où arrivait la ligne, pour essayer de deviner où elle se situait dans le Live-Play, mais le nom des magasins n'était pas précisé. C'était quelque part au nord-ouest.

Elle le trouverait. Cette journée de merde avait finalement valu le coup.

PAXTON

Paxton rapporta la glace et la vodka à Zinnia, qui remplit deux verres et lui en tendit un. Il l'accepta, même s'il n'en avait pas envie. Zinnia alluma la télé, qui diffusait une publicité pour une nouvelle crème glacée allégée qui avait apparemment exactement le même goût que la véritable crème glacée, puis elle zappa sur la chaîne musicale. Ils tombèrent sur une sorte de musique électronique instrumentale d'un groupe que Paxton ne connaissait pas et dont il aurait été bien incapable de prononcer le nom. Mais ce n'était pas si mal. Ça apaisait ses nerfs.

Elle se laissa tomber sur le futon, posa sa vodka sur la table de nuit et planta sa cuillère dans la glace avant d'en enfourner un énorme morceau dans sa bouche. Paxton s'assit à côté d'elle, et elle lui tendit la glace, la cuillère plantée dedans. Il lui fit signe que ça ne l'intéressait pas, préférant son sandwich.

« Je suis désolé de ne pas être arrivé plus tôt, s'excusa Paxton.

— Je suis heureuse que tu sois arrivé à temps.

— J'aurais aimé que tu m'en parles.

— Ne revenons pas là-dessus.

— D'accord. »

Elle reposa la glace, attrapa son verre. Le siffla. Se leva pour s'en servir un autre. « Bon. Qu'est-ce qui va se passer, maintenant ? »

Paxton se pencha en avant, les bras sur les genoux. Il essayait de se replier à l'intérieur de lui-même, pour mettre le plus de distance possible entre lui et cette conversation qu'il n'avait pas envie d'avoir. « Dobbs pense que ce serait mieux de ne pas passer par des voies officielles. De ne pas faire trop de remous. Mais il m'a promis que le gars qui t'a agressée serait viré, et que Vikram serait rétrogradé. »

Elle plongea la main dans le minifrigo, en sortit une poignée de glace pilée et la laissa tomber dans son verre dans un cliquetis.

« Ce que je veux que tu saches, reprit Paxton, c'est que nous ferons ce que tu décideras de faire. Je me fiche de ce que pense Dobbs. Je suis de ton côté. »

Zinnia rouvrit la bouteille de vodka et en versa dans son verre. Rangea la bouteille et avala une gorgée d'alcool.

« Mais je comprends son point de vue. Le chemin de moindre résistance, tout ça. La chose importante, c'est qu'ils vont en souffrir. Pas la peine qu'on en souffre nous aussi. Ou, en tout cas, pas la peine que toi tu en souffres. »

Elle se tourna vers lui. Le visage impassible, comme une plage déserte. Il ne savait pas comment l'interpréter. Ce qu'elle en pensait. S'il venait juste de commettre une grosse bourde. Devait-il se lever, reprendre la parole, faire quelque chose d'autre que rester là à la regarder ? Il était en train de se poser toutes ces questions quand, finalement, elle acquiesça. Elle retourna sur le futon et s'enfonça jusqu'à ce que sa tête tombe sur l'épaule de Paxton.

« Le chemin de moindre résistance », répéta-t-elle avant de plonger sa cuillère dans le pot de glace.

Paxton sentit ses épaules se libérer d'un poids. C'était en effet la meilleure solution, pour lui, pour elle, pour Dobbs, pour tout le monde. Il repensa à l'ordinateur, mais il avait assez parlé pour aujourd'hui, il était fatigué, alors il reposa son sandwich et prit le pot de glace des mains de Zinnia, ses doigts touchant les siens pendant un instant.

« Hé, dit-elle.

— Quoi ? »

Elle leva les yeux, pour les planter dans les siens. De la manière dont on les plante pour s'assurer que votre interlocuteur vous écoute. « Merci. » Puis ses lèvres se posèrent sur celles de Paxton, et il oublia tout, hormis le battement de son cœur dans sa poitrine.

GIBSON

Tôt ce matin, les employés de Cloud ont pu faire la connaissance de ma fille, Claire, dans une vidéo qui a été diffusée pendant une mise à jour de routine (vous savez, pour qu'ils soient obligés d'y prêter attention !).

Je souhaitais partager cette vidéo avec vous tous, pour que vous puissiez aussi la rencontrer. Je crois qu'elle a bien fait de se présenter de cette façon. Elle m'a rendu fier d'une manière que je n'arrive même pas à exprimer. La voir comme ça, prendre les commandes de la compagnie…

Je tiens à dire ceci à ceux qui pensent qu'une femme ne peut pas diriger une entreprise de la taille de Cloud : « Allez au diable ! »

J'essaie de le prendre avec humour, mais j'ai entendu certains avancer qu'elle ne serait peut-être pas à la hauteur de ce défi. Je ne sais pas avec qui vous traînez, mais les femmes de ma vie sont d'une force diabolique. Claire et Molly n'ont pas besoin que je sois derrière elles pour les assister dans leurs combats.

Depuis que j'ai bâti Cloud, je me suis juré de ne jamais alimenter le sexisme qui prévaut dans le monde du travail depuis trop longtemps. Hommes et femmes sont désormais à salaire égal, et je suis persuadé que Cloud est pour beaucoup dans cette évolution – encore un héritage dont je peux être très fier.

C'est très important à mes yeux que nous soutenions et respections les femmes de nos vies. Parce que, soyons honnête : que serions-nous sans elles ? Sans Molly, je vivrais sûrement sous un pont, quelque part. Sans Claire pour me pousser à bâtir un monde meilleur pour elle, et pour ses enfants après elle, Cloud ne serait pas la compagnie qu'elle est devenue.

Bref, voici sa vidéo. Je suis fier de toi, ma petite.

(Oh, et ne tenez pas compte du début. Comme je vous le disais, elle a été diffusée pendant la mise à jour du système.)

Bonjour. Je suis Claire Wells. Je voudrais commencer par m'excuser que vous ne puissiez pas éteindre ce programme...

ZINNIA

Le téléphone de Zinnia vibra.

Il la tira de son demi-sommeil et elle pensa d'abord que c'était celui de Paxton, vu que son téléphone à elle ne vibrait jamais. Mais Paxton était déjà parti, non sans s'être longuement excusé de ne pas rester – comme chaque soir – et lui avoir rappelé qu'il ne pouvait toujours pas dormir dans un lit étroit car il avait le sommeil léger.

Et, comme chaque soir, elle s'en voulait d'avoir à ce point envie qu'il reste. Et ce soir-là en particulier. Non pas qu'elle ait besoin de se sentir protégée, mais parfois, c'était agréable de finir la journée dans les bras de quelqu'un.

Lorsqu'elle percuta que le vibreur était réel et que c'était bien celui de son téléphone, son cœur se figea dans sa poitrine. Elle se redressa pour saisir le téléphone qu'elle avait mis à charger sur la table à côté de sa CloudBand. C'était un message de « Maman ».

Quand est-ce que tu passes nous voir à la maison, ma chérie ? Tu nous manques.

Elle se rassit sur le futon, l'œil figé sur l'écran. Un message codé de son employeur.

Cela signifiait que quelqu'un voulait la rencontrer en personne, à l'extérieur du complexe.

Elle reposa le téléphone et poussa un soupir. Le sentiment de victoire qu'elle avait ressenti en découvrant la ligne de tram secrète n'était plus qu'un lointain souvenir.

7

JOUR DE SORTIE

NOTIFICATION CLOUDBAND

Veuillez prendre connaissance du fait que Gibson Wells a prévu de venir visiter notre MotherCloud dans deux semaines. Cette visite coïncidera avec notre commémoration annuelle des Massacres du Black Friday. Plus d'informations à suivre…

ZINNIA

Zinnia n'eut pas besoin d'allumer la lumière. Une pâle lumière jaune transperçait la fenêtre. La bouteille de vodka, presque vide, traînait sur le plan de travail. Elle avait l'impression que son cerveau était comprimé dans de la cellophane. Peut-être à cause de la vodka, à moins que ce ne soit le coup sur la tête qu'elle avait encaissé la veille. Sûrement un peu des deux.

Le manque de sommeil n'arrangeait rien.

Elle s'était assoupie plusieurs fois, lorsque son corps ne pouvait plus supporter la tension de l'éveil, mais, la plupart du temps, elle avait regardé fixement ses mandalas au plafond tout en se demandant pourquoi son employeur souhaitait la rencontrer.

Ça ne lui était jamais arrivé. Pas une seule fois. Jamais avant que sa mission soit terminée. Même s'ils avaient voulu changer l'objectif de sa mission, ils auraient pu le faire via un message codé. S'ils voulaient la voir en chair et en os, c'est que ce qu'ils avaient à lui dire était trop important pour être transmis autrement.

À moins que ce ne soit autre chose.

Elle n'aimait pas les surprises.

On pouvait louer des voitures à l'Accueil. Elle s'était connectée au service de location sur la télévision, mais le délai d'attente était de trois mois, à moins de payer un supplément qui laisserait son compte en banque totalement à sec. Elle envisagea de quitter le complexe à pied, et d'atteindre un point assez éloigné pour prendre contact avec son employeur en toute sécurité et fixer un rendez-vous. Mais, autour du complexe, il n'y avait pas un seul abri où se mettre à l'ombre à des kilomètres à la ronde.

Voilà à quoi cela lui servait d'avoir un Paxton sous la main.

Elle dégaina son téléphone et lui envoya un message :

On va se promener ? J'adorerais sortir d'ici pour la journée. Mais la liste d'attente des locations de voiture est interminable. Tu saurais comment contourner ça ?

Elle n'attendit pas longtemps la réponse :

Je vais faire de mon mieux. Te tiens au courant.

Elle sourit. Maintenant, il était temps de prendre une douche. Elle sentait encore la présence de Rick sur elle, et cette sensation ne disparaîtrait sans doute pas de sitôt. Elle avait envie de rester sous l'eau chaude jusqu'à faire peau neuve.

Deux douches étaient déjà occupées. Hadley, une serviette blanche pelucheuse autour de la poitrine, des tongs rose fluo aux pieds, était assise sur un des bancs. Cynthia était à côté d'elle dans son fauteuil roulant, uniquement vêtue d'une serviette, et frottait l'épaule nue de Hadley. Elle murmurait quelque chose à la jeune fille, qui hochait la tête.

Lorsque Zinnia pénétra dans la pièce, Cynthia s'interrompit et marqua un temps d'arrêt exagéré. Il fallut une seconde à Zinnia pour comprendre : son visage meurtri. Cynthia fronça les sourcils.

« Qu'est-ce qui t'est arrivé ? » demanda-t-elle en se détournant de Hadley.

Zinnia haussa les épaules. « Je me suis battue.

— Mon Dieu… »

Hadley leva les yeux vers elle.

« Tu devrais voir l'état de mon adversaire », dit Zinnia avec un sourire, en soutenant le regard de Hadley.

Elle aurait voulu lui faire comprendre de qui elle parlait, mais Hadley baissa les yeux vers ses genoux. Alors, Zinnia se dirigea vers le banc le plus éloigné et fourra ses vêtements propres dans un casier. Cynthia tapota l'épaule de Hadley d'un geste rassurant, puis elle roula vers le fond de la salle, là où se trouvait la douche pour handicapées.

Zinnia s'apprêtait à enlever sa serviette pour l'accrocher sur la patère quand son regard tomba sur Hadley. Elle était recroquevillée sur elle-même, tel un animal fragile, les yeux baissés. Zinnia rebroussa chemin et s'assit en face d'elle. Leurs genoux se touchaient presque.

Hadley ne leva pas les yeux. Resta silencieuse. Sembla même reculer.

« Arrête ça », lui intima Zinnia à voix basse, de peur que Cynthia ne l'entende et n'intervienne.

Hadley la scruta, un œil caché par la mèche de cheveux qui lui masquait le visage.

« Il ne faut pas que t'aies peur de lui, poursuivit Zinnia, sinon il aura gagné. Et ce qui va se passer, c'est que tu vas finir par le voir comme un monstre que tu ne pourras pas vaincre. Ça t'empêchera de fermer l'œil la nuit. Il n'en vaut pas le coup. Et il n'est pas invincible. » Elle se pencha en avant, sa voix devint un murmure : « Comme je disais, tu devrais voir dans quel état il est en ce moment. »

Hadley parut interloquée, comme choquée par les mots que Zinnia venait de prononcer, mais, après un instant, quelque chose changea dans son attitude, comme si la vie réinvestissait son corps. Derrière la mèche de cheveux, son regard d'avant apparut.

« Alors laisse tomber les pleurnicheries. »

Hadley sursauta, et le regain d'énergie qui l'avait traversée un instant plus tôt sembla soudain s'évanouir. Zinnia s'en voulut un peu de lui être rentrée dans le lard. Mais c'était ce que Hadley avait besoin d'entendre. Un jour, elle la remercierait.

Lorsque Zinnia se plaça sous la cascade d'eau, la chaleur se répandit sur sa peau. Elle pressa le distributeur de gel douche pour se savonner, et prit alors conscience que la chaleur irradiait aussi de l'intérieur, venue de quelque part dans sa poitrine, venue de son cœur.

PAXTON

Paxton frappa à la porte ouverte et glissa sa tête dans le bureau. « Vous avez une seconde, monsieur ? »

Dobbs leva les yeux de sa tablette. « Je croyais t'avoir dit de prendre ta journée, fiston.

— J'ai une faveur à vous demander. »

Dobbs hocha la tête. « Ferme la porte. »

Paxton s'exécuta et s'adossa à la porte, bras croisés. Par quoi devait-il commencer ? Par sa requête, ou par tenir Dobbs au courant de sa discussion de la veille avec Zinnia ? Sans doute la seconde option. Ça pouvait lui attirer les bonnes grâces de son patron. Du moins l'espérait-il. Mais Dobbs résolut son dilemme à sa place : il s'enfonça dans son fauteuil, qui émit un grincement sous le poids de son occupant, et aborda frontalement la question. « Tu as pu parler à ton amie ?

— Je l'ai fait. Elle n'ira pas plus loin.

— Très bien, dit Dobbs, le visage placide. Je suis très content d'entendre ça.

— Il a bien été viré, alors ? Et Vikram a été muté ailleurs ?

— C'est fait.

— Super.

— Et donc…

— Oui. » Paxton fit un pas en avant sans décroiser les bras. Il redoutait de demander un service, parce que ça signifiait qu'il exigeait un traitement de faveur alors qu'il avait l'impression de ne pas le mériter. Un traitement de faveur induisait toujours une sorte de contrepartie. Ça l'obligerait à renvoyer l'ascenseur. Mais c'était pour Zinnia, pas pour lui, alors il persévéra. « Ma cop… Zinnia voudrait sortir du complexe pour la journée. Aller faire un tour. Mais il faut attendre des mois pour pouvoir louer une voiture. Est-ce que par hasard… ?

— Considère que c'est bon, l'interrompit Dobbs en balayant la question d'un geste de la main. Va à l'Accueil, une voiture vous attendra. En plus, les agents de sécurité ont droit à une réduction. Où allez-vous ?

— Aucune idée. Tout ce que je sais, c'est qu'elle avait envie de se promener, et comme on a tous les deux notre journée et qu'elle a passé un sale quart d'heure hier, j'essaie d'être conciliant, vous voyez ?

— C'est sage de ta part. » Puis Dobbs montra son poignet et tapa du doigt sur sa montre. « Tu as lu la nouvelle, ce matin ? »

Le cœur de Paxton eut un petit soubresaut. « J'ai vu. Il vient ici. En personne.

— Exactement. Alors autant te dire que, comme tu peux l'imaginer, on a du pain sur la planche.

— J'imagine.

— Dakota va être en première ligne, évidemment, dit-il en regardant les bureaux, comme si elle se tenait derrière Paxton. Elle va avoir besoin de bons éléments sur lesquels s'appuyer. »

Paxton digéra l'information. La question était bête, mais il ne put s'empêcher de la poser : « Je fais partie des bons éléments ? »

Dobbs se leva de son siège et avança jusqu'à la fenêtre qui perçait le bureau. Derrière la vitre, les polos bleus allaient et venaient, sans se soucier des deux hommes en train de les observer. Dobbs se tenait à côté de Paxton, assez près pour que ce dernier sente l'odeur de son après-rasage. Boisée et astringente. « Je n'ai toujours pas complètement digéré ton abandon de poste d'hier. Mais dans le fond, je ne suis pas du genre procédurier ; ce qui m'intéresse, ce sont les résultats. » Dobbs se tourna vers Paxton.

« J'aime à croire que je suis plutôt doué pour lire les gens, et que je ne me suis pas trompé sur toi. Tu te bouges, quand les autres ont trop souvent tendance à rester au chaud derrière leur bureau.

– Merci, monsieur. Je veux faire du bon boulot. »

Dobbs acquiesça et retourna s'asseoir. « Parles-en à Dakota quand vous reviendrez demain. Dis-lui que c'est mon idée. Mais c'est son équipe, et sa décision.

— D'accord, je n'y manquerai pas. Merci. »

Dobbs baissa la tête, à nouveau concentré sur sa tablette. « De rien. Maintenant, va t'amuser, profite de ton jour de repos. Tu sais combien ils sont rares. »

Paxton referma la porte derrière lui, le sourire aux lèvres. Malgré lui. Sa joie était telle qu'il lui fallait l'exprimer, et puisqu'il ne pouvait pas s'esclaffer ni le crier sur tous les toits, il la laissa se matérialiser sur son visage, telle la quatrième étoile qu'il n'allait peut-être pas remporter tout de suite, mais qui se rapprochait sérieusement.

Et il n'y avait pas que ça. Personne n'avait idée du nombre de fois où il avait rêvé de pouvoir s'ouvrir à Gibson Wells. De lui raconter comment Cloud l'avait spolié.

Or, il semblait qu'il allait en avoir bientôt la possibilité.

Passer à l'acte, bien sûr, foutrait en l'air toutes ses étoiles.

Mais bon, ce n'est pas comme s'il comptait faire carrière ici.

ZINNIA

Le tableau de bord de la voiture électrique diffusait un flux d'air frais régulier. À l'extérieur, la terre desséchée vibrionnait sous la chaleur. Zinnia regarda son rétroviseur. Les drones obscurcissaient le ciel comme une nuée d'insectes. Les protubérances anguleuses du MotherCloud rétrécissaient à l'horizon. Devant eux, la route, déserte. De chaque côté, un paysage plat à perte de vue.

Ça faisait du bien de se débarrasser de son polo. S'extirper de son uniforme rendait la journée encore plus spéciale. Au fond de son tiroir, elle avait exhumé une combinaison estivale légère. Paxton portait un short bleu avec un T-shirt blanc qui lui montait haut sur les bras et dévoilait la courbe de ses triceps.

« Alors, on va où ? s'enquit Paxton, qui jouait avec l'inclinaison du siège passager à la recherche de la position la plus confortable.

— Je ne sais pas encore, répondit Zinnia. J'ai besoin de voir le ciel. »

Ils s'étaient suffisamment éloignés du complexe pour qu'elle ose taper une réponse sur son téléphone :

Très vite, j'espère.

Elle reposa son téléphone. Ça faisait déjà deux mois qu'elle était arrivée, et c'était la première fois qu'elle mettait les pieds dehors. Enfin, si l'on considérait l'environnement relativement sûr d'un véhicule climatisé comme étant « dehors ».

« T'as emporté de l'eau ? demanda-t-il.

— Plein le coffre.

— J'aurais dû prendre mes lunettes de soleil. »

Elle appuya sur un bouton à côté du rétroviseur intérieur. Un petit compartiment s'ouvrit, révélant plusieurs paires de lunettes de soleil alignées. « Le type de la location a dit qu'on risquait d'en avoir besoin. Quand tu étais parti aux toilettes. Je crois que tu nous as eu l'option VIP.

— On dirait que je suis revenu en odeur de sainteté.

— Parce que tu m'as convaincue de ne pas porter plainte ? »

Il prit quelques secondes avant de répondre : « Sans doute. » Puis encore un silence avant de poursuivre : « Est-ce que c'est… bon pour toi ? »

Elle haussa des épaules. « Ç'aurait été beaucoup de problèmes en plus. » Elle ne tenait pas à lui avouer que c'était ce qu'elle avait espéré, ni qu'elle ne voyait pas d'inconvénient à le laisser mariner encore un peu. Parce que, dans le fond, dans d'autres circonstances, non, ça n'aurait pas été correct d'agir comme il l'avait fait. Ça rendait son héroïsme bien amer.

Elle s'empara d'une paire de lunettes de soleil. Monture épaisse, bleue, en plastique. Paxton l'imita. L'autre paire était blanche, féminine, avec les verres en amande comme des yeux de chat, mais il les posa quand même d'un geste désinvolte sur son nez. Puis il se tourna vers elle, un grand sourire aux lèvres.

« Elles te vont super bien, dit Zinnia en laissant échapper un rire qu'elle tenta de contenir avant de se rendre compte que ça n'avait pas d'importance.

— C'est tout à fait mon style.

— Au moins, elles sont assorties à ton T-shirt. »

Le ciel se dégagea, les drones se dispersaient. Le soleil cognait contre la voiture, faisant monter la température. Paxton esquissa un geste du menton en direction de la vitre. « Incroyable, non ?

— Quoi ? Les drones ?

— Oui. Regarde combien il y en a. Ils font des allers-retours toute la journée, et ils ne se rentrent même pas dedans. En tout cas, j'en ai pas l'impression. Et ils transportent tous ces trucs…

— Tu as l'air nostalgique. Tu as été amoureux d'un drone quand tu étais petit ?

— Non, c'est juste que… » Sa phrase resta en suspens, jusqu'à ce qu'il hausse les épaules. « Je les trouve impressionnants. Ce sont eux qui ont fait de Cloud le numéro un, non ? Une fois qu'ils ont commencé à livrer par drone, ça a été la fin du commerce en ligne. Personne ne pouvait rivaliser avec eux… Je me demande ce que ça fait, d'avoir une idée qui change le monde comme celle-là.

— Les œufs aussi, c'était bien. »

Il baissa la voix.

« Hé, c'est pas cool. »

Zinnia sentit son crâne la picoter. Paxton s'était détourné d'elle et regardait par la vitre.

« Je suis désolée, s'excusa-t-elle. Mauvaise blague. »

Il ne releva pas. Elle pressa le cadran de la clim pour essayer de trouver un juste milieu entre froid et tiède. Elle alluma la radio, pas trop fort pour ne pas décourager une potentielle conversation, même si le silence n'était pas non plus pour lui déplaire.

Elle vérifia son téléphone. Pas de réponse.

« Alors, comment tu t'en sors avec tout ça ? » demanda Paxton.

Elle aurait voulu s'excuser de nouveau, mais sans doute valait-il mieux passer à autre chose. « La voiture est facile à conduire. Le siège est confortable. Je n'aime pas trop l'accélérateur. Un peu poussif.

— Tu sais de quoi je veux parler. »

Elle avait compris, oui, mais elle avait préféré faire comme si elle n'avait pas saisi l'allusion. Elle observa le chiffre du compteur kilométrique, qui augmentait tous les cent mètres. « C'est arrivé, et c'est terminé.

— Si tu as envie d'en parler… »

Zinnia attendit la suite. Rien ne vint. « Ça va aller. » Elle se tourna vers Paxton et lui décocha un rapide sourire, qui signifiait : « Je vais bien, ne t'inquiète pas. »

« Alors, maintenant qu'on est sortis de ce fichu complexe… Qu'est-ce que tu penses de tout ça ? finit-elle par ajouter.

— Tout ça quoi ?

— Cloud. Vivre sur ton lieu de travail. Être évalué par un foutu système d'étoiles. Ce n'est pas vraiment ce à quoi je m'attendais.

— Tu t'attendais à quoi ? »

Après quelques instants de réflexion, elle finit par trouver une analogie satisfaisante. « Tu vois, quand tu vas au fast-food ? Dans les pubs à la télé, le hamburger a l'air parfait. Mais lorsque tu ouvres ton emballage, le truc a juste l'air dégueulasse, écrasé, gris. On dirait que quelqu'un s'est assis dessus.

— Je vois, ouais.

— Eh bien c'est pareil. Je pensais que ce serait mieux. J'ai l'impression d'avoir sous les yeux un burger dégueu. Je peux le manger, mais j'aimerais ne pas avoir à le faire.

— Intéressante mise en perspective.

— Qu'est-ce que t'en penses ?

— Je crois que le CloudBurger mérite mieux que ton ironie.

— Oh, alors tu as de l'humour, maintenant ? »

Ils croisèrent un car qui fonçait vers Cloud. La diversion idéale. Elle essaya de voir l'intérieur, de déterminer combien de personnes s'y trouvaient, à quoi elles ressemblaient, mais le soleil se reflétait si fort sur les parois du car que le regarder en était douloureux, même avec des lunettes de soleil.

Il se renfonça dans son siège. Étira ses bras derrière sa tête, puis arqua son dos. « Mon entreprise me manque. Diriger, prendre les décisions. Mais c'est mieux que l'autre solution que j'avais. C'est mieux que rien.

— Tu vas avoir une explication avec le grand patron ?
— Wells ?
— Il va nous rendre visite, non ? »
Il éclata de rire. « Pourquoi pas, j'y ai pensé. Dobbs veut m'intégrer à l'équipe en charge de le protéger. Je dois encore avoir la validation de Dakota, parce que c'est elle qui dirigera l'équipe, mais oui, j'y ai pensé.
— Et si tu t'en prends à lui, combien de temps va-t-il leur falloir pour te renvoyer faire des paquets ?
— Une seconde. Peut-être moins. »
Elle rit. « Je paierais pour voir ça.
— Pour me voir perdre mon boulot ?
— Tu m'as comprise. »
Son téléphone vibra.

Génial ! Essayons d'organiser quelque chose bientôt. Voici une photo de moi et de papa, de quoi tenir jusqu'à ce qu'on se retrouve.

En pièce jointe, une photo quelconque de deux personnes qui n'étaient clairement pas ses parents, leur couleur de peau étant bien plus foncée que la sienne, mais qu'importe. Elle cliqua sur la photo et l'enregistra, puis, un œil sur la route et l'autre sur l'écran, elle ouvrit l'image avec une application de cryptage.
« Qui c'était ? demanda Paxton.
— Ma mère. Elle prend des nouvelles.
— Dis-lui que je la salue. »
Elle s'esclaffa. « C'est ça, ouais. »
Comme elle le soupçonnait, il y avait une ligne de code cachée dans la photo, et l'application lui révéla une carte qui affichait un point bleu clignotant à une trentaine de kilomètres à l'est. Un échangeur autoroutier était censé se trouver plus loin devant eux, et, comme un fait exprès, quelque chose se dessina à l'horizon au même moment. Une forme dans ce paysage insipide. Elle appuya un peu sur l'accélérateur, pressée d'y arriver.

Les autoroutes étaient risquées, si mal entretenues qu'elles tombaient en morceaux, mais celle-ci n'avait pas l'air en trop mauvais état et elle s'engagea dans la bretelle d'entrée.

« Alors, comment se déroule ton plan ? » demanda Paxton.

Elle sursauta. Mais sa petite histoire lui revint en mémoire, et elle laissa refluer la panique. « Jusqu'ici tout va bien. Je mets de l'argent de côté.

— D'accord, d'accord », répondit Paxton d'une voix incertaine, comme s'il y avait un autre sujet qu'il voulait aborder. Elle faillit poursuivre, mais il la devança. « Je peux te poser une question ?

— Tu viens de le faire.

— Très drôle… Hier. Ce type, Rick. Il a dit que tu farfouillais dans un ordinateur du terminal.

— C'est un mensonge.

— Mais quand je suis arrivé… Je crois bien t'avoir vue…

— Quoi ?

— On aurait dit que tu y étais retournée. Vers les ordinateurs. Une fois qu'il a été neutralisé. »

Elle prit une profonde inspiration. Essaya d'avoir l'air pathétique pour qu'il laisse tomber. Ce ne fut pas le cas. Armé de son silence, il la tenait en joue. Elle baissa la voix pour lui répondre, pour paraître plus fragile. Elle espérait que son air vulnérable le désarmerait. « J'étais terrifiée. Je cherchais une paire de ciseaux, ou n'importe quoi. Tout ce qui aurait pu me servir à me défendre. Il avait essayé de me tuer. » Elle l'observa, baissa encore la voix. « Je craignais qu'il ne te tue.

— Je vois. » Il réfléchissait. Puis il répéta : « Je vois.

— Qu'est-ce que j'aurais fait avec un ordinateur ?

— Aucune idée. Franchement, aucune. Mais entre ce qu'il affirmait et ce que j'ai vu moi… Je suis désolé. Et il y a aussi autre chose qui me trotte dans la tête. »

Elle serra le volant entre ses mains. « Autre chose ?

— C'est sans doute rien…

— Non, ce n'est pas rien, sinon tu ne l'aurais pas mentionné. »

Nouveau silence pesant. Zinnia avait le cœur au bord des lèvres. Il reprit : « J'aurais dû t'en parler plus tôt.

— Mais tu ne l'as pas fait.

— Le premier soir où l'on est sortis ensemble. Dans la salle d'arcade. Je surveillais quelqu'un. Pour le boulot. Et lorsqu'on a visionné les données de géolocalisation, un peu plus tard… » Il regarda dehors, par sa vitre. « J'ai vu que tu m'avais suivi. »

Elle ne savait pas quoi répondre. Son cerveau ressemblait à un vinyle qui tournerait à vide sur sa platine. Merde. Depuis combien de temps est-ce qu'il gardait ça pour lui ?

« Ton cul, lança-t-elle.

— Quoi ? »

Elle tendit la main pour la poser sur les genoux de Paxton. Frotta sa cuisse. Ses doigts remontèrent à quelques centimètres du renflement entre ses jambes. L'effet fut immédiat. « Je matais ton petit cul. Voilà. Maintenant, je suis gênée. J'espère que t'es content de toi. »

Paxton prit sa main et, l'espace d'un instant, elle crut qu'il allait la poser sur sa queue, mais il se contenta de la tenir. « Excuse-moi. Mais tu n'as pas à te sentir embarrassée. J'ai passé la soirée à mater le tien, moi aussi. »

Elle pouffa. Il se pencha pour lui embrasser l'épaule, lèvres humides contre peau nue, une sensation fraîche. Aux yeux de Paxton, son rire paraissait sûrement être une réaction amusée, un peu sexy, mais, la vérité, c'est qu'elle n'en revenait pas de voir combien ç'avait été facile de se débarrasser de sa suspicion.

« Je suis désolée, je ne voulais pas t'espionner, dit-elle. Il était sous mon nez… Tu m'en veux ?

— C'est un peu bizarre, mais ça me va. »

Un panneau apparut sur l'autoroute. Blanchi par le soleil, indéchiffrable. Trois kilomètres plus tard, ils aperçurent les premières traces de la civilisation. Une station d'essence en ruine au bord de la route. Une rangée d'édifices bas, de vieux commerces désormais abandonnés, leurs enseignes tombées ou illisibles, les parkings hérissés de mauvaises herbes. Elle consulta son téléphone. Le point de rendez-vous se situait bien dans cette ville.

Elle enclencha le clignotant avant de se rappeler l'ironie de la situation : en avait-elle réellement besoin, étant donné qu'ils n'avaient pas croisé le moindre véhicule depuis qu'ils s'étaient engagés sur l'autoroute vingt minutes plus tôt ? Elle emprunta la sortie. Quelques virages plus tard, ils pénétraient dans une grande rue flanquée de bâtiments qui ne dépassaient pas les deux étages.

Zinnia tendit le cou pour trouver l'adresse. Lorsqu'elle découvrit les lieux, elle réprima un frisson d'excitation.

Une librairie. Elle avait l'habitude de rechercher les librairies dans les villages comme celui-ci. Dans la ville fantôme qu'ils avaient traversée le jour de l'entretien, elle n'en avait pas trouvé, ce qui l'avait attristée. Celle-ci se tenait à un coin de rue, de grandes vitrines poussiéreuses avec un nom au-dessus de la porte : *FOREST AVENUE BOOKS*.

Il y avait autre chose.

Du coin de l'œil, elle le vit. Un grain de poussière peut-être, ou un mouvement furtif sur le toit du magasin. Un animal ? Elle arrêta la voiture et fixa le faîte du toit, là où il rencontrait le bleu du ciel. Attendant que quelque chose vienne perturber cette ligne droite.

« Et donc ? » demanda Paxton.

Ses yeux lui jouaient des tours. Les reflets du soleil. Son cerveau en surchauffe libéré dans l'immensité du monde. Elle avait toujours mal au crâne. Sans doute une petite commotion cérébrale, quand même.

« Rien, répondit-elle. On peut juste aller voir la librairie ? »

Il haussa les épaules. « D'accord. »

Zinnia gara la voiture dans une ruelle un peu plus loin, entre deux bâtiments qui lui feraient de l'ombre. Et dire qu'il n'était même pas encore midi… Elle éteignit le moteur et sortit dans la touffeur. Déjà, elle était en nage. Il grogna. « Tu parles d'une journée pour partir en balade.

— Parce qu'il y a de bonnes journées pour ça ?

— Tu marques un point. »

Ils remontèrent la ruelle, rejoignirent la grande rue et progressèrent le long des bâtiments pour rester à l'ombre. Ils dépassèrent un antiquaire, une épicerie et une quincaillerie avant d'atteindre la librairie. L'endroit était plus grand qu'ils ne l'avaient cru de l'extérieur : la façade était étroite mais la boutique se prolongeait si loin qu'on n'en voyait pas la fin, dans l'obscurité. Elle secoua la poignée.

« On a vraiment le droit de faire ça ? s'inquiéta Paxton.

— Allez. Vivons dangereusement. »

Elle se mit à genoux, tira une épingle de ses cheveux et commença à s'attaquer à la serrure.

« Tu te fous de moi ?

— Quoi ? » lança-t-elle en souriant, puis elle inséra la première épingle dans le mécanisme, jusqu'au fond, l'inclina comme un levier afin de faire pivoter le cylindre.

« Mais c'est illégal.

— Ah oui ? » Elle se servit de l'autre épingle pour mettre les goupilles de la serrure en place. « Personne n'est venu ici depuis des années. Qui va m'arrêter ? Je ne crois pas que ta juridiction s'étende jusqu'ici. »

Il se pencha pour jeter un coup d'œil à ce qu'elle fabriquait. « T'as déjà fait ça ?

— On se sait jamais ce qu'on peut y trouver, expliqua-t-elle en se débattant avec le vieux métal revêche. Des livres anciens. Des éditions épuisées introuvables. Considère ça comme de la spéléologie en milieu urbain.

— Et qu'est-ce que tu fais avec ce que tu trouves ? Tu le revends ?

— Non, idiot. Je le lis.

— Oh. »

Dans un dernier cliquetis, elle plia l'épingle à cheveux et le verrou couina. La porte s'ouvrit brusquement. Elle se redressa et tendit la main en avant : « Ta-daa.

— Impressionnant. Même si je ne suis pas sûr de ce que penserait Dobbs en apprenant que je me promène avec une criminelle. »

Tu ne crois pas si bien dire, songea Zinnia.

Elle choisit un rayon et le parcourut. Les étagères étaient à moitié pleines. Elle essayait de mettre un peu de distance entre Paxton et elle, car elle avait prévu de rester assez longtemps dans le magasin pour qu'il s'ennuie et s'éloigne. Son contact devrait être assez intelligent pour attendre le bon moment.

La plupart des livres dans l'entrée de la boutique ne l'intéressaient pas : livres de cuisine, biographies, bouquins pour enfants. En s'avançant, elle tomba sur la section littérature, et dénicha enfin des titres qui lui parlaient. Les couvertures étaient ensevelies sous des couches de poussière. Elle s'imagina en archéologue. Elle fit une petite pile de livres, tout ce qui lui paraissait digne d'intérêt.

Au fond du magasin, l'air devint lourd. Le parfum des vieilles librairies : une odeur de renfermé et de papier jauni, amplifiée par la chaleur écrasante. Paxton la héla depuis l'entrée de la boutique. « Je vais faire un tour. Prendre l'air. Voir ce qu'il y a d'autre dans le coin. »

Parfait. « D'accord. J'en ai pour un petit moment. »

Elle l'entendit rebrousser chemin vers l'entrée, ouvrir puis refermer la porte de la rue. Elle courut vers le fond de la librairie, où elle tomba sur une caisse et un bureau couverts de poussière, le tiroir-caisse ouvert, complètement vide hormis quelques *pennies* éparpillés sur le sol. Son téléphone vibra pour signaler la réception d'un nouveau message, détournant son attention pendant un instant, si bien qu'elle n'entendit pas tout de suite les craquements du parquet dans son dos.

Il y eut un claquement sec. Métal contre métal.

Elle sentit quelque chose de froid et de dur contre sa nuque ; pas difficile d'imaginer de quoi il s'agissait. Le revolver était pointé vers le haut, donc il ou elle était plus petit qu'elle.

Une voix de femme. « Vous êtes avec eux ? »

PAXTON

« Monsieur Paxton, je m'appelle Gibson Wells. »

N'importe quoi. Respire, bordel.

« Monsieur Wells. Je m'appelle Paxton. Avant de travailler chez Cloud, j'étais le fondateur de… non… j'étais le P-DG d'une entreprise nommée L'Œuf parfait. Une petite entreprise américaine que j'avais réussi à créer en travaillant d'arrache-pied, or les demandes de Cloud pour bénéficier de remises de plus en plus… »

Trop long. Ses mots lui paraissaient empesés comme du marbre. *Commence par une phrase forte. Sois direct.*

« Monsieur Wells, vous proclamez que vous soutenez le travailleur américain, mais vous avez ruiné mon affaire. »

Il opina du chef. Ça devrait pouvoir attirer l'attention de Wells. Il essuya ses sourcils en sueur. Il se mit à l'ombre pour se protéger du soleil. Il n'y en avait pas beaucoup, midi approchait. Il envisagea de retourner dans la librairie, mais cet endroit lui déplaisait, ne lui inspirait pas confiance. Il y avait des bestioles qui se carapataient là-dedans. Des rats, peut-être.

Il se dirigea vers la ruelle où était garée la voiture, curieux de voir où elle menait. À un autre pâté de maisons, sans doute. Au lieu de ça, il déboucha sur un quai de chargement, un parking, et l'arrière dépouillé des bâtiments de la rue principale. Partout, l'herbe avait repris le dessus, des tiges énormes surgissaient du trottoir comme des tubes de feu d'artifice.

Il y eut un bruit derrière lui, des pas qui crissaient sur le gravier. Il fit volte-face pour tomber nez à nez avec trois personnes, sous l'écrasant soleil de la mi-journée. Les yeux dissimulés derrière des lunettes noires, les bouches voilées par des bandanas, les vêtements usés. Deux hommes et une femme.

Les hommes étaient blancs, grands et maigres, comme s'ils avaient été étirés. Ç'aurait pu être des frères jumeaux, mais c'était difficile à dire avec leurs visages masqués. La femme était corpulente, musclée ; elle avait la peau sombre et des dreadlocks grises emmêlées sur le crâne. Elle tenait un vieux fusil, le canon dirigé sur la poitrine de Paxton. C'était un .22, à peine plus létal qu'un pistolet à plomb, tellement rouillé qu'il n'était peut-être même pas capable de faire feu. Il n'allait toutefois pas prendre le risque de parier là-dessus.

Il se figea et leva les mains en l'air. Les trois autres l'examinaient. Attendaient. Pas pressés. Il n'avait jamais entendu parler d'un truc de ce genre. On était aux États-Unis, merde, pas dans un mauvais film de troisième partie de soirée. Les bandes de desperados qui erraient dans les régions reculées en s'attaquant aux voyageurs égarés, ça n'existait pas.

La femme baissa son bandana pour libérer sa bouche. « T'es avec qui ? »

Il faillit mentionner Zinnia avant de se rendre compte que s'ils ne l'avaient pas repérée, elle était en sécurité. « Personne. Je suis seul. »

La femme grimaça un sourire narquois. « On a vu ta copine dans la librairie. On s'occupe d'elle aussi. T'es avec *qui* ?

— Où est-elle ?

— Réponds-nous d'abord. »

Il bomba légèrement le torse.

« On a un fusil, rappela la femme.

— J'avais remarqué, merci. »

La femme fit un pas en avant, ponctuant ses mots de gestes agressifs avec son arme. « Qui vous a envoyés jusqu'ici ? »

Il recula. « Personne. On ne faisait que se promener. Une journée. Spéléologie en milieu urbain.

— Spéléologie en milieu urbain ? »

Il haussa les épaules. « Voilà, c'est ça. »

La femme désigna la librairie du bout de son canon. « Amène-toi. Entre à l'intérieur.

— Et si vous baissiez votre arme ?

— Pas pour le moment.

— Nous ne sommes pas venus ici pour agresser qui que ce soit.

— Vous avez de l'eau ?

— Dans le coffre.

— Les clés. »

Il sortit les clés de sa poche et les jeta aux pieds de la femme, dans la terre desséchée. Elle se baissa pour les ramasser. Il aurait pu bondir sur elle. Aurait dû. Il attendit une seconde de trop. Elle s'était déjà redressée. Elle tendit les clés à l'un des deux maigrichons, qui alla jusqu'au coffre et en tira les bidons d'eau.

« Parfait, dit-elle. Maintenant, avance. »

Ils s'écartèrent pour laisser passer Paxton le long du mur de brique jusqu'à l'entrée de la boutique. Ils étaient méfiants. Jamais à portée de coup. Un peu plus près, et il aurait pu attraper le canon, le pointer vers le ciel puis arracher le fusil des mains de cette femme : technique de désarmement classique, objet de l'entraînement trimestriel obligatoire en prison.

Enfin, pas sûr que ce soit aussi simple avec une vraie arme qu'avec une réplique en caoutchouc.

Il ne se sentait pas réellement en danger. Ils avaient joué les gros bras, mais il avait perçu un léger tremblement dans la voix de la femme. Ses épaules étaient trop tendues. Plus il les observait, plus il trouvait qu'ils ressemblaient à des animaux terrifiés dont on aurait découvert le terrier, et qui montreraient les dents dans l'espoir que le prédateur ferait demi-tour et choisirait une autre proie.

Il entra dans la librairie et appela. « Zin ? Ça va ? »

La réponse jaillit de quelque part au fond des rayonnages : « Ça va. »

Il entendit les autres entrer à sa suite. Ses mains restaient levées, il se déplaçait lentement. Évitait les gestes brusques. S'il la jouait fine, si Zinnia et lui gardaient leur sang-froid, ils seraient libérés dans quelques minutes. De retour dans le confort du MotherCloud.

Zinnia était assise dos au mur, mains sur le sol. Une petite femme à la peau laiteuse avec deux longues tresses se tenait à cinq mètres d'elle et la menaçait avec un minuscule revolver noir.

Il croisa le regard d'une Zinnia un peu honteuse, tandis que les trois autres s'avançaient dans le fond de la boutique, entre les étagères et le bureau.

« Ils t'ont eu, toi aussi ? » constata-t-elle. Il fut rassuré de voir qu'elle ne semblait pas paniquer.

« Tu es blessée ? demanda-t-il.

— Non. »

Il lança un regard acéré à la fille au revolver. « Très bien.

— La ferme », ordonna la femme au fusil. Elle contourna Paxton pour garder Zinnia dans sa ligne de mire. Zinnia avait toujours les mains posées sur le sol.

La température de la pièce augmentait. Paxton connaissait cette sensation. Mieux valait calmer la situation avant que le mercure n'explose. D'un ton clair et fort, il lança : « Bon. »

Tout le monde le fixa.

« Je crois qu'il y a un gros malentendu, continua-t-il. Personne ici ne veut faire de mal à qui que ce soit. Et personne ne tient à être blessé. Nous voulons tous rentrer chez nous. » Il tendit la main vers la femme au fusil, pour capter son attention. « Vous pouvez garder l'eau. Alors que diriez-vous de baisser vos armes, de faire demi-tour et de repartir ? Comme ça, personne ne se fait tirer dessus. »

La femme serra son fusil encore un peu plus fort, mais elle chercha le regard de la fille au revolver. C'était donc cette dernière qui prenait les décisions.

« Comment vous appelez-vous ? demanda Paxton en se tournant vers elle. Commençons par là. » Il posa sa main sur son cœur. « Je m'appelle Paxton. Mon amie, assise par terre, c'est Zinnia. Comment vous appelez-vous ?

— Ember.

— Amber ?

— Ember. Avec un E.

— Très bien, Ember. Maintenant, on se connaît. Alors qu'est-ce que vous diriez de baisser vos armes ? Ensuite on sort d'ici, et tout le monde retourne d'où il vient.

— Il y a un logo Cloud sur votre voiture.

— On travaille là-bas. »

Ember acquiesça, soutint son regard. Son visage ne lui était pas inconnu. Mais il n'arrivait pas à le resituer. Il l'avait déjà vue quelque part. Au MotherCloud ? Il y avait tant de visages.

« Vous êtes la fille de l'examen d'entrée », lâcha Zinnia. Tout le monde se tourna vers elle. Zinnia dévisageait Ember en hochant la tête. « Vous êtes la fille qu'ils ont emmenée. Au théâtre. »

Les traits du visage d'Ember s'adoucirent. « Vous y étiez ? Vous vous en souvenez ? »

Zinnia prit l'air détaché. « Je suis très physionomiste. »

Paxton, soudain, se rappela lui aussi. La fille dans le tailleur lavande trop grand pour elle, avec l'étiquette orange. Au moment où ils étaient repartis vers le car, il y avait eu une sorte de bousculade.

« Qui êtes-vous ? » sonda Paxton.

Ember sourit. « Nous sommes la Résistance.

— À quoi ?

— À Cloud. Et je crois que vous pouvez nous être utiles. »

ZINNIA

Quel ramassis de conneries.

Impossible qu'ils soient ses employeurs. Ils n'avaient que la peau sur les os, leurs dents étaient jaunies et couvertes de crasse. Ils arrivaient à peine à subvenir à leurs besoins, alors les imaginer lui proposer un salaire à huit chiffres !

Elle n'avait pas pu consulter son téléphone, impossible de savoir si son contact était dans le coin, s'il l'attendait, ou s'il était parti. Le mieux qu'elle puisse faire, c'était de jouer les idiotes et de guetter une bonne occasion. Elle observa la pièce. Difficile de désarmer deux adversaires dans un espace aussi ouvert sans que quelqu'un soit blessé. Elle n'avait pas envie de se prendre une balle, et, tant qu'à faire, ce serait bien aussi si Paxton restait en vie.

Non pas que ça la préoccupe. Ce n'était pas le cas. Mais il ne méritait pas ça.

Paxton la rejoignit contre le mur, s'assit à ses côtés.

« Si l'on pouvait au moins…, insista-t-il.

— Stop, le coupa Ember. Fermez-la. À partir de maintenant, vous écoutez. Compris ? Vous écoutez et ensuite vous pourrez parler. Sinon, ça finira mal. »

La femme armée d'un fusil se détourna de Zinnia et Paxton et murmura, comme s'ils ne pouvaient pas l'entendre : « Tu penses que c'étaient eux qu'on suivait ?

— Impossible, répondit Ember. Le signal avait cessé avant qu'ils n'arrivent. Et leur voiture est un tape-cul. »

Merde. Ils avaient pris en chasse son contact.

Mais pourquoi ? Zinnia n'allait certainement pas leur poser la question. Elle ne voulait pas avoir l'air intéressée. Dieu merci, Paxton le fit pour elle.

« Attendez, vous suiviez quelqu'un ? Je croyais que vous viviez ici. »

Ember baissa les yeux vers lui. Elle lâcha le revolver et l'une des deux asperges le récupéra. « Nous avions capté le signal d'une voiture de luxe dans les parages. Rare qu'ils poussent aussi loin. Nous avions prévu de les détrousser. »

Oups, pensa Zinnia. Ses employeurs, pas de doute.

Paxton rebondit : « Comme Robin des Bois ? Est-ce que ça fait de vous la princesse des voleurs ?

— Je suis sûre qu'ils sont loin, à l'heure qu'il est. » Elle frappa dans ses mains. « Mais nous venons de nous emparer de quelque chose d'encore plus précieux. »

Les deux asperges et la vieille aux cheveux gris se dirigèrent vers les étagères et s'assirent pour admirer Ember comme des gamins, jambes croisées, le visage marqué par l'excitation. Ember fouilla dans sa poche arrière et sortit quelque chose qu'elle garda caché dans son poing fermé. Elle s'accroupit sans quitter Zinnia et Paxton des yeux. Elle posa l'objet par terre avant de se relever. À ses pieds, une clé USB en plastique.

« Voici l'allumette qui va réduire Cloud en cendres. »

Elle déclama sa réplique comme si elle était sur scène, face à un théâtre bondé.

L'allumette apparue sur la CloudBand. C'étaient eux ? Elle aurait voulu leur demander comment ils avaient piraté le système. Vraiment impressionnant de leur part. Mais ce n'était pas le moment de poser des questions.

« Quels métiers exercez-vous ? les interrogea Ember. Que faites-vous là-bas ?

— Nous sommes tous les deux des préparateurs », répondit Zinnia au moment où Paxton déclarait : « Sécurité. »

Zinnia se tourna vers Paxton. Il était stupide ou quoi ?

Ember acquiesça et se concentra sur Paxton. « Parfait. Voilà ce que nous allons faire. Vous allez rapporter ça chez Cloud. Vous allez le brancher dans un port USB et suivre les instructions qui s'afficheront jusqu'à exécuter le programme. Nous garderons la fille avec nous jusqu'à ce que vous ayez terminé et que vous reveniez ici. »

Zinnia éclata de rire. Un rire faussement léger, comme si elle ne venait pas de gâcher des semaines entières de sa vie à essayer de faire la même chose. Mais soudain, elle eut du mal à respirer. Leur but semblait similaire au sien. Étaient-ils en concurrence ? Étaient-ils le message envoyé par ses employeurs ?

« Non, articula Paxton.

— Comment ça, non ? demanda Ember.

— Ça veut dire ce que ça veut dire. Je ne la laisserai pas ici. Et je ne ferai rien du tout tant que vous ne m'expliquerez pas ce qui se passe. »

Ember se tourna vers ses acolytes avant de revenir à Paxton et Zinnia. « S'il faut vous expliquer pourquoi Cloud mérite d'être détruit, je ne suis pas sûre de savoir par où commencer.

— Qu'est-ce que vous leur reprochez, exactement ? » La voix de Paxton avait pris un ton sarcastique, condescendant, et c'était dans ces moments-là que Zinnia était le plus attirée par lui. « Je vous en prie. Éclairez-moi. »

Ember partit d'un grand rire. « Vous savez à quoi ressemblait la semaine typique d'un Américain, avant ? Quarante heures de boulot. Repos le samedi et le dimanche. Les heures supplémentaires payées. Les soins médicaux inclus dans le salaire. Vous vous rappelez ? On était payés en vrais dollars, pas avec ce système de crédits bizarre. On pouvait être propriétaire de sa maison. On avait une vie à côté du travail. Et maintenant ? » Elle renifla. « Maintenant, vous êtes un produit jetable qui prépare des produits jetables.

— Et donc ? »

Ember se figea, comme étonnée que ses mots n'aient pas eu plus d'effet sur lui. « Ça ne vous met pas hors de vous ? »

Paxton balaya la pièce du regard, s'arrêta sur elle et sur chacun de ses comparses, assis par terre derrière elle. « C'est sûr que les choses ont l'air de bien marcher pour vous, pas vrai ? À braquer des voitures au milieu de nulle part. Quel choix avons-nous ?

— On a toujours le choix. Vous pouvez faire le choix de vous en aller.

— On a toujours le choix ? Vraiment ? Parce que j'ai passé des années à faire un boulot que je haïssais, simplement pour pouvoir créer ma propre affaire. Et vous savez ce qui est arrivé ? Le marché a fait son choix. Et il a choisi Cloud. Je peux pleurnicher en tapant des pieds par terre autant que je veux. Qu'est-ce que ça changera ? Désormais, j'ai le choix entre travailler pour gagner ma croûte, ou vivre dans la misère et crever de faim. Désolé, mais j'ai tranché. Je choisis d'avoir un toit au-dessus de ma tête, et l'estomac plein. »

La voix de Paxton s'était élevée dans l'obscurité. Son ton avait changé, il avait délaissé l'assurance et la séduction pour bifurquer vers autre chose. Elle semblait provenir de quelque endroit loin sous la surface de sa peau. Touchant des émotions dont il ignorait même sans doute l'existence.

« Alors c'est tout ? s'agaça Ember. Vous acceptez la situation ? Vous vous contentez de prendre les choses comme elles sont, sans même vous battre pour les améliorer ?

— Améliorer quoi ?

— Tout, ça ne peut pas être pire. » Ember avait haussé le ton.

Paxton fit de même. Les muscles de son cou se tendirent. Son visage vira au rouge. « C'est le mieux que l'on puisse tirer d'une mauvaise situation. Alors vous pouvez continuer à jouer aux gangsters autant que vous voulez, ça ne changera rien.

— Eh ben », lâcha Zinnia, et les deux autres se tournèrent vers elle. Elle donna un petit coup de coude dans les côtes de Paxton. « C'est ça que t'appelles garder son calme ? »

Ember soupira en s'approchant d'eux. « Laissez-moi vous raconter quelque chose à propos de Cloud. C'est nous qui les avons choisis. Nous qui leur avons donné le contrôle. Quand ils ont décidé de racheter les épiceries, nous les avons laissés faire. Quand ils ont décidé de faire main basse sur l'agriculture, nous les avons laissés faire. Quand ils ont décidé de s'emparer des médias, nous les avons laissés faire. Idem pour les fournisseurs d'accès à Internet, les compagnies de téléphonie mobile, nous les avons laissés faire. On nous avait répété que l'on paierait moins cher, parce que Cloud se soucie avant tout de ses clients. Que ses clients formaient une famille. Mais nous ne formons pas une famille. Nous sommes la pitance qu'avalent les grandes entreprises pour devenir encore plus grandes. La seule chose qui continuait à lui faire un peu d'ombre, c'étaient les gros détaillants pour centres commerciaux. Mais les Massacres du Black Friday sont survenus, et les gens ont eu peur de sortir de chez eux pour aller faire leurs courses. Vous croyez que c'était quoi, un accident ? Une coïncidence ?

— Je vois. » Paxton hocha lentement la tête, la voix plus calme maintenant. « Là, vous devenez ridicule. Vous recrachez ces théories du complot idiotes.

— Ce ne sont pas des idioties.

— Alors dans ce cas, vous êtes cinglée, c'est tout. »

Elle frappa du pied sur le sol. Ses amis sursautèrent derrière elle. « Comment pouvez-vous être aveugle à ce point ? Comment pouvez-vous rester impassibles face à la mainmise qu'ils ont sur votre vie ? Comment pouvez-vous vous satisfaire de faire partie des habitants d'Omelas ?

— D'Omelas ? Quoi ? »

Ember parut soudain accablée. « C'est bien le problème. Nous n'avons pas perdu notre capacité de prendre soin de l'autre ; nous avons perdu notre capacité de penser. » Elle fusilla Paxton du regard. « Nous vivons dans le chaos. Nous consommons parce que nous tombons en morceaux, et parce que la nouveauté comble ce vide qui nous habite. Nous sommes devenus accros à cette sensation. C'est comme ça que Cloud nous contrôle. Le pire, c'est que nous aurions dû le voir venir. Cela faisait des années que l'on écrivait des histoires à ce sujet. *Le Meilleur des mondes*, *1984* ou *Fight Club*. Nous adorions ces histoires, tout en ignorant leur message. Aujourd'hui, comment se fait-il que l'on puisse commander n'importe quoi dans le monde et se le faire livrer devant notre porte dans la journée, alors qu'un exemplaire de *Fahrenheit 451* ou de *La Servante écarlate* met des semaines à nous parvenir – et encore, quand il nous parvient ? Ils ne veulent plus qu'on lise ces histoires. Il ne faudrait pas qu'elles nous donnent des idées. Les idées sont dangereuses. »

Paxton resta silencieux. Zinnia se demanda à quoi il pensait, si cela le faisait réfléchir. Elle, elle avait un avis sur la question : Ember était une sacrée oratrice. Elle avait le genre de voix qui vous prenait par la main, vous caressait la joue, avant de vous convaincre de lui confier votre code de carte bleue.

En plus, elle avait raison, ce qui ne gâtait rien.

« C'est le seul système que nous avons, dit Paxton. Le monde est en train de s'écrouler. Au moins, Cloud essaie de recoller les morceaux.

— Oh, vous voulez parler de ses fameuses "initiatives vertes" ? Ça suffirait à les excuser ? » Ember secoua la tête, se rapprocha encore un peu plus d'eux. Elle fouilla de nouveau dans sa poche. En sortit un petit objet. Il fallut une seconde à Zinnia pour comprendre ce qu'elle tenait, pincé entre ses doigts.

Une allumette noire à bout blanc.

« Vous voyez ceci ? demanda Ember en fixant tour à tour Paxton et Zinnia jusqu'à ce qu'ils acquiescent tous les deux. Elle est si menue, si fragile. Avec le temps, elle vieillira et s'usera. Jamais elle ne marchera si elle est mouillée. Elle se perd facilement, n'est pas facile à retrouver. Pourtant, l'étincelle qu'elle contient pourrait brûler une forêt entière. Ou mettre à feu un bâton de dynamite capable de détruire un immeuble. »

Paxton ricana. « Alors c'était ça, l'idée, quand vous avez piraté les CloudBand ? Vous pensiez que montrer cette image aux gens changerait quoi que ce soit ? Personne n'a compris ce que vous vouliez dire.

— Nous préparons le terrain. » La voix d'Ember devint acerbe. Elle n'était pas habituée aux joutes verbales. D'habitude, les gens s'agrippaient à ses mots comme aux rochers d'une falaise qu'il fallait escalader. « Nous nous insinuons dans l'esprit des gens. » Elle montra du doigt la clé USB, toujours posée sur le sol, tel un objet sacré. « Mais avec ça, nous allons y arriver. C'est notre réponse. Notre allumette.

— Et ensuite, quoi ? Vous allez détruire Cloud ? Où les gens iront-ils travailler ? Que feront-ils ? On parle de remettre à plat toute l'économie américaine. Et le marché de l'immobilier.

— Les gens s'adapteront. Nous ne pouvons pas laisser une compagnie avoir le contrôle total de nos vies. Vous savez qu'il y avait des lois, avant ? Jusqu'à ce que les gouvernements deviennent de plus en plus pauvres, et les entreprises de plus en plus riches ? Ensuite, ce sont elles qui se sont mises à dicter leurs règles. Vous croyez que votre salaire paie votre nourriture ? Votre logement ? Faux. C'est le gouvernement qui le fait. Il subvient aussi à vos soins. Il règle la note pour que vous ayez un boulot, parce que, ensuite, vous votez pour qu'eux gardent le leur. Le système est trop perverti pour être réparé. Il est temps d'y mettre fin, de le mettre en pièces.

— Bien envoyé, marmonna un des maigrichons.

— Totalement irresponsable », conclut Paxton.

Zinnia était étonnée de voir avec quelle passion Paxton défendait Cloud. La compagnie qui l'avait mené à la ruine. Il avait toujours semblé susceptible à ce propos. Peut-être avait-il été converti. Peut-être était-il devenu un vrai croyant. Peut-être que, face à la violence ou à la mort, il sentait le besoin de se justifier, parce que la vérité était trop difficile à accepter. Elle se cala par terre pour observer la suite, en attendant un moment d'accalmie.

Mais un mot d'Ember lui trottait dans la tête : Omelas. C'était une histoire. Elle l'avait lue. Il y a longtemps. Une histoire qu'elle n'avait pas aimée…

« Hé, dit Ember. Toi. »

Zinnia leva les yeux.

« Toi, tu restes. Lui, il part. Il fait ce qu'on lui a dit de faire, et il revient. Personne ne sera blessé. À moins que les choses ne tournent mal. À moins qu'il ne revienne pas seul. Je suis désolée de devoir agir de la sorte. Mais il le faut. Cela fait des années qu'on essaie. Vous êtes notre meilleur espoir.

— D'accord, lâcha Zinnia, et elle se tourna vers Paxton. Vas-y.

— Quoi ? »

Elle crut déceler une nuance de peur dans sa voix. « Je pense que la meilleure chose à faire, c'est de leur obéir.

— Je ne te laisserai pas ici. »

Encore ce satané esprit chevaleresque. Elle revêtit son masque de courage. « S'il te plaît. Je ne crois pas que nous ayons le choix. »

Paxton se rassit, comme s'il allait rester là un moment. « Non. »

Ember fit un pas en avant et pointa le revolver sur le front de Zinnia, les yeux plantés dans ceux de Paxton. « Vas-y, maintenant. »

Paxton leva les mains et se redressa en s'aidant du mur derrière lui. À chacun de ses pas, Ember abaissait un peu plus son arme. Il s'empara de la clé USB.

« Je reviendrai vite, dit-il à Zinnia.

— Merci », souffla-t-elle.

Il était presque hors de la librairie quand il se retourna une dernière fois. « Vous touchez à un seul de ses cheveux…

— Ouais, ouais, on a compris, l'interrompit Ember. Personne ne lui fera de mal. Fais ce qu'on t'a demandé. »

Le reste de la troupe le suivit, laissant Zinnia seule avec Ember. C'était la première erreur qu'ils commettaient : les laisser seules toutes les deux. Ils devaient penser que Paxton était le plus menaçant. Bon vieux reste de sexisme enraciné. Elle leva les yeux vers Ember. « Vous ne comptez pas m'attacher ?

— Il le faut vraiment ?

— Je croyais que vous étiez du genre prudente. »

Ember la mit en joue. « Debout. »

Zinnia se leva, mains en l'air, et s'approcha d'Ember, assez lentement pour qu'elle ne le remarque pas tout de suite. Ce qu'il y avait d'amusant avec les armes à feu, c'est qu'elles étaient bien moins dangereuses que les couteaux. Elle préférerait toujours se battre contre un flingue. La distance de sécurité minimale pour tenir quelqu'un en joue avec une arme à feu était de plus de six mètres. Plus près, votre adversaire pouvait renverser la situation. L'adrénaline foutait en l'air vos capacités motrices. L'augmentation soudaine de la pression sanguine vous donnait le tournis.

Il avait fallu des années d'exercice à Zinnia pour surmonter ce genre de désagréments. Ember, elle, n'avait sans doute pas bénéficié du même entraînement. Et elle se tenait désormais à moins de trois mètres d'elle.

« Ce n'est pas la peine de te ligoter. Il y a une réserve, dans le fond. Tu peux attendre là-bas. Il y fait chaud, mais, bonne nouvelle : on t'a apporté de l'eau. »

Zinnia fit un autre pas vers elle. Deux mètres cinquante. Deux mètres. Elle feignit de se diriger vers la réserve, mais Ember semblait plus préoccupée par Paxton et le reste de la bande. Si bien que, lorsque le bruit de la porte d'entrée retentit, dans cette fraction de seconde, Zinnia se rua vers elle.

Elle agrippa le revolver, referma ses doigts autour du canon et serra fort. Il cliqueta sous sa paume quand Ember arma, mais Zinnia ne céda pas.

En même temps, elle donna un coup de coude dans la tempe d'Ember. La douleur irradia dans son bras tandis qu'Ember s'écroulait lourdement sur le sol, tel un sac de pierres. Zinnia profita de sa chute pour lui arracher le revolver des mains.

Puis elle recula d'environ six mètres, vérifia qu'il restait bien des balles dans le chargeur et, satisfaite d'en trouver deux, braqua l'arme sur Ember. « Qu'est-ce qu'il y a sur la clé ? »

Ember cracha. « Putain de traître. Putain de drones. Tu vas combattre pour eux ?

— Qui vous a engagés ?

— Personne ne nous a engagés. Nous sommes la Résistance.

— Ouais, d'accord, blablabla révolution. J'ai pigé. Reste là. »

À l'évidence, ils étaient indépendants. Leur plan était à peine plus élaboré qu'un braquage à la con. Ils voulaient juste foutre le bordel et filer ventre à terre. Ça l'agaçait de voir qu'ils pensaient que les choses étaient si faciles. Comme si elle s'était pris la tête pendant des mois, démis le bras et tout, pour rien.

Elle se dirigeait vers la sortie, mais s'arrêta net. Elle ressentait un besoin irrépressible de faire du mal à Ember. Pas de la frapper, ni de lui faire mal physiquement. Mais de l'obliger à comprendre à quel point le monde était cruel. La cruauté, bruit de fond de chacune de ses journées dans ce foutu complexe.

« Attaque Cloud, prends ton allumette, ordonna Zinnia. Allume-la et dirige-la contre le mur de béton du complexe.

Et dis-moi combien de temps il te faudra pour le réduire en cendres. »

La lueur dans les yeux de la jeune fille s'étiola. Son humeur combative la quittait.

Satisfaite, Zinnia retourna à l'entrée du magasin, se colla contre la vitrine. Personne. Ils n'avaient pas encore pu partir. Ils devaient être dans la ruelle. Elle sauta pour détacher la cloche de façon à pouvoir ouvrir discrètement la porte, et sortit dans la rue, tâchant de rester silencieuse. Chaque couinement de ses baskets la faisait frissonner. Elle se déplaçait précautionneusement en longeant le mur de brique qui lui écorchait la peau.

Au coin de la rue, des voix. Elle s'arrêta à l'entrée de la ruelle et tendit l'oreille. Elle capta la fin d'une phrase de Paxton : « … et je vous jure que si vous touchez à un seul de ses cheveux, vous le regretterez. »

Ce mec radotait.

Elle l'entendait distinctement, ce qui lui fit conclure que les trois autres devaient le regarder, dos à l'entrée de la ruelle. Elle se baissa, passa une tête. Aperçut six jambes. La femme qui tenait le fusil était à l'arrière.

Plutôt facile.

Elle bondit. Paxton écarquilla les yeux quand il la vit. Elle braqua son revolver sur la tête de la femme au fusil. C'était risqué de se tenir si près, mais ils n'étaient pas assez entraînés pour pouvoir lui arracher l'arme. Tout ce qu'ils auraient à gagner, c'est de se faire tirer dessus. Ils se retournèrent d'un même mouvement et la fixèrent, d'abord désarçonnés, puis terrifiés.

« Le fusil, aboya Zinnia. Lance-le-lui. »

La femme rentra la tête dans les épaules. Elle regarda Paxton, qui souriait. Il s'avança et elle lui tendit le fusil. Il le récupéra et le pointa sur l'un des maigrichons. Zinnia tira en l'air. Le coup de feu les fit tous sursauter, Paxton compris.

« Maintenant, courez », dit Zinnia.

Ils déguerpirent tous les trois, bousculèrent presque Paxton et filèrent au bout de la ruelle, et disparurent. Zinnia lâcha le revolver sur la terre poussiéreuse et Paxton se précipita. Il la prit par les épaules et la serra fort. Zinnia se laissa faire. Ils restèrent un moment dans cette position, le temps que les battements de leurs cœurs ralentissent.

« Comment tu te sens ? demanda-t-il.

— Bien », lui répondit-elle, le visage niché contre son épaule.

Il recula pour la regarder dans les yeux. Il était dans tous ses états, trempé de sueur. « Bon sang, mais qu'est-ce qui s'est passé ?

— J'ai été prof à Detroit. Tu crois que c'était la première fois que je voyais un flingue ?

— Arrête ça.

— Elle m'a sous-estimée, et j'ai eu de la chance. Depuis toute petite, je fais du krav-maga.

— Tu ne me l'avais jamais dit. »

Elle haussa les épaules. « Je n'en ai pas eu l'occasion. »

Paxton secoua la tête, puis se baissa pour ramasser le fusil. Visa le ciel et tira. Il ne se passa rien.

« Une bien belle journée de repos, non ? lança-t-il.

— Tu l'as dit. Je crois que nous devrions rentrer.

— Ils ont gardé l'eau à l'intérieur. »

Elle reprit le revolver. « Je vais la chercher. Je tiens à mes livres, de toute façon.

— T'es sûre de toi ?

— Oui. » Elle désigna la voiture. « Attends-moi là-dedans, et allume la clim à fond. Je veux pouvoir me geler le cul dès que je serai assise.

— Je peux venir avec toi. »

Zinnia sourit. « Ne t'inquiète pas pour moi. En plus, j'ai besoin de reprendre mon souffle une minute. C'était… intense. »

Paxton esquissa un geste de reddition. « OK. Vas-y.

— Je vais chercher les toilettes, aussi, lança-t-elle par-dessus son épaule. J'en aurai peut-être pour quelques minutes. »

De retour dans la librairie, désormais déserte, elle se précipita vers le fond. Elle dégaina son téléphone et avant même d'avoir pu lire le message, elle entendit un craquement de parquet derrière elle. « Ne vous retournez pas. »

Une voix d'homme. Profonde, âgée. Rauque. Un fumeur. Elle tenait son arme de façon que l'homme la voie, mais ne la leva pas. Où s'était-il caché ? Peut-être dans le fond. À observer la scène.

« Vous devez poursuivre votre mission. »

Elle acquiesça, pas certaine d'avoir le droit de répondre à voix haute.

« Mais vous en avez une autre désormais. Votre rémunération sera doublée si vous y parvenez. »

Elle retint sa respiration.

« Tuez Gibson Wells. »

Les mots résonnèrent dans son oreille.

« Comptez jusqu'à trente, puis retournez-vous. »

Zinnia compta même jusqu'à cent vingt avant de réaliser qu'il était parti.

PAXTON

Paxton appuya sa tête contre le volant. L'air propulsé par la clim était frais, de plus en plus frais. Il sentait le moindre battement de son cœur.

Quelle bande de tarés. C'était quoi, leur plan ? Qu'est-ce qu'ils espéraient réussir ? Le monde pour lequel ils se battaient n'était qu'une chimère. Plus rien ne fonctionnait de la sorte.

Il repensait à cette première fois, au théâtre, sur son siège inconfortable, quand il passait le test pour décrocher ce boulot. À quel point il se sentait mal, au point d'avoir envie de vomir. Pas seulement de vomir, mais, littéralement, de vomir sur lui. Se souiller juste parce qu'il avait osé s'asseoir là.

S'ils avaient raison, c'est qu'il devait avoir tort. Deux mois qu'il avait tort, et de plus en plus, à mesure qu'il tissait des liens avec des gens comme Dobbs et Dakota, à espérer leur plaire. Leur approbation avait désormais valeur de salaire.

Et puis, il avait rencontré Zinnia. Vivre au MotherCloud signifiait vivre avec Zinnia, et peut-être que, lorsqu'elle partirait, il trouverait la force de la suivre.

Depuis la veille, depuis aujourd'hui, c'est comme si elle avait changé. Sa peau semblait rayonner. Ses yeux étaient devenus encore plus étincelants. L'envie de lui dire « je t'aime » le tiraillait. Il arrivait à un stade où il sentait qu'il était sur le point de se déclarer. Mais il ne voulait pas lui mettre la pression : Zinnia n'avait pas l'air d'être particulièrement solennelle ou romantique. Il s'imaginait poser les mains sur ses épaules, la regarder au fond des yeux et le lui annoncer. Elle répondrait en levant vaguement les yeux au ciel, ou dans un rire, et ce serait tout. Il n'aurait plus qu'à vivre avec ça.

Sois heureux de ce que tu possèdes, se répéta-t-il. Tu as un boulot, un toit et une femme magnifique. Le reste est accessoire.

Il se renfonça sur le siège et sentit quelque chose lui rentrer dans la jambe. La clé USB. Il allait baisser la vitre pour la balancer dehors, mais c'est le moment que Zinnia choisit pour revenir. Elle s'assit, posa les mains sur ses genoux et le considéra. Elle paraissait écrasée par le poids des derniers jours. Il essaya de trouver quelque chose de réconfortant à dire mais en fut incapable, alors il posa une main sur le genou de Zinnia, caressa la douceur de sa peau, la dureté de son os, et lui demanda si ça allait.

« On devrait y aller », répondit-elle.

Il fit démarrer la voiture et retourna dans la direction d'où ils étaient venus.

Il s'apprêtait à prendre l'autoroute quand il articula : « Bande de hippies débiles.

— Hippies, reprit-elle à voix basse.

— Qu'est-ce qu'ils croyaient ? Leur projet n'avait aucun sens.

— Aucun sens.

— Hé, dit-il en posant de nouveau la main sur sa cuisse. Ça va ? »

Pendant un instant, il crut qu'elle allait avoir un mouvement de recul, mais non. Elle posa sa main sur la sienne. Sa cuisse était chaude, sa main était froide. « Oui, ça va. Je suis désolée. Ça fait beaucoup.

— Oh que oui.

— Qu'est-ce qu'on fait, du coup ?

— Comment ça ?

— Est-ce qu'on raconte tout ça à quelqu'un ? Tu penses qu'il faudrait faire un rapport à ton chef ? »

Il n'était pas certain que le jeu en vaille la chandelle. Ils étaient à des kilomètres du complexe. De toute façon, qu'est-ce que quatre hippies pourraient contre Cloud ? Dobbs aimait que les choses restent simples. Ajouter ça à la venue de Gibson Wells, ça risquait de faire beaucoup.

« Beaucoup de bruit pour pas grand-chose, non ?

— Oui, répondit Zinnia. T'as raison. »

Ils s'engagèrent sur l'autoroute, en silence. Il n'était pas sûr de savoir quelle sortie prendre, mais il reconnut l'essaim au loin, le ciel qui s'assombrissait là où les drones se dirigeaient vers le MotherCloud.

Lui revint en mémoire ce qu'Ember avait dit à propos des livres. Était-ce vrai ? Le soupçon de censure était difficile à prendre à la légère, comme une graine qui se serait coincée entre ses dents. On aurait eu droit à un tollé général si Cloud escamotait réellement des livres. N'est-ce pas ?

Penser aux livres l'amena aux pages vierges de son bloc-notes. Les plus belles années de sa vie défilaient, et elles restaient blanches. Tant qu'à croupir chez Cloud, il devrait en tirer le meilleur. Pourquoi ne pas décrocher une promotion, par exemple ? Atteindre le grade kaki.

Il sortit de l'autoroute. Observa le ciel. Il n'y avait pas grand-chose d'autre à voir. Le soleil était masqué par les essaims noirs.

« Tu te souviens de l'époque où ce n'étaient que des jouets ? » Il désespérait de combler le vide qui s'était installé dans la voiture.

Il jeta un coup d'œil à Zinnia, elle hocha la tête.

« Je me souviens d'une fois en particulier, reprit-il. C'était en prison. Un gars avait eu la brillante idée de faire passer des trucs à son pote en se servant d'un drone. Ça a fonctionné pendant un petit moment. Mais, ce jour-là, il y avait pas mal de vent, et je suppose qu'ils étaient trop pressés pour attendre qu'il se calme. Un autre gardien et moi, on faisait notre ronde dans la cour, on surveillait tout le monde, et voilà qu'un drone s'écrase brusquement à nos pieds. Rempli de bandes dessinées. Tu le crois, ça ? Apparemment, le mec n'aimait pas les livres que proposait la bibliothèque, et comme il était illégal de faire parvenir quoi que ce soit aux détenus, il les recevait clandestinement grâce à son pote.

— Amusant, commenta Zinnia d'une voix morne.

— Amusant de voir comment les gens s'adaptent aux nouveautés », compléta-t-il.

Alors qu'il disait cela, une idée lui vint.

8

PRÉPARATION

GIBSON

Vous connaissez la parabole du riche et de Lazare ? Elle figure dans l'Évangile selon saint Luc. C'est l'histoire d'un homme puissant, richement vêtu, qui vit dans l'opulence. Couché à sa porte se trouve Lazare, un mendiant. Lazare est dans un sale état. Couvert de plaies, malpropre, affamé. Désespéré au point d'essayer de récupérer les miettes qui tombent de la table du riche.

Arrive le moment où Lazare meurt, et les anges l'escortent aux portes du paradis. Le riche meurt lui aussi, mais aucun ange ne se présente pour l'emmener. Il descend en enfer, où il est torturé et mutilé. Il lève alors les yeux et aperçoit Dieu, avec Lazare à ses côtés, et le supplie : « Aie pitié de moi, et envoie-moi Lazare, qu'il trempe son doigt dans l'eau et me rafraîchisse la langue. »

Dieu lui répond : « Souviens-toi que tu as profité de tes biens au cours de ta vie, et que Lazare a eu les maux pendant la sienne ; maintenant il est ici consolé, et toi, tu souffres. Il y a entre nous et vous un grand abîme qui ne peut pas être franchi. »

Le riche demande ensuite à Lazare d'aller voir ses frères, pour les avertir de ce qu'ils risquent, et ainsi éviter de finir en enfer comme lui. Mais Dieu reste ferme : « À eux d'apprendre à écouter les prophètes. »

Donc le riche souffre pour l'éternité, tandis que Lazare est au premier rang pour contempler les merveilles de l'univers.

Je vais vous dire pourquoi je n'aime pas cette histoire. Tout simplement parce qu'elle considère la richesse et l'ambition comme des péchés. Nous ignorons tant de choses à propos de Lazare et du riche. Pourquoi le riche est-il riche ? A-t-il gagné son argent de façon criminelle ? A-t-il fait du mal aux gens au cours de sa vie ? A-t-il monté sa propre affaire ? Subvenait-il aux besoins de sa famille et de sa communauté ? Pourquoi Lazare était-il pauvre ? Pourquoi était-il couvert de plaies ? Était-il injustement exclu de la société ? A-t-il fait de mauvais choix dans sa vie ? A-t-il mérité ce qui lui arrive ?

Nous n'en savons rien. Tout ce que l'on sait, c'est qu'être riche suffit à être un pécheur, et qu'être pauvre suffit à être vertueux, sans aucun indice sur la manière dont ils sont parvenus à cette situation.

La plupart des gens me voient pour ce que j'ai accompli : j'ai monté mon entreprise, subvenu aux besoins de ma famille, créé un nouveau rapport entre travail et vie privée, guidé par l'idée d'améliorer la condition du travailleur américain. Mais il y en a encore certains qui me considèrent comme un salaud égoïste. Ils pensent que, lorsque je mourrai – ce qui ne saurait tarder –, j'irai droit en enfer, aux côtés du riche, condamné à lever les yeux vers Lazare en me demandant ce que j'ai fait de mal.

Je tiens avant tout à rappeler que ce n'est pas un péché d'essayer de rendre le monde meilleur. Ce n'est pas un péché de vouloir subvenir aux besoins de sa famille. Ce n'est pas un péché de tirer un certain plaisir de son existence. Alors je possède un bateau, et j'aime pêcher. Pêcher me condamnerait-il au péché ? Jamais je n'ai levé la main pour commettre un acte violent. Devrais-je souffrir pour autant ?

Regardez dans quel triste état se trouve notre monde. Les petites villes se sont effondrées. Les villages côtiers sont sous les eaux. Les grandes cités sont pleines à craquer, aux limites de leur capacité. Au-delà même, parfois. Certains pays du tiers-monde sont pratiquement devenus des terrains vagues.

Le monde est dans un triste état, alors j'essaie d'aider du mieux possible. Ai-je toujours parfaitement agi ? Bien sûr que non. Mais c'est le prix du progrès. Bâtir Cloud, c'est comme faire une omelette. En route, on casse quelques œufs. Non pas que je me sente à l'aise vis-à-vis de ça. Je n'ai jamais pris plaisir à casser des œufs. Mais ce qui compte, c'est le résultat. Vous savez ce que j'ai toujours clamé, depuis des années : c'est le marché qui décide. J'aurais presque pu me tatouer cette phrase sur l'épaule, durant ma folle jeunesse. Je ne l'ai jamais fait – je dois honteusement vous avouer que j'ai peur des aiguilles –, mais c'était écrit sur une feuille de papier que j'ai affichée au-dessus de mon bureau le jour où j'ai lancé Cloud.

La feuille de papier est toujours là. Jaunie, craquelée, abîmée, les mots à peine lisibles. Mais cette phrase a aussi été imprimée sur des mugs et sur des affiches. Elle m'a fait vivre et respirer. Elle a marqué mes réussites et mes échecs.

C'est le marché qui décide.

Si le marché décide que tel produit peut coûter moins cher au consommateur, qu'il peut être livré plus rapidement, et que ça peut changer la vie des gens, alors je fonce !

Je me souviens, il y a des années, nous étions en négociation avec une entreprise de cornichons. J'adore les cornichons, demandez à Molly. Et j'adorais les cornichons que produisait cette entreprise, mais ils coûtaient trop cher, et les consommateurs n'étaient pas très enclins à payer autant que le souhaitait l'entreprise – quelque chose comme cinq dollars le bocal, si je me souviens bien.

Donc on est allés les rencontrer, et on leur a expliqué : « Laissez-nous travailler avec vous. » Nous les avons aidés à modifier leur packaging. Nous les avons aidés à trouver les meilleurs producteurs. Nous les avons fait passer du verre au plastique, et rien que ça, ça leur a permis d'économiser une fortune en transport vu que leurs camions étaient désormais plus légers quand ils quittaient les entrepôts, ce qui réduisait les frais de carburant.

L'objectif ultime, c'était de leur faire baisser le prix jusqu'à deux dollars le bocal, soit le prix que souhaitaient payer les consommateurs. Nous leur avons montré qu'avec tout l'argent qu'ils économisaient désormais, ils pouvaient facilement le baisser à deux dollars. Mais ils nous ont dit que c'était impossible, et ils ont essayé de nous enfumer en expliquant que c'était trop peu, et qu'ils seraient obligés de changer la structure de l'entreprise, etc. Ce à quoi j'ai répondu que c'était pourtant la solution, et qu'ils devaient nous tenir au courant s'ils avaient besoin d'aide sur ce point.

Bref, je vous passe les détails, ils ont refusé de bouger, alors j'ai dit : « Très bien, je donnerai à mes clients ce qu'ils veulent », à savoir un pot de cornichons à deux dollars. Voilà comment est né CorniCloud. Et je me fiche de ce que disent les gens : nos cornichons sont meilleurs que ne l'étaient les leurs.

Ils ont fini par mettre la clé sous la porte. Je n'aime jamais voir quelqu'un perdre son boulot, mais c'est tombé sur eux. Tout ce qu'ils avaient à faire, c'était trouver un juste milieu, et l'on aurait réalisé de grandes choses ensemble. Vous seriez étonnés de voir combien de cornichons nous vendons. Les gens les adorent, ils se conservent facilement, et tout le monde est content.

C'est le marché qui décide.

Je me souviens que, lorsque c'est arrivé, plusieurs personnes se sont mises en colère contre moi. Mais vous savez quoi ? Si je peux fournir un produit ou un service au consommateur, s'il est moins cher et de qualité égale, ça lui permettra de mettre l'argent économisé dans autre chose (plus de nourriture, un logement, des frais de santé, ou même une soirée en ville), et je serai ravi de le faire. L'objectif de Cloud a toujours été de simplifier la vie des gens. De nombreuses entreprises ont collaboré avec nous afin de réduire leurs coûts, et maintenant elles sont florissantes. Elles ne travaillent pas avec nous par obligation, mais parce qu'elles le souhaitent.

Pardon, je m'éloigne un peu du sujet. Je n'ai pas très bien dormi dernièrement. J'ai mal à la gorge en ce moment, comme un feu qui couverait. Ou les braises après un barbecue. On ne penserait pas qu'elles sont chaudes, mais elles le sont. Cette chaleur est en train de remonter vers ma tête. Les choses deviennent vraiment pénibles, et je travaille à les rendre moins pénibles parce que je tiens à rencontrer mon Créateur avec le sourire aux lèvres, et non pas en grimaçant.

Tout ça pour dire que je ne m'excuserai pas d'être riche. Je suis certain que, lorsque mon heure viendra, lorsque je passerai de l'autre côté, je ne finirai pas en enfer à cause de mon travail. Ce ne peut pas être le seul critère pour juger un homme.

Il y a vingt ans, les États-Unis étaient responsables de l'émission de 5,4 millions de tonnes de dioxyde de carbone. L'année dernière, on est passé sous le million. Sacrée différence ! Et une grande partie de cette baisse est due à la campagne que j'ai menée avec Cloud, et soyez certains que j'ai demandé à Claire de poursuivre dans cette voie. Je ne veux pas que Cloud soit neutre en carbone, je veux que l'on soit négatifs. Je veux que l'on aspire du carbone de l'atmosphère. Je veux que la montée des eaux reflue. Je veux que les habitants des villes côtières retrouvent leurs foyers. Je ne veux plus que Miami ressemble à ce qu'était Venise. Et je veux que Venise renaisse.

Devrais-je écoper de la damnation éternelle pour cela ?

PAXTON

« Enfile ça », lui ordonna Dakota en lui tendant une paire de lunettes de soleil.

Elles diminuèrent significativement la luminosité et l'aidèrent à se concentrer sur le chaos qui régnait sur le toit. Il n'en voyait pas les limites, c'était comme se tenir au milieu d'un champ grouillant. Le soleil tapait sur les panneaux solaires encastrés dans le toit. Disséminés sur ce grand plateau, des hangars abritaient des colis emportés grâce à un système de monte-charges auquel étaient raccordés les drones en attente d'un chargement.

Les employés portaient un polo orange. Nombreux étaient ceux qui avaient un T-shirt blanc à manches longues sous leur polo, un chapeau à large bord, ainsi qu'une ceinture bardée de gourdes d'eau. Les hangars de décollage faisaient un peu d'ombre, mais pas tant que ça, surtout quand le soleil était au plus haut, comme c'était le cas en ce moment.

« Il n'y avait pas de polos orange dans les vidéos de présentation, remarqua Paxton.

— Ça fait partie des petits détails méconnus, répondit Dakota. Ils ne montrent pas les couleurs de merde. »

Il était abasourdi par la scène qui se déroulait sous ses yeux. Par le bruit, ou plutôt l'absence de bruit, qu'il constatait. Les drones se révélaient quasiment silencieux. Ne subsistait qu'un bourdonnement électrique, comme un insecte qui volerait autour de lui, mais hors de son champ de vision. Il pouvait presque le sentir sur sa peau.

« Tu penses vraiment que c'est là ? » demanda-t-elle.

Il lui avait raconté l'histoire du drone en prison. Il avait vérifié avec elle et Dobbs : il n'y avait pas beaucoup d'agents de sécurité là-haut, parce qu'ils n'y étaient pas vraiment utiles. Tout ce qui arrivait sur ce toit était emballé puis enregistré par les CloudBand, donc personne ne pouvait rien voler. Les employés avaient leur propre issue pour redescendre une fois leur service terminé. Plus que d'agents de sécurité, c'était d'une équipe médicale qu'ils avaient besoin, à cause du constant danger d'attaque et de déshydratation. Chaque quai de chargement était orné d'une signalétique qui enjoignait aux employés de s'hydrater, et on trouvait partout des fontaines avec deux robinets : un pour l'eau et un pour la crème solaire.

« Par où on commence ? » l'interrogea Dakota, le regard perdu face aux milliers d'employés, aux kilomètres de plateformes et aux nuées de drones qui occultaient le soleil comme un nuage, leur offrant des moments de répit ombragés qui ne duraient jamais assez longtemps.

« Par le commencement. » Il fit quelques pas, se retourna pour vérifier que Dakota le suivait, et emprunta le chemin balisé sur lequel les employés pouvaient se déplacer en toute sécurité, marqué de bandes jaunes réfléchissantes pour que personne ne marche sur les surfaces sombres des panneaux solaires qui ressemblaient à des piscines à l'eau miroitante, parfaitement carrées.

Chaque station fonctionnait de la même manière : une légion d'employés, des drones qui s'élevaient dans les airs ou atterrissaient, des colis de formes variables, sur lesquels était pulvérisée une mousse de carton résistante aux intempéries. Personne ne leur prêtait attention. Il avait compté là-dessus. Lui-même ne s'intéressait pas aux gens qui ne s'intéressaient pas à lui.

En prison, il avait appris à ne pas chercher à surprendre l'échange. Mais à guetter le regard en coin. Le coup d'œil anxieux, la tension qui crispe les muscles. Les visages effrayés à la vue de son badge. Les détenus étaient des professionnels du subterfuge. Il fallait s'entraîner non pas à déterrer *ce* qu'ils dissimulaient, mais à reconnaître *ceux* qui dissimulaient.

Ils marchèrent pendant une heure. Ça ressemblait presque à une balade. Ils eurent droit à quelques regards, mais c'étaient des regards qui semblaient se demander ce qu'ils fichaient là, plutôt que de s'inquiéter de voir débarquer les flics. Paxton savait faire la différence. Alors il continuait de marcher, scrutait les visages, les mains, les épaules, pendant que Dakota, elle, perdait patience. Elle soupirait ouvertement, s'arrêtait pour boire de l'eau ou se tartiner le visage et le cou de crème solaire en un épais masque blanchâtre, jusqu'à ressembler à un squelette errant sur un toit brûlant.

À un moment, Paxton reconnut une silhouette familière et s'arrêta un instant pour s'assurer qu'il ne s'était pas trompé. Vikram, avec un grand chapeau, des lunettes de soleil et une gourde à la ceinture. Son polo bleu était devenu marine, trempé de sueur. Il lui tournait à moitié le dos et surveillait un groupe d'hommes et de femmes en orange en train de réviser un drone posé au sol. Il faillit s'approcher pour que Vikram le voie, et ainsi lui rappeler qui avait gagné, mais il se ravisa. Ç'aurait été mesquin. Il rejoignit Dakota, qui avalait une longue gorgée de sa bouteille d'eau.

C'est là qu'il le vit. Un type blanc et mince, couvert de tatouages du coude jusqu'au bout des doigts. Le genre de tatouage qu'on rapporte de prison, ou qu'un crétin de pote vous fait avec une aiguille à coudre et de l'encre à imprimante. Le tatoué se figea quand il aperçut Paxton et Dakota. Il s'éloigna pour tenter de se fondre dans un groupe de personnes, comme un enfant qui se cacherait derrière un arbre trop petit. Il fourra les mains dans ses poches avec l'air de vérifier que quelque chose s'y trouvait bien, et de le regretter.

« Lui », affirma Paxton en désignant la petite frappe du menton.

Dakota baissa ses lunettes sur son nez, fixa le type. Celui-ci transpirait abondamment maintenant, et peut-être pas seulement à cause du soleil. « T'es sûr de toi ? Si on chope ce mec et qu'il n'a rien sur lui, Dobbs ne sera pas content. Il est capable de t'assigner ici, s'il se fâche. On surnomme cet endroit le "toit du cancer" : meilleur spot du monde pour se cramer la peau.

— Fais-moi confiance. »

La petite frappe recula de quelques pas.

« OK », dit Dakota. Elle lui fit signe. « Yo. Hé. Toi. Viens là. *Ándale.* »

Le type regarda autour de lui, comme si quelqu'un allait lui porter secours. Personne ne leva le petit doigt. Au contraire, les gens s'écartèrent comme s'ils avaient deviné ce qui allait se passer. Il vint à leur rencontre avec un sourire forcé plaqué sur le visage, essayant de paraître détendu. Du genre : « Qui ça, moi ? »

« Vide tes poches », ordonna Dakota.

Le type regarda à nouveau autour de lui. Haussa les épaules. « Pourquoi ?

— Parce que ça me ferait vraiment plaisir, bordel. »

Le type sembla s'affaisser sur lui-même. Mit la main dans la poche, la sortit. Et sur sa paume apparurent une douzaine de boîtiers d'Oblivion. Dakota tendit les mains et il les lui donna.

Elle se tourna vers Paxton, sourire aux lèvres. « Pas mal. »

Paxton lui rendit son sourire. « Et ça ne fait que commencer. »

Il leur fallut une bonne demi-heure pour rejoindre la sortie, puis descendre jusqu'au tram pour retourner à l'Admin, où ils placèrent le type – dénommé Lucas – dans une salle d'interrogatoire si étroite que la table et les deux chaises qui se faisaient face y tenaient à peine. Paxton le laissa seul un moment, histoire de lui donner le temps de réaliser dans quelle merde il s'était fourré.

Dobbs traversa l'open space en direction de Paxton, suivi par une Dakota qui faisait de grands gestes comme pour l'applaudir. Dobbs lui assena une bourrade sur l'épaule. « Je savais que je ne me trompais pas à ton propos. Comment as-tu fait ?

— Une intuition, avoua Paxton.

— Eh bien, elle était payante. Prochaine étape : il doit nous raconter comment l'opération de contrebande s'organise, qui est impliqué, etc.

— Vous m'autoriseriez à tenter ma chance, chef ? »

Dobbs lui lança un regard dur. Réfléchit. Finit par acquiescer : « Bien sûr, fiston. Tu l'as bien mérité. On sera dans la salle d'à côté.

— Qu'est-ce que j'ai à lui offrir ?

— Une réaffectation. On le collera dans un des centres de traitement. Il voudra peut-être partir, c'est son problème, mais nous ne sommes pas obligés de le virer tout de suite.

— Très bien. »

Paxton hocha la tête à l'attention de Dobbs et Dakota, et retourna dans la salle d'interrogatoire pour s'asseoir face à Lucas. Il s'installa confortablement sur sa chaise, tandis que Lucas s'agitait sur la sienne. Après l'avoir fixé du regard pendant quelques secondes, Paxton attaqua. « Discutons.

— De quoi ?

— L'Oblivion dans ta poche. »

Lucas haussa les épaules, passa en revue l'intégralité de la pièce – les dalles du plafond, la table, la poussière dans le coin, le miroir à l'évidence sans tain. Tout, sauf Paxton. « Usage personnel.

— Voilà où j'en suis de ma réflexion. C'est certainement plus compliqué que ça, mais je me lance : un client passe une commande chez Cloud, et lorsque le drone le livre, il le charge d'Oblivion pour le trajet de retour. » Lucas plissa les paupières ; Paxton avait vu juste. « Là où ça se complique, c'est comment tu fais pour savoir quel drone récupérer. Peut-être que les drones reviennent toujours au même endroit. Peut-être qu'ils sont programmés pour se déplacer d'une certaine manière, ou piratés pour qu'on puisse les suivre. En tout cas, vous êtes plusieurs là-dessus. Il y a sûrement des managers dans le coup, peut-être même des agents de sécurité. Peut-être qu'il y a beaucoup de drones qui se baladent avec de petites quantités d'Oblivion, mais seules quelques personnes savent où chercher. Un truc comme ça. La seule chose dont je suis sûr, c'est que tu avais plus de cent doses sur toi. Ce qui risque de te valoir une expulsion immédiate. Tu sais ce que ça signifie. » Les yeux de Lucas étincelèrent. « Mais je peux t'aider.

— Comment ?

— On t'installera dans un nouveau dortoir. Dans les centres de traitement, de l'autre côté du complexe.

— Qu'est-ce que vous voulez ?

— Comprendre précisément comment l'opération fonctionne. Que tu me donnes tous les noms que tu connais. Les gens importants. Ceux de la sécurité, en premier lieu. Tu me donnes tout ça, et si je suis satisfait, tu sauves ta peau. »

Lucas fixait ses mains sur ses genoux. Il marmonna quelque chose.

« Tu disais ?

— Je veux un avocat. »

Paxton n'avait aucune idée de ce qu'il fallait faire dans ce genre de cas, et pour ne pas dire une bêtise, il se contenta d'un mouvement de la tête, se leva, repoussa sa chaise et sortit. Au pire, ça ferait flipper Lucas. Ou au mieux. Dobbs apparut lorsqu'il referma la porte.

« Bonne première approche, dit-il. Mais maintenant, je vais lui parler.

— Est-ce qu'il a droit à un avocat ?

— Certainement pas, rit Dobbs. Mais ne t'inquiète pas. Tu as joué le bon flic. Maintenant, il est temps que le méchant flic entre en scène. » Il tendit la main vers la poignée et se retourna vers Paxton. « Je suis sacrément fier de toi, fiston. »

À travers la vitre sans tain, Paxton vit Dobbs tirer la chaise pour s'installer en face de Lucas. Dobbs se mit à parler, mais Paxton ne pouvait pas l'entendre. Il resta là quelques secondes, à savourer le « fiston ».

Il finit par partir à la recherche de Dakota, mais un autre polo bleu, un surfeur blond dont il avait oublié le nom, lui expliqua qu'elle était allée faire une course et qu'il devait attendre son retour.

Paxton s'assit à son bureau et alluma sa tablette. Toute la journée, dans un coin de sa tête, il n'avait cessé de ressasser les propos d'Ember. Au sujet des livres que Cloud dissimulerait. Lors de ses premiers jours chez Cloud, il avait remarqué que son profil lui donnait accès au logiciel d'inventaire. N'ayant rien de mieux à faire, il se connecta, cliqua un peu partout, se trompa, fit demi-tour, tâtonna et finit par trouver le moyen d'accéder au stock disponible de chaque produit du MotherCloud.

Il chercha *Fahrenheit 451*, parce qu'il se souvenait que c'était un livre de Ray Bradbury. Il l'avait lu et aimé au collège. Deux exemplaires étaient disponibles. C'était peu, lui sembla-t-il. Il vérifia les stocks de la meilleure vente chez Cloud – le remake d'un roman érotique inspiré d'une série pour ados –, ils en avaient 22 502 exemplaires en stock. L'écart paraissait un peu grand, mais, en même temps, il connaissait le principe de l'offre et de la demande. Évidemment qu'ils avaient plus d'exemplaires d'un best-seller, là où le roman de Bradbury datait, d'après la base de données, de 1953. Il vérifia ensuite *La Servante écarlate*, de Margaret Atwood, et se rendit compte qu'il n'y avait aucun exemplaire sur site. Il était pourtant un peu plus récent, 1985. Aucun exemplaire ?

Il continua de cliquer un peu partout et tomba sur un onglet intitulé « indicateurs de commandes ». Ce qui signifiait qu'il pouvait fouiller parmi l'historique des recherches et des commandes concernant son MotherCloud. Il regarda autour de lui, soudain inquiet à l'idée qu'il puisse être en train de faire quelque chose de répréhensible. Cette information aurait dû être privée. Bon, après tout, il était agent de sécurité, et s'il y avait accès, il y avait certainement une raison. Il cliqua sur l'historique de *Fahrenheit 451*. Durant l'année écoulée, deux recherches, une commande. Pour *La Servante écarlate*, une recherche, pas de commande.

Ember avait tort. On ne cachait pas les livres aux gens. C'étaient les gens qui n'avaient pas envie de les lire. Quel genre d'affaire fonctionnerait si elle offrait au consommateur un produit dont il ne voulait pas ?

Il éprouvait presque du soulagement.

Pourtant, quelque chose dans les propos d'Ember l'avait touché, au point que même après une bonne nuit de sommeil, il se sentait encore un peu nerveux.

Cela dit, si elle s'était trompée sur les livres, elle s'était sûrement trompée sur le reste.

« Bonne nouvelle, s'écria Dobbs, et sa main s'abattit sur l'épaule de Paxton, qui sursauta et fit volte-face.

— Monsieur ?

— C'est bon, on sait tout, dit-il, penché sur son bureau. Le drone lâchait son colis, le dealer mettait l'Oblivion à la place, et boum, en route. Apparemment, deux techniciens avaient trouvé le moyen de pirater l'algorithme de certains drones pour qu'ils atterrissent toujours sur le même quai de chargement. » Dobbs frappa dans ses mains. « Beau boulot, fiston.

— Merci, chef. »

Il s'éloigna et Dakota arriva quelques instants plus tard, le visage encore barbouillé de crème solaire. Elle souriait elle aussi.

« Bon, dit-elle, toujours intéressé par la venue de Gibson ?

— Oh que oui. »

Il finit son service en pilote automatique. Sur le chemin du retour, il traversa lentement le hall de son dortoir, comme pour repousser l'échéance, pour ne pas se précipiter, ne pas être déçu, après tout, le système mettait peut-être un peu de temps à s'actualiser, mais lorsqu'il arriva devant les ascenseurs, il ne put se retenir plus longtemps. Il vérifia son évaluation et découvrit ses quatre étoiles.

ZINNIA

Zinnia tapa sa commande sur l'écran : deux CloudBurger, une petite frite et un milk-shake vanille. Elle s'assit et tenta de regarder ce qu'il y avait au-delà de la cuisine. Pas grand-chose en fait. Une porte battante qui révélait, chaque fois que quelqu'un la franchissait, la vision fugace d'un espace propre et carrelé derrière.

C'était tout. Le terminus de la ligne de tramway. Ça ne pouvait être que ça. La ligne partait de cette zone du Live-Play, et les boutiques situées au-dessus et en dessous s'étendaient jusqu'au mur extérieur, alors que le CloudBurger, lui, était beaucoup moins profond. Trop de place derrière cette porte pour une simple cuisine.

Restait à comprendre ce que c'était. Un tunnel de maintenance ou d'approvisionnement ? Peut-être autre chose. Une bizarrerie dans le complexe.

Spéculer l'amusait. Ça la distrayait de son autre mission : tuer Gibson Wells. Rien que d'y songer, elle avait peur, comme si sa montre était capable de repérer cette pensée dans ses connexions neuronales, et qu'une brigade de polos bleus allait débarquer pour la traîner dans une cellule vide.

Elle aurait aimé avoir plus de détails. Elle aurait aimé pouvoir prendre contact avec ses employeurs, mais, évidemment, ça ne marchait pas comme ça. Elle ignorait toujours leur identité. Tout ce qu'elle savait, c'était qu'on lui avait donné l'ordre d'assassiner l'homme le plus puissant et le plus riche de la planète sur son propre terrain, protégé par des dizaines de putains de gardes du corps.

Désormais, elle avait deux missions. Et elle devait mener les deux de front. Il y avait une chance pour qu'elle se retrouve aux prises avec la sécurité quand elle pénétrerait dans le centre de traitement. L'alerte serait sûrement donnée. Tout le monde serait confiné, si Wells était tué.

Il fallait donc que les deux s'accomplissent simultanément.

Sa visite coïncidait avec la commémoration des Massacres du Black Friday, ce qui risquait de donner du pain sur la planche à la sécurité. Ce serait une journée chaotique – une excellente couverture, rassurante, pour faire son boulot.

Paxton lui serait d'une grande aide. Non qu'elle ait l'intention de le mettre délibérément à contribution. Mais elle espérait glaner des informations. Lui tirer les vers du nez.

On lui apporta sa nourriture et elle s'y attaqua. Elle mâchait tranquillement son hamburger pour savourer la viande parfaitement grillée. En mangeant, elle réfléchissait à l'assassinat de Wells. Elle n'avait aucune envie de le faire, et il allait bientôt mourir de toute façon. Est-ce que ça comptait, du coup ? Avec le temps, il aurait souffert de plus en plus. C'était peut-être même une faveur qu'elle lui faisait. Elle s'accrocha très fort à cette idée en dévorant ses frites, et finit par se convaincre qu'elle était sensée.

Quelle que soit la manière dont cela se déroulerait, elle espérait surtout qu'elle n'aurait pas à le regarder dans les yeux. Voilà bien une chose qu'elle ne souhaitait plus jamais revivre : regarder une nouvelle fois quelqu'un dans les yeux à l'instant où la vie le quittait. C'était le seul aspect de son travail qu'elle trouvait insupportable, et même si cela ne durait que le temps d'un éclair, cet instant semblait toujours trop long.

L'alternance du milk-shake glacé et des frites brûlantes finit par lui donner mal au crâne. Elle gardait les yeux rivés sur la porte de la cuisine, tandis que les serveurs allaient et venaient. Si elle avait eu un polo vert, celui du personnel en charge de la restauration, elle aurait pu y entrer sans problème. Ce ne serait probablement pas une bonne idée d'en commander un – ça paraissait difficile de trouver le moyen d'acheter un polo d'une couleur qui n'était pas la sienne. Elle pourrait toujours en dérober un. Ce serait mieux que d'en acheter un à un employé, parce que ces gens-là avaient de la mémoire, une morale et une bouche pour moucharder. Non, il fallait qu'elle le vole.

Ce qui posait une nouvelle fois le problème de cette foutue CloudBand. Le boulet qui lui mettait constamment des bâtons dans les roues depuis son arrivée. Elle prit son second hamburger, elle se sentait rassasiée mais ne voulait pas gâcher la nourriture. Ce n'était pas tant la question du GPS – si c'était son dernier jour, elle se moquait de griller sa couverture –, mais sa montre ne lui ouvrirait pas les portes nécessaires. Elle aurait besoin d'un niveau d'accès bleu ou marron. Hadley était un polo marron. L'idéal serait de pouvoir utiliser sa montre. Mais cette traîtresse de CloudBand saurait que ce n'était pas Hadley qui la portait.

Et ensuite seulement, elle devrait mettre au point une stratégie pour filer d'ici.

Primo, le polo. C'était le plus facile. Bleu ou marron, puisque c'étaient les agents de sécurité et les services techniques qui bénéficiaient du plus grand nombre d'accès. Elle penchait pour la technique. Les techniciens se fondaient dans le décor. Ils s'occupaient de leurs affaires, et personne ne leur prêtait attention. L'habit ferait le moine.

Son téléphone vibra. Un message de Paxton :

Un verre ?

Elle avala ses dernières frites et lui répondit :

Deux minutes.

Ils se retrouvèrent dans leur pub habituel. La pinte de bière était déjà devant lui, entamée de quelques gorgées, et sa vodka-glace l'attendait. Il souriait de toutes ses dents. Elle était à peine assise qu'il levait son verre. « Je suis dans l'équipe pour Gibson.

— C'est génial, le félicita-t-elle en trinquant, sincèrement heureuse pour lui mais aussi pour elle. Alors, comment ça va se passer ?

— Rien n'est encore certain. Mais, grosso modo... » Il vérifia qu'aucune oreille indiscrète ne traînait près d'eux, et se pencha vers elle en baissant la voix : « Grosso modo, il arrivera par l'Accueil, où se passeront les commémorations du Black Friday, avec la lecture des noms. Puis il montera dans le tram jusqu'au Live-Play. Il s'y promènera un peu. Apparemment, c'est le premier MotherCloud à avoir eu un complexe de divertissement pour les employés, il tient à voir comment il a évolué. Puis retour dans le tram jusqu'à l'Accueil, et départ. Je ne sais pas encore de quoi j'aurai à m'occuper. Mais je serai dans l'œil du cyclone.

— Tu dois être fier. »

Il ouvrit la bouche, puis la referma. « Tu as l'air fier, en tout cas, reprit-elle.

— C'est un sentiment étrange. Quand je suis arrivé ici, je n'avais qu'une envie, lui dire ses quatre vérités. Mais aujourd'hui, je ne sais plus trop. J'ai l'impression d'avoir accompli quelque chose, l'impression qu'ils me font confiance. Ils me délèguent même ce genre de responsabilité. Il devrait y avoir un mot pour décrire ça, quand on se sent contrarié par quelqu'un, mais que dans le fond, on l'aime aussi.

— Oui. Il faudrait un mot pour décrire ça. »

Elle éprouva un petit pincement au cœur. À peine perceptible, mais qui lui laissa une brève impression de chaleur. Elle but de la vodka.

L'information la plus importante, c'était le tramway.

Gibson prendrait le tram.

Les trams sont susceptibles de dérailler.

Provoquer un accident de tram, ce serait un sacré challenge. Le seul inconvénient, c'est que ça l'obligerait à tuer bien plus de gens que le seul Wells.

Y compris Paxton, s'il voyageait à ses côtés.

MÉMO SUR LA PROTECTION DE WELLS

Voici les consignes concernant la protection de Gibson Wells durant sa visite dans notre MotherCloud. Veuillez relire et intégrer les informations suivantes. Désobéir à n'importe laquelle de ces consignes vous exposera à des sanctions lourdes de conséquences. Une étoile vous sera retirée, *au moins*. Ceci n'est pas une blague.

— Ne vous adressez jamais directement à Wells.
— Je vous le répète : ne vous adressez jamais directement à Wells.
— S'il vous adresse la parole, vous avez le droit de répondre aux questions qu'il vous posera et de discuter avec lui, mais veillez à ne pas trop vous étendre au-delà des politesses d'usage.
— Ne lui adressez ni vos doléances ni vos réclamations. Ce n'est ni le moment ni l'endroit.
— Si quelque chose doit être porté à son attention, dites-le-moi, ou dites-le à un membre de son équipe. Avec la plus grande discrétion possible.
— Maintenez toujours un périmètre de sécurité autour de lui. Les employés ne sont pas admis auprès de Wells, à moins qu'il n'initie la rencontre ou n'approuve la prise de contact.
— Votre tenue doit être propre et stricte. Les baskets sont autorisées, pas les jeans. Mettez un pantalon ou un treillis.
— N'utilisez jamais, jamais, votre téléphone personnel en présence de Wells. Vous devez montrer que vous êtes tout à votre mission, rien ne doit vous distraire. Même si vous n'avez d'autre tâche que de surveiller la foule, restez concentré.
— La journée risque d'être particulièrement confuse, parce que sa venue coïncide avec les commémorations qui, en outre, marquent le début de la période de vente la plus chargée. Lorsque vous aurez toutes les informations concernant votre affectation (itinéraire, minutage, etc.), vous devrez les mémoriser dans les moindres détails. Nous effectuerons une série d'exercices préparatoires, en plus de votre service. Votre présence sera obligatoire.

Si vous foirez, c'est moi qui saute, alors autant vous dire que je vais faire de votre vie un véritable enfer. Et encore, je reste polie.
Dakota

PAXTON

Le jour où Paxton était arrivé au MotherCloud, de nombreux cars étaient parqués devant l'édifice qui abritait l'Accueil. Aujourd'hui, ils avaient été déplacés à l'extérieur de manière à faire de la place pour les commémorations du Black Friday. Mis à part le flot continu de camions qui passaient sous les capteurs à l'autre bout de l'Accueil, l'endroit était désert.

Paxton regardait une équipe d'employés en polo vert ou marron en train de monter une estrade. Ils installaient des haut-parleurs de la taille d'une camionnette et mettaient en place le cadre qui allait supporter l'immense écran à trois cent soixante degrés. Ils se démenaient avec une vitesse et une précision incroyables. C'était visiblement la configuration qu'ils utilisaient chaque année pour la lecture des noms.

La vue des équipes de réparation leur était devenue très familière, ces derniers jours. Elles pullulaient dans les couloirs et les salles d'eau. Même s'il n'était pas prévu que Gibson visite les autres ailes du complexe, la direction semblait se comporter comme s'il allait en inspecter le moindre recoin. Tout devait être parfait : le moindre robinet qui fuyait, le moindre urinoir cassé, le moindre escalator en panne était réparé.

« Prêt, camarade ? »

Paxton se retourna vers Dakota. Ses traits étaient marqués, elle avait de gros cernes sous les yeux. Elle n'avait pas dû fermer l'œil depuis des jours. Mais elle débordait d'énergie, sa grande Thermos de café red-eye attachée à la ceinture, si noir qu'il semblait absorber la lumière. Paxton l'avait goûté une fois, et il avait passé les trois heures suivantes à attendre la crise cardiaque. Certes, en cet instant, il aurait bien eu besoin d'une petite gifle caféinée.

« Je crois, oui », répondit-il.

Elle hocha la tête. « On sera une équipe de cinq à ne pas le lâcher d'une semelle. Toi, moi, Jenkins, Cheema et Masamba. Tu les connais ?

— Seulement Cheema et Masamba.

— Je te présenterai Jenkins tout à l'heure. Elle est bien. C'est une bonne équipe.

— Merci encore de me faire confiance à ce point.

— Hé », dit-elle en lui donnant un petit coup de poing dans le bras. Le coup se révéla plus douloureux que prévu, mais il mit un point d'honneur à ne pas le montrer. « T'as gagné ta place. J'en reviens pas que t'aies finalement réussi à résoudre le mystère de l'Oblivion. »

Paxton rit : « Tu veux que je te dise ? C'était une révélation qui aurait pu frapper n'importe qui. Je crois que ça m'a fait du bien de sortir pour la journée. Je ne sais pas. Ce n'était pas si exceptionnel.

— Arrête de te rabaisser, le corrigea-t-elle d'une voix tranchante. Il n'y a pas beaucoup de hiérarchie chez Cloud, mais j'ai été le bras droit de Dobbs assez longtemps. Lorsqu'il m'élèvera au grade kaki, il y aura une place libre pour quelqu'un qui se sera distingué. »

Sa gorge se serra. Il ne savait pas quoi penser. D'un côté, ce serait un lien de plus qui le retiendrait dans ce MotherCloud. D'un autre côté, plus il y songeait, plus il avait l'impression que le monde se réduisait à ce complexe, et que tout le reste de cette planète s'était ratatiné jusqu'à disparaître.

S'être trouvé sous la menace d'une arme dans ce bled n'avait pas seulement été terrifiant. Ça lui avait brisé le cœur. Comme de regarder le monde en face après avoir dessaoulé, et voir à quoi il ressemblait sous la lumière crue du jour. Ici, il était en sécurité, il avait la clim, l'eau potable, et un toit sur la tête. Ici, il avait un emploi et une vie, et même si ce n'était sans doute pas la vie à laquelle il avait aspiré, en y travaillant un peu, il pourrait finir par vraiment l'apprécier.

« Tu n'as pas à te décider tout de suite, le rassura Dakota, qui s'enfila du café en grimaçant. Mais garde ça dans un coin de ta tête. En plus, un boulot comme ça comporte un certain nombre d'avantages.

— D'accord, je vais y réfléchir. Tu tiens le coup ?

— Je fais de mon mieux. La partie la plus pénible, c'est ma mère, qui est assise dans ma chambre devant la télé. Elle est venue pour notre dîner de Thanksgiving annuel. Je comptais l'inviter chez CloudBurger. Ils font un hamburger spécial pour l'occasion, à la dinde. Mais je crois que je ne vais pas avoir le temps.

— Tu penses qu'on est prêts pour demain ? »

Dakota avala une autre gorgée de café en balayant la scène du regard. « Aucune idée. J'ai parlé avec des responsables des autres MotherCloud à qui il a rendu visite. Apparemment, il se débrouille très bien tout seul. Il ressemble à un zombie, mais bon, c'était à prévoir. Le problème, ce sont les gens. Sur le site du New Hampshire, ils n'en avaient rien à faire de lui. Dans le Kentucky, ils l'ont reçu comme le Messie. Les gens se précipitaient contre les barrières juste pour le toucher.

— Il est déjà venu ici ?

— Pas depuis que je suis là. Dobbs dit que oui, mais rien d'important. Il était seulement venu pour une réunion. Pas un événement comme celui de demain. Tu as bien eu mon mémo ?

— J'ai bien eu ton mémo.

— Parfait… Dobbs m'a dit que si tout se passait bien demain, j'aurais droit à deux jours de repos consécutifs. » Elle s'interrompit. Réfléchit. « Bordel, je n'ai aucune idée de ce que je pourrais en faire.

— Dors, répondit Paxton. S'il te plaît.

— Le sommeil, c'est pour ceux qui manquent d'ambition. » Nouvelle gorgée. « Combien de temps avant la fin de ton service ?

— Une heure.

— Très bien. Refais le parcours encore une fois. Et n'oublie pas, dès que le discours est terminé, c'est la fin de la cérémonie, et on file au tram. Une voiture nous attendra. Les transports seront immobilisés, à part pour nous. On va au Live-Play, il fait son tour, on retourne à l'Accueil, et il repart. Simple et efficace. Même une bande de babouins ne pourrait pas foirer ce coup-là.

— Je suis sûr qu'on trouvera un moyen… »

Dakota se tourna vers lui et pointa un index menaçant sous le nez de Paxton. « N'essaie même pas de faire de l'humour.

— Désolé.

— Allez, déguerpis, camarade.

— OK, patronne. »

Paxton s'éloigna. Il n'avait pas fait dix pas que Dakota le rappela. « Hé ! »

Elle le rejoignit en sautillant. « J'oubliais. Désolée, j'ai le cerveau en bouillie. Le gars que t'as attrapé ? Dobbs l'a cuisiné. Il a balancé des noms. Alors Dobbs les a cuisinés eux aussi. Et il a fini par comprendre comment les types faisaient avec leurs montres.

— Merde, vraiment ?

— Tu ne devineras jamais.

— Je ne devine jamais rien. C'est bien mon problème. »

Dakota sourit et fit durer le suspense pour rendre les choses plus théâtrales. « Bon, tu sais que les montres sont codées pour ne fonctionner que sur leurs utilisateurs ? Visiblement, cette fonctionnalité a planté, il y a de ça au moins deux mises à jour. Nos génies de la technique ne s'en étaient pas rendu compte. Un paquet de gens vont être virés, après ça. En fait, il était devenu possible d'enlever sa montre et de la refiler à un complice. Puisqu'il suffisait que les montres soient en contact avec une peau à trente-sept degrés, l'alarme ne se déclenchait pas. La personne sans montre n'avait plus qu'à aller faire sa petite course, et revenir. Et tu avais raison sur un autre point : ils se planquaient dans la cohue pour enlever leurs montres, parce que, là, il faut plus de quelques secondes pour remarquer la disparition d'un signal. »

Il secoua la tête. « C'est… C'est complètement idiot. Je n'aurais jamais imaginé que ce soit si simple.

— Ils travaillent à réparer le bug. Ils auront sans doute besoin de plus qu'une mise à jour du logiciel. Peut-être carrément d'une mise à jour du hardware. Ça va leur coûter une petite fortune. Mais au moins, maintenant, on est au courant.

— Ça alors, gloussa Paxton.

— Tu comprends pourquoi Dobbs est si content de toi. Continue comme ça, petit malin. »

ZINNIA

Zinnia vida les dernières gouttes qui restaient au fond de la bouteille de vodka tout en se demandant si elle devait se lever.

Elle ne voyait pas comment c'était possible : percer plusieurs niveaux de sécurité pour pénétrer dans les entrailles d'une zone interdite, revenir sur ses pas avant de tuer un homme qui bénéficiait d'une protection maximale. Tout ça sans pouvoir ouvrir la moindre porte sur son parcours.

C'était irréalisable. Et sa conclusion n'avait rien à voir avec le fait de devoir tuer Paxton. Plus elle se le répétait, plus elle en était convaincue.

Elle secoua la bouteille de vodka vide et la reposa sur la table de nuit. Se connecta au site de Cloud pour voir si elle pouvait s'en commander une nouvelle. Non, à l'évidence, il était impossible d'acheter de l'alcool sur le site de Cloud. Connards d'hypocrites.

Elle avait encore envie de boire, mais aucune envie de se lever, d'enfiler une culotte et de voir des gens. Elle resta donc assise, à se dire que la meilleure solution serait peut-être de partir le plus vite possible. Mais comment ? Peut-être pourrait-elle louer une voiture qu'elle abandonnerait quelque part ? Mais pour ça, il faudrait que Paxton intervienne de nouveau, et il trouverait peut-être louche qu'elle le lui demande une seconde fois.

Elle pourrait marcher. La ville la plus proche se situait à quoi, cent cinquante kilomètres ? Ça ne lui prendrait que quelques jours. Elle pourrait aussi faire du stop, en chemin. Il lui faudrait emporter beaucoup d'eau. Une arme aussi, pour être tranquille, en cas de nouvelle rencontre avec Ember et sa brigade de hippies.

Et pour se protéger de ses employeurs qui voudraient sans doute se débarrasser d'elle. Bof, elle avait trop bu pour s'en inquiéter.

Son téléphone vibra. Elle fixait le mur.

Nouveau bourdonnement. Elle leva les yeux au ciel.

Hey, de quoi t'as envie ?

Puis :

On boit un verre ?

Zinnia considéra les messages un bon moment. Cette soirée était sans doute la dernière qu'elle passerait avec Paxton. Une sensation étrange la chatouilla dans le ventre ; ç'aurait pu être une gastro, mais ça ressemblait aussi à une pointe de regret. Peu importe. Elle pouvait lui demander d'apporter de la vodka, puis de lui procurer un orgasme. Deux bonnes raisons de lui répondre par l'affirmative ; les seules raisons, se dit-elle.

Viens. Apporte de la vodka.

Vingt minutes plus tard, on frappait à la porte. Paxton était tout sourire, visiblement sa journée avait été bonne, quelque chose le mettait en joie, et quand il baissa les yeux et s'aperçut qu'elle ne portait pas de culotte, son sourire s'élargit encore plus. Il se pencha pour l'embrasser. Elle se laissa tomber sur le futon pendant que Paxton leur préparait deux verres avec les glaçons du frigo.

« Wow, s'étonna Zinnia. Tu m'accompagnes à la vodka ?

— Super journée. Je suis une star. »

Zinnia acquiesça, appuyée sur le futon. La tête lui tournait. Paxton lui tendit un verre. Ils trinquèrent, burent, puis le visage de Paxton disparut entre ses cuisses et elle en eut le souffle coupé. Jusqu'à ce qu'il pose sa tête sur ses genoux et se retourne pour la regarder. Il voulait de toute évidence qu'ils se fassent un câlin, encore une de ces conneries d'amoureux. Elle faillit le rappeler à l'ordre, lui dire de continuer de s'occuper d'elle, mais il souriait toujours, et ce sourire, c'était ce qu'elle préférait chez lui.

Un sourire sincère.

« Ça fait du bien, dit-il.

— De quoi ?

— De rentrer à nouveau dans les bonnes grâces. Est-ce que ça fait de moi quelqu'un de narcissique ? »

Elle haussa les épaules. « On passe notre temps à chercher l'approbation des autres. On est programmés pour ça.

— Oui, mais là on parle des gens qui ont coulé ma compagnie. » Il resta silencieux un moment. « Enfin, Dobbs n'y est pour rien. Dakota non plus. Je crois même que, dans le fond, Gibson Wells ne l'est pas plus. J'ai fait de mon mieux. Mais c'est le marché qui décide.

— On dirait bien », lança Zinnia en sirotant sa vodka.

Paxton fronça les sourcils, la dévisagea d'un peu plus près. « Ça va pas ? »

Non.

« Si, si. Fatiguée.

— Tu as eu des nouvelles de la coalition Arc-en-ciel ?

— Aucune.

— Bon, les choses se passent bien avec Dobbs, alors peut-être que je pourrais lui en toucher un mot, et te faire travailler à la sécurité ? » Il posa ses jambes sur le plan de travail, pour trouver une position confortable dans cet espace réduit. « Vu comment tu t'es comportée dans ce bled avec cette bande de demeurés, tu es faite pour ça. »

Elle ricana. C'est ça, oui. Et il pourrait aussi le convaincre de l'embaucher avant demain après-midi ?

« Pourquoi pas, dit-elle. Ce ne serait pas si mal.

— Je n'arrête pas de repenser à eux. À la tristesse de leur existence. Vivre dans une misère noire. Squatter des villes fantômes. Ils font ça depuis un moment, non ? Ça se voyait. Leur odeur. Un bail qu'ils n'avaient pas eu droit à une douche ou à des vêtements propres. Alors que nous… » Il se tut, considéra sa vodka, en avala une gorgée. « J'ai conscience que ce n'est pas parfait, mais ce n'est pas rien non plus. On a un boulot. »

Zinnia n'était pas sûre de savoir qui il essayait de convaincre. Mais son choix à elle était fait. Cet endroit lui sortait par les yeux. Les surfaces en matériaux bruts et l'exiguïté de sa chambre et les balances numériques et les écharpes et les livres et le papier tue-mouche et les lampes de poche et les agrafeuses et les tablettes. Et le minimarathon qu'elle se tapait quotidiennement, au point que ses genoux la faisaient désormais souffrir tous les soirs. Pire : la perspective de répéter ça chaque jour de sa vie.

Elle choisirait de vivre dehors.

« Je réfléchissais », dit Paxton.

Elle attendait qu'il poursuive, mais il ne le fit pas. « À quoi ?

— À la situation, et si ce que je vais dire est trop gênant, on oublie. Ce n'est qu'une suggestion. Mais si l'on emménageait ensemble, ça nous coûterait plus cher mais on aurait un peu plus de place, et je me disais... » Il regardait ses pieds, seule manière de dissimuler ses yeux sans se couvrir la tête. « Je me disais que ça pourrait être chouette. Tu vois. Surtout pour le grand lit. »

Elle prit une grosse lampée de vodka et, tandis que l'alcool coulait dans sa gorge, elle sentit son cœur se briser. Peut-être qu'après toutes ces années passées à s'acharner à l'endurcir, il avait fini par devenir fragile. Un simple coup pouvait désormais le briser.

Tous les jours, ce boulot d'arriéré, pour ensuite, quoi, rentrer à la maison ? Pour quoi faire, lire un bouquin ? Regarder la télé ? S'asseoir en attendant le lendemain, que le marathon recommence ? Comment est-ce que ça pourrait être « chouette » ?

Elle réfléchit tout de même à la question.

À la façon dont ça pourrait être chouette.

Ça faisait longtemps qu'elle travaillait dur. Très dur, même. Son corps portait le souvenir de son labeur. Ces cicatrices que Paxton caressait du bout des doigts sans jamais lui poser de questions, et d'ailleurs elle aimait ça chez lui. Ça, et son sourire. Et il arrivait à être drôle, parfois.

Elle imagina l'extérieur. Le soleil caniculaire. Se battre pour l'eau. Les villes vidées de leurs habitants, et l'air conditionné qui circulait dans sa chambre. Elle devait bien le reconnaître, il y avait beaucoup de choses qu'elle détestait dans cet endroit, mais, au moins, il était calme. Comme un tombeau. Après ce à quoi elle avait été habituée pendant des années – du claquement des coups de feu à la voix rêche des interrogatoires, en passant par le fracas des explosions –, ce calme la réconfortait.

Si elle restait, elle se réveillerait chaque matin, se présenterait à la terrasse de l'Entrepôt et irait ramasser des conneries qu'elle foutrait sur des tapis roulants pour les expédier on ne sait où.

Est-ce qu'elle pourrait rester, sans achever sa mission ?

« Pardon, articula Paxton d'une voix grave. Je n'aurais pas dû mettre ça sur le tapis.

— Non, non, c'est pas ça. Je n'ai jamais vécu avec quelqu'un. » Elle se pencha pour l'embrasser sur le front. « Mais je croyais que c'était très cher, les appartements pour deux. »

Paxton haussa les épaules. « J'attends toujours des nouvelles de mon brevet pour l'Œuf. Une fois que je l'aurai… Je pourrai gagner un peu d'argent en le revendant à Cloud.

— C'est vraiment ce que tu veux faire ? »

Nouveau haussement d'épaules. « Ce n'est pas comme si j'avais le moyen de créer une autre entreprise.

— Très bien. Alors laisse-moi un peu de temps pour y réfléchir. »

Il sourit, posa son verre de vodka et enfouit de nouveau son visage là où Zinnia aimait, et alors qu'elle plantait ses ongles dans ses épaules et se cambrait pour se presser encore plus contre lui, elle se dit que, dans le fond, ce genre de vie n'était peut-être pas si mal. Une sorte de retraite bien méritée.

PAXTON

Lorsque Paxton revint de la salle d'eau, Zinnia était allongée sur le futon, à moitié enroulée dans le drap. Il referma la porte, ôta le peignoir de Zinnia et se glissa à côté d'elle.

Encore cette sensation au creux de son estomac. Il avait envie de lui dire qu'il l'aimait. Facile à prononcer, mais impossible à effacer ensuite. Il roula sur le dos, à regarder les mandalas au plafond. Estime-toi déjà heureux qu'elle envisage d'emménager avec toi, se dit-il. Contente-toi de ça.

Il imagina un appartement rempli de leur présence à tous les deux, ce qui lui rappela son bloc-notes vierge. Déménager avec Zinnia n'était pas seulement lié à ses sentiments pour elle. Ça signifiait aussi qu'il acceptait le fait que son bloc-notes reste vierge. Que ce futur avec elle lui suffisait. Et, qui sait, peut-être que l'inspiration le frapperait et qu'il aurait l'occasion de retenter le coup, mais en attendant, sa place était chez Cloud, avec elle.

Elle remua, passa par-dessus lui – il sentit au passage la chaleur de son corps – et marcha lentement jusqu'à l'évier. Elle se servit un verre d'eau, qu'elle but d'un trait. « T'en veux un ? lui demanda-t-elle.

— Non, merci », répondit-il, et il se pencha pour admirer la cambrure de son dos dans la pénombre. Il espérait qu'elle le voie en train de l'admirer, et qu'elle serait partante pour un deuxième tour. Au lieu de ça, elle ramassa son peignoir, l'enfila en serrant bien fort la ceinture. Elle désigna la table de nuit du menton.

« Tu peux me passer ma montre ? J'en ai besoin pour aller aux toilettes. »

Il tâtonna derrière lui à l'aveuglette et attrapa le premier chargeur qu'il trouva. C'était le sien. Il fit la moue et le lui tendit.

« Arrête, dit-elle. Nos bracelets ne se ressemblent même pas.

— Peu importe. Sers-toi de la mienne.

— Je croyais que les montres étaient programmées pour fonctionner seulement sur leurs propriétaires. »

Il s'esclaffa. « J'en ai une bonne à ce sujet. Cette fonctionnalité ne marche plus. Tu te rappelles qu'on se demandait comment les gens arrivaient à tromper le GPS ? On s'est rendu compte qu'il leur suffisait en fait de donner leur montre à une autre personne, le temps de liquider leurs petites affaires. Incroyable, pas vrai ? Ils sont en train de plancher pour réparer ça, mais, apparemment, ça risque de prendre un bout de temps.

— Ah. »

Après quelques instants, elle répéta : « Ah. »

Et elle sourit.

« Ne l'ébruite pas, hein ? dit-il. D'ailleurs, à la réflexion, tu ferais peut-être mieux de prendre la tienne… » Il se pencha pour l'attraper, mais lorsqu'il se tourna vers elle, elle était déjà sortie.

9

COMMÉMORATION

GIBSON

Il m'est pénible d'écrire sur ce sujet. J'ai déjà dû rédiger six ou sept brouillons. Je n'ai jamais trop évoqué les Massacres du Black Friday, avant tout parce que je ne pense pas que ce soit mon rôle de m'exprimer à ce sujet, mais je suppose que, puisque j'arrive au bout du chemin, je dois m'y résoudre.

Quelle dramatique journée ce fut – je sais, c'est vraiment une déclaration originale… L'Amérique a toujours entretenu une relation ambiguë avec les armes à feu. Je la comprends. J'ai grandi dans une famille qui baignait fièrement dans sa tradition de chasse. Je savais démonter et nettoyer une arme à dix ans, on m'a toujours appris à traiter les armes avec respect. Et à faire de même avec le gibier que je chassais. Je n'ai jamais été un de ces imbéciles qui ont besoin d'abattre un lion dans une réserve en Tanzanie pour se prouver quelque chose.

Nous, on chassait l'orignal ou l'écureuil pour les manger et tanner leur fourrure. Mon père allait jusqu'à sculpter des outils à partir des os, parce qu'il nous semblait important d'utiliser le plus possible l'animal que nous avions abattu. Pas question de gâcher.

En même temps, j'ai conscience que ma façon de considérer les armes ne peut pas être la même que celle de quelqu'un qui aurait vécu à Detroit ou à Chicago.

Tout le monde a une opinion, et chaque opinion est différente des autres. C'est bien là le problème. Voici la mienne : c'était une idée complètement stupide d'inclure les armes dans les articles soldés. Sincèrement, je m'en souviens encore précisément, j'étais en train de boire mon café quand j'ai lu cette annonce dans le journal, et ma première pensée a été qu'un pauvre bougre allait se faire tirer dessus.

C'était une pensée bien sombre, et je l'ai repoussée. J'aime croire les gens meilleurs qu'ils ne le sont réellement. Je déteste avoir raison. Encore plus avoir eu raison à ce point. Qui aurait pu imaginer que ça se passerait comme ça, et dans autant de magasins ? Qui aurait pu deviner qu'autant de gens allaient y laisser la vie ?

C'est à ce moment-là que j'ai pris la décision que l'on ne vendrait plus d'armes à feu. J'avais pourtant passé des années à négocier le droit de le faire. C'était le seul article de tout notre stock qui devait être livré par une personne physique, et dont l'acheteur devait accuser réception personnellement.

Mais ça me rendait malade, j'en avais mal au cœur, mal à l'estomac : il fallait changer les choses. Parfois, il faut montrer l'exemple. Et la suite m'a donné raison. Les grandes chaînes de magasins étaient déjà en train de plonger et les petits commerçants n'étaient pas capables de rivaliser avec Cloud ; résultat, on est passé de quelque vingt millions d'armes à feu produites aux États-Unis à un chiffre inférieur à cent mille. Et, qui plus est, les armes sont devenues extrêmement coûteuses, et donc hors de portée de la grande majorité du public. S'il y a bien une industrie à laquelle ça ne me pose pas de problème d'avoir fait du mal, c'est bien celle-ci.

Les Massacres du Black Friday ont été la dernière fusillade de masse aux États-Unis, et je suis heureux d'avoir joué un rôle dans ce changement.

C'est le marché qui décide. Ce que je veux dire, c'est que les Américains ont voté avec leurs portefeuilles, et accepté que l'on devienne leur principal point de vente en sachant pertinemment que nous n'expédierions pas d'armes à feu par drone jusqu'à leur porte.

Je me répète, parce qu'il est si facile de mal interpréter des propos : je pleure les victimes plus que vous ne pensez, mais je suis heureux, malgré tout, que cet événement ait permis aux États-Unis de se ressaisir face à cette question épineuse.

Donc, nous y voilà. Je vous encourage tous à prendre quelques minutes pour y repenser longuement. Chez Cloud, comme d'habitude, nous organisons une cérémonie et, pour les employés qui ne pourraient pas quitter leur travail, une minute de silence. Nous lirons les noms des victimes, et nous continuerons à honorer leur mémoire du mieux que nous le pourrons, en travaillant dur et en faisant preuve de compassion les uns envers les autres.

L'autre chose dont je voulais vous parler est assez cruelle à admettre, mais je ne peux pas le nier plus longtemps : aujourd'hui, je vais probablement visiter mon dernier complexe MotherCloud. Je suis tout bonnement incapable de continuer. Je ne dors presque plus. J'ai du mal à garder la nourriture que j'avale. Je fais du mieux que je peux, mais, certains jours, j'ai besoin de mon infirmier, un grand gaillard du nom de Raoul, pour me porter. Ce n'est pas une façon de vivre.

Aujourd'hui, ce sera donc une journée très spéciale pour moi. Encore une dernière fois.

Ma dernière visite d'un MotherCloud. Claire et Ray vont me rejoindre pour l'occasion, et nous allons faire ensemble une belle promenade avant de rentrer à la maison. J'essaierai de continuer à vous écrire, même si tout ne sera pas sur le blog. Pas encore. J'ai dû demander de l'aide à Molly pour ce texte, elle a pris le relais pour le taper à la moitié. Dis bonjour, Molly.

Pour mémoire, Molly vient de me donner un coup sur le bras. Elle tient à ce que je reste sérieux.

Donc, au cas où ce serait mon dernier post, je tiens à vous remercier tous de votre attention. J'aurais aimé pouvoir rencontrer chaque employé de Cloud avant de disparaître. En cet instant, j'ai la tête pleine de rêves. De choses que je vais devoir laisser inachevées, mais c'est la vie, n'est-ce pas ?

Je crois que ce serait le moment de vous quitter sur une dernière phrase d'une grande sagesse. Comme si je pouvais dire quelque chose qui soit considéré comme sage. Vous savez, j'ai vécu en suivant un précepte simple : le travail est fait ou il ne l'est pas, or j'ai toujours aimé qu'il soit fait.

Si vous arrivez à vous concentrer sur ce point et sur votre famille, tout devrait bien se passer pour vous.

Avec toute ma sincérité, et du fond du cœur, je vous remercie. Ce fut un honneur de vivre cette vie.

ZINNIA

La ligne de tramway est fermée à cause des cérémonies commémoratives du jour du Souvenir.

Zinnia reposa sa CloudBand sur son chargeur et enfila rapidement des vêtements dans lesquels elle serait à l'aise : un pantalon de survêtement et un sweat à capuche épais, de quoi dissimuler son poignet nu. En s'habillant, elle se repassait son plan dans sa tête. Il contenait encore beaucoup d'incertitudes. Dépendait de renseignements qu'elle ne possédait pas toujours. Mais bon, ça devrait suffire.

Elle décrocha la tapisserie du plafond, grimpa dans les combles et rampa jusqu'à la salle d'eau. Déserte. Elle sauta sur le sol et sortit. Une femme attendait l'ascenseur, elle fit quelques foulées pour la rattraper avant que les portes ne se referment.

Une fois à l'intérieur, la femme valida sa montre, et Zinnia se plaça au fond de l'ascenseur. Dans le hall d'entrée, elle se dirigea vers la salle de sport. Elle piétina jusqu'à ce que quelqu'un arrive – un gars avec des bras magnifiquement sculptés qui lui ouvrit la porte et la laissa passer avec l'évidente intention de mater son cul.

Dans la salle de sport, elle fit mine de s'exercer avec des haltères légers jusqu'à être sûre que personne ne faisait attention à elle, puis elle en planqua un de cinq kilos en caoutchouc dans la poche ventrale de son sweat à capuche. Elle sortit discrètement de la salle et retourna vers le hall d'entrée, d'où elle pouvait voir le quai du tram.

L'endroit s'était vidé. Il n'y avait qu'un polo bleu, un vieil homme qui avait l'air de s'ennuyer ferme. Tout le monde devait être à l'Accueil pour préparer la cérémonie avec Wells. Elle se plaqua contre le mur pour qu'il ne la remarque pas, et attendit.

Il fit un long tour de la place, sans jamais perdre de vue l'entrée du tram. Mauvaise nouvelle.

Elle pensa aux allumettes qu'elle avait dans la poche. Elle pourrait allumer un feu quelque part pour faire diversion, même si ça risquait sans doute d'attirer l'attention. Pas l'option la plus sûre, pourtant ça valait le coup de la tenter. Mais alors qu'elle s'emparait de ses allumettes, le garde balaya des yeux les alentours comme s'il craignait d'être surpris et fila vers les toilettes.

Dès qu'il fut hors de vue, elle sortit de sa cachette et fonça vers la ligne du tram. Elle se glissa sous le bras d'un portique et s'allongea à plat ventre sur le quai pour placer l'haltère entre le mur et la voie, en faisant attention à ne pas toucher les rails. Il était octogonal et ses bords étaient plats, elle réussit à le positionner sur la tranche. Elle attendit un moment pour vérifier que les capteurs ne le détectaient pas, mais rien ne se passa. Les rails devaient être sensibles au poids pour réagir à la présence d'éventuels débris. Mais en positionnant l'haltère de manière qu'il n'y ait aucun contact avec eux, il était indétectable. Et ça devrait suffire pour faire dérailler le tramway.

Devrait devrait devrait. C'était du travail bâclé, elle détestait ça, mais mieux valait une solution bâclée que l'autre solution.

Le garde reparut alors qu'elle venait juste de revenir aux ascenseurs. Elle feignit de consulter le plan du complexe, sautillant de nouveau d'un pied sur l'autre comme si elle allait faire son jogging pour qu'il ne se demande pas pourquoi elle restait là.

Cette portion de voie était en ligne droite, et les trams en profitaient généralement pour prendre un peu de vitesse. Comme celui-ci ne s'arrêterait pas avant le Live-Play, il devrait aller assez vite.

Zinnia songea à Paxton. À lui qui se tiendrait aux côtés de Wells quand le tramway heurterait l'obstacle et déraillerait. Corps brisés, membres mutilés. Beaucoup de sang. Elle se sortit cette image de la tête. Se concentra sur l'argent qu'elle allait gagner. La liberté qu'il engendrerait. Sur sa propre vie à sauver. Sur tout ce qu'elle laisserait derrière elle.

Un homme s'approcha de l'ascenseur et Zinnia lui emboîta le pas. Il valida sa montre, mais pour un autre étage. Zinnia s'écria : « Ah, zut, j'ai oublié un truc ! » et ressortit. Elle dut répéter l'opération deux fois en l'espace d'un quart d'heure jusqu'à finalement tomber sur quelqu'un qui montait à son étage.

Elle s'arrêta devant une porte à quelques encablures de la sienne et frappa. Sa poitrine vibrait d'excitation. Elle avait croisé Hadley dans la salle d'eau plus tôt dans la matinée, et quand Zinnia lui avait demandé si elle allait à la cérémonie, elle lui avait répondu que non. Au bout d'un moment, elle entendit du bruit et la porte s'ouvrit sur les grands yeux de Hadley qui brillaient dans la pénombre, sous un enchevêtrement de cheveux. Elle fixa Zinnia comme un chat, sans trahir une émotion particulière.

« Je peux entrer ? » demanda Zinnia.

Hadley hocha la tête et recula d'un pas. L'appartement sentait mauvais. Le renfermé et la nourriture de la veille. Les murs étaient couverts de guirlandes de Noël, éteintes, et un gros rideau opaque occultait la fenêtre, si bien que la lumière du jour ne filtrait presque pas. Le plan de travail était jonché de sacs en papier de restos à emporter et d'emballages vides. Hadley se retrancha au fond de la pièce et s'assit sur le futon, les yeux posés sur Zinnia et les mains jointes. Zinnia s'adossa au plan de travail et s'apprêtait à parler quand Hadley s'éclaircit la gorge.

« J'ai beaucoup repensé à ce que tu m'as dit dans la salle d'eau, glissa-t-elle dans un petit filet de voix. Tu avais raison, c'est ma faute.

— Non, non, ma belle, ce n'est pas du tout ce que j'ai dit. » Un poids tomba sur l'estomac de Zinnia. « Tout ce qu'il a fait, c'était entièrement sa faute, pas la tienne. Mais tu dois tourner la page. C'est ça que je voulais dire.

— J'en ai perdu le sommeil. Parfois, je me réveille et j'ai l'impression qu'il est là, avec moi. » Elle serra ses bras autour de son torse, grelottante malgré la chaleur. « J'aimerais… J'ai besoin de dormir. » Elle releva les yeux. « J'aimerais être forte. Comme toi. »

Zinnia ne sut quoi répondre. Elle ne s'attendait pas à l'envie qui soudain la prit d'enlacer cette fille, de la serrer fort, de lui caresser la tête, de la rassurer en lui murmurant que tout allait bien se passer. Elle ne se souvenait même plus depuis combien de temps elle n'avait pas ressenti ça, ce qui rendait la situation encore plus pénible. Elle essaya de se représenter Hadley comme une poupée qui articule des mots quand on tire sur sa ficelle, rien qu'un jouet en plastique.

Zinnia passa la main sur la petite boîte qu'elle avait dans la poche. « J'ai quelque chose qui devrait pouvoir t'aider. »

Hadley lui lança un regard plein d'espoir. Zinnia s'agenouilla à côté d'elle et lui présenta la petite boîte contenant l'Oblivion sur sa paume tendue.

« Est-ce que c'est…, commença Hadley avant de s'interrompre, comme si elle n'osait prononcer le mot.

— Tu dormiras comme un bébé.

— Je dois aller travailler, après la cérémonie.

— Tu as besoin de dormir. Dis que tu es malade.

— Mais mon évaluation…

— On s'en fout, de ton évaluation. Ce n'est qu'un chiffre. Elle va descendre un peu, et puis tu travailleras dur et elle remontera. Tout se passera bien. Tu as besoin de dormir sans penser à rien. Fais-moi confiance. Là, tu as l'air d'être sur le point de t'effondrer. »

Hadley fixa un long moment la petite boîte. Zinnia commençait à redouter de devoir l'immobiliser et lui fourrer de force l'Oblivion dans la bouche, mais Hadley hocha la tête. « Comment est-ce que ça se prend ? »

Zinnia ouvrit la petite boîte et considéra les fins rectangles. Cette fille en a besoin, se dit-elle. Elle a besoin de se déconnecter de son cerveau et de flotter un peu.

Zinnia réussit à s'en convaincre.

« Tu le poses sur ta langue.

— Très bien, dit Hadley. Très bien. »

Elle sortit sa langue, avant de la rentrer timidement, embarrassée. Zinnia savait qu'une fille de sa corpulence, qui n'avait jamais consommé de drogue de sa vie, serait assommée par une seule dose. Elle en prit quatre et lui fit signe de rouvrir la bouche. Hadley s'exécuta et Zinnia plaça les petits rectangles verts sur sa langue. La jeune fille ferma les yeux, comme plongée dans ses pensées. Zinnia la ramena sur le futon.

La respiration de Hadley ralentit, ses muscles se détendirent, sa tête roula sur le côté. Zinnia pressa ses doigts contre le cou de Hadley, là où battait son pouls, afin de s'assurer qu'elle était toujours vivante. Les battements donnaient l'impression que la jeune fille prenait de profondes inspirations.

Il était temps de se mettre au travail. Elle enleva son polo pour le remplacer par le polo marron de Hadley. Un peu moulant, mais ça irait. Elle faillit permuter leurs bracelets de montre, mais ils étaient presque semblables : le rose de celui de Hadley était proche du fuchsia du sien. Elle fouilla dans les affaires de Hadley pour dégoter une vieille casquette de base-ball usée. Elle s'attacha les cheveux en queue de cheval et l'enfila. Se regarda dans le miroir installé derrière la porte d'entrée. Elle fixa la montre de Hadley autour de son poignet. La CloudBand lui demanda son empreinte digitale. Zinnia saisit la main de Hadley et appuya son pouce sur l'écran. Un smiley souriant apparut.

Prête.

PAXTON

La foule était impossible à dénombrer. Un arc-en-ciel de couleurs s'étirait autour de l'Accueil. De larges zones vides avaient été délimitées : une qui reliait l'extérieur à l'arrière de la scène, par où arriverait le car de Wells, et une qui partait de la scène en direction du tram, qu'il emprunterait pour aller visiter le Live-Play.

Paxton traversa la scène. Les yeux partout, comme disait Dakota. Des polos bleus se faufilaient parmi le public, mais c'était bien d'avoir aussi une vision d'ensemble. Paxton n'était pas certain de savoir ce qu'il cherchait. Tout le monde n'était que sourires et impatience fébrile.

Des vidéos de Cloud tournaient avec la bande-son à plein volume sur l'écran géant derrière lui. À présent, il s'agissait de la vidéo diffusée lors de leur formation, saupoudrée de témoignages de clients.

Un groupe de personnes d'origines ethniques diverses expliquait à quel point on leur avait facilité la vie. Si près des haut-parleurs, le son craquait.

Merci pour tout, Cloud.
On t'aime, Cloud.
Tu m'as sauvé la vie, Cloud.

Il jetait régulièrement un œil vers la gueule béante de l'entrée, un rectangle de lumière blanche aveuglante, par où arriverait le car. C'était pour bientôt. L'engin se garerait derrière la scène, et Gibson Wells en personne en sortirait pour monter les marches. Paxton ferait partie de la dizaine de personnes qui l'accompagneraient. Si proches qu'elles pourraient le toucher.

L'estomac de Paxton se tordit. Il songeait de nouveau à affronter Wells. Il perdrait sûrement son job sur-le-champ, mais le souvenir de la marche pénible dans cette ville en ruine pour passer l'entretien, ce sentiment de postuler pour un boulot aux antipodes de là où il avait réussi à se hisser, tout cela lui donnait envie de le faire, pas tant pour avoir une réponse ou entendre des excuses que pour être reconnu. Pour que Wells le voie, et sache ce qui s'était passé.

« Prêt ? » hurla Dakota par-dessus le vacarme.

Elle s'était matérialisée à ses côtés, soudainement, comme par magie. Il opina du chef, même si, dans le fond, il ne savait pas ce qu'il entendait par là.

« Parfait, répondit Dakota en lui tapant dans le dos. Parce que le voilà. »

Le car fit son entrée, d'abord simple tache sombre sous la lumière blanche, puis il pénétra dans l'enceinte du complexe et roula au pas au milieu de la cohue. Derrière les barrières, au moins vingt rangées de curieux s'entassaient de chaque côté de la voie. Ils criaient, applaudissaient, agitaient la main.

Le car était imposant, bordeaux avec des finitions dorées. Les vitres étaient fumées, impossible de voir l'habitacle. Le véhicule scintillait, même à l'intérieur, il brillait sous le reflet infini des rayons du soleil. Paxton le suivit des yeux tandis qu'il naviguait lentement jusqu'à l'endroit prévu, derrière la scène, au milieu d'une dizaine de polos kaki et d'une vingtaine de polos bleus. Il avait l'impression que sa tête était gonflée à l'hélium, qu'elle allait se détacher de son corps pour s'envoler.

ZINNIA

Zinnia franchit les portes battantes au fond du CloudBurger. Elle croisa quelques polos verts en service, même si le restaurant était désert puisque tout le monde assistait à la cérémonie. Ils s'affairaient sur la machinerie en acier immaculée dans un ballet de cliquetis d'outils et d'huile de friture, afin de se préparer pour le coup de feu qui surviendrait plus tard. Quelques-uns lui jetèrent un regard, rien de plus.

Les gens pensaient toujours que, dans son métier, elle avait surtout besoin de gadgets et autres merdes du même genre. Ce préjugé l'amusait beaucoup car, en réalité, la règle numéro un en manière d'infiltration, c'était juste de faire partie du décor. Il était rare alors que quelqu'un vienne se confronter à vous.

Ça ne voulait pas dire pour autant qu'elle pouvait s'attarder. Elle fureta un peu partout, sans trop savoir ce qu'elle cherchait mais en espérant bien mettre la main dessus. La cuisine était plus grande que ce qu'elle s'était figuré, et une série de coudes et de virages la menèrent finalement devant une lourde porte coulissante. Laquelle porte n'avait pas l'air à sa place dans cette cuisine. Zinnia en déduisit aussitôt que c'était là que se cachait ce qu'elle cherchait.

Il y avait une caméra. Elle s'en aperçut trop tard mais elle veilla à ne pas relever la tête pour dissimuler son visage. Il y avait un lecteur à côté de la porte, et elle y passa sa CloudBand en formulant silencieusement une prière.

Ding. La lumière vira au vert. La porte était lourde et imposante, et elle dut y mettre du sien pour parvenir à l'ouvrir. Elle débouchait sur une station de métro miniature avec un tram à peu près deux fois plus petit que celui qu'ils prenaient tous.

Il y avait une odeur d'eau de Javel qui cachait mal des relents de pourriture. Comme si quelqu'un avait essayé de la dissimuler, sans succès. Dans le tram, il y avait des lanières de nylon. Il devait donc servir à transporter des palettes de livraison, et non des voyageurs. Elle se dirigea vers l'avant du train pour trouver les commandes. Elle n'eut même pas besoin d'une analyse poussée : il n'y avait que quelques boutons, dont l'un sur lequel il était écrit *Start*. Ils aimaient vraiment vous faciliter la vie, chez Cloud.

Elle pressa dessus et le tram se mit à avancer, d'abord lentement puis plus rapidement. Il sifflait dans les couloirs obscurs, bringuebalait comme un vieil ascenseur de service. Il y avait une poignée sur la paroi, elle s'y accrocha pour éviter de tomber. Les lanières de nylon voletèrent, et elle dut plusieurs fois esquiver une boucle ballante qui menaçait de lui cingler la jambe. Ce n'était pas une voie magnétique. Elle était plus ancienne. Métal contre métal. Le crissement lui perçait les tympans dans le tunnel sombre.

Elle profita de ce trajet pour réfléchir à sa sortie. Même avec la confusion qui découlerait de l'accident de tram, il y aurait toujours des camions qui entreraient et sortiraient. Forcément. Ils ne pourraient pas bloquer les livraisons trop longtemps. Or, les camions de livraison étaient automatisés, donc tout ce qu'elle avait à faire, c'était de grimper clandestinement dans l'un d'eux, et il y avait une petite chance pour qu'elle n'attire l'attention de personne. Pas avant d'être déjà loin.

Pourtant, elle avait l'impression d'oublier quelque chose.

Elle percuta : Hadley. Elle voulait s'assurer que Hadley irait bien.

Peut-être pourrait-elle envoyer un message à Paxton. Lui dire d'aller vérifier dans sa chambre.

C'était risqué de garder ouvert un canal de communication. Et puis, qu'est-ce qu'elle lui dirait, ensuite ?

« Salut ! Adieu, à jamais ! »

Ressaisis-toi ma fille, se dit-elle. Ne flanche pas maintenant.

Lorsque le tram s'arrêta, avant même que les portes s'ouvrent, Zinnia sentit sa peau se hérisser. Elle était arrivée dans une pièce réfrigérée où étaient empilées des palettes de bois ; les murs en métal lissé étaient recouverts d'une couche de givre, épaisse comme de la neige dans les coins. Elle regrettait de ne pas avoir pris de vêtements plus chauds.

Pas de caméras. Elle progressa parmi les palettes à la recherche de la sortie et avisa une porte dans le fond. Sur sa route, elle ouvrit une palette. À l'intérieur, des boules rondes de steak haché. Prêts pour les CloudBurger.

Bizarre. Toutes les livraisons, y compris la nourriture, entraient par l'Accueil. Paxton le lui avait expliqué. Si elle se trouvait dans le centre de traitement, pourquoi est-ce qu'ils y stockaient du bœuf ? Elle avait cru comprendre que Cloud contrôlait les moyens de production, ce qui expliquait pourquoi le bœuf était abordable. Peut-être possédaient-ils des pâturages non loin du complexe ? Un endroit où les vaches pouvaient se promener et se nourrir en toute sécurité, et qu'il était plus facile d'y accéder par ici. Elle n'avait rien vu de tel sur les photos satellite, mais, de toute façon, ce n'était pas ce qu'elle cherchait.

Peu importe. Elle marcha jusqu'à la porte, l'ouvrit et échoua dans un hall vide. Au bout, elle aperçut une autre grande porte coulissante.

Elle s'y rendit, valida sa montre. Feu vert. La puanteur la frappa comme une vague. Elle envahit ses narines, coula dans sa gorge, la submergea, comme si elle avait été poussée tête la première dans des toilettes bouchées.

PAXTON

Le car s'arrêta, le moteur fut coupé. La foule, contenue à une certaine distance et hors de vue, commença à scander son nom, lentement d'abord, de manière désordonnée, puis de plus en plus fort. Jusqu'à ce que Paxton sente sa poitrine vibrer.

Gib-son.

Gib-son.

GIB-SON !

Le public agitait des pancartes écrites à la main à l'aide de marqueurs noirs épais.

Gibson, on t'aime !

Merci pour tout !

Ne nous abandonne pas !

Paxton se trouvait à son poste, sur scène, et vérifiait que la route était libre derrière lui. De là où il se tenait, il ne pouvait pas voir la porte du car, mais il semblait qu'il y avait du mouvement, qu'il se passait quelque chose. Des gens disparaissaient et réapparaissaient. Faisaient des allers-retours.

Paxton dut baisser les yeux pour s'assurer que ses pieds touchaient toujours terre. Qu'il ne s'était pas envolé.

Ils étaient bien plantés dans le sol. Il était là. Bien là.

Il releva les yeux et aperçut la personne qu'il attendait.

Gibson Wells.

L'homme était escorté par un groupe assez dense. Des gens qui tendaient les bras, comme s'ils s'attendaient à devoir le rattraper. Il était plus petit que Paxton ne l'avait imaginé. Un homme qui avait changé le monde, qui l'avait façonné à ce point, on se l'imaginait forcément grand.

Une photo de Wells tirée de la vidéo de formation apparut sur l'écran qui les surplombait. Et le vrai semblait une autre personne, comme si le cancer l'avait évidé. Là où ses cheveux étaient dégarnis, ils étaient désormais presque inexistants, et son crâne luisait sous les spots. La peau donnait l'impression de s'être accumulée à la base de son cou, des rides creusaient son visage. Il marchait à petits pas, souriait et faisait des signes aux gens autour de lui, ce qui lui coûtait à l'évidence beaucoup d'efforts. Comme si, à tout moment, il risquait de se désintégrer, d'être réduit en poussière, comme si seule la force de sa volonté le maintenait encore en vie.

Une poignée de gens le suivaient. Un grand Latino tout en muscles qui restait proche de lui. Claire, que Paxton identifia même si la rougeur flamboyante de ses cheveux entrevue sur la vidéo s'apparentait en réalité à un blond délavé. Puis un homme qu'il supposa être Ray Carson. Dakota lui avait dit qu'il ressemblait à un joueur de football américain. La comparaison était pertinente. Carson avait d'épais sourcils froncés surmontés d'un crâne lisse. De larges épaules et un début de bedaine. Il n'avait pas l'air de bonne humeur, mais ce genre de personne n'avait jamais l'air de bonne humeur, quelles que soient les circonstances.

Gibson Wells, l'homme le plus riche et le plus puissant de la planète, atteignit le bas des escaliers, posa sa main sur la rampe et leva les yeux pour les planter dans ceux de Paxton.

ZINNIA

Zinnia vomit, expulsa sur le sol en métal le contenu de son estomac, qui se répandit plus bas vers les conduits d'évacuation. Elle s'efforça de se relever. Une fois debout, elle vomit de nouveau. Elle avisa une rangée de masques à oxygène suspendus à un crochet, en saisit un, le plaça sur son visage, inspira à fond. L'intérieur du masque sentait non seulement la merde, le caoutchouc et son propre vomi, mais aussi le sucre d'orge. Ce qui ne fit qu'empirer les choses. Elle détestait les sucres d'orge.

Le masque déformait son champ de vision, mais elle aperçut malgré tout une nouvelle porte au bout du couloir. Alors qu'elle était sur le point de l'atteindre, celle-ci s'ouvrit et une femme menue en polo rose la franchit. Zinnia se figea un instant avant de se reprendre, pour ne pas donner l'impression d'avoir été surprise en mauvaise posture. Elles se croisèrent et Zinnia se poussa sur le côté pour lui laisser plus de place. La femme hocha la tête en la regardant et poursuivit sa route.

Rose. C'est la première fois qu'elle voyait un polo rose.

Elle remonta d'autres couloirs avec l'impression de vadrouiller dans les entrailles d'un navire. Des couloirs qui tournaient, aucune fenêtre, un fatras de tuyaux qui couraient le long des murs. Elle atteignit une énième porte. Si celle-ci menait encore à un couloir, elle ferait demi-tour pour essayer de trouver un autre point d'entrée. Mais elle débouchait sur un laboratoire spacieux, avec des postes de travail, des machines ronronnantes et des lampes. Des lampes partout. Il y avait une sorte de mezzanine dans la pièce : un grand cube de verre, vers lequel montait un escalier. À l'intérieur, des tables couvertes de tubes à essai et de récipients autour desquels s'agitaient des hommes et des femmes en combinaison et munis de masques à oxygène.

Au rez-de-chaussée, là où elle se tenait, les employés qui s'activaient ne portaient pas de masques. Elle ôta le sien et l'accrocha à une patère libre sur le mur. Elle avait encore le goût du vomi dans la bouche, mais ici, l'atmosphère était plus respirable. Une odeur artificielle, comme si l'air était filtré et traité. Elle traversa la salle. Quelques personnes – en partie des polos blancs, mais surtout des polos roses – lui jetèrent un coup d'œil rapide, d'autres insistèrent un peu comme s'ils essayaient de la remettre, mais tous retournèrent bien vite à leur travail.

Ces regards la rendirent nerveuse. Elle se dirigea vers une porte avec l'espoir qu'elle la mènerait vers une sortie, mais, au contraire, elle s'ouvrit sur une petite pièce dans laquelle un Asiatique fluet aux cheveux noirs séparés par une raie bien droite avait la tête penchée sur un microscope. Il releva les yeux, remarqua la couleur de son polo et secoua la tête. « Je n'ai pas demandé de technicien. » Puis il ajouta : « Vous ne devriez même pas être ici. »

Le ton lui déplut. Il allait sans doute la balancer. Son instinct de survie reprit le dessus, et, en l'espace d'une seconde, elle l'avait plaqué contre la table, renversant le microscope. Elle regarda autour d'elle pour vérifier qu'ils étaient seuls et qu'il n'y avait pas de caméras.

« Mais qu'est-ce que vous fichez, bon sang ? » demanda l'homme d'une voix tremblante.

Qu'aurait-elle pu lui répondre ? Elle se sentait toujours patraque. L'homme se débattit, mais elle avait l'avantage de la force et du poids. Il capitula rapidement.

« Où est-ce qu'on est ? demanda Zinnia. Qu'est-ce que c'est que cet endroit ? »

L'homme se tordit le cou pour essayer de croiser son regard. « Vous… Vous ne savez pas ?

— Savez pas quoi ?

— Rien. Rien du tout. C'est juste… La transformation. Vous n'êtes pas censée être ici.

— Transformation ? La transformation de quoi ? »

L'homme resta muet, elle fit légèrement pression sur sa gorge. Il croassa : « Des déchets. »

Elle repensa à la chambre froide. Les steaks tout prêts. Elle se figea, comme si son cerveau avait cessé de fonctionner avant d'être traversé par un cri silencieux. « Quoi ?

— Écoutez, ils nous l'ont juré, d'accord ? Ils nous ont juré que jamais vous ne sentiriez le goût. Tout est complètement sain. »

Une image commençait à se former dans son esprit. « Qu'on ne sentirait jamais quoi ?

— On extrait les protéines, expliqua-t-il à toute vitesse, comme si sa vie était en jeu. Les bactéries sont constituées de protéines, alors on les extrait, puis on les traite avec de l'ammoniaque pour les aseptiser. Ensuite, on le reconstitue avec du blé et du soja, et des betteraves pour la couleur. Je vous jure, c'est complètement sain. C'est même faible en graisse. »

Elle avait deviné, mais posa quand même la question. « Mais de quoi on parle ? »

Un silence. Puis, dans un murmure : « Des CloudBurger. »

Son estomac était vide à présent, mais elle eut un haut-le-cœur et se tourna de côté pour vomir un filet de bile. Elle avait avalé tellement de CloudBurger depuis qu'elle était ici, elle voulait vomir jusqu'à ce qu'il ne reste plus rien dans son estomac. Jusqu'à ce qu'elle n'ait plus d'estomac.

« Vous êtes en train de me dire que le bœuf est constitué de merde humaine recyclée ?

— Vous savez, scientifiquement parlant, ce n'est pas si absurde… Je… Moi-même, j'en mange. Je vous le jure. »

Il mentait sur ce dernier point. Elle s'appliquait à respirer par le nez sans penser aux bons steaks grillés. Combien de fois en avait-elle mangé ? Deux fois par semaine ? Trois ? Elle avait envie d'enfoncer son poing dans le crâne de ce type, mais se contint. Ce n'était pas sa faute.

À moins que ? Il y avait participé.

Elle le bouscula un peu plus. « Les polos roses, c'est quoi ? Je n'ai jamais croisé de polos roses dans mon dortoir.

— Nous… Les transformateurs de déchets ont leur propre dortoir.

— Comme une main-d'œuvre à part ?

— Nous ne sommes qu'une centaine. Nous sommes tenus à l'écart de la plupart des installations du complexe. En échange, nous sommes mieux payés. Nous avons des appartements plus… plus grands. C'est un sacrifice. »

Elle le relâcha mais prit soin de se placer entre lui et la porte. Il leva les mains au-dessus de sa tête et recula vers le fond de la pièce à la recherche d'un endroit où se cacher, ou se protéger, sans succès. Zinnia chercha des yeux de quoi l'attacher, tandis que son cerveau balbutiait pour essayer de trouver une logique à tout ça.

Elle se força à considérer le bon côté des choses : si ses employeurs voulaient couler Cloud, ce qu'elle venait d'apprendre lui vaudrait un joli bonus. Cela suffirait probablement à abattre l'entreprise. Quel que soit le tour de magie qui fournissait l'énergie de cet endroit, ça ne pouvait pas être pire que le coup des hamburgers à la merde humaine.

Il fallait le voir comme ça, comme une monnaie d'échange qui lui serait sûrement très utile. Ça l'aidait aussi à ne pas visualiser tous les CloudBurger qu'elle avait ingurgités.

Et leur graisse si savoureuse.

Elle frissonna.

« Maintenant, vous allez me dire comment accéder à votre système énergétique », ordonna-t-elle à l'homme, qui tenait toujours ses mains devant son visage pour se protéger.

PAXTON

Gibson s'arrêta, comme s'il se préparait mentalement au périple que représentaient pour lui les huit marches en haut desquelles se tenait Paxton. Il n'y avait plus personne entre eux. Tout le monde s'était placé derrière Wells pour le laisser passer en tête, et Paxton faisait office de comité d'accueil.

Dans un flash, un souvenir de son premier jour en tant que P-DG de L'Œuf parfait lui revint en mémoire. Il remplissait des tonnes de paperasses pour déposer son brevet et créer sa société, assis derrière son bureau, certes seul et apeuré, mais libre. Plus de réveil matinal à 6 h 15 pour, après un trajet en voiture d'une heure et demie, parcourir les couloirs des blocs au milieu des détenus qui hurlaient et pleuraient et grinçaient des dents.

Gibson posa le pied sur la première marche, tête baissée, concentré. Quelqu'un tendit la main pour l'aider – Paxton ne pouvait pas voir qui, dans la mêlée –, mais Gibson la repoussa.

Le premier cuiseur fabriqué par L'Œuf parfait, le premier qu'il était censé mettre en vente, planta l'imprimante 3D. Tous les tests s'étaient bien déroulés, mais il avait modifié l'étalonnage et, tout à coup, la machine s'était grippée, le plastique bloqué aux deux tiers, et seul le dessus de l'appareil en forme d'œuf terminé. À cet instant, il avait été convaincu d'avoir fait une erreur.

Gibson se trouvait désormais à mi-hauteur. L'homme le plus puissant du monde. Ses bras tremblaient. À cette distance, sa peau avait un teint jaunâtre. Son cou, le dos de ses mains et la partie visible de ses bras étaient parsemés de taches brunes.

Les jambes de Paxton se tendirent. Il voulait s'enfuir en courant. Il voulait lui balancer un coup de pied et le faire trébucher. L'attraper, le secouer et lui demander : « Tu sais qui je suis ? Tu m'entends ? »

Gibson atteignit la dernière marche, inspira bruyamment, expira ensuite, toujours tête baissée. Paxton fit un pas en arrière, puis Gibson se redressa. Ses yeux étaient ceux d'un jeune homme. Indépendamment du reste, ils brillaient de vivacité. D'énergie. Le regard d'un gars toujours sur la brèche, au point que l'on se demande s'il lui arrive de dormir.

Gibson sourit, opina du menton et s'adressa à lui : « Quel est votre nom, jeune homme ? »

Il lui tendit sa main noueuse.

Paxton la saisit. Pur réflexe. Politesse. Ils se serrèrent la main, et celle de Gibson lui sembla froide et humide.

« Paxton…, monsieur.

— Je vous en prie, Paxton, appelez-moi Gibson. Alors, dites-moi, ça vous plaît de travailler ici ?

— Je… » Son cœur manqua un battement. Il essaya d'articuler ce qu'il voulait dire, mais les mots restèrent englués à l'intérieur de sa bouche.

Il finit par lâcher : « Ça me plaît, monsieur.

— Bon garçon », dit Gibson, qui acquiesça avant de contourner Paxton pour s'avancer sur la scène, et un formidable rugissement jaillit du public, si puissant qu'on aurait dit une cascade s'écrasant sur des rochers. Dakota rejoignit Paxton, se pencha au point qu'il sentit son haleine chaude sur son oreille, et lui cria une phrase à peine audible : « J'en reviens pas qu'il t'ait serré la main. »

Paxton ne cilla pas, il regardait ses pieds. À son poste. Docile. Le hurlement dans sa tête couvrait celui de la foule.

ZINNIA

Zinnia descendit du tramway qui reliait les trois bâtiments de traitement de déchets pour se rendre au système énergétique, en essayant de ne pas penser aux CloudBurger, même si l'image demeurerait gravée dans son esprit pour le restant de ses jours.

Le hall d'entrée ressemblait à tous les halls d'entrée MotherCloud – béton lissé, angles tranchants, écrans qui diffusaient des publicités et des témoignages de clients, le tout débouchant sur un couloir qui menait au cœur de l'édifice.

C'était désert.

La plupart des endroits qu'elle traversait ce jour-là l'étaient en raison de la cérémonie, mais ici, c'était différent. Quelque chose clochait. Elle n'arrivait pas à comprendre quoi, mais c'était en tout cas la cause de sa nervosité, cette impression de se tenir au bord de l'abîme.

Il lui fallut un moment pour se rendre compte que l'endroit n'était pas complètement dénué de vie. Il y avait un petit bureau à l'autre extrémité du hall, derrière lequel était assise une jeune femme voluptueuse en polo bleu, une choucroute brune sur la tête, le visage caché derrière une épaisse monture de lunettes en plastique rouge. Elle ne daigna même pas lever les yeux du livre de poche dans lequel elle était plongée.

Zinnia traversa le hall pour la rejoindre. Ses baskets couinaient sur le sol, le son rebondissait contre les murs. Comme elle se rapprochait, la femme leva les yeux et Zinnia vit qu'elle lisait un exemplaire corné et usé du roman de Sue Grafton *A comme Alibi*.

« Bon choix », commenta Zinnia.

La femme loucha, perturbée de voir Zinnia dans un endroit où elle n'était pas censée être. Nerveuse, Zinnia était déjà en train de réfléchir à une excuse valable, quand la femme lui renvoya un sourire complice. « Ça doit faire cinq ou six fois que je le lis. Je recommence toujours au début de l'alphabet. L'avantage, c'est qu'il y en a tellement que j'ai oublié qui est le coupable avant d'arriver à la fin.

— C'est bien, non ? Comme ça, vous êtes surprise à chaque fois.

— Mmm. » Elle posa le livre ouvert sur sa généreuse poitrine. « Je peux vous aider, ma chère ?

— Oui, je dois juste entrer pour parler à quelqu'un. »

Elle plissa les paupières, d'une manière qui fit penser à Zinnia qu'elle s'était trompée d'option. « Parler à qui ?

— Tim.

— Tim… »

Oh oh. « J'ai oublié son nom de famille. Un truc polonais. Avec plein de consonnes. »

La femme dévisagea Zinnia pendant un moment. Les coins de sa bouche esquissèrent une moue dubitative. Elle posa son livre sur la table, leva le poignet et appuya sur le bouton latéral de sa CloudBand. « On a un problème dans la centrale énergétique. »

Zinnia agrippa le bras de la femme. Elle cria, le livre tomba. Zinnia maintint sa prise et plaqua la jeune femme au sol. « Où est-ce que vous vous croyez ? demanda-t-elle.

— Désolée. » Zinnia sortit le boîtier d'Oblivion de sa poche. D'une main elle maintenait sa prise au sol, et, de l'autre, elle ouvrit le boîtier et en tira un petit rectangle qu'elle fourra de force dans la bouche de la femme. Celle-ci mordit Zinnia, assez fort, mais l'instant d'après, elle s'affaissa.

Zinnia attendit un peu pour voir si une réponse s'affichait sur la CloudBand de sa victime. Rien. Parfait. Tout le monde devait être sur le pont pour les commémorations de la journée.

C'est à ce moment qu'elle grésilla. « Quel genre de problème ? »

Zinnia se releva et décampa.

PAXTON

« Merci, merci. »

Gibson espérait calmer les spectateurs et, enfin, réussir à parler. Quand il s'était adressé à Paxton, il s'était montré hésitant, mais, une fois sur scène, face à tous ces gens, il avait repris du poil de la bête. Il y avait une note de basse dans sa voix. Il puisait son énergie dans celle de la foule.

« Merci beaucoup pour cet accueil chaleureux, dit-il, et les applaudissements se calmèrent. Écoutez, je dois être honnête avec vous. Je ne peux pas parler très longtemps. Mais je tenais à vous remercier. Du fond du cœur. Bâtir cet endroit fut un grand plaisir et un grand honneur, et mieux encore, d'y voir tant de visages souriants. C'est… » Il s'interrompit, la voix chargée d'émotion. « C'est une leçon d'humilité. Vraiment. Maintenant, je vais aller m'asseoir pour la lecture des noms. » Il pointa du doigt une rangée de sièges installés pour lui et son entourage. « Après cela, je ferai un petit tour avant de repartir. Donc, recueillez-vous, c'est un moment très important qui nous rappelle combien nous avons de la chance d'être ici, ensemble. » Il se tourna vers Carson et sa fille. « Combien nous avons de la chance d'être vivants. »

Il leva les mains au ciel, et la foule rugit à nouveau. Il marcha jusqu'aux sièges, où il fut rejoint par ses accompagnateurs, mais personne ne s'installa avant qu'il n'ait, difficilement, posé ses fesses sur sa chaise. Une femme en polo blanc s'approcha du micro, un silence s'abattit sur la scène, et elle se lança dans l'énumération des noms.

Josephine Aguerro.
Fred Arneson.
Patty Aznar.

Paxton sentit son cœur se serrer. C'était toujours le cas, ce jour-là. Les Massacres du Black Friday donnaient l'impression d'être à fois réels et imaginaires. Ils étaient faciles à oublier, même si les gens répétaient toujours qu'il ne fallait pas oublier. Ce n'est pas que vous l'oubliiez réellement, mais ça finissait par se noyer dans le bruit de fond de votre existence. Il se rappelait, le jour où c'était arrivé. Les informations à la télé. Tous ces corps. La couleur écarlate du sang sur les sols en lino blanc, sous les lampes fluorescentes. Mais désormais ça faisait partie du décor. C'était un morceau d'histoire, un de plus, qui, comme toujours avec l'histoire, disparaissait lentement sous la poussière.

Une journée comme celle-ci permettait de passer la main dessus pour l'enlever, et de prendre le temps de contempler l'événement. De se souvenir de ce qui l'avait rendu si extraordinaire à l'époque. Il aurait aimé pouvoir l'oublier. Passer à autre chose. Mais il n'y arrivait pas. Alors il se tint là, mains jointes, tête baissée.

Après tout ce temps, il finissait par reconnaître certains noms.

Lorsque ce fut terminé, Gibson et son escorte se dirigèrent vers l'escalier qui allait les mener au tram pour faire le tour du complexe. Cette fois, Gibson accepta que Claire l'aide à descendre.

Carson, lui, resta en retrait, et laissa passer tout le monde. Il regardait autour de lui, contemplait l'assemblée en serrant et desserrant les poings. Il demeura si longtemps en arrière que Paxton s'inquiéta de le voir rater le tram. Il s'approcha de lui. « Monsieur ? »

Carson secoua la tête, comme tiré d'un rêve. « Oui, oui. » Il agita la main, sans même regarder Paxton dans les yeux, et rattrapa les autres.

Paxton emboîta le pas de la petite troupe, tandis que Gibson ouvrait la voie. Il s'arrêtait régulièrement pour s'approcher des barrières et serrer des mains, le sourire aux lèvres. Il se penchait, les doigts en cornet autour de l'oreille pour entendre ce que les gens lui disaient. Son entourage paraissait inquiet de son comportement, comme si Gibson était en train de s'approcher, seul, d'une meute de chiens sauvages, un steak à la main. Ils échangeaient des regards, se rapprochaient, certains s'avançaient même comme s'ils avaient décidé de se placer entre Gibson et le public, mais n'osaient pas, comme s'ils n'étaient pas sûrs que ce soit la bonne décision à prendre.

Plusieurs fois, Gibson se tourna vers Claire et lui fit signe d'approcher. Elle semblait pourtant se satisfaire de rester à l'écart, le bras gauche qui pendait mollement, la main droite sur son coude, serré contre elle. Gibson conservait son sourire, mais il parut bientôt agacé par son comportement. Non pas que son visage le trahisse, non. C'était sa main. Ce qui avait commencé par des signes affectueux s'était mué en un geste sec, la main tranchant l'air comme une lame.

Claire se décida finalement à le rejoindre, elle serrait des mains et roulait des yeux et souriait et hochait la tête comme ces gens qui veulent vraiment, vraiment, être sûrs que vous avez bien vu qu'ils vous écoutaient. Chaque fois qu'elle en avait l'occasion, elle se mettait un peu en retrait, tandis que Gibson plongeait toujours plus loin dans la foule, jusqu'à être submergé, pour attraper toutes les mains qu'on lui tendait. Sans que ce sourire lumineux comme le soleil quitte jamais son visage.

Alors qu'ils approchaient du quai du tram, le téléphone de Paxton vibra. Il tendit machinalement la main pour le consulter, avant de se souvenir qu'il n'en avait pas le droit aujourd'hui. Quoi que ce soit, ce n'était pas important.

Mais il vibra de nouveau.

À cet instant, il était à l'arrière du convoi, et tout le monde avait les yeux tournés vers l'avant. Même Dakota et Dobbs. Puisque personne ne le regardait, il sortit son téléphone, juste assez pour voir l'écran, et trouva un message de Zinnia :

Ne monte pas dans le tram.

Puis :

S'il te plaît.

Zinnia courut dans les couloirs, passa une tête dans les bureaux, vérifia les toilettes, fit le tour de la salle qui contenait les serveurs informatiques. Personne. Pas un chat dans le bâtiment, et, pire que ça, l'endroit était silencieux, comme la surface de la Lune. Non qu'elle ait été sur la Lune, mais c'est comme ça qu'elle se l'imaginait.

Pas étonnant que la femme de l'accueil l'ait démasquée. Zinnia avait demandé à voir quelqu'un dans un bâtiment où il n'y avait personne.

Non seulement il n'y avait personne, mais rien ne semblait allumé. Elle s'arrêta plusieurs fois devant un ordinateur ou un serveur, à la recherche d'une diode qui clignoterait, mais n'en trouva aucune. Elle posa ses mains dessus pour sentir leur chaleur ou leurs vibrations, mais tout était froid, éteint.

Elle s'attendait à ce que nombre des employés soient à la cérémonie, mais pas à ce point. Le fonctionnement du MotherCloud était autrement complexe que celui d'une machine à café ; on ne pouvait pas l'abandonner pour aller se balader en se disant que le reste se ferait tout seul. C'était à croire que tout le monde avait été enlevé. Rien n'était verrouillé, certaines portes étaient même entrebâillées. Plus les secondes s'écoulaient, plus elle courait vite, comme pour distancer la peur qui bouillonnait dans son estomac.

Car, même si ce bâtiment semblait à l'abandon, elle y sentait quelque chose. Un champ magnétique dans l'air, qui lui faisait comme des fourmis sur la peau. Et l'attirait encore plus profondément dans le bâtiment. Face au large escalier, elle se décida à descendre. Comme si une force venue d'en dessous l'entraînait vers le bas.

Elle pensa à Paxton.

Si tout se passait comme prévu, ils devraient bientôt arriver au tram. La rame heurterait le poids, déraillerait, et beaucoup seraient blessés ou tués. Paxton compris. Elle visualisa l'accident. Les corps. Le sang. Lui, désarticulé au milieu du chaos, sa tête de ringard éclatée.

Elle s'ôta ces images de l'esprit. Ignora le doux *iiiiiiiiiiiiiiiiiiii* qui résonnait dans son tympan. Qui était Paxton, après tout ? Un mec. Qu'est-ce qu'elle en avait à faire ? Les gens mouraient, c'était comme ça. Ils n'étaient que des sacs de viande avec d'autres trucs à l'intérieur. Certains de ces trucs leur permettaient de se mouvoir et de s'exprimer. Mais, dans le fond, ça n'était que de la viande.

De toute façon, la planète comptait déjà trop d'habitants. C'est la surpopulation qui les avait attirés dans ce merdier où l'on ne pouvait même plus mettre le nez dehors, alors peut-être qu'un peu de dépopulation ne ferait pas de mal. Un peu moins de sacs à viande qui expireraient du dioxyde de carbone et abuseraient des ressources naturelles.

Le fourmillement sur sa peau s'accentua encore. Elle s'arrêta. Ses poils s'étaient hérissés sur son bras. Elle touchait au but. Elle ne savait pas lequel, mais elle le sentait. Une vibration.

Devant elle, une porte métallique avec, en son centre, un énorme volant. Elle s'y précipita et passa sa montre devant le panneau d'accès.

Rouge.

Elle réessaya. Rouge.

Était-elle enfermée dehors parce que les polos marron n'y avaient pas accès, ou parce que la sécurité était déjà sur ses talons ? Où avait-elle foiré ? Elle ne savait pas trop, mais une chose était sûre, le temps lui était compté, alors elle prit de l'élan et balança un coup de pied dans le panneau d'accès, si fort qu'elle sentit les vibrations du choc dans toute sa jambe. Une fois. Deux fois. La cinquième fois fut la bonne, le disque sortit du mur, seulement retenu par des fils de couleur.

Adieu la subtilité. Elle essaya de connecter des fils entre eux pour court-circuiter le verrouillage de la porte, et après trois décharges, le disque devint vert. Elle tourna à moitié le volant censé ouvrir la porte. Repensa à Paxton.

Sa façon de la serrer contre lui.

Sa façon de lui demander comment s'était passée sa journée et d'écouter sa réponse.

Sa façon d'être là, comme une paire de pantoufles ou une couverture chaude.

« Fait chier, dit-elle. Putain, fait chier. »
Elle frappa la porte de sa paume.
Dégaina son téléphone.

Ne monte pas dans le tram.

Envoyé.

Puis :

S'il te plaît.

Envoyé.

Son téléphone émit un petit *whoosh*, et elle sentit un immense soulagement l'envahir, comme si elle venait soudain de déposer l'énorme sac qui lui pesait sur le dos depuis des heures. C'était probablement une erreur, mais, sur l'échelle des erreurs, elle espérait que c'en était une bonne. Elle tourna le volant à fond et ouvrit la porte.

PAXTON

Paxton toisa son téléphone, puis reporta son regard sur Gibson et son entourage, qui montaient dans le tram. Une fois la troupe chargée, il était presque plein. Tout le monde riait, comme si tout cela n'était qu'un jeu. Combien de personnes pourraient encore s'y tasser ? Peu importe qu'ils soient déjà serrés, les gens à l'intérieur incitaient les retardataires à les rejoindre.

Debout sur le quai, Dakota se retourna vers lui et fronça les sourcils. Puis elle grimaça quand elle aperçut le téléphone dans sa main. Elle se tourna vers lui, les poings serrés.

Qu'est-ce que ces messages pouvaient bien signifier ? Pourquoi est-ce que Zinnia ne voulait pas qu'il monte dans le tram ?

Dakota lui fit un signe discret de la main, pour que personne d'autre ne le voie. Il ne savait pas ce que cela signifiait : devait-il la rejoindre ou bien planquer son téléphone ? C'était une impression un peu idiote, mais pas moyen de s'empêcher d'y penser : il y avait une couleur derrière ce message. Celle du désespoir ? De la peur ? Il ne savait pas comment un texto pouvait avoir une couleur, mais c'était le cas. Zinnia s'inquiétait pour lui. Pourquoi s'inquiéterait-elle pour lui ?

Si elle lui disait de ne pas monter dans le tram, c'était que quelque chose clochait avec le tram.

Dakota se rapprochait, les mains tendues comme pour lui arracher son téléphone. Il faillit lui demander ce qu'elle voulait, mais ils étaient tous installés dans le tramway et ils semblaient prêts à décoller. « Attends, dit Paxton.

— C'est quoi, ton problème, putain ?

— Attendez ! » Paxton la bouscula pour passer et agita les bras devant les portes ouvertes de la rame.

Dans le tram, tout le monde se regarda sans comprendre.

Tout le monde, sauf Carson. Il croisa le regard de Paxton et ses traits se crispèrent comme s'il essayait de résoudre un problème de maths. Puis ses yeux s'écarquillèrent et il s'extirpa de la mêlée, le visage rouge, hurlant aux autres de s'écarter pour le laisser passer, comme s'il essayait de sauter d'un navire en perdition.

ZINNIA

Le froid frappa Zinnia. Pire que dans la salle frigorifique de tout à l'heure. Un froid polaire. La porte lui dévoila une immense salle carrée haute d'au moins quatre étages, dont les murs de béton étaient zébrés d'escaliers et de passerelles.

La salle était complètement vide. Hormis un cube, de la taille et de la forme d'un frigo, presque parfaitement centré au milieu de la pièce.

Elle s'avança, et la vibration résonna dans son crâne. Les murs semblaient palpiter. Sous ses pieds, le sol était inégal et abîmé. Il y avait eu des machines dans cette salle, et de grosses. Le béton était encore criblé de taches d'huile. On apercevait des rainures, des entailles, des trous, là où des choses avaient été déplacées.

Quoi qui ait été installé ici, ç'avait été énorme, et la pièce avait été pensée pour le contenir. Dans un coin, des piles d'échafaudages, des bobines de fil électrique et des supports en métal qui attendaient d'être assemblés.

Le frigo était gris anthracite. Elle s'en approcha prudemment, résignée d'avance à ce qu'une alarme retentisse, à ce qu'un piège s'ouvre sous ses pieds, ou à tomber dans les pommes, mais il ne se passa rien de tel. La température avait changé. Elle avait encore baissé, et, bizarrement, l'atmosphère semblait plus humide.

Elle atteignit le cube et y posa les doigts. Il était si glacé qu'il lui brûla la peau. Sur le côté, il y avait une vitre, mais, à cause du givre qui s'était accumulé à l'intérieur, elle ne pouvait rien voir à travers.

Est-ce que c'était ce machin qui fournissait l'énergie du Mother-Cloud ?

Elle secoua la tête. Non, c'était impossible. Impossible. Le complexe faisait la taille d'une ville, et ce cube aurait pu être transporté à l'arrière d'une camionnette.

Les mains tremblantes, elle sortit son téléphone de sa poche et commença à prendre des photos. Le cube sous toutes ses coutures, sous tous les angles possibles. Les murs et le sol. Le matériel de construction dans le coin. Les murs et le plafond. Elle prit même des photos à travers la vitre du cube, tant pis si l'on n'y voyait rien. Plusieurs fois, ses mains tremblèrent tellement que son pouce glissa devant l'objectif, et elle dut reprendre la photo. Elle cliqua, cliqua, cliqua, espérant que cela suffirait.

Quand elle eut terminé, elle sortit de la pièce et entrevit, au bout du long couloir, une porte qui s'ouvrait et un éclat rose. Elle fila en sens inverse, à la recherche de n'importe quoi qui ressemblerait à une sortie.

Elle se retrouva dans une longue pièce courbe. Sur le mur de droite, des box alignés, sur celui de gauche, des vitres de verre dépoli. Elle longeait donc un mur qui donnait sur l'extérieur. Elle envisagea de s'emparer d'une chaise pour la balancer dans une vitre, mais quand bien même elle pourrait sauter dans le vide sans se blesser, elle se retrouverait dehors et deviendrait de fait une cible facile.

Non, elle devait trouver le moyen de retourner dans le tram. Mais ils savaient qu'elle était là. Ils savaient qu'elle s'y dirigerait, et l'attendraient dans les wagons. Elle essaya de visualiser le plan dans sa tête. Voir s'il y avait quelque chose qui pourrait lui être utile, lui servir de porte de sortie.

Pourquoi pas le tram médical ? Si cet endroit était désert, peut-être que l'Hôpital le serait aussi ? Problème : elle ne savait pas où le situer.

Alors elle se mit à courir. Des couloirs, des portes, une cafétéria vide, un autre bureau, et une pièce qui ressemblait à l'intérieur d'une navette spatiale. Elle courut à perdre haleine pour que la jauge jaune redevienne verte. Le vert, c'était la survie.

Elle atterrit dans un couloir vide avec de la moquette grise et des murs blancs qui menaient à un embranchement en forme de T. Au bout, six hommes à l'air féroce, en polo noir. Des hommes au nez tordu, aux oreilles en chou-fleur, aux yeux déments. Le genre d'hommes qui aimait donner des coups, et en prendre.

Elle se figea, le corps tendu.

Ces types n'étaient pas des agents de sécurité. Ils étaient autre chose – quelque chose de bien plus dangereux que les gentils polos bleus en vadrouille sur la Promenade.

Elle songea un instant à faire demi-tour, mais ils l'auraient rattrapée, ils étaient trop près. Assez près pour qu'elle puisse voir la joie sur leurs visages, la façon dont ils la dévoraient des yeux, comme une proie dont ils allaient se délecter.

Une seule issue possible, donc.

Pour y parvenir, elle puisa dans toute la colère, la frustration et le ressentiment qui s'étaient accumulés en elle depuis le jour où elle s'était assise dans ce théâtre pour répondre à ce stupide questionnaire. Au début, elle avait eu pitié des gens qui venaient travailler ici, elle pensait que c'étaient des idiots, ou des faibles, mais son séjour lui avait fait prendre conscience que cet endroit avait été conçu pour annihiler tout pouvoir décisionnel. Il avait été conçu pour soumettre, par la force si c'était nécessaire.

Elle aurait voulu à cet instant s'excuser auprès d'Ember.

Pour ce que ça valait.

Les hommes au bout du couloir s'impatientaient, et l'un d'eux, un type svelte avec les cheveux gris en brosse et un tatouage militaire sur l'avant-bras, se détacha du groupe pour venir à elle, sûr de lui.

« OK, poupée, fini de jouer. »

Elle soupira. Ce ne serait pas très féminin de se rendre sans combattre.

« Très bien, connard, répondit-elle à Coupe en brosse. Tu peux passer en premier. »

Les hommes échangèrent des regards amusés, l'un d'eux ricana même. Coupe en brosse se rapprocha jusqu'à tendre les mains pour l'attraper, mais Zinnia fit un pas de côté afin de l'esquiver et lui donna un rapide et violent coup de pied dans les couilles. Il se plia en deux. Elle prit de l'élan pour lui décocher un crochet. L'homme s'effondra.

Le reste de la bande parut surpris mais ne se départit pas de sa morgue ; ils étaient encore à cinq contre un, alors le suivant vint à elle. Seul, ce qui était une erreur. C'était un chauve baraqué dont on pouvait imaginer que la baston était son passe-temps favori. Zinnia plongea sur lui et lui balança deux coups de poing dans le foie et le bas-ventre. Une-deux. Comme il essayait de battre en retraite, elle prit tout son élan et le cogna si fort qu'elle crut s'être cassé quelque chose tant le choc dans son bras fut douloureux.

Tandis qu'il s'écroulait en arrière, les quatre autres chargèrent. Elle courut vers eux et se coula vers la gauche, contre le mur, pour qu'ils ne puissent pas l'encercler. Elle leur assenait des coups pour les garder à distance, son but étant de provoquer une mêlée et qu'ils finissent par se battre entre eux. Ils jouaient aux dames ; elle jouait aux échecs.

Bientôt, ils ne furent plus que deux, mais au moment où elle s'imagina victorieuse, un flot d'hommes et de femmes en polo noir déboula dans le couloir. Elle reçut un coup sur le menton, vacilla, trébucha, tomba à genoux, et après ça, ce ne fut plus la mêlée. Tout ce qui lui restait à faire, c'était essayer de continuer à respirer.

10

L'HOMME

PAXTON

Zinnia était assise, raide comme un piquet, à fixer le mur. Les yeux vaseux, les cheveux en bataille, un polo marron sur le dos. Elle avait un coquard, et du sang coulait de son crâne. Quelques objets étaient soigneusement alignés devant elle : une CloudBand, son portable, un gobelet en carton. Dobbs se tenait de l'autre côté de la table, face à elle, et tournait le dos à Paxton, donc il ne pouvait pas voir son visage. Il avait les bras croisés, et ses épaules tendues montaient et descendaient au rythme de ses paroles.

Zinnia continuait d'étudier le mur. Plusieurs fois, elle ferma et rouvrit les poings en grimaçant.

« Elle est dans la merde, dit Dakota.

— Qu'est-ce qui lui est arrivé ? demanda un Paxton qui luttait pour ne pas élever la voix et planter un coup de poing dans la vitre.

— Elle a provoqué une bagarre. »

Paxton se retourna et contempla l'open space en pleine effervescence. Des polos bleus et kaki partout. Carson, Wells et sa fille étaient venus aussi, mais ils avaient été mis à l'abri.

« On a examiné les données GPS, continua Dakota à voix basse. Tu étais avec elle la nuit dernière. Tu étais avec elle de nombreuses nuits. »

Paxton croisa les bras, tandis que Zinnia marmonnait quelque chose à Dobbs sans détacher ses yeux du mur.

« Ils vont te poser des questions, insista Dakota.

— Je sais.
— Tu ne veux rien me dire ?
— Je n'ai aucune idée de ce qui s'est passé. Mais je te jure que si… »

Il s'interrompit. Dakota lui fit face et braqua ses yeux dans les siens.

« Quoi ? demanda-t-elle. Tu me jures que quoi ? Je vais prétendre que je n'ai rien entendu, mais je serais toi, je surveillerais ma langue. »

Paxton serra la mâchoire. Dakota le dévisageait comme si elle essayait de voir à travers lui pour déterrer la preuve qu'il mentait.

Il n'en avait rien à fiche qu'elle le croie ou non. Il ne savait toujours pas ce qui était le mieux : attendre que Dobbs sorte de là, lui mette une claque derrière les oreilles et lui dise de rentrer chez lui ; ou foncer tête baissée dans la salle d'interrogatoire, prendre Zinnia dans ses bras et l'emmener loin d'ici.

Quelques instants plus tard, Dobbs sortit et lui fit signe. Paxton lui emboîta le pas, Dakota dans son sillage. Dobbs leva une main à son intention : « Pas toi. »

Dakota recula. Tête basse, le regard fixé sur la moquette grise, Paxton suivit Dobbs. Il n'osait pas se redresser, présageant que tout le monde, dans la pièce, devait le regarder. Dobbs l'emmena dans son bureau et ferma la porte.

Dobbs le dévisagea pendant un long moment, les mains croisées devant lui. Il essayait de lire en Paxton, comme si la réponse à toutes ses questions était inscrite sur son visage.

Paxton se contenta d'attendre.

« Elle affirme que tu n'as rien à voir avec tout ça. » Dobbs inclina la tête, comme s'il pesait le pour et le contre. « Elle m'a dit qu'elle t'avait utilisé pour contourner la sécurité, rien d'autre. Elle se serait jouée de toi. »

Paxton ouvrit la bouche, mais les sons étaient coincés dans le fond de sa gorge.

« C'est une espionne industrielle », poursuivit Dobbs. Ces mots lui firent l'effet d'un coup de poing dans les côtes. « Elle est embauchée pour infiltrer des entreprises et dérober leurs secrets.

Nous avons réussi à réunir quelques informations sur son identité, et permets-moi de te dire que tu devrais être soulagé d'être encore en vie. Cette femme est une tueuse redoutable.

— Non, elle ne serait pas capable de…

— Pour ma part, je ne sais pas quoi penser de ce que tu savais ou ne savais pas. Peut-être étais-tu son complice, peut-être pas. Tout ce que je sais, c'est que quelqu'un avait placé un haltère sur les rails en face des Érables, et que les capteurs ne l'avaient pas repéré. Si le tram était parti, il aurait pu dérailler. Beaucoup de gens auraient pu être blessés. Tués, même, probablement. Donc je veux que tu sois honnête avec moi et que tu me dises pourquoi tu as dit aux gens de descendre du train.

— Je…

— Parce que si tu es lié à ça… »

Paxton prit son téléphone, ouvrit la messagerie, fit défiler l'écran sous son doigt et le lui montra. Dobbs baissa les yeux, puis l'éloigna pour tâcher d'y voir quelque chose.

« Elle m'a envoyé un texto, expliqua Paxton. Je me suis dit que si elle ne voulait pas que je monte dans le tram, c'était qu'il devait y avoir un problème. J'ai agi instinctivement. »

Dobbs hocha la tête, posa le téléphone sur le bureau derrière lui, hors de portée, et croisa les bras. Paxton se demanda s'il allait lui rendre son téléphone.

« Qu'est-ce que tu sais d'elle ?

— Ce qu'elle m'a dit. Qu'elle s'appelait Zinnia. Qu'elle était enseignante. Qu'elle voulait déménager, donner des cours d'anglais… »

Paxton s'interrompit. Il savait si peu de choses d'elle. Il savait qu'elle aimait la glace et qu'elle ronflait légèrement quand elle dormait, mais il était incapable d'affirmer qu'elle était vraiment enseignante, ou qu'elle s'appelait effectivement Zinnia. Il ne savait d'elle que ce qu'elle avait daigné lui révéler.

« Qu'est-ce qui va se passer, maintenant ?

— On va tâcher de faire toute la lumière sur cette histoire. Et, une fois de plus, tu as eu le bon réflexe, mais dans des circonstances troublantes. Quoi qu'il en soit, tu as sauvé des vies. Je ne l'oublierai pas. »

Cette déclaration sonnait comme une oraison funèbre, ce qui déplut à Paxton.

« Je l'aimais », articula-t-il.

Il rougit. Gêné d'avoir prononcé ces mots. Et encore plus de voir la façon dont Dobbs le dévisageait maintenant, comme s'il était un enfant qui se serait fait dessus. « Écoute, fiston, nous allons devoir retracer précisément ton emploi du temps de ces derniers jours, d'accord ? »

À quel point refuser aggraverait-il son cas ? Il serait sans doute viré. Mais ils ne pouvaient rien lui faire de plus. Le virer. Il y avait toujours du boulot ailleurs, dehors. Peu qui ne soient pas en lien avec Cloud, mais tant pis. Il trouverait un moyen de survivre.

Est-ce que ça valait le coup de protéger Zinnia ?

Elle s'était servie de lui.

Il lui avait proposé qu'ils emménagent ensemble. Lui avait presque déclaré son amour. Est-ce qu'elle riait de lui dans son dos ? Est-ce qu'elle le regrettait, même un peu ?

Bien sûr, elle lui avait sauvé la vie, mais d'un piège qu'elle avait elle-même tendu. Ce qui signifiait que, plus tôt dans la journée, elle savait qu'il risquait d'y laisser sa peau, et avait décidé que le jeu en valait la chandelle.

« Il est très important que tu coopères, Paxton. »

Paxton secoua lentement la tête, de gauche à droite.

« Est-ce que tu sais qui tu es en train de protéger ? »

Paxton haussa les épaules.

« Regarde-moi, fiston. »

À contrecœur, Paxton se força à lever les yeux vers Dobbs et son visage impénétrable.

« Qu'est-ce que tu dirais d'aller lui parler ? lui proposa Dobbs.

— Vous êtes sûr que c'est une bonne idée ? »

Dobbs se leva, cambra le dos comme s'il était épuisé, et vint s'asseoir sur son bureau, face à Paxton. Leurs genoux se touchaient presque, et Paxton recula légèrement. Dobbs le surplombait. Il baissa les yeux vers lui.

« Si tu veux qu'on t'aide, il va falloir nous aider, fiston. »

ZINNIA

Son doigt était sans aucun doute cassé. Chaque fois qu'elle fermait le poing, la douleur la lançait. Elle se sentait comme un sac de patates qu'on aurait frappé avec un tuyau de plomb.

La porte s'ouvrit, et apparut soudain la dernière personne qu'elle se serait attendue à voir. À moins que ce ne soit finalement logique, et qu'elle ait dû s'y attendre. Paxton se tenait sur le seuil de la pièce, et la scrutait telle une bête sauvage dans une cage trop fragile. Une bête qui risquait de se jeter contre les barreaux pour l'attaquer.

Quelle bande d'enfoirés.

Il se dirigea vers la table, tira la chaise. Les pieds grincèrent contre le sol. Il s'assit prudemment, comme s'il redoutait de la provoquer.

« Je suis désolée, dit Zinnia.

— Ils veulent que je te demande comment tu as fait ça. Ils n'ont pas été très clairs sur la signification de "ça". Mais ils m'ont expliqué qu'ils voulaient un compte rendu de tout ce que tu avais fait depuis ton arrivée, pour comprendre comment tu as procédé. »

Son entrée en matière était mécanique, on aurait dit un texte lu par un ordinateur. Qui protégeait-il en agissant de la sorte ? Elle haussa légèrement les épaules.

« Ils m'ont dit que tu t'étais servie de moi. » Il leva les yeux vers elle. « C'est vrai ? »

Elle prit une profonde inspiration, réfléchit à ce qu'elle pouvait répondre. Tout ce qu'elle envisageait sonnait faux.

Il baissa la voix. « Ils pensent que je t'ai aidée.

— Je suis désolée pour ça. Sincèrement. »

Elle ne mentait même pas.

« Quel est ton vrai nom ? demanda Paxton.

— Je ne m'en souviens pas.

— Fais pas la maligne. »

Zinnia soupira une fois de plus. « Ça n'a aucune importance.

— À mes yeux, si. »

Elle détourna le regard.

« Très bien, encaissa Paxton. Qu'est-ce que tu fais ici ?

— On m'a engagée.

— Pour ?

— Pour un boulot.

— Arrête ça, bon sang. » Il était au bord des larmes. « Ils disent que tu es une tueuse.

— Et ils diront tout ce qui leur passera par la tête pour te retourner contre moi.

— Donc ce n'est pas vrai ? »

Elle faillit répondre que non. Paxton s'aperçut de son hésitation, par son visage défait. À quoi bon répondre, son hésitation avait suffi.

« Je ne pouvais pas te laisser monter dans le tram, dit-elle.

— Tu l'as presque fait.

— Mais je ne l'ai pas fait.

— Pourquoi ?

— Parce que… » Elle suspendit sa phrase. Regarda autour d'elle. Fixa longuement la vitre, et les gens qui se tenaient sûrement derrière. Elle les toisait quand elle articula : « Parce que tu comptes pour moi. » Puis elle se tourna vers lui. « C'est la vérité. Tu comptes pour moi. Jusqu'ici, je ne t'ai pas dit que des choses vraies, mais cette fois c'est le cas.

— Je compte pour toi », répéta Paxton. Les mots qui sortaient de sa bouche étaient tranchants. « Je compte pour toi.

— Je te le jure.

— Ils veulent savoir comment tu as fait ça. Quoi que tu aies fait. Dobbs affirme que tu ne leur lâcheras rien. Ils pensent que je peux te convaincre de leur raconter. » Il haussa les épaules, puis s'affaissa. « Je n'ai même pas la moindre idée de ce que tu as bien pu faire. »

Zinnia leva un sourcil à l'intention de la vitre sans tain. « C'est mieux que tu ne saches pas.

— Qu'est-ce que ça veut dire ?

— Je crois deviner ce qui va se passer. » Elle expira profondément. « Et si j'ai raison, il n'y a pas la moindre chance pour que je quitte cet endroit vivante. »

Il resta interdit. Les enjeux n'étaient plus les mêmes, et pendant un instant, sa colère disparut. « Non, dit-il. Non. Je ne laisserai pas… Je…

— Tu n'as rien à voir avec tout ça, et je le répéterai haut et fort, autant de fois qu'il le faudra », affirma Zinnia, le regard toujours tourné vers la vitre.

Il voulait ajouter quelque chose, mais, de toute évidence, il était à court de mots. Son visage se crispa, puis se détendit. La colère, la peur, la tristesse et un autre sentiment qui était apparu au fond de lui et l'avait fait rougir comme un enfant, chaque émotion qu'elle lisait sur le visage de Paxton la frappait en plein cœur. Au cours de sa vie, on lui avait tiré dessus, on l'avait poignardée, torturée. Elle était déjà tombée de très haut, et s'était brisé les os à de multiples endroits. Elle avait appris à faire de la douleur une amie, appris à l'intérioriser, à l'embrasser et à l'accepter.

Pourtant, c'était la première fois qu'elle l'éprouvait de cette manière-là.

Soudain, il se leva. Il resta là quelques instants avant de se diriger vers la porte.

Elle voulait lui dire. Tout lui dire. Pourquoi elle était venue ici, ce qu'elle avait fait, et même son vrai nom. Mais il était protégé par son ignorance. Elle ne pouvait pas l'entraîner avec elle. Il ne méritait pas ça.

En même temps, elle n'avait pas envie que leur dernière conversation se termine ainsi. « Attends, lança-t-elle.

— Pourquoi ?

— S'il te plaît. » Elle désigna la chaise du menton. « Il y a quelque chose dont je veux te parler. Ensuite, tu feras ce que tu as à faire. »

Il retomba sur sa chaise et lui fit signe de poursuivre.

« Tu sais à quoi je n'arrête pas de penser ? À quelque chose qu'a dit Ember dans la librairie.

— Comment ça ? demanda-t-il, la voix réduite à un souffle.

— Elle a fait allusion à une histoire que j'avais lue quand j'étais petite, dit-elle en s'agitant nerveusement sur sa chaise. C'était à propos d'un endroit. Une utopie. Là-bas, la guerre et la faim n'existaient pas. Tout était parfait. Sauf que, pour maintenir ce statu quo, un enfant restait prisonnier d'une pièce sombre, abandonné. Je ne sais plus pourquoi. C'était juste comme ça que les choses marchaient. Il n'avait droit ni à la lumière, ni à la chaleur, ni à l'attention des autres. Même les personnes qui lui apportaient sa nourriture avaient pour ordre de ne pas lui adresser la parole. Et les gens acceptaient la situation, puisque c'était ainsi que les choses fonctionnaient. C'était comme une règle magique qui permettait de maintenir leur monde en l'état. Tous les habitants avaient droit de jouir de ce paradis, et, en échange, ce gamin devait souffrir. Mais que vaut une vie, face à quelques milliards d'autres vies ? »

Paxton secoua la tête. « Où veux-tu en venir ?

— Cette histoire m'a toujours fichue en rogne. Je me disais que ce n'était pas possible de vivre dans ces conditions. Pourquoi est-ce que personne n'aidait le petit ? Je m'étais toujours imaginé réécrire la fin : un personnage courageux serait intervenu, aurait emmené le gamin, et lui aurait donné l'amour qui lui avait été refusé. » Elle avait eu du mal à articuler ces derniers mots, comme si le terreau duquel ils provenaient avait été retourné pour révéler ce qui y était enterré. « Dans la nouvelle, des habitants découvrent la vérité à propos de l'enfant, ils n'arrivent pas à vivre avec cette réalité et décident de quitter la cité. Ils n'essaient pas de sauver le petit. Ils se contentent de partir. » Elle s'esclaffa. « C'est pour ça que la nouvelle s'appelle *Ceux qui partent d'Omelas*. Une nouvelle d'Ursula K. Le Guin. Tu devrais la lire.

— Ton histoire ne m'intéresse pas. Tu m'as menti.

— C'est bien le problème, tu vois ? Personne ne s'y intéresse.

— Arrête ça.

— Tu n'as jamais menti à personne ?

— Pas comme ça.

— Tu n'as jamais merdé ? »

Il détacha chaque mot. « Pas comme ça. »

Elle poussa un soupir. Acquiesça. « J'espère que tu auras une vie heureuse.

— Ce sera le cas. J'aurai une vie heureuse. Ici même. »

La bouche de Zinnia devint sèche. « Tu as choisi leur camp ?

— Tout n'est pas parfait, mais au moins, ici, j'ai un boulot et un toit. C'est peut-être la meilleure manière de procéder. C'est le marché qui décide, pas vrai ? »

Elle sourit. « Ou sinon, tu peux tout simplement t'en aller.

— Pour aller où ? »

Elle ouvrit la bouche, comme pour dire : « Tu es donc aveugle ? Tu ne vois pas ce qui se passe ? » Elle voulait l'avertir, lui raconter ce qu'elle avait vu, ce qu'elle avait découvert, ce qu'elle ressentait, comment cet endroit les avait changés, elle et lui, tout le monde. Le monde entier, en fait.

Mais elle voulait qu'il puisse vivre sa vie. « N'oublie pas que ta liberté t'appartient jusqu'à ce que tu y renonces », finit-elle par lui dire, en espérant que cela suffirait.

Paxton repoussa sa chaise, se leva et s'apprêtait à quitter la pièce quand Zinnia ajouta : « Tu peux me rendre un service ?

— Tu te moques de moi ?

— Deux, en fait. Il y a une fille, Hadley, polo marron, qui vit à mon étage. Chambre Q. Va voir si elle va bien. Et prends soin de toi. » Elle haussa les épaules et sourit. « Ce sera tout. Rien d'autre. »

PAXTON

Paxton sortit de la pièce en titubant, ses poumons et son cœur prêts à éclater sous la pression, et se précipita sur le petit groupe collé à la vitre et qui n'avait pas perdu une miette de sa conversation avec Zinnia. Il joua des coudes pour atteindre la salle d'interrogatoire suivante. Elle était vide, il s'effondra sur la chaise et prit sa tête entre ses mains.

La porte s'ouvrit. Quelqu'un entra en traînant les pieds, mais il ne releva pas la tête. Il avait envie de hurler qu'on le laisse tranquille. Que ce soit à Dobbs ou à Dakota.

La chaise devant lui crissa sur le sol.

Lorsqu'il leva les yeux, il se retrouva face à Gibson Wells.

Le sourire qu'il exhibait sur scène, et qui semblait être sa marque de fabrique, s'était envolé. Ses épaules voûtées le faisaient ressembler à un oiseau de proie. Il s'assit et prit quelques inspirations. Pourtant, malgré tout – la maladie, le stress de cette journée –, il dégageait une grande force. Ce cancer devait être une sacrée bestiole, pour réussir à abattre un homme de cette trempe.

Gibson croisa ses mains et détailla Paxton de haut en bas. « Dobbs me dit que vous êtes un type bien. Fiable. »

Paxton ne trouva rien à répondre et resta là à le dévisager. Il avait perdu ses mots. Il avait peur de ce qui en sortirait s'il osait ouvrir la bouche. Parler avec Gibson Wells, c'était comme avoir une audience auprès de Dieu. Qu'est-ce qu'on lui raconte, à Dieu ?

Salut, ça va ? Tranquille ?

« Je connais un peu Dobbs, enchaîna Gibson. Chaque année, ou tous les deux ans parfois, j'invite les shérifs de mes MotherCloud dans mon ranch. Pour apprendre à les connaître. Ce sont vraiment eux qui cimentent l'unité de chacun de ces complexes. J'ai beaucoup d'affection pour Dobbs. Il travaille à l'ancienne, comme moi. Prend son travail au sérieux. Ne foire jamais. Garde ses chiffres de la criminalité très bas. Je crois que ce MotherCloud est le plus sûr de tous. Du coup, s'il m'annonce que vous êtes fiable, ça me suffit. Je le crois. Mais je voulais m'asseoir un moment avec vous. Me faire une idée. Alors, fiston, dites-moi. Êtes-vous fiable ? »

Paxton hocha la tête.

« Parlez, insista Gibson.

— Je suis fiable, monsieur. »

Le sourire de Gibson réapparut. Tout en angles. « Très bien. Maintenant, je vais vous expliquer ce qui se passe. Et je vous fais confiance, ça restera entre nous, entre amis. »

La façon dont il prononça le mot *amis* laissa Paxton un peu perplexe.

« Ce qui s'est passé est lié aux groupes de la grande distribution, ceux qui arrivent encore à faire des affaires. Vous l'ignorez sans doute, mais ils appartiennent tous à la même compagnie. Red Brick Holdings. Après les Massacres du Black Friday, lorsque les détaillants ont commencé à péricliter, beaucoup d'entreprises ont été liquidées. Red Brick est alors apparu pour les racheter, les sauver, et les abriter tous sous la même enseigne. Vous suivez jusqu'ici ?

— Parfaitement, répondit Paxton d'un ton absolument calme et volontaire.

— Bien. Bref, les gens qui détiennent cette compagnie ne m'aiment pas. Vous avez l'air dégourdi, donc je me doute que vous saisissez pourquoi. Ce qu'ils ont fait, c'est engager cette fille pour pénétrer dans notre installation et comprendre comment nous générons notre énergie. Vous savez comment nous produisons notre énergie ?

— Je l'ignore.

— Eh bien, disons que c'est une technologie de pointe, très spéciale, qui va sauver la planète. Vous n'avez pas d'enfants ?

— Non. »

Gibson opina d'un geste solennel. « Si vous avez des enfants – vous êtes jeune, vous avez le temps – et qu'ils aient à leur tour des enfants, ces enfants, vos petits-enfants donc, pourront aller jouer dehors. Même en plein été. Voilà ce que nous allons réaliser avec cette technologie. Pas mal, non ? »

Paxton hésitait à le croire. Cela paraissait trop inimaginable pour être vrai. Depuis des années, on avançait des idées pour sauver la planète, sans succès. « Oui, monsieur, c'est impressionnant.

— Exactement. Donc cette fille a été payée pour nous dérober des secrets industriels. À mon grand désarroi, quelqu'un l'a aussi payée pour se débarrasser de moi. Comme si je n'allais pas partir de moi-même dans les semaines qui viennent de toute façon. Elle a essayé de me tuer, et elle travaille pour l'ennemi. » Gibson se pencha en avant. « Je sais que c'est douloureux. Je veux juste que vous compreniez. Comment tout cela s'organise. C'était important que vous ayez une vue d'ensemble.

— OK.

— OK ? C'est tout ? » Gibson était incrédule, comme un parent face à un ado insolent.

« Non, je veux dire, ce n'est pas OK, c'est juste que… »

Gibson leva une main. « Ça fait beaucoup à digérer, je comprends. Écoutez, je veux que vous saisissiez quelque chose. Vous m'avez sauvé la vie. Je ne prends pas ça à la légère, et vous serez récompensé. Emploi garanti à vie. Votre nombre d'étoiles ? Aucune importance. Vous êtes désormais chez Cloud pour toujours. Vu la façon dont Dobbs parle de vous, j'ai l'impression qu'il a en tête de grandes choses pour vous. Cela va vous faciliter l'existence. » Il posa ses mains sur la table. « Mais, en échange, je vais devoir vous demander quelque chose. »

Paxton retint sa respiration.

« Sortez-vous tout ça de la tête. Oubliez tout ce qui vient de se passer. Vous allez franchir cette porte, et votre vie sera désormais paisible. Ne parlez plus jamais de tout ça. Même pas à Dobbs. » Gibson baissa la voix jusqu'au murmure. « J'ai besoin que vous compreniez à quel point il est important pour moi que rien de tout cela ne se soit passé. »

Gibson prononça ces mots un sourire aux lèvres. Mais le sourire ne s'était pas étendu à sa voix.

« Que va-t-il lui arriver ? » demanda Paxton.

Gibson renifla. « Vous vous en souciez vraiment ? Après tout ce qu'elle vous a fait subir ? Fiston, ce n'est pas la question que j'attendais. »

Paxton repensa à la nuit dernière. Il avait failli lui déclarer sa flamme. À sa peau chaude, douce, et à la manière dont elle avait posé ses mains sur lui, ses lèvres. À ce moment-là, elle savait déjà qu'elle le trahirait.

Ils ne la tueraient pas. Ils ne pourraient pas la tuer. C'était même ridicule d'y penser.

« Voilà où nous en sommes, reprit Gibson. Je vais franchir cette porte et régler le problème, et je vais partir du principe que vous êtes d'accord avec ma proposition. Avant que j'y aille, y a-t-il autre chose que vous voudriez me demander ? » Il regarda la pièce vide autour de lui et sourit. « Peu de gens ont eu droit à une telle proposition. »

Je suis le P-DG de L'Œuf parfait. Diriger ma propre entreprise, c'était le rêve de ma vie. J'ai réussi, mais Cloud m'a conduit à la faillite. J'ai dû abandonner mon rêve et venir travailler pour vous. J'étais P-DG, et me voilà devenu un glorieux agent de sécurité. La femme que j'aime m'a trahi, et la seule perspective qui me reste, c'est de passer ma vie solitaire à patrouiller sur la Promenade du MotherCloud. Voilà ma récompense.

« Non, monsieur », répondit Paxton. Il serrait les poings si fort que ses jointures étaient toutes blanches.

Gibson hocha la tête. « C'est bien, fiston. »

ZINNIA

Gibson Wells entra, et Zinnia put presque percevoir l'ombre de la mort juste derrière lui. Il en avait les traits : la peau parcheminée, l'éclat qui s'étiolait dans ses yeux. Il ne tenait plus que d'un doigt au bord de la falaise. Elle était étonnée qu'il soit encore sur ses deux pieds.

« Où est Paxton ? » demanda-t-elle.

Gibson la détailla de haut en bas, une lueur animale dans le regard, comme s'il s'interrogeait sur ce qu'il allait faire de cette femme. Il finit par s'asseoir en face d'elle, lentement, comme s'il avait peur de se briser en allant trop vite, croisa ses mains devant lui et répondit : « Paxton va bien. »

Une nuée de questions lui venait à l'esprit, mais elle commença par la première, la plus importante : « Est-ce qu'on a un public ? »

Gibson secoua la tête. « Ils regardent mais n'entendent rien. »

Vertige à l'estomac. Elle était au milieu d'un océan immense et noir. Aucun rivage à perte de vue, et une bestiole lui mordait les talons. Alors elle tâcha de nager pour trouver quelque chose à quoi s'accrocher.

« C'est vous qui m'avez engagée, pas vrai ? »

Les lèvres de Gibson tressaillirent. Il remua sur sa chaise, en essayant de trouver une position confortable.

« Comment l'avez-vous deviné ?

— J'aurais dû le comprendre tout de suite, vu la somme que vous proposiez de me payer. » Elle rit. « Qui d'autre aurait pu en avoir les moyens ? »

Il hocha la tête. « Est-ce que vous connaissez Jeremy Bentham ?

— Le nom me dit quelque chose. »

Gibson s'enfonça dans sa chaise et, au prix d'un grand effort, posa sa jambe sur son genou. « Bentham était un philosophe anglais. Mort en 1832. Un type perspicace. Il est resté célèbre pour son concept de panoptique. Vous savez en quoi cela consiste ? »

Encore un terme qui lui était familier, enfoui au fin fond de sa mémoire, mais elle secoua la tête.

Gibson leva les mains, comme s'il allait esquisser les contours de quelque chose. « Imaginez une prison. Dans cette prison, un seul gardien surveille tous les prisonniers. Mais les prisonniers ne savent pas à quel moment ils sont sous surveillance. La meilleure façon de le visualiser, c'est d'imaginer une grande pièce circulaire qui donnerait sur la façade de toutes les cellules, comme un nid d'abeilles. Au centre se trouve la tour qui abrite le gardien. De l'intérieur de la tour, on peut voir toutes les cellules, parce que la tour bénéficie d'une vue à trois cent soixante degrés. Mais quand les prisonniers regardent le gardien, tout ce qu'ils voient, c'est une tour. Ils ne voient pas le gardien, mais ils savent qu'il est là, vous me suivez ?

— Je crois. Ça ressemble plus à une expérience pensée qu'à un plan concret.

— Du temps de Bentham, en effet. C'était une idée pour que les gens se tiennent bien. S'ils étaient constamment sous surveillance, ils se diraient, bon, je pourrais mal agir, mais je risquerais de me faire attraper, alors mieux vaut bien se comporter. C'était une excellente idée, malheureusement irréalisable à son époque. » Gibson sourit et leva l'index en l'air, à la manière d'un magicien fatigué. « Mais aujourd'hui, c'est différent. Nous avons les caméras de surveillance et les GPS. La population des MotherCloud est parfois plus élevée que celle de certaines villes. Cela coûterait une fortune de doter ces complexes d'un service de police en rapport avec le nombre d'habitants. »

Gibson s'appuya contre son dossier, prit une grande inspiration, comme pour refaire le plein d'énergie.

« Mais en fait, je n'en ai pas besoin. Quand on regarde les statistiques des complexes – meurtres, viols, agressions, vols –, on s'aperçoit qu'elles sont largement inférieures aux villes de taille comparable. Vous vous rendez compte de la réussite que ça représente ? On devrait m'attribuer le prix Nobel.

— Vous êtes vraiment un humaniste. »

Il dressa un sourcil mais ignora la pique. « J'ai bâti quelque chose, ici. » Il désigna d'un geste la petite pièce nue. « Un modèle meilleur que celui que nous avions. J'ai bâti des villes à partir de rien. » Un sourire hideux déforma son visage, puis retomba. « Cela dit, de temps en temps, il faut bien vérifier les pneus et contrôler le niveau d'huile. C'est vrai que je n'aime pas les caméras de surveillance. C'est vraiment déplaisant de tomber sur une caméra chaque fois qu'on lève les yeux. Ça coûte très cher, en plus. Alors je me suis dit que si les gens portaient une montre qui les pistait partout, même inconsciemment, ils sauraient qu'il valait mieux filer droit. C'est comme un système de sécurité intérieur. Donc pourquoi dépenser l'argent deux fois ? » Il haussa les épaules. « C'est ça, mon travail. Prendre une chose, la rationaliser, l'améliorer. Mais ça signifie que je dois quand même tester le système de temps en temps. Ce que vous avez trouvé, c'est le premier modèle du genre. Alors j'avais besoin de savoir s'il était en sécurité, pour pouvoir le garder secret jusqu'à ce que je décide de révéler son existence.

— Ce n'était pas facile, je veux bien vous l'accorder. À part la jeune fille dans le hall du centre. Ça, ce n'était vraiment pas à la hauteur.

— Nous avons laissé trop de gens aller à la cérémonie du Black Friday, c'était une erreur. Mais ça faisait partie du jeu. Je n'aurais jamais cru que vous iriez si loin. Comment avez-vous découvert la ligne de tram qui part du CloudBurger ?

— Je vais vous expliquer, mais c'est un peu complexe. » Elle se pencha en avant et il l'imita, tout excité d'avoir le fin mot de l'histoire. Mais ce n'est pas ce qu'elle lui révéla : « Allez vous faire foutre. Vous et vos hamburgers à la merde.

— Je vous en prie. » L'air jaillit de son nez comme une mauvaise imitation de rire. « Ce langage ne sied pas à une femme aussi jolie que vous. Vous avez fait de l'excellent boulot. Vraiment. » Il agita la main. Il aimait agiter la main, comme si cela suffisait pour dissiper tout ce qui le gênait. Comme si le monde entier n'était que de la fumée de cigarette incommodante. « Concernant les burgers, bah, les gens ne comprendraient pas. La somme que nous économisons sur le plan environnemental grâce au recyclage des déchets est énorme. Nous avons fait considérablement baisser les émissions de méthane en réduisant la population bovine. Et nous n'avons jamais reçu la moindre plainte. Les restaurants CloudBurger sont ceux qui ont le plus de succès de tous les restaurants de chez Cloud. »

L'estomac de Zinnia gargouilla. Elle avait déjà vomi toutes ses tripes, mais aurait été heureuse d'en régurgiter un peu plus sur la table qui les séparait, juste pour voir le vieux faire un bond en arrière.

« Venons-en à la question essentielle, dit Gibson. Pourquoi avez-vous essayé de me tuer ? Parce que ça, je ne vous l'avais pas demandé.

— Je veux une réponse, en échange. Le cube. Dans le centre énergétique. Qu'est-ce que c'est ? »

Gibson inclina la tête, reposa son pied sur le sol. Lissa son pantalon. Il allait sans doute refuser. Mais finalement il la regarda et lui répondit : « Je suppose que ça n'a plus vraiment d'importance. »

Le cœur de Zinnia se serra.

« La fusion froide, annonça-t-il. Vous savez ce que c'est ?

— Seulement dans les grandes lignes.

— La fusion, commença Gibson en s'avançant et en posant ses coudes sur la table, est une réaction nucléaire. Normalement, elle se déroule parmi les étoiles, à la suite d'une pression extraordinaire. Une chaleur de plusieurs millions de degrés. Qui engendre une quantité d'énergie sidérante. Ça fait un moment que les chercheurs essaient de mettre au point la fusion froide. Le même processus, mais à température ambiante. Ce complexe… » Il leva la main et la fit tourner. « Ce complexe entier fonctionne avec l'équivalent de quelques centaines de litres de fuel par an. Nous sommes sur le point de le développer pour une production à grande échelle.

— Cela… changerait la face du monde », concéda Zinnia. Une étincelle d'espoir fleurit en elle, avant de s'éteindre lorsqu'elle prit conscience que même si la planète était sauvée, elle ne serait plus là pour le voir.

« Ça va changer la face du monde. Même si nous avons bien fait bouger les choses avec les énergies renouvelables, certains utilisent encore le pétrole ou le charbon. Voilà qui donnera le coup de grâce à ces industries. Je n'ai jamais été aussi heureux de mettre des gens au chômage.

— Alors pourquoi le garder secret ? »

Il se renfonça dans son siège et la considéra de l'air de dire : « Tu te fous de moi, ou quoi ? » « Parce que c'est une énergie qui ne connaît quasiment pas de limite. Comment peut-on en fixer le prix ? À dire vrai, je vois encore plus grand. Je crois qu'il est temps d'en finir avec cette vieille bestiole anachronique qu'est le gouvernement. Et cela va m'y aider.

— On dirait les conneries d'un méchant de cinéma, grinça Zinnia. Vous allez conquérir le monde ?

— Non, ma chère. Je vais offrir gratuitement cette source d'énergie à tous les pays qui la désireront. En échange, ils devront privatiser la majorité de leurs services et me laisser les gérer. J'ai prouvé avec l'Administration de l'aviation fédérale que je peux faire mieux qu'eux. Je veux dire, franchement, vous auriez envie que les clowns du Congrès aient entre les mains une technologie capable de changer le monde ? Qu'est-ce qu'ils en feraient ? Ils la planqueraient. Ils l'encadreraient à grands coups de lois jusqu'à l'étouffer. Ou bien ils essaieraient de la discréditer, parce qu'elle remettrait en cause les lobbies du charbon et du pétrole. Non, mieux vaut que ce soit moi qui m'en occupe.

— Pourquoi ? »

Son visage s'éclaira d'un sourire si large qu'elle crut que sa peau allait se fendiller : « Parce que je suis exceptionnel. »

Il affirmait cela avec fierté. Ses yeux parcouraient la pièce comme s'il s'agissait d'un secret qu'il avait dissimulé au monde et gardé trop longtemps pour lui jusqu'à, enfin, trouver quelqu'un à qui le confier, exactement de la manière dont il voulait le confier.

Dans ces cinq mots, Zinnia comprit tout ce qu'elle avait besoin de comprendre.

« Regardez tout ce que j'ai construit, insista-t-il. Je suis en train de sauver cette planète, j'en ai assez de rester tranquille pendant que d'autres se démènent pour contrecarrer mes efforts. Toutes ces lois et ces réglementations idiotes et contradictoires qui font obstacle au progrès, à la voie du salut… » Sa voix monta et son visage rougit. « Mon seul regret, c'est que je ne vivrai pas assez longtemps pour le voir de mes propres yeux. Mais Claire le verra. Claire va mener à bien la plus grande expansion de Cloud. Nous avons trouvé le modèle qui marche. Il est temps que tout le monde l'adopte. Nous allons nous emparer de la dernière chose qui ne marche pas dans ce monde, et nous allons la réparer. »

Il ferma les yeux, reprit sa respiration. Posa une main sur sa poitrine.

« Pardon, c'est un sujet sur lequel j'ai tendance à m'emballer. Mais après tout, c'est logique. Saviez-vous qu'aujourd'hui nous fournissons plus de soins médicaux que les hôpitaux ? Ou qu'il y a plus d'enfants inscrits dans les écoles Cloud que dans les écoles normales ? Bon sang, même la CIA stocke ses données sur nos serveurs. Cette nouvelle étape est finalement logique.

— Vous vous foutez de moi ? s'insurgea Zinnia en élevant la voix, si bien que Gibson se renfonça dans son siège. Depuis quand n'êtes-vous pas allé vous balader dehors ? Les gens sont en train de crever, partout dans le monde. Les enfants sont en train de crever en ce moment même, or vous, vous avez une chance de les sauver, mais vous préférez la garder sous le coude le temps de monnayer quelque chose en échange ? »

Gibson eut un petit mouvement d'épaules espiègle. « Nous obtiendrons ce que nous voulons, et ce monde sera un monde meilleur. Maintenant, je crois que vous me devez une réponse. Qui vous a demandé de m'assassiner ? »

Zinnia acquiesça, ravie de pouvoir lui en renvoyer une bonne dans les dents : « C'est vous. »

Le visage de Gibson s'assombrit.

« J'ai reçu de nouvelles instructions il y a environ une semaine, poursuivit-elle. Bien sûr, je ne leur ai pas posé de questions, parce que, à ce moment-là, je n'avais pas encore compris que c'était vous. Je pensais que c'était une de vos compagnies concurrentes. Donc je suppose que pour savoir qui voulait votre mort, il vous suffit de demander à la personne qui était chargée de me donner des ordres. » Zinnia marqua une pause théâtrale. « Vous ne devez pas être aussi aimé que vous le croyez. »

Gibson se décomposa. Il contempla ses mains posées sur ses genoux, une poignée d'os emballés dans une peau parcheminée striée de veines, et tout son corps parut soupirer. « Quel salaud… » Après quelques secondes, il releva la tête avec une étrange lueur dans les yeux : « Merci pour ça, et au revoir.

— Attendez. Qu'est-ce qui va se passer, maintenant ? »

Gibson émit un petit rire sans se retourner.

« Que va-t-il m'arriver ? »

Gibson s'arrêta. Se tourna vers elle. La détailla encore une fois de haut en bas. « Lorsque les dresseurs d'éléphants capturent un éléphanteau dans la nature, ils l'attachent à un arbre. L'éléphanteau se débat et tire de toutes ses forces pour se libérer, mais la corde est trop solide. Après quelques jours, il abandonne. Du coup, même une fois devenu adulte, l'éléphant pensera que la corde est impossible à rompre. C'est pour ça qu'on voit des éléphants adultes attachés à un arbre avec un bout de corde qu'ils pourraient arracher d'un simple mouvement de patte. On appelle ça l'impuissance apprise. Or ici, tout repose sur le fait que les gens ne pensent pas que la corde puisse céder. Ce qui signifie que la chose la plus dangereuse de toutes pour mon business, ce serait quelqu'un qui saurait combien la corde est en réalité fragile. »

Il lui lança un clin d'œil et referma la porte derrière lui. Une présence persistait, c'était l'ombre de la mort. Elle était entrée dans la pièce sur les talons de Wells, mais elle était restée avec elle.

PAXTON

« Où est-il ?! »

Le rugissement semblait provenir du fin fond de Gibson, et mettre à rude épreuve son corps fragile. Paxton se précipita hors du box vide dans lequel Dobbs lui avait dit d'attendre et se dirigea vers l'origine du cri. Tout le monde fit de même, et bientôt, Paxton se retrouva au milieu d'une cohue à jouer des coudes pour essayer de voir la scène.

Gibson faisait face à Carson. Celui-ci levait les mains pour protéger son visage. Le tableau avait quelque chose de comique : ce gros type tremblait devant un homme qui semblait pouvoir s'envoler au prochain coup de vent.

Paxton, lui, comprenait sa peur. Il avait parlé à cet homme, assis face à lui. C'est à cet instant qu'un déclic se fit dans son esprit. La façon dont Carson avait paniqué quand il leur avait ordonné de descendre du tram. La façon dont il avait bousculé les gens pour passer. On aurait dit qu'il savait ce qui allait arriver.

« C'était toi, pas vrai ? l'interrogea Gibson.

— Je ne sais pas de quoi tu parles, répondit Carson.

— Tu n'es qu'un menteur. Qu'est-ce que c'était censé être ? Une vengeance ? »

Carson se redressa prudemment, doucement, en regardant autour de lui si quelqu'un allait voler à son secours, mais personne ne bougea. « Tu ne te rends pas compte que ce que tu essaies de faire est dingue ? Tu n'es pas le dieu que tu crois être, Gib. »

Gibson fit un pas en avant et se planta sous le nez de Carson. « Et Claire ? Qu'est-ce que tu allais en faire ? L'assassiner, elle aussi ?

— Ce n'est qu'une gamine. Je l'aurais guidée.

— Hé ! »

Une voix féminine. Claire s'extirpa de l'attroupement qui s'était formé et gifla violemment Carson. Il encaissa le coup, recula de quelques pas et se tourna vers Gibson. « Pas un mot de plus. Pas ici.

— Parfait. » Gibson s'adressa à Dobbs. « Dégagez-le de ma vue. Mettez-le avec elle. »

Deux polos bleus sortirent de l'assemblée pour se saisir de Carson. Ils le traînèrent. Il se débattit, mais Dobbs surgit et lui assena un direct brutal à l'estomac. Carson se plia en deux et gémit, avant de relever les yeux. « Tu sais que j'ai raison, Dobbs. Tu sais que j'ai raison ! »

Dobbs tira la lourde lampe torche qu'il portait à la ceinture et cogna le visage de Carson avec. Un bruit sourd et humide résonna, et tout le monde sursauta au son de l'impact. Presque tout le monde. Pas Gibson. Il souriait. La tête de Carson s'affaissa et le sang coulait de son nez en vrac.

Les polos bleus l'entraînèrent, tandis que Dobbs se tournait vers les autres. « Salle de réunion B. Immédiatement. » Tous se consultèrent du regard, comme s'ils n'avaient pas compris l'ordre, alors Dobbs cria plus fort : « Immédiatement ! »

La troupe se désagrégea pour emprunter le couloir qui les mènerait à la salle en question, mais Paxton s'attarda et attrapa Dobbs par le bras.

« Avant de les rejoindre, il faut qu'on parle. »

Dobbs agita la main comme pour refuser, mais il se laissa guider vers la salle d'interrogatoire vide, l'endroit le plus proche pour se dire un mot à l'abri des oreilles indiscrètes. Ils entrèrent, et Dobbs lui murmura : « Fais vite.

— Elle pense que vous allez la tuer.

— Qui pense que je vais la tuer ?

— Zinnia. Elle pense que vous allez la tuer pour la réduire au silence. »

Dobbs plissa les yeux et dévisagea Paxton comme s'il n'arrivait pas à croire ce qu'il entendait. Puis il éclata de rire. « On n'est pas au cinéma. Notre boulot n'est pas de descendre des gens. »

Paxton s'en doutait, il savait que Zinnia exagérait, pourtant, il fut soulagé de l'entendre. Il se demanda s'il y avait autre chose qu'il devrait ajouter ou faire.

« Je sais que ce n'est pas facile, mon gars, dit Dobbs. Il nous reste encore à rattraper les quelques dégâts occasionnés par ta copine, mais tout va bien se passer, compris ? Pourquoi est-ce que tu ne rentres pas te reposer un peu chez toi ? »

Paxton prit une profonde inspiration afin de trouver le courage de poser la question qu'il n'aurait pas dû poser : « Est-ce que je peux la voir ? Une dernière fois ? »

Dobbs secoua la tête. « Impossible, fiston. »

Paxton se faisait l'effet d'un empoté. Il aurait voulu se battre, mais il était trop en colère contre lui-même. Il était furieux d'avoir même posé la question. Il était furieux pour trop de raisons, alors il lâcha un « Je comprends », fit volte-face et partit.

Il sortit de l'Admin, chemina sur la Promenade jusqu'au hall d'entrée des Chênes, la tête comme une grande pièce vide, inhabitée depuis trop longtemps. Tandis qu'il marchait vers l'ascenseur, il se souvint de ce que lui avait demandé Zinnia et fit demi-tour pour se rendre aux Érables. À la chambre Q.

Pourquoi se donnait-il cette peine ? Zinnia lui avait menti et l'avait manipulé. Avait tiré parti de sa position.

Comme si tu n'avais jamais rien foiré.

Non, pas comme ça.

Tout le monde fait des erreurs. Paxton en avait fait un paquet.

Mais jamais de si grosses.

Il se le répétait comme un mantra.

Il frappa à la porte. Aucune réaction, rien ne bougeait à l'intérieur. Il songea à partir. Mais quelque chose dans la voix de Zinnia l'avait inquiété, alors il frappa de nouveau. Il regarda de chaque côté du couloir, personne en vue. Il passa sa montre devant le lecteur, qui afficha sa lumière verte ; il entra.

L'appartement empestait la vieille nourriture. Une silhouette était roulée en boule sous les couvertures du futon. Sa première réaction fut de se dire qu'il valait mieux la laisser tranquille puisqu'elle dormait. En même temps, elle n'avait pas fait le moindre mouvement quand il était entré, ni quand la lumière du couloir était tombée sur son lit. Il observa la bosse sous les draps, voulut la voir bouger, espéra que ce serait le cas, en vain. Il traversa la pièce et découvrit une belle jeune fille aux cheveux longs recroquevillée sous les couvertures, et il n'eut pas besoin de la toucher ni de vérifier son pouls pour comprendre qu'elle était morte.

Il brandit sa montre pour appeler les secours, appuya sur le cadre. Il aurait dû parler, mais en fut incapable. Il était vidé. Il n'avait plus rien. Fini pour aujourd'hui.

Comme un ballon qui éclaterait, tout ce qui le concernait, tout ce qu'il retenait à l'intérieur se répandit sur le sol en un amas glissant. Alors il tourna le dos et sortit, retourna aux Chênes, retrouva sa chambre, s'installa sur son futon et contempla le plafond.

Il réfléchissait à l'autre chose qu'avait dite Zinnia.

Ce truc à propos de la liberté.

11

À VIE

UNE DÉCLARATION EXCEPTIONNELLE DE CLAIRE WELLS

C'est avec une tristesse et des regrets incommensurables que je vous annonce que ce matin, à 9 h 14, mon père est décédé dans sa maison de l'Arkansas, entouré de ses amis, de sa famille et de son chien bien-aimé. Je suis soulagée de pouvoir vous dire qu'il est mort le sourire aux lèvres, dans une chambre gorgée d'amour. Il y a un certain réconfort à puiser là-dedans.

Mon père était considéré comme l'un des esprits les plus brillants de sa génération, un philosophe et un pionnier sans pareil. Son influence s'est fait ressentir aux quatre coins de la planète.

Il était aussi mon papa.

Il y a beaucoup de sujets à prendre en charge aujourd'hui, et en premier lieu l'incroyable responsabilité que représente la direction de Cloud. J'ai l'impression d'avoir été préparée à ce moment toute ma vie, et pourtant, je ne me sens pas prête. Mais pour une fonction de cette envergure, personne n'est jamais prêt. Il faut seulement plonger, et faire de son mieux.

Je suis ravie de vous annoncer la première nomination importante de mon mandat : Leah Morgan sera ma vice-présidente. Elle est diplômée en commerce de Harvard, est un membre respecté de sa communauté, et, chose primordiale, une amie de longue date. Je suis convaincue que mon père aurait soutenu sans réserve cette décision, lui qui avait toujours beaucoup apprécié Leah.

J'ai une dernière information à vous communiquer. Essentielle.

J'aurais aimé pouvoir vous l'annoncer plus tôt, mais le projet en était encore à sa phase de finalisation. C'était le dernier projet sur lequel avait travaillé mon père, celui dont il était le plus fier : CloudPower. Pendant des années, Cloud a investi des centaines de millions de dollars dans la recherche de nouvelles sources d'énergies propres, et nous sommes très heureux de vous révéler que nous avons mis au point un procédé zéro émission capable de produire des quantités d'énergie faramineuses. D'ici à la fin de l'année, tous les complexes MotherCloud bénéficieront de ce nouveau système, après quoi nous mettrons en place un partenariat avec le gouvernement des États-Unis – premier d'une longue liste de gouvernements à travers le monde, je l'espère – pour étendre cette technologie à tout le pays.

Nous nous engagerons à offrir à nos clients des tarifs compétitifs et une assistance pour la construction des installations. Dans les prochaines décennies, la planète entière pourra s'appuyer sur CloudPower, ce qui marquera une étape cruciale dans la guérison de notre environnement dévasté.

Voici l'héritage que m'a légué mon père, et je ne pourrais en être plus fière.

À ce stade, je serais censée vous dire quelque chose d'inspirant, mais, dans la famille, c'était mon père qui savait parler ; moi j'étais contente de l'écouter. J'ai toujours pensé que c'était la meilleure manière d'apprendre. Donc c'est ce que je vais continuer de faire. Je serai à l'écoute et j'apprendrai, tout en restant fidèle aux valeurs qui ont fait le succès de cette compagnie.

Ce sont les valeurs que m'a inculquées mon père.

PAXTON

Paxton vida son verre de vodka, la glace tinta contre ses dents. C'était le troisième. Ou le quatrième ; il avait arrêté de compter. Il sortit son téléphone et consulta sa messagerie pour voir si un texto l'attendait. Il ne trouva rien, alors il fit signe au barman de lui servir une autre tournée.

Du coin de l'œil, il vit Dakota approcher. Elle paraissait chercher quelqu'un. Lui, sans doute. Il aurait pu lui faire signe pour attirer son attention, mais il n'y avait presque personne au bar, elle n'aurait pas de mal à le trouver. Au fond, il espérait qu'elle ne le verrait pas. Mais elle finit par l'apercevoir et se dirigea vers lui. Elle vacilla en s'installant sur le tabouret et dut s'agripper au bar pour le stabiliser.

Elle commanda un gin tonic et en sirota trois gorgées avant de lui poser la question : « Tu tiens le coup ? »

Paxton haussa les épaules.

L'alcool combla les silences, tandis qu'ils fixaient le miroir derrière les bouteilles alignées.

« Dobbs voulait que je te parle. Pour être sûr que tout était réglé. »

Nouveau haussement d'épaules. À partir de maintenant, il communiquerait uniquement par haussements d'épaules.

« Il a viré cette femme, lui annonça-t-elle en se tournant vers le fond du bar, pour ne pas risquer de croiser son regard dans le miroir. Je sais que tu en pinçais pour elle, et sans blague, t'avais raison, c'est un sacré morceau, je suis fière de toi. Mais elle est virée, maintenant. Tu veux vraiment la suivre ? »

Paxton se tourna vaguement du côté de Dakota. « C'est une menace ?

— Ça ne vient pas de Dobbs, mais de moi. De moi, ton amie. Toute cette histoire… » Elle prit son verre pour en avaler une longue gorgée. Il lui en restait encore, mais elle fit signe au barman de lui en servir un deuxième. Pendant qu'il le lui préparait, elle se rapprocha de Paxton. « Toute cette histoire était dramatique. Mais ils ne veulent pas de vagues. Ce que je veux dire, en tant qu'amie, c'est : continue de faire profil bas et ça va rouler, la vie est belle, tu vois ?

— La vie est belle ?

— Tu es sorti récemment ? Tu devrais, c'est mieux que ce bar. »

Il hocha la tête. Il aurait voulu la contredire mais n'en avait pas la force. Il siffla sa vodka et en commanda une autre. Comme si, en buvant trop, il allait réussir à la faire réapparaître. C'était complètement débile, certes, mais toujours mieux que de penser à ce à quoi il ne voulait pas penser.

« J'ai quelque chose pour toi », lui annonça Dakota.

Elle posa sa main sur le bar et la glissa jusqu'à Paxton. Regarda autour d'elle pour être sûre qu'ils étaient seuls, et la souleva pour lui dévoiler une petite boîte d'Oblivion. Elle reposa la main dessus et attendit qu'il le prenne, mais comme il ne réagissait pas, elle le lui mit dans la poche.

Paxton la laissa faire mais ouvrit la bouche. « Tu te fous de moi ? Après tout ce qui s'est passé ?

— C'est tout nouveau, expliqua-t-elle. L'Oblivion 2.0.

— Qu'est-ce que c'est que cette connerie ?

— Conçu pour chier, et ainsi éviter les overdoses. » Paxton se tourna vers Dakota, elle souriait. « Peu importe combien tu en prends. Lorsque le corps sature, il urine le surplus. Plus possible d'en avaler trop.

— Sérieusement ? C'est un piège ! » Il avait envie de sortir le boîtier de sa poche et de le lui rendre, mais il avait peur qu'on ne le voie faire. « Tu essaies de me causer des problèmes ? Qu'on me chope avec de la drogue sur moi ?

— C'est la beauté de la chose, sourit Dakota. C'est à nous, maintenant. C'est nous qui nous en occupons. »

Paxton se sentit soudain accablé, toutes ses certitudes tombaient en morceaux.

La brigade spéciale n'était pas une brigade spéciale. Garder un œil sur Warren, mais ne pas trop le secouer. Chercher les fournisseurs mais laisser tranquilles les dealers. « En fait, on essayait pas de les arrêter. On voulait juste changer le produit.

— Pas de ça avec moi, Paxton. Les gens en prendraient de toute façon, que ce soit notre drogue ou la leur. Nous maintenons le réseau en place et répondons à la demande tout en veillant à la sécurité de Cloud. On fait une petite entorse à la morale, mais on sauve des vies. Tout le monde est gagnant.

— Est-ce que Dobbs est au courant ? »

Elle plissa les lèvres. « À ton avis ? »

Paxton s'empara de sa vodka. L'alcool le brûla, mais pas autant qu'il ne l'espérait.

« Pourquoi est-ce que tu me racontes tout ça ? » demanda-t-il.

Le barman servit à Dakota son nouveau verre et, lorsqu'il se fut éloigné, elle se pencha vers lui et baissa la voix : « Parce qu'on sait qu'on peut te faire confiance, désormais. T'as fait le bon choix. T'as choisi notre camp. Je t'avais dit qu'il y avait des avantages. Alors, maintenant, ne m'oblige pas à revenir sur ma décision, d'accord, Paxy ? »

Il aurait voulu lui jeter le boîtier au visage. Il voulait hurler. Il voulait courir et sauter du balcon du Live-Play, s'écraser trois étages plus bas sur le sol dur, se rompre le cou. Au lieu de tout ça, il se leva et quitta le bar. Il entendit la voix de Dakota derrière lui. « Continue de faire ce qui est juste, monsieur l'employé modèle ! »

PAXTON

Paxton se réveilla, enfila son polo bleu, consulta son téléphone et, sans message de Zinnia, traîna les pieds jusqu'à l'Admin, pointa, patrouilla le long de la Promenade, à faire des allers-retours jusqu'à en être épuisé, puis il s'assit un peu, puis il reprit sa ronde jusqu'à la fin de son service, se rendit directement au pub et descendit des bières, avant de retourner dans sa chambre et d'essayer de s'endormir en s'appliquant à ne pas penser au petit boîtier rempli d'Oblivion qu'il gardait dans le tiroir à côté de l'évier, à taper et effacer des messages qu'il n'enverrait jamais à Zinnia.

PAXTON

Paxton se réveilla, enfila son polo bleu, consulta son téléphone et, sans message de Zinnia, traîna les pieds jusqu'à l'Admin, pointa, patrouilla le long de la Promenade, à faire des allers-retours jusqu'à en être épuisé, puis il fit une pause pour manger un CloudBurger, puis il reprit sa ronde jusqu'à la fin de son service, rentra chez lui pour regarder la télévision, puis tâcha de mobiliser assez d'énergie pour se relever et marcher jusqu'au tiroir afin de balancer le boîtier d'Oblivion dans l'évier, mais au lieu de ça, il s'endormit.

PAXTON

Paxton se réveilla, enfila son polo bleu, consulta son téléphone et, sans message de Zinnia, traîna les pieds jusqu'à l'Admin, pointa, patrouilla le long de la Promenade, à faire des allers-retours jusqu'à en être épuisé, puis il s'assit un peu, puis reprit sa ronde jusqu'à la fin de son service, se rendit au cinéma pour regarder un film en faisant comme si Zinnia était assise à côté de lui, avec un tel espoir qu'il réussit presque à y croire. Lorsqu'il rentra à sa chambre il l'appela, mais son numéro n'était plus attribué.

NOTIFICATION DU BUREAU DES BREVETS DES ÉTATS-UNIS

En vertu de l'article 16-A de la législation du Bureau des brevets des États-Unis, veuillez trouver ci-joint un exemplaire de la notification de refus provisoire concernant le dépôt de l'Œuf parfait, fondé sur la demande d'une autre personne morale, qui a lancé et commercialisé un produit similaire, nommé CloudEgg. Si vous souhaitez vous opposer à cette décision du Bureau des brevets, vous devez engager un avocat spécialisé, qui sera apte à déposer un recours par les voies légales appropriées.

CLOUDEGG !

Une jeune femme se tient sans sa cuisine, en noir et blanc. Carrelage de métro au mur, plan de travail en marbre, pots en cuivre suspendus au-dessus d'elle.

Devant elle, un bol. Elle est en train d'écaler des œufs durs, mais elle y va trop fort, y enfonce ses doigts, abîme les œufs, des morceaux giclent, il y a des bouts de coquille partout.

Elle regarde la caméra, exaspérée.

LA FEMME : **Il doit bien y avoir une solution !**

L'écran passe subitement du noir et blanc à la couleur. Arrêt sur image.

VOIX OFF : **La voici !**

Un objet ovoïde tourne sur un piédestal. Plus gros qu'un œuf, avec une couture qui le sépare en deux moitiés.

VOIX OFF : **Laissez-moi vous présenter CloudEgg !**

La femme s'empare de l'objet, l'ouvre, place un œuf à l'intérieur et l'enfourne dans le micro-ondes.

VOIX OFF : **CloudEgg offre à votre œuf une cuisson parfaite en toutes circonstances.**

Plan sur une casserole d'eau bouillante. Un buzzer retentit, et un cercle barré de rouge apparaît à l'écran.

VOIX OFF : **Plus besoin de tâtonner avec des méthodes de cuisson incertaines. Et quand l'œuf est prêt…**

Plan sur la femme, qui sort l'objet du micro-ondes et l'ouvre ; la coquille se détache parfaitement, et l'albumen blanc, vierge et étincelant resplendit comme une perle.

VOIX OFF : **L'écaler est un jeu d'enfant !**

Plan sur une longue rangée d'objets ovoïdes dans toute une gamme de couleurs primaires.

VOIX OFF : **Disponible dès maintenant dans votre CloudStore !**

PAXTON

Paxton se réveilla, enfila son polo bleu, consulta son téléphone et, sans message de Zinnia, traîna les pieds jusqu'à l'Admin, pointa, patrouilla le long de la Promenade, à faire des allers-retours jusqu'à en être épuisé, puis il retourna à son appartement, ouvrit le tiroir à côté de l'évier, s'empara du boîtier d'Oblivion et plaça un film de la taille d'un timbre-poste sur sa langue, puis un deuxième, puis un troisième, puis un autre, jusqu'à ce que sa bouche ait un goût de cerise chimique, et il s'effondra sur son lit pour se lover dans une chaleur accueillante, où il continua de tomber, comme dans un trou sans fond.

PAXTON

Paxton se réveilla, la tête bourrée de coton humide. Il tituba jusqu'à l'évier, où il trouva le boîtier d'Oblivion, désormais vide ; il ne s'était pas rendu compte qu'il en avait pris autant. Une chance qu'il soit encore en vie ! Puis il se rappela que c'était une nouvelle version qui ne causait pas d'overdose. Avait-il cette information en tête quand il avait ingurgité toutes les doses la veille au soir ? Mieux valait ne pas se poser la question.

Il se lava les dents pour se débarrasser du goût de cerise de l'Oblivion et se sentit mieux. Peut-être devrait-il s'en procurer d'autres. Cette idée rendait la lettre du Bureau des brevets plus facile à surmonter.

Avant qu'il n'arrive à trancher sur la marche à suivre concernant l'Oblivion, sa montre bipa pour l'avertir qu'il risquait d'être en retard pour son service. Il enfila son polo bleu, les muscles rouillés, et prit la route de l'Admin.

Dans l'open space, Dakota l'interpella. « Hé ! »

Elle se dirigeait vers lui dans son nouvel uniforme kaki. Il la faisait paraître un peu plus grande. Il ne l'avait jamais vue aussi réjouie ; le sourire devait être livré avec l'uniforme. « Tu peux me rendre un service ? demanda-t-elle.

— Bien sûr », répondit-il.

Elle lui tendit une petite enveloppe blanche. « Apporte ça au centre de traitement des déchets. Tu es déjà allé dans ce coin-là ?

— Non.

— J'ai programmé ta montre pour qu'elle te guide jusque là-bas. » Dakota lui donna une tape sur le bras. « Merci, partenaire. Sinon, ça te dirait qu'on se prenne un verre bientôt ? » Elle sourit et pointa le pouce vers son uniforme. « Continue comme ça, et tu seras le prochain.

— Ouais. Ce serait super », répondit-il, bien décidé à ne pas donner suite à sa proposition.

Il se retourna et se dirigea vers l'ascenseur, soulagé de s'éloigner d'elle, de s'éloigner de l'open space. Il préférait déambuler sans avoir à réfléchir, parce que, au moins, dans ces cas-là, il était seul. Entouré de centaines de personnes, mais seul.

Il prit le tram jusqu'à l'Accueil, pour ensuite monter dans celui qui l'emmènerait au centre de traitement. Il était vide. Arrivé à l'arrêt, il pénétra dans un hall en béton lissé où un jeune Asiatique en polo bleu derrière un bureau le salua d'un signe du menton. Paxton lui montra l'enveloppe. « Livraison.

— Vous êtes dans le système, dit l'homme en jetant un coup d'œil à sa montre. Allez-y, droit devant. »

Paxton regarda sa propre montre.

Deuxième étage, salle 2B.

Il prit l'ascenseur et suivit les couloirs sinueux jusqu'à tomber sur une pièce où se trouvait un vieil homme. Il grogna lorsque Paxton posa l'enveloppe sur son bureau.

Alors qu'il retournait vers les ascenseurs, Paxton aperçut un homme à l'autre bout du couloir, un homme en polo vert qui poussait mollement le balai sur le sol poli.

Il avait quelque chose de familier.

Les portes de l'ascenseur s'ouvrirent mais Paxton hésita, les laissa se refermer. L'homme se tourna vers lui. Une seconde. Ses cheveux avaient poussé, il avait une barbe de trois jours, mais Paxton le reconnut malgré tout.

C'était Rick, celui qui avait agressé Zinnia à l'Hôpital.

L'homme le reconnut également, parce qu'il lâcha son balai et décampa à l'autre bout du couloir. Paxton se précipita à sa poursuite. Rick se retourna, effrayé, avant de se faufiler dans une cage d'escalier. Paxton atteignit le lecteur d'entrée, mais la lumière resta rouge au contact de sa montre.

Il réessaya. Toujours rouge. Il tira sur la poignée de la porte avant de frapper à plusieurs reprises. Une fois, deux fois, trois fois, jusqu'à ce que sa main lui fasse mal. Quand il comprit qu'il ne franchirait pas la porte, il saisit sa colère, la roula en boule, la maintint fermement contre sa poitrine et prit la route de l'Admin. Il entra dans le bureau de Dobbs sans même se donner la peine de frapper.

Ce dernier était en train de parler à un jeune vêtu d'un polo bleu, et parut très contrarié par l'interruption, mais quand il vit l'expression du visage de Paxton, il se radoucit, comme s'il savait ce qui allait se passer. Il fit signe de partir à la nouvelle recrue.

Paxton attendit qu'il sorte, puis il ferma la porte.

« Vous m'aviez dit qu'il avait été viré », lança-t-il.

Dobbs inspira, expira et croisa les doigts. « Ta compagne a accepté de passer l'éponge, et tu étais d'accord aussi. Nous avons fait de même. C'était la meilleure solution.

— La meilleure solution… Vous m'aviez donné votre parole. »

Dobbs se leva et Paxton recula d'un pas. « Bon, écoute-moi. Il est cantonné à un boulot de merde, et vit à l'écart du reste de la population. Il est fini.

— Pourquoi ?
— Paxton…
— Vous me devez une explication.
— Je ne te dois…
— Je ne partirai pas d'ici tant que vous ne m'aurez pas répondu. »

Dobbs soupira. Regarda autour de lui, comme s'il espérait voir se matérialiser une porte de sortie. Il finit par se lancer : « Parce que, pour le virer, je dois donner une raison. Et si je donne comme raison qu'il a agressé quelqu'un, je dois faire un rapport sur l'agression, puis je dois expliquer pourquoi il y a encore eu un incident dans mon complexe. On a eu pas mal de mauvaises surprises ces derniers mois, et les chiffres ne plaident pas en ma faveur. Nous ne pouvons pas nous permettre d'empiler plus de merde sur le tas de merde que nous accumulons déjà.

— Alors, quoi ? On étouffe l'affaire ? On laisse couler ?

— Ça suffit, maintenant, écoute-moi. » Dobbs fit le tour de son bureau pour se planter devant Paxton, si près qu'il pouvait sentir l'odeur de son après-rasage. « Je sais que tu as une sorte de statut privilégié ici, mais ça ne m'impressionne pas plus que ça. Je ne peux pas te virer, mais je peux toujours te muter à vie au filtrage d'entrée de l'Entrepôt. Je peux même te coller sur le “toit du cancer”, si je veux. Tu as eu l'esprit d'équipe jusqu'à présent, fiston. Alors ne me laisse pas tomber, c'est compris ? »

Paxton avait envie de se mettre en colère. D'admonester Dobbs, de trouver les mots qui lui feraient ravaler son autorité.

C'était ce dont il avait envie, mais pas ce qu'il ressentait vraiment au fond de lui. En réalité, il avait désespérément besoin que Dobbs s'adoucisse, qu'il l'appelle à nouveau « fiston » comme il le faisait auparavant, et non avec le ton tranchant qu'il venait d'utiliser.

Il quitta le bureau, les poings serrés si fort que ses ongles lui cisaillaient les paumes, et il partit à la recherche de Dakota, avide de béatitude goût cerise.

PAXTON

Paxton errait sur la Promenade, à ressasser tout ce qui le contrariait, même s'il pensait surtout au goût de cerise qui lui tapissait la langue. Le goût n'avait pas disparu, pas plus que les souvenirs qu'il aurait pourtant aimé voir emporter.

Il se demanda quel jour on était, dimanche sans doute, mais quand il consulta sa montre il se rendit compte qu'on était mercredi. Il marchait, mais oublia par où il était passé. Un nouveau venu lui demanda où se trouvait le Live-Play, et c'est seulement après lui avoir indiqué le chemin que Paxton s'aperçut qu'il l'avait envoyé dans la mauvaise direction. Comme la fin de son service approchait, il s'arrêta dans un CloudBurger. C'était vraiment le meilleur moment de sa journée. Quelle journée ? Il avait déjà oublié.

Mercredi.

Quand il sortit du restaurant, son regard fut attiré par une silhouette menue. Son crâne rasé, sa peau d'albâtre et sa petite taille la faisaient ressembler à une extraterrestre. Elle portait un polo rouge, et sa nervosité était évidente. Yeux fuyants, muscles tendus. Il pensa d'abord à la drogue, mais, en regardant la femme s'éloigner, il prit conscience que c'était autre chose. On n'oublie pas si vite quelqu'un qui vous a braqué une arme sur la tête.

Ember ne l'avait pas remarqué, il était déçu qu'elle ne l'ait pas vu. Qu'elle ne lui ait même pas lancé un regard. En quoi est-ce que ça lui importait ? Sa déception était irrationnelle, mais c'était ce qu'il ressentait, alors il lui emboîta le pas, et tâta sa poche pour vérifier que l'objet qu'elle renfermait s'y trouvait toujours.

Elle prit le tram et il la suivit, de l'autre côté, au milieu de la foule, comme pour lui dire : « Regarde-moi », mais elle gardait la tête baissée, dissimulant son visage.

Elle descendit à l'Admin et fit la queue au guichet, derrière une dizaine de personnes. Il se plaça à côté d'elle. Elle lui balança un coup et se figea, ferma les yeux, comme si elle espérait qu'il disparaisse.

« Salut », lança Paxton.

C'était une entrée en matière un peu idiote, mais il n'avait rien trouvé de mieux.

Elle poussa un long soupir. Son corps s'affaissa.

« Évidemment, pesta-t-elle. Putain, évidemment.

— Alors, on a finalement réussi à passer l'examen d'entrée ?

— Parmi tous les gens qu'il y a ici. Quand je pense à tout ce qu'on a fait… »

Il posa la main sur son bras, y enfonça ses doigts pour assurer sa prise, mais sans la serrer trop fort non plus, pour éviter une scène. « Allons-y », ordonna-t-il.

Il avait cru qu'elle lui opposerait une certaine résistance, mais non. Il reconnut l'expression de son visage. C'était la même qu'il contemplait sur son propre visage chaque matin dans son miroir : une résignation totale, qui avait marqué son corps. Elle se laissa guider comme une poupée jusqu'à l'ascenseur. Il passa sa montre devant le lecteur et la conduisit à l'étage des services de sécurité.

Il avançait sans lui lâcher le bras. Tout au bout du couloir se trouvait la porte de l'open space, par laquelle des polos bleus allaient et venaient sans discontinuer.

On dénombrait six bureaux entre l'open space et l'ascenseur. L'un d'eux était constamment vide, puisqu'il était mis à la disposition des autres services qui venaient travailler dans le cadre d'une collaboration avec la sécurité. Troisième porte à gauche.

Ember traînait les pieds. « Eh bien ? »

Paxton avait envisagé de l'emmener à l'open space. Il pensa au regard de Dobbs et Dakota quand ils comprendraient ce qu'il avait réussi à faire. Capturer une nuisible. Peut-être que Dobbs l'appellerait à nouveau « fiston ». Peut-être même qu'il le penserait.

Mais lorsqu'ils passèrent devant le bureau vide, Paxton se glissa dans la pièce. Il n'y avait qu'une table avec une tablette fixée dessus, et des chaises de chaque côté.

Sur le mur, un slogan en écriture cursive proclamait : *GRÂCE À VOUS, TOUT DEVIENT POSSIBLE !*

Ember pénétra dans le bureau en regardant autour d'elle, et pendant que Paxton refermait la porte et appuyait sur l'interrupteur, elle se réfugia dans un coin, les mains levées pour se protéger, brusquement inquiète de se retrouver toute seule dans une pièce sans fenêtre avec un homme qu'elle ne connaissait pas. Un homme qu'elle avait déjà menacé d'une arme.

« Assieds-toi », fit Paxton.

Elle s'avança prudemment jusqu'au bureau, sans le quitter des yeux, et s'assit au ralenti, comme si la chaise avait été reliée à une bombe au détonateur extrêmement sensible. Paxton s'assit en face d'elle. La peur d'Ember se mua en stupeur, et elle le fixa avec incrédulité, comme s'il était devenu une toile abstraite.

« On dirait que tu as changé, dit-elle. Pas en bien. »

Paxton haussa les épaules. « Merci. »

Ember regarda autour d'elle. « La femme avec qui tu étais. Où est-elle ?

— Tu avais tort.

— Quoi ?

— À propos des livres. Nous avons des exemplaires de *Fahrenheit 451*. Nous avons *La Servante écarlate*. Cloud ne les a pas censurés. C'est juste que personne ne les commande. Ils ne gardent pas en stock les produits dont les gens ne veulent pas. C'est juste… de la logique commerciale, en fait. C'est le marché qui décide. »

Ember s'apprêta à rétorquer, mais se ravisa. Quel intérêt ? semblait-elle se dire.

« Je me doute que ça ne fait pas grande différence, que tu aies eu tort ou non, reprit Paxton. Ce qui est important, c'est que les gens n'écoutent pas. On ne censure pas le message, ce sont eux qui n'ont pas envie de savoir. »

Ember se tortillait sur sa chaise.

« Pourquoi ici ? demanda Paxton. Tu as déjà essayé d'y entrer, et ça n'a pas marché. Pourquoi ne pas aller dans un autre MotherCloud ?

— Qu'est-ce qu'on fait là ? Une thérapie ? Un interrogatoire ? Tu t'intéresses à ma vie ?

— Réponds à la question. »

Ember soupira. « Mes parents tenaient un café dans un village pas très loin d'ici. Un endroit charmant. C'est là que j'ai grandi.

Quand le complexe s'est installé dans le coin, toutes les villes environnantes se sont délitées, puis elles sont mortes. Idem pour le café. Idem pour mes parents. » Elle fixait ses mains sur ses genoux. « Je crois qu'on peut dire que ce MotherCloud, j'en fais une affaire personnelle. Peut-être trop, même. » Elle regarda Paxton. « Qu'est-ce qu'on fait ici ?

— Qu'est-ce que tu avais prévu de faire ?

— Ça n'a plus d'importance, désormais. »

Il insista d'un ton précipité et autoritaire. « Réponds-moi. Et où est ton allumette ?

— Je ne l'ai pas apportée. »

Paxton éclata de rire. « Tu te fous de moi ? Tu parviens enfin à entrer ici et tu ne l'apportes pas ?

— T'es cinglé ? Pour qu'on me pince avec ? Tu sais ce qui me serait arrivé ? J'espérais trouver le moyen de la faire entrer clandestinement. Sinon, j'avais dans l'idée de guetter la bonne occasion pour causer quelques dégâts au complexe. » Elle souffla de dépit. « Mais impossible. Cet endroit est une forteresse impénétrable. »

Il fouilla dans sa poche. Oui, c'était bien là. Il brandit la clé USB et la tourna entre ses doigts, sous le regard éberlué d'Ember. Elle inspira et retint sa respiration.

Il ne savait pas pourquoi il l'avait gardée. Il avait eu l'intention de la jeter par la fenêtre de la voiture quand ils avaient repris la route. Personne ne l'avait remarquée lorsqu'il était rentré dans le MotherCloud : vu qu'il était un polo bleu, ils avaient à peine jeté un œil aux scanners quand il avait été contrôlé. Les avantages du boulot. Il s'était rendu compte qu'il l'avait encore quand il était arrivé dans sa chambre. Et sans doute parce qu'elle avait une certaine valeur, il l'avait rangée dans le tiroir à côté de l'évier au lieu de la mettre à la poubelle.

Ce n'était qu'un insignifiant petit bout de plastique. Pourtant, il aimait le savoir là, dans le tiroir près de l'évier, et après avoir vu Rick, il avait commencé à le trimballer avec lui, au fond de sa poche, et à le frotter du bout du pouce quand il avait besoin de se calmer ou de se recentrer.

Il voulait simplement l'avoir à portée de main. Transporter sur lui un objet aussi dangereux le faisait se sentir… pas *bien*, ce n'était pas ça. Il n'y avait pas de mot adéquat. Il savait juste que la clé était bien plus puissante qu'elle n'en donnait l'impression.

Il la posa sur le bureau, plus près de lui que d'elle. « Qu'est-ce que c'est ? »

Ember se rapprocha comme pour s'en saisir, mais Paxton mit la main dessus.

« C'est un virus, expliqua-t-elle. Il déréglera les propulseurs des satellites de Cloud. Les déplacera de leurs orbites, juste un peu. Personne ne s'en apercevra, jusqu'à ce que, dans quelques semaines, ils sortent de leur orbite et s'écrasent. Interruption de Cloud. Suspension des livraisons, de la navigation des drones, de la gestion des employés, des échanges bancaires. Ça ne leur portera pas un coup fatal, mais ça les paralysera un bon moment. Peut-être même assez longtemps pour que quelque chose d'autre puisse prendre racine.

— Beaucoup de gens souffriraient. Beaucoup de gens perdraient leur boulot. Leur logement. »

Ember afficha un visage impénétrable. Les yeux plissés, les lèvres pincées, la colonne vertébrale redevenue droite. « Le système est fichu. Il n'y a qu'une manière de le réparer. Le réduire en cendres, et repartir de zéro. Ce n'est pas censé être agréable.

— Et si ça ne fonctionne pas ? »

Elle esquissa un sourire. « Au moins, on aura essayé. C'est mieux que de rester les bras croisés, non ? »

Paxton avait mal aux pieds. Mal au dos, aussi. Son estomac était lourd, gonflé par les CloudBurger trop gras. Le goût de cerise ne disparaîtrait pas. Il n'aimait même pas les cerises.

Il poussa la clé vers Ember, qui s'en saisit pour la brancher dans la tablette en face d'elle, sur le bureau. Elle tapa sur l'écran, mais il était verrouillé. Paxton se pencha et passa sa montre afin de le déverrouiller.

« Vas-y, continue », dit-il dans un murmure.

Pendant qu'Ember tapotait sur le clavier de la tablette, il restait assis là, à espérer que la porte allait s'ouvrir et que Dobbs entrerait et les verrait faire. Il ne savait pas si c'était parce qu'il avait envie qu'on l'arrête, ou s'il voulait que Dobbs le voie agir de ses propres yeux.

Paxton attendait. Les minutes s'écoulaient.

Ember finit par se redresser, puis elle s'appuya contre le dossier de sa chaise en soufflant un bon coup.

Elle lui adressa un sourire, un sourire sincère, le sourire de quelqu'un qui vient de surmonter une intense émotion, et il aurait voulu enfermer ce sourire dans une boîte pour l'emporter avec lui. « Tu es un héros, d'avoir permis cela, déclara-t-elle.

— Non », dit-il doucement. Puis il éleva la voix. « Non. C'est faux.

— On aura le temps d'en débattre plus tard, en attendant, il faut filer. »

Elle se leva et se dirigea vers la porte. Paxton la suivit. Il ne savait pas trop pourquoi. Cela parut logique, sur le moment, de la suivre. Elle ne sembla pas se formaliser de sa présence, et ils arrivèrent aux ascenseurs. Ember sautillait d'un pied sur l'autre, on aurait dit qu'elle s'apprêtait à courir. Paxton gardait un œil sur le bout du couloir, espérant passer inaperçu.

Les portes de l'ascenseur s'ouvrirent sur Dakota et Dobbs.

Ils se tenaient là, dans leurs uniformes kaki comme deux dalles de grès parallèles. Ils saluèrent Paxton d'un geste du menton, presque à l'unisson, puis se tournèrent vers Ember, la détaillèrent de la tête aux pieds, comme s'ils étaient censés la reconnaître.

Paxton était paralysé. Il ne savait pas quoi dire. Ils se tenaient là, debout à côté d'Ember, face à Dakota et Dobbs qui n'ignoraient rien, rien de ce qui venait de se produire.

Dakota allait dire quelque chose mais Paxton toussa et se lança : « Nouvelle recrue. Je lui ai fait faire le tour. Je la raccompagne en bas. »

Dobbs hocha la tête. « Reviens ici quand vous en aurez terminé. Il faut que je te parle de quelque chose. »

Paxton acquiesça, la respiration coupée, et il ne réussit à se détendre que lorsque Ember et lui furent à l'abri de l'ascenseur, portes fermées. Ils rejoignirent le tram.

Au milieu de la cohue aux couleurs de l'arc-en-ciel, Paxton avait l'impression qu'un projecteur était braqué sur lui, que tous les regards allaient brusquement se focaliser sur lui, mais il ne se passa rien de tel. Il n'était qu'un polo parmi les polos, qui se déplaçait d'un point à un autre. Ember avait le regard fixe, vibrant presque, comme si elle s'attendait à se faire arrêter.

Ils grimpèrent dans le tram en direction de l'Accueil et, comme Paxton était en bleu, personne ne fit attention à eux lorsqu'ils s'avancèrent vers le rectangle de lumière blanche, vers le monde extérieur, où la chaleur s'élevait en vagues déformant le paysage. Ils approchèrent du seuil, entre obscurité et lumière. C'était le mois d'août, chose facile à oublier quand on ne sortait jamais, et lorsque le soleil frappa son avant-bras nu, sa peau devint cuisante.

Derrière lui, il sentait la douce caresse de l'air frais qui s'échappait de l'intérieur du bâtiment, là où se trouvait tout ce dont il aurait jamais besoin, à portée de main.

Un lit, un toit et un emploi à vie.

Devant lui s'étendait le reste du monde, vaste et plat, jonché de cités en ruine, où il n'y avait aucun espoir ni aucune chance de trouver autre chose qu'une mort cruelle, de succomber à la soif au cours d'une longue marche accablante vers une destination qui n'existait peut-être même pas.

Partir, ce n'était pas plus difficile que ça. Un pas. Une allumette capable d'engendrer un brasier. Et avec un peu de patience et d'oxygène, tout finirait par être réduit en cendres.

Quelque chose de si imposant pouvait-il être si fragile ?

Ember se tenait debout sous le soleil. Elle se retourna et le dévisagea. C'était le genre de regard qui vous faisait vous sentir faible et puissant à la fois. Il vous forçait à admettre vos erreurs, mais vous remplissait de l'espoir qu'il était encore temps de tout réparer.

« Tu viens ? » lui demanda Ember. Mais Paxton l'entendit à peine, sa voix couverte par celle de Zinnia qui chuchotait à son oreille.

Remerciements

C'est parti. Je dois remercier un grand nombre de personnes. En premier lieu, mon agent, Josh Getzler. Ce livre est le projet qui nous a réunis. Il a eu confiance en moi alors que je n'avais pas grand-chose à lui montrer à part une première partie et un scénario mal ficelé. Ses conseils m'ont incroyablement aidé. Merci également à son brillant assistant, Jonathan Cobb (qui m'a rendu la note de lecture que j'ai préférée à propos de mon livre), ainsi que tous les gens de chez HSG Agency, avec une mention spéciale à Soumeya Roberts pour ses inlassables efforts afin de vendre ce livre à l'étranger, et à Ellen Goff, gardienne des contrats étrangers.

Merci à mon éditeur, Julian Pavia, un véritable artisan du récit, qui a poussé le livre au-delà de ce qu'il était, et de ce qu'il aurait pu être. Merci à son assistante, Angeline Rodriguez, qui a partagé sa fantastique vision du projet, en plus de gérer avec application le fardeau de tout assistant : être certain que tout soit fait. J'ai eu beaucoup de chance de pouvoir travailler avec une équipe aussi talentueuse et passionnée que celle de Crown – un grand merci à Annsley Rosner, Rachel Rokicki, Julie Cepler, Kathleen Quinlan et Sarah C. Breivogel. Et même si je suis redevable aux agents et éditeurs du monde entier qui ont misé sur ce livre, je remercie en particulier Bill Scott-Kerr et l'équipe de Transworld.

Je tiens également à remercier mon agente pour le cinéma, Lucy Stille, de m'avoir épaulé au cours de ce processus excitant et vertigineux. Ainsi que Ron Howard, Brian Grazer et toute l'équipe d'Imagine Entertainment d'avoir cru en ce livre. Merci en particulier à Katie Donahoe pour ses conseils et son assistance.

Merci à mes parents et à mes beaux-parents. Je ne peux décrire à quel point leur amour et leur soutien (pour tout le bouche à oreille qu'ils ont fait sur moi auprès de leurs amis et de leurs familles, mais aussi pour leurs baby-sittings réguliers) ont été décisifs dans la poursuite de ma carrière de romancier.

Peut-être plus importante encore, ma femme mérite des remerciements tels que je ne suis pas certain de parvenir à les formuler avec de simples mots. Amanda m'a offert son esprit vif et son inlassable soutien dès le premier jour, et a fait de véritables sacrifices pour me permettre de devenir écrivain. Je reste, depuis le jour où je l'ai rencontrée, impressionné par son intelligence, son humour et sa grâce.

Merci à toi, ma fille, qui me mets chaque jour au défi d'être une meilleure personne, de te léguer un monde meilleur, et d'écrire le genre de livre qui, je l'espère, nous incitera à aller dans la bonne direction.

Pour finir, un mot sur la personne à qui est dédié ce livre : Maria Fernandes travaillait à temps partiel sur trois sites différents de la chaîne Dunkin' Donuts dans le New Jersey, et, en 2014, alors qu'elle s'était endormie dans sa voiture entre deux services, elle s'est accidentellement étouffée dans les émanations de gaz d'échappement. Elle peinait à réunir les 550 dollars mensuels que lui coûtait le loyer de son appartement en sous-sol. La même année, d'après le *Boston Globe*, le directeur général de Dunkin' Donuts, Nigel Travis, avait gagné 10,2 millions de dollars. Plus qu'aucune autre, l'histoire de Maria est au cœur de ce livre.

Composition et mise en pages
Nord Compo à Villeneuve-d'Ascq

FSC
www.fsc.org
MIXTE
Papier issu de
sources responsables
FSC® C003309

Cet ouvrage a été achevé d'imprimer en février 2019
dans les ateliers de Normandie Roto Impression s.a.s.
61250 Lonrai (Orne)
N° d'impression : 2000595

Imprimé en France